HENRIK SIEBOLD

# Inspektor Takeda und der leise Tod



atb aufbau taschenbuch

**HENRIK SIEBOLD** ist Journalist und Buchautor. Er hat unter anderem für eine japanische Tageszeitung gearbeitet sowie mehrere Jahre in Tokio gelebt. Unter einem Pseudonym hat er mehrere Romane veröffentlicht.

Bisher erschien als Aufbau Taschenbuch: »Inspektor Takeda und die Toten von Altona«.

Kenjiro Takeda und die deutsche Kommissarin Claudia Harms sind im Stress: Erst entdecken sie in einer Hochhaussiedlung am Rande von Hamburg die Leiche eines Kindes. Dann wird in der HafenCity ein prominenter Internet-Unternehmer tot aufgefunden. Er ist offenbar mit hohem Tempo überfahren worden. Klar, dass die Ermittlungen sich zunächst auf die Witwe des Toten konzentrieren. Susanne Sassnitz verstrickt sich zudem in Widersprüche und versucht, den Verdacht auf einen Geschäftspartner ihres Mannes zu lenken. Claudia Harms misstraut ihr sofort; Takeda jedoch, ohnehin fasziniert von europäischen Frauen, droht ihren besonderen Reizen zu erliegen.

Henrik Siebold

# INSPEKTOR TAKEDA UND DER LEISE TOD

KRIMINALROMAN

atb aufbau taschenbuch

MIX
Papier aus verantwortungsvollen Quellen
FSC
www.fsc.org
FSC® C083411

ISBN 978-3-7466-3300-8

Aufbau Taschenbuch ist eine Marke der Aufbau Verlag GmbH & Co. KG

1. Auflage 2017

Umschlaggestaltung www.buerosued.de, München
unter Verwendung eines Bildes von © Florian Bieler / GettyImages / Moment Open
Gesetzt in der Garamond Premier Pro durch Greiner & Reichel, Köln
Druck und Binden CPI books GmbH, Leck, Germany
Printed in Germany

www.aufbau-verlag.de

# 1.

»Verzeihung … äh Entschuldigung!«

Inspektor Kenjiro Takeda reckte den Arm in die Höhe, er schnippte sogar mit dem Finger. Es nützte nichts. Er wurde einfach nicht beachtet.

Es war herzzerreißend.

Offenbar hatte dem Polizisten aus Japan noch niemand erklärt, dass eine Kellnerin in Deutschland vieles im Sinn hatte, aber nicht unbedingt, sich um ihre Gäste zu kümmern.

Takeda war nun einmal nicht mehr in Japan, wo eine Heerschar dienstbarer Geister sich aufopfernd um jeden Gast kümmerte, ihm ungefragt ein Glas Wasser brachte, dazu ein feuchtes Tuch, um Gesicht und Hände zu reinigen, und danach unter Verbeugungen und einem höflichen *Kashikomarimashita* die Bestellung entgegennahm.

Er war nun in Deutschland. Hier lebte er, hier arbeitete er.

Es war Samstagvormittag, und in dem Straßencafé in Hamburg-Winterhude herrschte reges Treiben. An den Tischen rundherum saßen einige ergraute Intellektuelle und studierten die Wochenendzeitungen. Daneben klapperte ein Student auf seinem Laptop, und noch ein Stück weiter saß eine Gruppe junger Mütter, die munter durcheinanderplapperte und mit ihren Kinderwagen den Bürgersteig und die Durchgänge zwischen den Kaffeehaustischen blockierte.

Takeda schloss die Augen und lauschte dem Stimmengemurmel, dem Zeitungsgeraschel, dem Gelächter. Dann spürte er in sich hinein, und ihn überkam ein Gefühl der Überraschung.

Obwohl er noch nicht allzu viel Koffein im Blut hatte, schlief er nicht auf der Stelle ein! Das war wirklich bemerkenswert! Im heimatlichen Tokio, wo er auch gerne in einem Café saß, zumeist in einer Filiale von Doutor oder Tully's, wäre er bereits nach kurzen Minuten in einen Dämmerzustand versunken. Die Erschöpfung der langen Arbeitsstunden und der viel zu wenige Schlaf hätten ihren Tribut gefordert.

Hier in Deutschland aber fühlte er sich frisch und ausgeruht. Es war fast ein wenig beunruhigend!

Der Inspektor hatte die seltsame Veränderung schon einige Male in den zurückliegenden Wochen bemerkt. Sie gefiel ihm, aber sie verunsicherte ihn auch.

In Japan war sein Leben fast vollständig dem Polizeidienst gewidmet gewesen, Tag wie Nacht, wochentags wie am Wochenende. Den Arbeitstagen im *Keishichō*, dem Tokioter Polizeipräsidium, folgten die allabendlichen Essen mit den Kollegen, anschließend alkoholselige *Karaoke*-Runden oder auch ein Besuch in einer Hostessen-Bar. Kehrte er mitten in der Nacht in seine Wohnung im Stadtteil Meguro zurück, warteten dort zumeist neugierige Journalisten auf ihn, um bei einem Bier oder einem Sake den Ermittlungsstand in aktuellen Fällen zu erfahren. Vielleicht besuchte er auch seinerseits nachts einen Yakuza-Paten, um bei einer guten Flasche Whisky in jenen stundenlangen, sehr ausbalancierten Austausch von Informationen einzutreten, der dem beiderseitigen Vorteil diente.

Takeda kam nie vor drei, vier Uhr morgens ins Bett. Schlafen und Wachsein verschmolzen zu einem ewigen, ununterbrochenen Kreislauf.

Nun aber war er seit gut zwei Monaten in Deutschland, ein Austauschprogramm der Polizei hatte es ihm ermöglicht, und zum ersten Mal seit vielen Jahren hatte er das Gefühl, *sich selbst zu gehören*. Besser konnte er es nicht ausdrücken. Genau wie die deutschen Kollegen machte er meistens um siebzehn Uhr Feierabend, genoss verlässlich die Wochenenden, wurde mit Nachdruck aufgefordert, die ohnehin wenigen Überstunden auch wirklich abzubummeln.

Natürlich, während der heißen Ermittlungsphasen arbeiteten auch die deutschen Kollegen rund um die Uhr. Danach aber folgten Phasen der Erholung, in denen man gehalten war, sein Privatleben zu pflegen. So hielt es zurzeit auch Takeda. Er trainierte regelmäßig im Dojo des Polizeisportvereins, besuchte die Hamburger Jazzclubs und traf sich zwei- oder dreimal in der Woche mit Sachiko, einer jungen Japanerin, die ebenfalls in Hamburg lebte und mit der er ein leidenschaftliches Verhältnis begonnen hatte.

Takeda war sich nicht sicher, ob es klug war, sich so schnell wieder auf eine Frau einzulassen, schließlich kämpfte er innerlich immer noch mit den Nachwehen seiner Scheidung von Makiko. Andererseits war die Sache mit Sachiko unkompliziert. Sie genossen den Sex und stellten darüber hinaus keine Ansprüche aneinander. Was sprach also dagegen, es einfach laufen zu lassen?

»Na? Was darf's denn sein?«

Die Stimme der Kellnerin riss Takeda aus den Gedanken. Er öffnete die Augen und blickte dem vielleicht fünfundzwanzigjährigen Mädchen ins Gesicht. Sie war gute ein Meter fünfundsiebzig groß, damit einige Zentimeter größer als er selbst, schlank, hatte ein schmales, von dunkelblonden Locken eingerahmtes Gesicht. In ihrer Oberlippe glitzerte ein metallenes Piercing. Ihr T-Shirt war so kurz, dass ihr flacher, durchtrainierter Bauch nackt vor Takedas Augen glänzte.

Der Inspektor räusperte sich irritiert und sagte: »Ich hätte gerne einen Espresso und ein Croissant.« In seiner eigentümlichen, japanischen Intonation klang die Bestellung ungewohnt, aber durchaus verständlich: *Einen Essupuresso undu ein Kuruasson*. Er sprach fließend Deutsch, schließlich hatte er die Sprache studiert und das Land bereits einige Male bereist. Zudem war sein Vater ein großer Bewunderer Deutschlands. Er hatte Ken schon früh mit der deutschen Kultur vertraut gemacht.

»Geht klar. Alles in Ordnung mit Ihnen?«, fragte die Kellnerin.

»Ja, danke schön. Alles in Butter.«

Die Kellnerin lachte über Takedas Formulierung. Sie wollte

gerade ins Innere des Cafés zurückkehren, als eine der beiden Frauen, die am Nachbartisch saßen, sie zurückhielt. Mit ungeduldiger Stimme sagte sie: »Könnten wir jetzt endlich zahlen! Wir haben schon vor über einer Viertelstunde um die Rechnung gebeten.«

Die Kellnerin lächelte übertrieben süß und sagte: »Jetzt mal nicht quengeln, das macht nämlich Falten! Ihre Rechnung kommt schon noch.« Dann verschwand sie mit federnden Schritten im Inneren des Cafés.

Takeda blickte ihr amüsiert nach. Er mochte Deutschland von Tag zu Tag mehr. Besonders gefiel ihm diese überraschende Entspanntheit, dieses Laisser-faire, dieses Ungezwungene. Die preußischen Zeiten waren wirklich vorüber. Das war wunderbar!

## 2.

Kriminalhauptkommissarin Claudia Harms starrte auf ihr Telefon. Es war Samstagabend, und sie war unausgeglichen, um es milde auszudrücken. Eigentlich war sie gereizt, nervös, wütend, und zwar auf alles und jedes. Besonders auf sich selbst. Was nicht ganz ungewöhnlich für Claudia war.

Sie starrte auf das Telefon, aber der kabellose Apparat, der auf dem Couchtisch im Wohnzimmer lag, verweigerte ihr den Gefallen zu klingeln.

War es denn wirklich zu viel verlangt? Ein einfacher Anruf? An einem Samstagabend? Sollte wieder einmal sie selbst diejenige sein, die zuerst anrief?

Nein, unmöglich, dachte Claudia. Das konnte sie nicht mit ihrer Würde vereinbaren, mit ihrer Selbstachtung. Es hätte ihre Niederlage offensichtlich gemacht. Ihre Abhängigkeit. Ihre Schwäche. Und vor allem hätte es bestimmt nicht dazu geführt, dass sie am anderen Ende der Leitung von einer freudigen Stimme begrüßt worden wäre …

Claudia blickte auf die Wohnzimmeruhr, einen altmodischen Kasten mit vergilbtem Zifferblatt und Pendel, den sie von ihrer Großmutter geerbt hatte. Er wirkte fremd in der ansonsten modern und stylisch eingerichteten Wohnung. Sie mochte die Uhr, sie erinnerte sie an ihre Kindheit, an die Stille im Haus ihrer Oma in Blankenese, an lange Sommernachmittage, deren Stille nur von dem regelmäßigen Ticken der Uhr unterbrochen wurde.

Es war kurz nach zehn Uhr am Abend. Vermutlich war das die Uhrzeit, zu der sich andere Frauen den Anruf eines Mannes ersehnten. Claudia nicht! Weiß Gott, nein! Sie wünschte sich, dass ihr Arbeitgeber anrief, die Hamburger Polizei, genauer die Mordkommission. Claudia hoffte, dass sie unverzüglich zu einem Einsatz gerufen wurde. Es musste nicht einmal ein Mord sein. Eine schwere Körperverletzung, ein Unfall, eine Schlägerei mit Tötungsabsicht würde genügen. Hauptsache, sie konnte hier verschwinden, konnte raus, konnte sich ablenken. Konnte ihrem Privatleben entfliehen.

»Claudia? Kommst du auch mal zurück? Ich warte auf dich.« Eine Stimme rief aus ihrem Schlafzimmer. Sie klang tief und sonor, sehr männlich, sympathisch. Die Sorte bäriger Typ, den eine Frau sich an einem Samstagabend eben wünschte.

Claudia? Eher nicht.

Warum eigentlich? Keine Ahnung. Vermutlich weil sie einfach eine Macke hatte. Weil sie nie zufrieden war und immer etwas auszusetzen hatte. Sie fühlte sich schon eingeengt, wenn andere Leute noch von Kennenlernen und ersten Zeichen des Vertrauens sprachen. So war sie nun einmal.

»Bin gleich da. Sekunde noch«, rief Claudia. Sie warf dem Telefon einen letzten, vorwurfsvollen Blick zu, zögerte aber, ins Schlafzimmer zurückzukehren. Sie war übrigens nackt, hatte sich nicht einmal ein Tuch umgebunden. Warum auch? Sie konnte sich sehen lassen.

»Mach nicht zu lange. Sonst schlaf ich noch ein. Oder ich mach den Fernseher an«, rief die Stimme aus dem Schlafzimmer.

Claudia lachte. »Wag es nicht. Sonst fliegst du sofort raus. Ich bin gleich bei dir und treib dir solche Flausen aus.«

»Na, hoffentlich.«

Andreas. Sie war jetzt seit vier Wochen mit ihm zusammen, was für Claudias Verhältnisse lang war. Fast schon rekordverdächtig. Bei allen anderen Versuchen in den zurückliegenden Jahren war schon nach einem Tag Schluss gewesen, besser gesagt nach einer Nacht. Und immer war sie diejenige gewesen, die nicht mehr angerufen hatte. Warum? Weil es sinnlos war. Es erschien ihr viel klüger, sich selbst und dem jeweiligen Typen alle Illusionen zu ersparen. Früher oder später wäre sowieso Schluss. Und dann eben lieber früher.

Claudia hätte ihre Beziehungslegasthenie, wie sie es selbst nannte, am liebsten darauf geschoben, dass sie nun einmal ein Bulle war. Der Job ließ Beziehungen nicht zu, das wusste doch jeder. Bullen arbeiteten zu chaotischen Zeiten, hatten eine schussbereite Waffe im Nachtschrank und blickten regelmäßig in menschliche Abgründe. Welche Ehe, welche Beziehung, welche auch nur etwas längere Affäre sollte so etwas aushalten?

Claudia stand immer noch im Wohnzimmer, schüttelte den Kopf, schnaubte. Alles, was sie sich da zusammendachte, war nicht ganz falsch. Aber die Wahrheit war es auch nicht. Eigentlich lag es nur an ihr. Sie kriegte es einfach nicht hin, das mit den Männern.

Sie hatte Andreas an einem Abend im Borchers kennengelernt, einer Kneipe im feinen Eppendorf. Sie hatte mit ihrer Freundin Gudrun am Tisch gesessen, er mit einem Kumpel nicht weit entfernt. Schon vor dem ersten Wort, das sie wechselten, war eigentlich alles klar gewesen. Eine Verabredung mit stummen Blicken. Er war ein gutaussehender Typ, groß, schlank, übertrieb es aber nicht mit der Lässigkeit. Mit seinem Kumpel redete er auf ernsthafte Art, was hieß, dass er nicht völlig unterbelichtet war. Was soll man da noch quatschen? Gudrun war die Flirterei natürlich nicht entgangen.

»Fängst du schon wieder damit an?«, hatte sie halb spöttisch, halb vorwurfsvoll gefragt.

»Womit?«

»Einen Kerl abzuschleppen.«

»Ist das jetzt verboten?«

»Natürlich nicht. Aber es bringt dich nicht weiter, Claudi.«

Claudia prustete. »Ich will nicht weiterkommen, ich will einen Typen im Bett. Und zwar heute Nacht.«

»Ach, Claudia.«

Vielleicht lag es an Gudruns Sprüchen, ihrem Augenrollen, ihrem Seufzen. Sie beschloss, sich mit Andreas Mühe zu geben. Mehr als sonst. Aus einer Nacht wurden viele Nächte, aus einem Wochenende ein ganzer Monat. Zum ersten Mal seit langem konnte Claudia sich etwas vorstellen. Ziemlich überraschend. So kannte sie sich nicht. Aber einfach war es auch nicht. Es gefiel ihr mit Andreas, aber in ihr tobte es. Schien eines ihrer Talente zu sein: das zu zerstören, was ihr guttat.

Andreas trat ins Wohnzimmer, ebenfalls nackt. Sie sahen sich in die Augen, mussten beide lächeln.

»Wenn du nicht freiwillig kommst, dann muss ich dich wohl holen«, sagte er mit gespielter Strenge. Er trat an Claudia heran, legte seine Arme um sie. Sie schloss die Augen und gab ein wohliges Seufzen von sich. »Wir könnten auch einfach hierbleiben. Ich habe ein Sofa, einen Teppich, einen Tisch …«

»Klingt alles verlockend. Aber wenn ich ehrlich bin, dann bevorzuge ich doch das Bett.«

Claudia lachte. Sie schob Andreas ein Stück von sich fort, musterte ihn demonstrativ vom Scheitel bis zu Sohle. »Du musst mich gar nicht holen. Ich komme freiwillig mit. Schließlich weiß ich, was ich will.«

»Ach ja? Was denn?«

»Das wirst du gleich sehen.«

Sie streckte die Hand aus und zog ihn mit sich in Richtung Schlafzimmer.

Es war weit schon nach Mitternacht. Andreas schlief, eingerollt wie ein kleiner Junge. Claudia lag wach. Sie konnte nicht schlafen, wie so oft. Gehörte irgendwie auch zum Polizisten-Dasein. Genau wie zu ihrem ganzen Seelenchaos. Sie verschränkte die Hände hinter dem Kopf und starrte an die Decke. Seltsamerweise musste sie an Takeda denken. Es lief ganz gut mit ihnen, was Claudia selbst mit am meisten überraschte. Sie hatte es nicht erwartet. Das Austauschprogramm zwischen Tokio und Hamburg war ihr anfangs unsinnig erschienen. Ein japanischer Polizist in Deutschland – wie sollte das klappen? Aber Takeda hatte sich als guter Bulle erwiesen. Er war konzentriert, scharfsinnig, umsichtig. Und er war nett. Interessant. Na ja, zumindest soweit sie es beurteilen konnte. So ganz schlau wurde Claudia nämlich nicht aus ihm. Ken, wie sie ihn nannte, hatte seltsame Angewohnheiten, eine ganze Menge sogar. Er machte sich zum Beispiel ständig Notizen, über alles Mögliche. Notierte sich Beobachtungen, aber auch die Schimpfworte, die Claudia gerne und häufig benutzte. Er schloss in Meetings die Augen und schien zu schlafen, sogar wenn Holger Sauer, der Leiter der Mordkommission, gerade redete. Wenn man dem Inspektor etwas erzählte, nickte er die ganze Zeit und brummte bestätigend. Oder wie er ihren Namen aussprach. *Kuraudia* …

Claudia lächelte, als sie den Klang von Takedas Stimme in ihrer Erinnerung hörte. Was war eigentlich mit ihm und Sex? Hatte er welchen? Und wenn ja, mit wem? Soweit sie wusste, war er ja geschieden. Und eine Freundin hatte er, soweit sie wusste, auch nicht. Aber vielleicht legten Japaner ja gar keinen Wert auf Sex? Obwohl, dafür gab es zu viele von ihnen. Hundertdreißig Millionen, das hatte sie irgendwo gelesen. Vielleicht vermehrten sie sich ja per Zellteilung?

Claudia musste laut auflachen, blickte dann mit schlechtem Gewissen hinüber zu Andreas. Aber der schlief tief und fest und streckte ihr seinen nackten, knackigen Hintern entgegen. Sollte sie ihn wecken? Nein, für heute Nacht reichte es.

Das Telefon ließ Claudia aufschrecken. Sie blickte auf den Wecker. Es war halb drei Uhr in der Nacht. Sie war wohl doch eingeschlafen. Sie wollte aufstehen, war aber zu langsam. Das Klingeln brach ab. Kurz darauf läutete ihr Handy. Es lag auf dem Nachttisch. Claudia fühlte sich benebelt. Sie nahm den Apparat, stand auf, schlurfte ins Wohnzimmer und nahm das Gespräch an. Es war das Präsidium.

Genau das hatte sie sich den ganzen Abend gewünscht. Ein Einsatzbefehl. Jetzt kotzte es sie an. Bullenschicksal. Miese Bezahlung, miese Arbeitszeiten, mieses Image. Der Kollege am anderen Ende der Leitung nahm keine Rücksicht darauf. Er redete einfach los und gab die wenigen Details des Falles durch, die bisher bekannt waren. Claudia hörte zu und spürte Übelkeit in sich aufsteigen. »Okay, hab's verstanden ... Ja, ich mache mich sofort auf den Weg ... Nein, den rufe ich selbst an. Ja, natürlich ist der in Bereitschaft, genau wie ich. Ja, danke und Ende.«

Sie beendete das Gespräch, schüttelte den Kopf. Viele Kollegen wollten immer noch nicht glauben, dass Takeda ein vollwertiger Kollege war, mit allen Rechten, allen Pflichten. Aber so war es. Er durfte eine Waffe tragen, er durfte nachts geweckt werden. Das ganze Programm.

Claudia drückte ein paar Tasten ihres Handys und wählte die Nummer des Inspektors. Takeda meldete sich nach dem zweiten Klingeln. Offenbar hatte er auch nicht geschlafen.

## 3.

Die Nacht war mild und roch nach Kastanienlaub. Inspektor Takeda trat vor die Tür und meinte, eine Note von Herbst in der Luft zu spüren. Dabei war es erst Ende August. Und doch, er täuschte sich nicht. Das Ende des Sommers war zu spüren, zumindest eine Ouvertüre davon.

Er hatte gehört, dass die Hamburger die Zeit, die nun begann, den Altweibersommer nannten – den Sommer der alten Frauen. Aber Horst Kröger, ein älterer Kollege, hatte ihn aufgeklärt. Das Wort hatte nichts mit alten Frauen zu tun, jedenfalls nicht direkt, obwohl auch die meisten Deutschen das dachten. Als Weiben wurden früher vielmehr die Spinnweben bezeichnet, die um diese Jahreszeit oft im glitzernden Sonnenlicht dahinschwebten und die an das graue Haar älterer Frauen erinnerten.

In Japan endete allmählich die große Sommerhitze und die Tage versprachen mildere Temperaturen. Recht besehen begann erst jetzt die wirklich angenehme Zeit des Sommers.

Von der herbstlichen Melancholie, die Takeda erfüllte, während er durch die noch dunkle Straße zu seinem Auto ging, wäre in Japan um diese Zeit noch nichts zu spüren.

Der Inspektor stieg in seinen dunkelblauen BMW, den das LKA ihm zur Verfügung gestellt hatte, klemmte das Behelfsblaulicht auf das Dach, scherte auf die Straße aus und trat das Gaspedal durch. Mit einem feinen Lächeln im Gesicht beschleunigte er den Wagen auf achtzig Stundenkilometer. Er bog schlingernd um die Ecke zur Alsterdorfer Straße, überfuhr, wenn auch etwas vorsichtiger, die rote Ampel am Ring 2 und bog nach links in Richtung Westen ab. Die Straße war nun vierspurig und übersichtlich. Es war kurz vor drei Uhr morgens, kaum ein Wagen unterwegs. Takeda beschleunigte erneut. Hundert, dann hundertzwanzig. Aus dem Bordradio erklang Miles Davis' *Kind of Blue*. Sehr entspannt, genau wie Takeda. Er fuhr gerne schnell.

Nötig war die Raserei natürlich nicht. Der Einsatz war zwar dringend, darüber hatte Claudia am Telefon keinen Zweifel gelassen, aber es war keine Gefahr in Verzug. Aber wenn er schon einmal die Gelegenheit dazu hatte ...

Der Inspektor lenkte den Wagen weiter über den Ring 2 und unter der Bahnbrücke hindurch, hielt sich dann nach rechts in Richtung Nedderfeld, schoss an Baumärkten und Autohäusern vorbei.

Das wenige, das Claudia ihm über den Fall gesagt hatte, klang nicht gut, auch wenn sie selbst noch kaum Details kannte. *Machen Sie sich auf etwas gefasst, Ken. Es wird ziemlich beschissen.* Er war gespannt.

Lokstedt, Stellingen, die Volksparkstraße. Das Navigationsgerät zeigte ihm an, dass er sein Ziel in zwölf Minuten erreichen würde. Takeda griff in seine Brusttasche und klopfte eine Zigarette der Marke *Mild Seven* aus der Packung. Er zündete sie mit dem Zigarettenanzünder an und inhalierte tief.

Als Claudia vorhin angerufen hatte, lag er wach im Bett und hatte auch da eine Mild Seven im Mundwinkel gehabt, dazu ein Glas Whisky in der Hand. Im Hintergrund lief Karl Segem, ein norwegischer Jazz-Saxophonist, den er jüngst entdeckt hatte. Sein Blick ruhte auf Sachiko, die neben ihm lag und schlief. Ihre weiße Haut schimmerte in der Dunkelheit, ihr langes, seidenschwarzes Haar lag wie flüssiger Teer auf dem Laken. Während er sich anzog, musste er jedoch an Makiko denken. Wie oft hatte er sie, mit der er zwölf Jahre verheiratet gewesen war, mitten in der Nacht zurückgelassen, um zu einem Einsatz zu fahren. Makiko hatte immer darauf bestanden, ebenfalls aufzustehen, ihm einen Tee zuzubereiten und ihn zur Tür zu begleiten. Seit zwei Jahren war es vorbei damit, damals hatten sie sich auf sein Drängen hin getrennt. Er hatte eingesehen, dass er sie nicht liebte und sie um das Glück betrog, das sie verdient hatte.

Aber dann, nach der Scheidung, waren ihm Zweifel gekommen. Hatte er wirklich die richtige Entscheidung getroffen? War das, was er für mangelnde Liebe hielt, nicht einfach seine Unfähigkeit gewesen, eine Entscheidung zu treffen? Seine Sehnsucht nach etwas, das er nicht benennen konnte?

Er wusste es nicht.

Die Straße, die Claudia ihm genannt hatte, befand sich am *Osdorfer Born*, einer Großsiedlung am westlichen Rand von Hamburg. Um 1970 erbaut, Heimstadt für über zehntausend Menschen.

Takeda hatte über die Siedlung gelesen, war sogar an einem

beschäftigungslosen Nachmittag mit dem Wagen hingefahren. Die Kollegen hatten ihm dazu geraten. Früher oder später würde er ja sowieso hinmüssen. Dienstlich. Weil man am Osdorfer Born nicht gut leben, aber sehr gut sterben könne.

Der Inspektor war überrascht gewesen, weil er die Siedlung als überraschend angenehm empfunden hatte. Natürlich, die gewaltigen Siedlungshäuser, die fünfzehn, fast zwanzig Stockwerke in die Höhe ragten, waren einschüchternd. Die Mauern waren mit Graffiti beschmiert, Müll lag auf den Straßen, hier und dort sah er eine mutwillig zerstörte Bushaltestelle. Auf den Straßen ging es bunt und laut zu, viele Kids mit dunkler Hautfarbe, der Klang von Rapmusik in den Häuserschluchten, die Luft, die nach Cannabis, Urin und Dreck roch.

Trotzdem war es friedlich gewesen, und während er durch die Grünanlagen spaziert war, hatte er sich nicht unwohl gefühlt.

Nun sollten die Kollegen also doch recht behalten. Ein guter Ort zum Sterben.

Takeda reduzierte die Geschwindigkeit und holte das Blaulicht ein. Er bog in die Straße, in der der Tatort liegen sollte. Im Schritttempo fuhr er weiter, hielt nach Claudia und den Kollegen von der Spurensicherung Ausschau, konnte aber nichts entdecken. Erst hinter einer weiteren Ecke wusste er, dass er sein Ziel erreicht hatte.

Gleich mehrere Einsatzwagen standen mit rotierendem Blaulicht an der Straße, ein weiterer Wagen parkte in einer Grünanlage zu Füßen eines Hochhauses. Im flackernden Lichtkegel des Wagens sah Takeda eine für die nächtliche Uhrzeit erstaunlich große Menschenmenge rund um die Fläche, die von den Kollegen mit rotweißem Flatterband abgesperrt worden war. Es herrschte eine ohrenbetäubende Geräuschkulisse, obwohl die Polizeiwagen keine Martinshörner eingeschaltet hatten. Er hörte grölende Männerstimmen, Gelächter, Musik, immer wieder das Klirren berstenden Glases.

Erst als Takeda ausgestiegen war und sich der Absperrung näherte, sah er, dass aus der Menge heraus immer wieder Flaschen und andere Dinge in Richtung der Polizisten flogen. Zwischendurch dröhnte die mahnende Stimme eines Beamten aus einem Megaphon, doch bitte nach Hause zu gehen und die Polizei ihre Arbeit machen zu lassen.

Die Ansage blieb ohne erkennbare Wirkung.

Takeda, im Anzug, aber ausnahmsweise ohne Krawatte, zuckte mit den Schultern. Claudia hatte ihn gewarnt. In manchen Gegenden von Hamburg erzeugten Uniformen keinen Respekt, sondern Wut.

Der Inspektor drängte sich durch die Menge der Schaulustigen. Der uniformierte Kollege, der unmittelbar hinter dem Flatterband stand, kannte ihn zwar nicht, hatte aber offenbar von ihm gehört. Er tippte sich an die Mütze und sagte: »Sie sind bestimmt Takeda-San? Immer herein in die gute Stube.«

»Die gute Stube?« Der Inspektor sah ihn fragend an.

Der uniformierte Beamte winkte ab. »Nur so ein Ausdruck. Ihre Kollegin finden Sie da vorne bei den Büschen. Die Spurensicherung ist auch schon da. Nur die Rechtsmedizin ist noch unterwegs. In einer Samstagnacht dauert es halt. Da haben wir ja wohl alle etwas Besseres zu tun.«

»Ich verstehe. Vielen Dank.«

Der Beamte nickte. Takeda tauchte unter dem Absperrband hindurch, das den Bereich zwischen einem Schotterweg und dem Gebüsch unmittelbar unterhalb eines der Wohntürme abgrenzte. Das Gebäude ragte fast zwanzig Stockwerke in die Höhe. Die Fassade wirkte durch die versetzt angebrachten, dreieckigen Balkone wie ein zerklüfteter Felsen.

Takeda wollte gerade zum eigentlichen Tatort gehen, als ein Gegenstand nur knapp über seinem Kopf hinwegsauste und mit lautem Klirren auf dem Boden aufschlug. Es war eine leere Flasche, nun in unzählige Scherben zerborsten. Irgendwo weiter hinten in der Menschenmenge schrie eine Männerstimme: »Scheißbullen, verpisst euch!«

Eine zweite Stimme kam hinzu: »Haut bloß ab! Ihr habt hier nichts verloren.«

Takeda erkannte den brüchig-melodiösen Slang, den er inzwischen gut von jungen Deutschtürken kannte. Die Schreie steigerten sich weiter, wurden nun auch von Pfiffen begleitet, verloren sich dann in einem höhnischen Gelächter.

Als der Inspektor sich umdrehte und in die Richtung der Schreihälse blickte, sah er tatsächlich ein paar jüngere Türken, aber auch einige ältere Bewohner der Siedlung, zumeist Deutsche. Sie trugen unter ihren Jacken ihre Nachtwäsche, waren offenbar von dem Lärm und dem Blaulicht angelockt worden.

Der Inspektor fand Claudia unmittelbar vor dem Siedlungshaus, wo sie inmitten einiger Rhododendronbüsche stand. Sie hatte den Kopf in den Nacken gelegt und blickte an der Fassade empor. Takeda machte sich mit einem Hüsteln bemerkbar. Claudia, ohne sich ihm zuzuwenden, sagte: »Was für eine Scheiße, Ken.«

»Ich weiß, dass Sie dieses Wort mögen.«

Claudia schaffte nur ein halbes Grinsen. »Diesmal meine ich es ernst.«

»Erklären Sie mir, was passiert ist.«

»Klar.«

Claudia löste sich vom Anblick der Fassade und drehte sich zu ihm um. Takeda merkte sofort, dass etwas nicht mit ihr stimmte. Sie wirkte nicht einfach nur müde, sondern zutiefst erschöpft, auch sehr angefasst. Es wunderte ihn, denn bisher hatte er Claudia als selbstbewusst und durchaus robust erlebt. War der Fall, der sie hier erwartete, so schlimm?

In der Menge brandeten erneut laute Rufe auf, weitere Flaschen, diesmal aber auch Steine, flogen in ihre Richtung.

Claudia schüttelte missmutig den Kopf. »Wenn das so weitergeht, müssen wir bald mit Helm zum Einsatz.«

»Junge Männer sind oft wütend. Das liegt in ihrer Natur«, sagte Takeda beschwichtigend.

»Junge Männer sind oft Arschlöcher …«, erwiderte Claudia.

»Ich kann Ihnen leider nicht widersprechen.«

Sie sahen sich an und grinsten. Es tat gut.

»Der Krawall hat übrigens angefangen, weil ein paar von den Idioten mit ihren Handys Videos vom Tatort drehen wollten. Ich habe ihnen gut zugeredet, half aber nichts. Als die Kollegen sie dann etwas rabiater nach hinten gedrängt haben, ging es mit den Steinen und Flaschen los.«

»Vielleicht sind nicht junge Männer das Problem, sondern Smartphones?«

Claudia rollte nur mit den Augen. »Ich würde sagen, die Kombination aus beidem.« Dann räusperte sie sich und sagte mit leiserer, ernster Stimme: »Kommen Sie, ich zeige Ihnen, womit wir es zu tun haben.«

Sie führte den Inspektor zu einer Stelle im Gebüsch, wo eine weiße Schutzdecke ausgebreitet war, darunter Konturen, die Takeda zunächst nicht zu deuten vermochte.

Claudia ging in die Hocke, schlug die Decke zurück. Takeda blickte auf die Leiche eines Kleinkindes, eines Jungen, höchstens ein Jahr alt.

»Ist er gestürzt? Ein Unfall?«

»Nein. Er ist hinuntergeworfen worden. Mord.«

## 4.

Claudia war schlecht. Es lag nicht an der Uhrzeit, nicht an ihrer Müdigkeit, nicht an der grölenden Menge.

Es lag daran, dass es Einsätze gab, bei denen ihr Fell einfach nicht dick genug war, um sie zu schützen.

Sie war weiß Gott nicht zartbesaitet. Massaker, Menschenfresser, Frauenmörder. Sie hatte vor genug Leichen gestanden, bei denen man kotzen wollte, die ausgeräumt und mit Hundescheiße vollgestopft waren. Sie hatte Tote aus dem Wasser gezogen, denen die Aale aus den Augenhöhlen krochen, hatte abgetrennte Arme, Beine, Köpfe zusammengesetzt wie Puzzlestücke. All das war weit jenseits der Grenze dessen gewesen, was ein normaler Mensch aushielt. Sie hielt es aus.

Aber das hier, ein Kind, war etwas anderes.

Auch, weil es schon wieder passierte.

Schon wieder in Hamburg.

Was war nur los mit der Stadt? Mit ihrer Stadt? Mit den Menschen? Warum traf es schon wieder ein Kind, das doch, verdammt noch mal, niemandem etwas getan hatte?

Und warum musste ausgerechnet sie Bereitschaftsdienst haben und sich darum kümmern?

Es berührte etwas in ihr, das sie tief in sich vergraben hatte. Etwas, das sie so gut vor sich selbst versteckte, dass es ihr auch jetzt gar nicht wirklich bewusst war. Was es war? Vielleicht die Tatsache, dass sie keine Kinder hatte? Möglich. Obwohl sie das eigentlich in Ordnung fand. Aber vielleicht ja auch doch nicht. Und dann musste sie mitansehen, wie Menschen das Geschenk, das ein Kind war, einfach wegwarfen ...

Der Junge lag auf dem Rücken. Sie schätzte ihn auf zwölf, höchstens achtzehn Monate. Er war klein, ja zierlich, eine süße, viel zu magere Puppe. Die dunklen Haare wirkten selbst jetzt, wo der Junge schon kalt war, verschwitzt. Sein einer Unterschenkel war um fast neunzig Grad abgewinkelt, der Kopf unnatürlich zur Seite gedreht, der kleine Brustkasten in sich verkrümmt, als wären die Rippen, vielleicht die ganze Wirbelsäule gebrochen. Sein Gesicht aber war friedlich, die Augen geschlossen, als würde er schlafen. Er trug einen blauen Strampler mit Bärenmuster, fleckig, verdreckt, darunter eine Windel, die offenbar schon viel zu lange nicht gewechselt worden war.

Claudia trat zwei Schritte zurück, starrte wieder nach oben. Ihre Augen kletterten von Balkon zu Balkon, fünf, zehn, fünfzehn Stockwerke hinauf.

Irgendwo von dort oben war der Junge hinabgeworfen worden. Wer tat so etwas? Wie brachte derjenige es fertig? Sie hatte als Polizistin gelernt, alles für möglich zu halten, sich bis zu einer gewissen Grenze in alles hineinversetzen zu können.

Hier konnte sie es nicht.

Bisher gab es keinen Zeugen für die Tat. Aber sie hatten einen anonymen Anrufer, der sich vor inzwischen fast zwei Stunden in der Notrufzentrale gemeldet hatte. Claudia hatte vorhin, während sie auf Takeda wartete, in der Zentrale angerufen und sich den Mitschnitt des Gesprächs vorspielen lassen. Der Anrufer, männlich, vermutlich älter, seine Identität wurde gerade mit Hilfe der Telefongesellschaft ermittelt, hatte nichts unmittelbar gesehen. Ein Knallzeuge, wie sie das nannten. Nichts gesehen, aber alles gehört. Er gab an, von lautem Kindergeschrei geweckt worden zu sein, Gebrüll, Weinen, Schreien. Offenbar hatte jemand das Kind auf den Balkon gelegt, hatte es ausgesperrt. Kurz darauf sei die Stimme eines Mannes zu hören gewesen, er habe gedroht, das Kind hinabzuwerfen, wenn es nicht aufhöre zu weinen. Dann sei es ruhig geworden, gab der Anrufer zu Protokoll. Er habe geglaubt, dass das Kind wirklich still geworden sei, vielleicht eingeschlafen. Als er aber später auf den Balkon getreten sei, ja, er könne nachts halt nicht schlafen, er habe eine Zigarette rauchen wollen, da habe er den Jungen unten im Gebüsch liegen sehen.

Die Notrufzentrale hatte einen Streifenwagen vorbeigeschickt, um die Angaben zu überprüfen. Die Kollegen hatten die Leiche gefunden und dann sofort weitere Einsatzkräfte beordert. Schließlich wurde auch die Mordkommission alarmiert.

Claudia zuckte zusammen, als sie Takedas Hand auf ihrer Schulter spürte. Sie drehte sich um, ihre Blicke trafen sich, und der Japaner sagte: »Es tut mir leid. Ich wollte Sie nicht erschrecken.«

»Schon gut, Ken. Kein Problem.«

Er sah sie lange an, nachdenklich, besorgt. Er sah ihr nicht einmal in die Augen, und dennoch sah er in sie hinein. Claudia kannte das schon von ihm. Es war, als hätte Takeda einen weiteren, unsichtbaren Sinn, mit dem er in sie hineinspüren konnte. War wohl irgendetwas Japanisches. Die konnten so etwas offenbar. Zumindest er, Ken, konnte es.

Claudias Körper straffte sich, sie kappte die Verbindung zu Takeda und sagte mit geschäftsmäßiger Stimme: »Fangen wir an. Je schneller wir das hier hinter uns haben, desto besser.«

»Natürlich.«

Claudia wandte sich an einen der nahestehenden Uniformierten und bat ihn, ihr und Takeda Kaffee zu besorgen, einer der Kollegen hätte doch bestimmt eine Thermoskanne im Wagen. Dann besprachen sie sich mit Markus Tellkamp, dem Leiter der Spurensicherung. Für ihn und seine Leute gab es im Moment nicht viel zu tun. Sie machten Fotos der Leiche und der Umgebung, ansonsten blieben sie in Bereitschaft.

Claudia sagte: »Mach uns bitte zwei Polaroids von dem Jungen, Markus. Wir müssen so schnell wie möglich herausfinden, wer der Kleine ist. Vielleicht kann uns einer der flaschenwerfenden Idioten weiterhelfen. Ist schon komisch genug, dass hier nicht längst einer von selbst aufgetaucht ist, um zu helfen.«

Die Polaroids waren wenige Minuten später fertig. Claudia nahm eines entgegen und begutachtete es. Erst jetzt, aufgehellt durch den Blitz des Fotoapparates, fielen ihr die blauen Flecken und Blutkrusten im Gesicht des Jungen auf. Sie waren bereits älter und abgeheilt, konnten also nicht von dem Sturz herrühren.

Claudia reichte Takeda eine der Aufnahmen, sagte: »Versuchen wir unser Glück, Ken. Fragen wir herum. Aber vorsichtig, bitte.«

»Sie meinen, weil wir keine Helme tragen?«

Takeda lächelte, schaffte es, dass auch sie lächelte.

Die aggressive Stimmung unter den Zuschauern ebbte schnell ab, als sich die Nachricht vom Tod des Kleinkindes herumsprach. Zur erhofften Kooperationsbereitschaft führte es allerdings nicht. Die meisten der jüngeren Männer zogen es vor, zu verschwinden. Die Polizei beschimpfen – immer gerne. Ihr helfen, und sei es für eine gute Sache? Fehlanzeige! Die älteren Nachbarn blieben, betrachteten das Bild, zuckten aber mit den Schultern. Einige bestätigten immerhin, den Jungen schon einmal gesehen zu haben. Eine ältere Frau – sie trug einen Morgenmantel und hatte eine Dose Bier in der Hand – meinte sich zu erinnern, dass der Junge Pascal hieß. Wer die Eltern waren oder in welcher Wohnung sie wohnten, wusste sie allerdings nicht.

Takeda war ähnlich erfolglos. Er stellte Fragen und zeigte das Foto, erntete aber nur Schulterzucken und Missmut. Claudia ahnte, was das bedeutete. Sie würden von Wohnung zu Wohnung gehen müssen, in der Hoffnung, entweder direkt die richtige Adresse zu finden oder zumindest jemanden, der den Jungen identifizieren konnte. Es könnte gut und gern die ganze Nacht dauern.

Claudia kehrte zu Tellkamp zurück und bat ihn, weitere Polaroids anzufertigen, damit sie damit die uniformierten Kollegen ausstatten könnte. Gerade als Tellkamp seine Kamera zückte, bahnte sich ein Wagen hupend seinen Weg durch die Gaffer.

Es war ein Citroën. Claudia nickte erleichtert und sagte: »Na, endlich. Das wurde aber auch Zeit.«

Der Wagen gehörte Dr. Angelika Reimann, einer Mitarbeiterin von Ludger Terzian, dem Leiter des Hamburger Instituts für Rechtsmedizin. Claudia war sich nicht sicher gewesen, wer in dieser Nacht für die Rechtsmedizin im Einsatz war, war aber froh, dass es Reimann war. Sie kannten sich von früheren Fällen. Claudia mochte die Ärztin.

Sie begrüßte Dr. Reimann, die sie duzte und Angelika nannte. Sie stellte ihr Takeda vor, die beiden gaben sich die Hand. Die Medizinerin, eine gutaussehende Mittvierzigerin mit einer wallenden Lockenpracht, die nicht wirklich zu ihrer Profession passte, schenkte dem Inspektor ein Lächeln. »Ludger Terzian hat mir viel von Ihnen erzählt, Herr Takeda. Anscheinend haben Sie beide sich ja richtig angefreundet. Er schwärmt von Ihnen.«

Takeda lächelte verkrampft. In seiner Erinnerung keimten Bilder mehrerer Abende auf, die er gemeinsam mit Terzian im Hotoke verbracht hatte, seinem japanischen Stammlokal im Hamburger Hafen. Der so intelligente wie exzentrische Mediziner war ein begeisterter Japan-Fan. Er betrieb in seiner Freizeit *Kyūdō*, das japanische Bogenschießen, und besaß ein besonderes Interesse für die Tötungstechniken der alten Samurai. Außerdem war Terzian ein Freund der japanischen Küche, inklusive der Trinksitten. Sie hatten jedes Mal unzählige Fläschchen warmen Sake und anschließend mindestens eine Flasche Whisky geleert, um sich dann gemeinsam im Karaoke-Raum des Hotoke zu verausgaben, sehr zum Leidwesen der übrigen Gäste. Anders als bei Takeda hielt sich Terzians Gesangstalent in sehr engen Grenzen.

»Ja, das ist korrekt. Herr Terzian und ich haben sehr interessante Gespräche geführt«, sagte Takeda und deutete eine Verbeugung an.

Dr. Reimann grinste. Dann aber räusperte sie sich, wurde dienstlich: »Worum geht's denn überhaupt?«

Claudia setzte sie ins Bild. Reimann, die auch im Kinderkompetenzzentrum der Rechtsmedizin arbeitete und zahllose Misshandlungsfälle begleitet hatte, hörte mit ernstem Gesichtsausdruck zu. Schließlich seufzte sie und sagte: »Bitte nicht schon wieder ...«

»Das war auch mein erster Gedanke.«

»Ich weiß jetzt schon, was morgen ... nein, übermorgen in den Zeitungen stehen wird.«

Claudia schnaubte. »Das ist im Moment meine kleinste Sorge. Hör zu, mir geht es um Folgendes ...«

Claudia bat die Rechtsmedizinerin, aus den Verletzungen des Jungen eine ungefähre Prognose darüber anzustellen, aus welcher Höhe er gefallen war. Es würde die Suche nach dem Täter erheblich erleichtern, da sie die in Frage kommenden Wohnungen eingrenzen könnten.

Dr. Reimann verzog den Mund. »Ich weiß nicht, ob ich das auf die Schnelle kann. Vermutlich bräuchte ich dafür Röntgenaufnahmen, vermutlich sogar ein Schichtbild. Morgen früh …«

»Vergiss morgen früh! Versuch es wenigstens. Du hast genug Erfahrung in solchen Dingen. Es hilft mir doch schon, ob wir über zwanzig oder fünfzig Meter sprechen, über den dritten, den zehnten oder den fünfzehnten Stock.«

»Kennt denn keiner von den Leuten, die hier herumstehen, den Jungen?«

»Fehlanzeige. Oder sie wollen nichts sagen.«

»In Ordnung, ich sehe mir den Jungen an.«

»Danke.«

Claudia führte die Rechtsmedizinerin zu der Leiche. Dr. Reimann kniete sich hin und schlug das Tuch zurück, mit dem der Junge wieder zugedeckt worden war.

Doch zu Claudias Überraschung begann die Ärztin nicht mit einer Untersuchung. Sie kniete regungslos vor der Leiche, starrte sie an, untersuchte sie aber nicht. Sie wirkte ähnlich fassungslos, wie Claudia es vorhin gewesen war. Der Fall war sogar für eine hartgesottene Rechtsmedizinerin keine Routine.

»Angelika, ich möchte dich nicht zur Eile drängen, aber …«

Die Ärztin blickte zu Claudia hoch und sagte: »Der Junge heißt Pascal Rüthers, ist etwas älter als ein Jahr. Er wohnt bei seiner Mutter, Melanie Rüthers, und deren Lebensgefährten …«

»Du kennst den Jungen?!«

Dr. Reimann nickte. »Ich habe den Kleinen vor drei, vier Monaten zur Begutachtung in der Sprechstunde gehabt. Er wurde uns vom Jugendamt zugewiesen, Verdacht auf Kindesmisshandlung. So wie der Junge aussah, war das Wort Verdacht ein Witz.«

»Was war los?«, fragte Claudia.

Die Ärztin schüttelte den Kopf, seufzte. »Der Kleine war derart unterernährt, dass er wohl seit Wochen nichts oder zu wenig zu essen bekommen hatte. Außerdem war er dehydriert. Gerade in dem Alter kann das schreckliche Folgen haben. Wenn ich ihn mir jetzt ansehe, scheint sich nichts daran geändert zu haben. Außerdem war er geschlagen und wohl auch geschüttelt worden. Das Schlimmste haben wir aber erst durch eine toxikologische Untersuchung festgestellt.«

»So etwas macht ihr bei einem Kleinkind?«

»Wenn wir etwas ahnen, schon. Hat sich dann auch bestätigt. Die Eltern haben dem Jungen Alkohol, Schlafmittel und wohl auch Drogen verabreicht, um ihn ruhigzustellen. Das muss über Monate gegangen sein. Bot sich wohl auch an, das Kind dürfte allein vor Hunger ständig geschrien haben.«

»Wer macht so etwas?« Claudia stellte die Frage nur halblaut, doch Dr. Reimann zögerte nicht mit der Antwort. »Nach allem, was ich weiß, die Eltern, oder besser gesagt die Mutter und ihr Lebensgefährte. Er ist nicht der leibliche Vater, wenn ich mich richtig erinnere. Wir haben damals empfohlen, den Jungen sofort aus der Familie zu nehmen. Aber ob es dann auch geschieht, entscheiden das Jugendamt und die Gerichte.«

»Pascal Rüthers«, wiederholte Claudia leise. Erneut blickte sie an der Hausfassade empor. Dann wandte sie sich an Takeda: »Kommen Sie, Ken. Vielleicht können wir das hier wirklich schneller hinter uns bringen, als wir erwartet haben. Ich hätte weiß Gott nichts dagegen.«

Die Haut über Takedas Wangen war gespannt, seine Brauen waren zusammengekniffen. Mit heiserer Stimme sagte er: »Ich auch nicht.«

# 5.

*Shabu!*

Das Wort schoss Takeda durch den Kopf, unmittelbar nachdem er mit Claudia die Wohnung von Melanie Rüthers und Heiko Niemann betreten hatte.

Das Paar, neunundzwanzig und zweiunddreißig Jahre alt, bewohnte eine Wohnung im vierzehnten Stock. Drei Zimmer, Küche, Bad.

Balkon.

Melanie Rüthers hatte geöffnet, nachdem Claudia und Takeda immer wieder geklingelt und an die Tür gehämmert hatten. Sie war angezogen, trug Jeans und T-Shirt, schien aber geschlafen zu haben. Ihr Haar war zerzaust und stellenweise sogar verfilzt, die Zähne schlecht, der Blick glasig. Sie zitterte, machte fahrige Bewegungen, brauchte einige Anläufe, um zu sprechen, fragte dann, was sie wollten. Die Frau hatte getrunken, das konnte man riechen, aber Takeda sah sofort, dass Alkohol nicht das Einzige war, das sie in diesen Zustand versetzt hatte.

Immerhin ließ sie Claudia und ihn bereitwillig in die Wohnung treten.

Der Blick ins Wohnzimmer bestätigte Takedas Verdacht. *Shabu*. Unordentliche Kleiderhaufen auf dem Fußboden, verkrustetes Geschirr, stinkende Mülltüten, volle Aschenbecher, leere Flaschen. Dazu Brandlöcher im Teppich, Uringeruch in der Luft, ein paar abgestorbene Zimmerpflanzen auf der Fensterbank. Statt eines Vorhangs verdeckte ein dunkles Tuch die große Fensterscheibe, hinter der wohl der Balkon lag. Der Fernseher lief in ohrenbetäubender Lautstärke. Auf dem Sofa lag Heiko Niemann und schlief. Er wachte nicht einmal auf, nachdem erst Melanie Rüthers, dann Claudia ihn zu wecken versucht hatten. Ihn umwehte ein noch stärkerer Alkoholgeruch als sie. Vermutlich war er ohnmächtig, hatte aber dennoch ein entrücktes Lächeln auf den Lippen.

Dann sah Takeda das Tütchen mit Resten des kristallweiß glänzenden Pulvers. Crystal, wie sie es in Deutschland nannten. *Shabu*, wie es in Japan hieß.

Eigentlich war *Shabu* ein onomatopoetisches Wort im Japanischen und bildete ein Geräusch ab, ein Platschen oder Zischen. Was es meinte: Methamphetamin. Crystal Meth.

In Japan war die Droge seit langem verbreitet. Seitdem die Yakuza, aber auch chinesische und koreanische Banden, vor allem mit Verbindungen nach Nordkorea, ihr wirtschaftliches Potential erkannt hatten, gewann sie rasend schnell an Bedeutung, zog eine Spur der Verwüstung durch die Szeneviertel von Tokio und Osaka. In Deutschland war Crystal ebenfalls auf dem Vormarsch, das wusste Takeda aus Gesprächen mit den Kollegen von der Drogenfahndung. Europas offene Grenzen, dazu die Armut und die organisierten Banden in den osteuropäischen Ländern ... Das zusammen sorgte dafür, dass Deutschland mit Crystal Meth überschwemmt wurde. Die Droge war einfach herzustellen und versprach satte Gewinne.

So gesehen durfte es Takeda nicht wundern, dass er nun hier in Hamburg mit *Shabu* konfrontiert wurde. Und genauso mit den Untaten, die die Droge bewirkte.

Doch das war es nicht allein, was den Inspektor beschäftigte. Auch Heroin, Kokain, sogar Haschisch zerstörten Leben, führten zu Verbrechen und Elend. Keine dieser Drogen war harmlos. *Shabu* aber führte auf verwirrende Weise in die gemeinsame Historie Deutschlands und Japans.

Methamphetamin war zum ersten Mal 1893 synthetisiert worden, von seinem japanischen Landsmann Nagayoshi Nagai. Die Droge, oder besser gesagt der Wirkstoff, war sozusagen eine japanische Erfindung, wenn auch mit deutscher Unterstützung. Nagai, der aus einem ländlichen Samuraigeschlecht auf Shikoku stammte, der kleinsten der japanischen Hauptinseln, war im Jahr

1871 als erster japanischer Student überhaupt von der neuen Meiji-Regierung ins kaiserliche Deutschland geschickt worden. Zu jener Zeit saugte seine fernöstliche Heimat das westliche Wissen auf wie ein trockener Schwamm. Die Motive dafür waren sicherlich Neugier und Wissensdrang, vor allem aber wollte Japan seine Freiheit gegen die überlegenen westlichen Kolonialmächte verteidigen. Nagai sollte in Berlin westliche Medizin studieren, wandte sich aber unter dem Einfluss berühmter deutscher Professoren der Pharmakologie zu. Er wurde promoviert und leistete wichtige Forschungsarbeit. Zurück in Japan wurde er ein Pionier der entstehenden japanischen Pharmaindustrie. Und er fand einen Weg – als erster Wissenschaftler überhaupt –, Ephedrin, einen wichtigen medizinischen Grundstoff, zu isolieren. Daraus stellte er dann später auch Methamphetamin her.

Es war, als hätte Nagai die Droge erfunden, auf die Deutschland und Japan gewartet hatten. Methamphetamin wurde zunächst als medizinisches Präparat eingesetzt, begleitete dann aber beide Mächte in ihre aggressiven Eroberungen im Zweiten Weltkrieg. Meth, nun als so genannte Panzerschokolade verabreicht, hielt die deutschen Soldaten wach auf ihren Eroberungen im Osten, und es betäubte die jungen japanischen Todesflieger auf ihren Kamikaze-Einsätzen gegen die Schiffe der amerikanischen Pazifikflotte. Als beide Länder nach 1945 am Boden lagen, half die Droge der darbenden Bevölkerung dabei, Hunger und Armut zu ertragen, später dann die Mühen des Wiederaufbaus. Für einige Jahrzehnte verschwand *Shabu* – Crystal – dann von der Bildfläche, zumal inzwischen seine grausamen Nebenwirkungen bekannt geworden waren. Doch seit einigen Jahren nun setzte der Stoff zu einem noch viel größeren Siegeszug an, fraß sich wie ein Krebsgeschwür durch zahllose Länder in Asien, Europa, den USA.

Ken Takeda wusste gut, welche Folgen der Konsum von Crystal Meth haben konnte. Die Panzerfahrerdroge, die Kamikaze-Droge. Sie verwandelte Menschen binnen Monaten in ausgebrannte Wracks, machte sie aggressiv und unberechenbar, so dass sie schon bei nichtigen Anlässen außer Rand und Band gerieten, sich und andere in Gefahr brachten, völlig entfesselt waren. Der Rausch beseelte sie und gab ihnen das Gefühl der Unverwundbarkeit, und gerade darum waren sie todgeweiht. Nach intensivem Konsum, der die Süchtigen oft tagelang nicht schlafen ließ, blieb ihnen zumeist nur noch die Möglichkeit, sich mit exzessivem Alkoholkonsum zu betäuben, um Ruhe zu finden.

Er vermutete, dass das die Phase war, in der sich Melanie Rüthers und Marco Niemann befanden. Aufgeputscht vom *Shabu*, betäubt vom Alkohol.

Es konnte dennoch jederzeit sein, dass sie schlagartig erwachten, dann möglicherweise von Sinnen gerieten und gefährlich waren. Er hatte es in Tokio mehr als einmal erlebt.

Der Inspektor schüttelte seine Gedanken ab, beugte sich zu Claudia und flüsterte: »Wir müssen vorsichtig sein. Das hier könnte gefährlicher sein, als es scheint.«

»Sie meinen, die Zombies erwachen zum Leben und gehen auf uns los?«

»Ja, genau das meine ich.«

Sie sah ihn fragend an, er nickte nachdrücklich. Für lange Erklärungen fehlte die Zeit. Claudia verstand es. »In Ordnung.«

Melanie Rüthers saß inzwischen auf einem Sessel und hatte die Beine an den Körper gezogen. Sie war barfuß, der Nagellack an ihren Zehen war zum größten Teil abgesplittert. Sie rauchte eine Zigarette, kaute zwischendurch an den Nägeln. Trotz ihrer Verwahrlosung war ihre ehemalige Schönheit immer noch zu erkennen. Eine Tragödie. Ob sie die Anwesenheit der Polizisten wirklich realisierte, war nicht ganz klar.

Marco Niemann lag immer noch regungslos auf dem Sofa, gefangen im Delirium. Sogar als Claudia ihn noch einmal rüttelte, reagierte er nicht.

Takeda hockte sich vor die Frau, so dass sie auf Augenhöhe

waren, fragte mit ruhiger Stimme: »Wo ist Ihr Sohn, Frau Rüthers?«

Eine Reaktion blieb aus. Melanie Rüthers blickte auf den Fernseher, dessen Ton Claudia inzwischen abgestellt hatte.

»Frau Rüthers? Hören Sie mich?«

Takeda tippte die Frau an. Die reagierte mit einem übertrieben erschrockenen Zucken, schrie dann sofort los: »Was? Was wollen Sie überhaupt von mir? Was soll das? Wer sind Sie?«

»Wir sind von der Polizei, das haben wir Ihnen doch gesagt. Also noch einmal, wo ist Ihr Sohn? Wo ist Pascal?«, fragte Takeda, die Stimme immer noch ruhig und beherrscht.

»Schläft.«

»Sind Sie sicher?«

»Klar. Was soll die blöde Frage?«

Takeda warf Claudia einen Blick zu. Die zuckte sachte mit den Schultern. Log die Frau? Wusste sie wirklich nicht, was passiert war? Oder waren die Dinge ganz anders, als sie vermuteten, und der Junge war vielleicht gar nicht aus dieser Wohnung in den Tod geworfen worden?

»Wo ist das Zimmer des Jungen?«, fragte der Inspektor.

»Flur runter.«

»Darf ich einen Blick hineinwerfen?«

»Warum?«

»Es gibt Gründe. Bitte begleiten Sie mich.«

Melanie Rüthers stand mühsam aus dem Sessel auf, zündete sich die nächste Zigarette an. Dann schlich sie mit zittrigen Schritten den Flur hinunter. Takeda folgte ihr. Claudia blieb im Wohnzimmer, wo sie Marco Niemann im Auge behalten und den Balkon untersuchen wollte.

Der Wohnungsflur war ebenfalls verwahrlost. Kleider lagen herum, halbleere Pizzaschachteln, Coffee-to-go-Becher. Außerdem eine ganze Batterie leerer Flaschen, möglicherweise aus den Mülleimern der Umgebung zusammengesammelt. In der Luft hing der Geruch von Schimmel, Exkrementen, schalem Bier.

Melanie Rüthers blieb vor der Tür am Ende des Flurs stehen, drehte den von außen steckenden Schlüssel nach links. Die Bewegung erfolgte natürlich und unbewusst. Die Tür zum Kinderzimmer schien also immer abgeschlossen zu sein, konstatierte Takeda.

»Sehen Sie selbst«, sagte Melanie Rüthers, wies in das dunkle Kinderzimmer.

Takeda trat durch die Tür. Im Inneren war es dunkel. Erst nach und nach wurde die Energiesparbirne, die nackt an der Zimmerdecke hing, heller. Es stank unerträglich nach Kot und Urin. Takeda sah im Zwielicht einige verstreut liegende Spielsachen, ein Gitterbett, dessen einer Fuß fehlte, so dass es schräg stand. Auch hier war ein dunkles Laken vor das Fenster gespannt.

Takeda blickte sicherheitshalber in alle Zimmerecken, sagte dann: »Ihr Sohn ist nicht da, Frau Rüthers.«

»Was?«

»Er ist nicht da.«

Sie zögerte, sagte dann: »Ja, kann sein.«

Takeda wartete auf eine Erklärung, doch die blieb aus. Die Frau zog an ihrer Zigarette, ließ die Asche achtlos zu Boden fallen. Der Inspektor wusste, dass Meth-Süchtige unter schweren Gedächtnisstörungen litten, mitunter desorientiert waren, leicht in psychotische Zustände abrutschten. Nichts davon wollte er bei Melanie Rüthers ausschließen.

»Wann haben Sie Pascal das letzte Mal gesehen?«

»Ich weiß nicht.«

»Denken Sie nach. Wann?«

»Warum fragen Sie das?«

»Ich glaube, Sie wissen, warum.«

Sie stützte sich an der Wand ab, sank dann in die Hocke, blieb reglos sitzen. Takeda war klar, dass hier kein Drängen half. Er bückte sich und zog einen Plastikschemel zu sich heran, auf den er sich niederließ. Er zündete sich eine Mild Seven an, bot der Rüthers eine an, die ihre erste Zigarette an der Wand ausgedrückt hatte. Der Inspektor gab erst ihr, dann sich selbst Feuer. Er benutzte seine hohle Hand als Aschenbecher, während sie achtlos auf den Boden aschte.

»Erzählen Sie mir etwas über Ihren Sohn, Frau Rüthers.« Er lächelte aufmunternd. Sie lächelte zurück, zeigte dabei ihre völlig zerstörten Zähne, auch das eine unweigerliche Folge eines exzessiven Crystal-Konsums.

»Pascal ist ein ganz Lieber. Mein kleiner Fratz. Glauben Sie mir, er hat eine bessere Mutter als mich verdient.«

»So etwas sollten Sie nicht sagen.«

Melanie Rüthers stieß ein verächtliches Schnauben aus. »Gucken Sie sich doch um. Finden Sie, das ist eine gute Umgebung für einen Jungen?«

»Warum tun Sie nichts dagegen?«

Sie überhörte Takedas Frage, sagte: »Die wollten ihn mir schon ein paarmal wegnehmen. Aber nicht mit mir. Ein Kind gehört zu seiner Mutter.«

»Der Meinung bin ich auch.«

»Echt?«

»Ja, echt«, sagte Takeda.

Sie weinte, wischte sich dann mit dem Arm unter der Nase entlang. »Als der Kleine geboren wurde, dachte ich, dass alles anders wird. Dass ich es schaffe, die Kurve kriege. Damals hatte ich Arbeit, es ist alles schiefgelaufen. Pascal ist schwierig, war es von Anfang an. Er schreit viel. Ich kann ihn nirgendwohin geben. Will ich auch gar nicht.«

»Was ist mit Ihrem Freund? Ich glaube, Sie sind nicht verheiratet, oder?«

»Sie meinen Marco? Nee, wir sind nicht verheiratet. Wollten wir mal, aber ... Hat was mit Geld zu tun.«

»Ich weiß, was Sie meinen, denke ich.«

Sie sah ihn mit einem überraschend wachen Blick an und feixte. »Nein, wissen Sie nicht. Der Anzug, den Sie tragen, was kostet der? Ach, ist auch egal. Sie haben keine Ahnung.«

Takeda nickte, wie er es immer tat, wenn er jemandem zuhörte. »Wie ist das Verhältnis von Marco zu Ihrem Sohn?«

»Die mögen sich. Sonst wäre ich nicht mit ihm zusammen. Ein Kerl, der mit mir zusammen sein will, muss meinen Kleinen genauso lieben wie mich, verstehen Sie?«

»Was ist mit Pascals leiblichem Vater?«

Melanie Rüthers zuckte mit den Schultern. »Weg. Der kümmert sich einen Scheiß. Ist besser so. Ich will den gar nicht sehen.«

»Gab es Probleme zwischen Marco und Pascal? Sie sagten selbst, dass der Junge nicht einfach ist. Manche Männer haben wenig Geduld mit Kindern.«

Wenn Melanie Rüthers nicht an ihrer Zigarette zog, kaute sie an den Fingernägeln. Takeda fiel es darum schwer, sie zu verstehen, zumal ihre Aussprache ohnehin durch den Alkohol und die Drogen verwaschen klang.

Melanie Rüthers schnaubte verächtlich. »Scheiße. Kennen Sie einen, der es mag, wenn so ein Kleiner schreit?«

»Ein lautes Kind kann sehr ärgerlich sein. Gerade wenn es krank oder hungrig ist. Ich denke, dass man als Eltern sehr leicht an Grenzen geraten kann«, sagte Takeda.

»Wenn Sie es sagen.«

»Spielt es für Marco eine Rolle, dass er nicht der Vater ist? Vielleicht hat ein solcher Mann noch weniger Geduld für ein Kind?«

»Kann sein. Fragen Sie ihn doch selbst.«

»Das werde ich.«

»Marco ist ein Guter, glauben Sie mir. Aber er kann auch ausrasten, das schon. Ich meine, Sie wissen doch, was mit uns los ist, oder? Gucken Sie mal hier.« Melanie Rüthers öffnete den Mund und erlaubte Takeda einen Blick auf ihre braunen Zahnstümpfe. Sie stieß ein heiseres Lachen aus. »Scheiße, ja? Wenn nichts zu rauchen oder zu trinken da ist, wird's schwierig. Marco ist dann nicht er selbst.«

»War in der letzten Nacht nichts zu rauchen oder trinken da?«

»Was soll das eigentlich? Warum fragen Sie den ganzen Scheiß?«

Takeda entging nicht, dass sich Melanie Rüthers' Blick veränderte, nach und nach wacher wurde. Vielleicht auch berechnender. Sie sah sich nun erneut in dem Zimmer um, auf eine unbeholfene Art verstohlen, so als glaube sie, dass Takeda es nicht bemerken würde. Anscheinend wurde ihr erst jetzt klar, dass ihr Sohn nicht da war und dass es an der Zeit war, sich darüber Gedanken zu machen.

Mit einer ruckartigen Bewegung drehte sie sich wieder zu Takeda, fragte mit einer plötzlich klaren, festen Stimme: »Was ist los? Was ist mit Pascal passiert? Warum sind Sie hier?«

Takeda wollte gerade antworten, als aus dem vorderen Bereich der Wohnung eine brüllende Männerstimme zu hören war, dann das Splittern von Glas, dann Claudias laute Aufforderung, stehen zu bleiben.

Takeda sprang auf die Beine, rannte durch den Flur nach vorne ins Wohnzimmer.

Claudia stand auf der einen Seite des Zimmers, Marco Niemann, inzwischen aufgewacht, stand schwankend vor dem Sofa. In seiner Hand glänzte der aufgeschlagene, scharfkantige Hals einer Bierflasche. Er schrie und spuckte, offenbar völlig von Sinnen: »Wer seid ihr? Was wollt ihr hier? Wollt ihr Geld? Ich mach euch fertig!«

Claudia bemühte sich um eine ruhige Stimme. »Legen Sie die Flasche weg, Herr Niemann. Mein Name ist Claudia Harms, ich bin von der Polizei. Das ist mein Kollege Takeda.«

»Polizei? Was soll das? Warum seid ihr hier? Wegen der Scheißdrogen? Nichts mehr da, ihr kommt zu spät.«

»Legen Sie die Flasche weg, Herr Niemann. Sofort«, wiederholte Claudia.

Im nächsten Augenblick drängte sich Melanie Rüthers an Takeda vorbei und stürzte ins Zimmer. Sie blickte zwischen ihrem Lebensgefährten und den Polizisten hin und her. Dann stolperte sie auf Claudia zu, rüttelte an ihrem Arm: »Sagen Sie mir, wo Pascal ist! Was ist mit ihm passiert?«

Claudia wechselte einen kurzen Blick mit Takeda. Der schüttelte den Kopf. Claudia räusperte sich und sagte: »Ihr Sohn ist tot, Frau Rüthers. Er ist vierzehn Stockwerke in die Tiefe gefallen. Und es ist nicht sehr wahrscheinlich, dass ein einjähriges Kind alleine über die Balkonbrüstung geklettert ist.«

Melanie Rüthers starrte Claudia an. Das Glasige, Verschwommene verschwand endgültig aus ihrem Blick, machte einem nüchternen, klaren Erkennen Platz.

Lange Sekunden schien nichts zu geschehen. Dann ging Melanie Rüthers auf Marco Niemann zu. Ihr Gesicht verzerrte sich wie in Zeitlupe, ihre Stimme schwoll zu einem hysterischen Crescendo an: »Was hast du getan? Sag es mir! Was hast du mit meinem Jungen gemacht, du Schwein, du Mörder, du Drecksau?«

Auch Marco Niemanns Blick klärte sich, sein Gesicht war nun von Entsetzen gezeichnet. »Ich ... gar nichts. Wirklich gar nichts.«

»Ach ja? Und was ist dann mit Pascal passiert?«

Claudia warf Takeda einen kurzen Blick zu, eine Rückversicherung, sagte dann: »Ein Nachbar hat gehört, wie Sie gedroht haben, den Jungen hinabzuwerfen, wenn er nicht still ist, Herr Niemann. Kurz darauf wurde er tot unten im Gebüsch gefunden. Äußern Sie sich mal dazu.«

Alle Kraft wich aus Marco Niemanns gerade noch überspanntem Körper. Er starrte Claudia an, die Augen geweitet, verwirrt, in sich nach Erinnerungen tastend. Dann traten Tränen in seine Augen. Kopfschüttelnd sagte er: »Ich wollte es nicht. Wirklich nicht. Er hat geschrien, immer weitergeschrien. Ich wollte ihm doch nur Angst machen ... und da ist er ... er ist ...«

Marco Niemann zitterte am ganzen Körper, war offenbar kurz davor, endgültig die Kontrolle zu verlieren.

Dann geschah alles in rasender Geschwindigkeit. Melanie Rüthers schrie erneut auf, stürzte dann schreiend auf ihren Lebensgefährten zu. Claudia versuchte, sie zurückzuhalten, doch sie riss sich los. Marco Niemann hob im gleichen Moment die Hand mit der zerbrochenen Flasche, so dass Melanie Rüthers, getrieben vom eigenen Schwung, in die Scherben hineinrannte. Doch als merkte sie das gar nicht, schlug sie auf Niemann ein, schrie, beschimpfte ihn. Plötzlich wankte sie, blickte an sich selbst hinab, sah Blut aus ihrem Bauch quellen, fiel rückwärts zu Boden. Marco Niemann schüttelte den Kopf, schrie Unverständliches. Sein Gesicht war nun endgültig vom Wahnsinn gezeichnet. Claudia hatte ihre Dienstwaffe gezogen, forderte ihn energisch auf, sich nicht zu bewegen.

Niemann lachte, blickte auf die Mündung der Waffe, sagte: »Schießen Sie! Na, los! Sie tun mir einen Gefallen.«

Er machte einen Schritt nach vorne. Claudia entsicherte und nahm die Waffe in Anschlag. »Keinen Schritt weiter!«

Marco Niemann blieb stehen, lachte auf, ließ die blutverschmierte Flasche fallen.

Dann drehte er sich in einer blitzschnellen Bewegung um und rannte durch die geschlossene Balkontür, deren Glas in Scherben zersprang.

Claudia sah entsetzt, wie der Mann blutüberströmt versuchte, über das Balkongeländer zu klettern, um sich in die Tiefe zu stürzen.

Takeda sprang mit kraftvollen Schritten vor, tauchte durch die zerbrochene Tür nach draußen, schnitt sich dabei in Arme und Gesicht, schaffte es aber, Marco Niemann im letzten Moment zu packen und zurück auf den Balkon zu ziehen.

Claudia ließ ihre Waffe sinken.

# 6.

Es ging auf acht Uhr morgens zu. Sonntag. Die Sonne schien durch die grünen Zweige der Bäume, die auch hier am Osdorfer Born überall die Straßen säumten. Rentner führten ihre Hunde aus, ein einsamer Jogger drehte seine Runden. Hinter dunklen Vorhängen hämmerte eine Musikanlage, in der Hoffnung, die Nacht auf die Art verlängern zu können. Rund um den kleinen Backshop, in dem Claudia und Takeda saßen, roch es verführerisch nach Kaffee und frischen Brötchen.

Claudias Augen wurden von tiefen, violetten Ringen untermalt. Ihr Blick ruhte auf Ken Takeda, so als fände sie in seinem Anblick Versöhnung und Sicherheit. Sie fragte: »Was würden Sie am liebsten tun, wenn Sie die freie Wahl hätten? Beruflich meine ich. Und sagen Sie jetzt nicht, Bulle. Das würde ich Ihnen nicht glauben. Nicht nach so einer Nacht.«

Takeda ließ sich Zeit mit der Antwort. »Ich würde gerne einen *Yatai*-Stand betreiben. Das wäre das Richtige für mich.«

»Einen was?«

»Einen *Yatai*-Stand, eine Art fahrbares Mini-Restaurant. Es gibt in Japan immer noch viele davon, auch wenn ihre Zahl allmählich abnimmt. Meistens sind es kleine Karren aus Holz mit einem Kohleofen. Sie bieten Nudelsuppe, Süßkartoffeln oder *Oden* an, eine Art Eintopf. Der Platz reicht nur für wenige Gäste, aber oft kann man dort vorzüglich speisen.«

»Ein Restaurant. Überraschend. Was reizt Sie daran?«

Er zuckte mit den Schultern. »Die Menschen müssen essen, immer und überall. Mit einem guten Gericht kann man sie glücklich machen.«

»Das stimmt wohl.«

»Was ist mit Ihnen? Was wäre Ihr Traumberuf, wenn Sie die Wahl hätten?«

»Ich weiß nicht. Vielleicht etwas mit Gartenbau. Oder Floristin. Sich um Blumen und Pflanzen zu kümmern erfordert Hingabe. Sie können Menschen glücklich machen.«

Takeda lachte. »Ich hätte von selbst drauf kommen können. Unser Dienstzimmer im Präsidium. Der Dschungel ...«

Claudia machte eine ergebene Geste. Takeda hatte nicht schlecht gestaunt, als er zum ersten Mal ihr gemeinsames Dienstzimmer im Polizeipräsidium in Alsterdorf betreten hatte. Abgesehen von den Schreibtischen und Aktenregalen erinnerte der Raum an ein Gewächshaus. Sie besaß unzählige Zimmerpflanzen, um die sie sich tagtäglich inbrünstig kümmerte. Holger Sauer, der Leiter der Mordkommission, hasste es, wenn sie das tat. Aber sogar er wusste, dass es Claudia beim Denken half. Wollte er sie als erfolgreiche Ermittlerin behalten, musste er ihren Pflanzentick also akzeptieren.

Claudia trank einen Schluck Kaffee. Er kam in Pappbechern, war aber erstaunlich gut. Sie schloss die Augen und wandte sich der Sonne zu. Die goldenen Strahlen waren angenehm warm, es würde ein perfekter Spätsommertag werden. Hinter ihren geschlossenen Lidern erwachten Erinnerungen. Ein Sommerurlaub mit ihren Eltern. Sie war acht oder neun Jahre alt. Ihr Vater war Segler und hatte ein eigenes Boot. In diesem Sommer wollte die Familie es auskosten. Drei Wochen Ostsee. Dänemark, Schweden, die Schären. Ferien auf Saltkrokan. Sie hatte das Buch von Astrid Lindgren geliebt. Jetzt erinnerte sie sich an dieses Gefühl der Geborgenheit von damals. Alle waren da. Ihr Vater, ihre Mutter, ihre Schwester. Das helle Licht auf dem Wasser sorgte dafür, dass ihre Haut braun und ihr Haar silberblond wurde. Ihr Vater Jürgen liebte es, mitten auf hoher See schwimmen zu gehen. Er zog sich nackt aus und sprang einfach über die Reling. Sie hatte jedes Mal unendlich große Angst um ihn. Was konnte ihrem geliebten Papa nicht alles passieren? Gefräßige Wale oder weiße Haie – die es zwar in der Ostsee nicht gab, aber das wusste sie damals nicht –, Riesenquallen, Strömungen, Strudel ... sie war so glücklich, wenn er wieder heil an Bord war. Einmal hatte er sie gepackt und so getan, als würde er auch sie über die Reling werfen. Sie hatte gelacht und gekreischt, aber eigentlich war ihr vor Angst zum Weinen zumute gewesen.

Ja, es gab Eltern, die taten so etwas tatsächlich. Die warfen ihre Kinder über Bord.

Oder vom Balkon.

Claudia öffnete die Augen. Die letzte Nacht brach in den so friedlichen Morgen ein. Sie erinnerte sich.

Während Takeda hinten im Kinderzimmer mit Melanie Rüthers sprach, öffnete sie die Balkontür, schlüpfte hinaus, um nach Spuren der Geschehnisse zu suchen.

Der Balkon war zu großen Teilen zugemüllt. Alte Stühle, ein ausgebrannter Kochtopf, ein verrosteter Grill, zahllose Tüten mit verwestem Hausmüll. Ganz hinten stand eine vergitterte Hundebox, in der man üblicherweise Tiere transportierte. Sie hockte sich davor, blickte hinein. Auf dem Boden lag eine Wolldecke, darauf Kinderspielzeug, ein angelutschter Keks, eine Nuckelflasche. Das Gitter vor der Box ließ sich mit einem Vorhängeschloss verschließen.

Sie kehrte ins Wohnzimmer zurück und blickte auf den schlafenden Marco Niemann. Er trug Jogginghosen und T-Shirt, die Arme und der Nacken waren tätowiert, das Gesicht und sogar die Hände mit Pickeln übersät. Eine Welle der Wut, ja des Hasses, durchflutete sie. Ihre Dienstwaffe steckte im Holster unter ihrem Blazer. Tu es einfach. Dann kriegt der Typ, was er verdient. Denn egal, auf was das Gericht befindet, es wird zu wenig für das sein, was er getan hat.

Dann sah sie auf dem Tisch die Plastiktüte, in dem das Crystal gewesen war, das Niemann und auch Melanie Rüthers konsumiert hatten.

Wer war schuld? Die Gesellschaft? Die Drogen? Die Dealer? Vielleicht alle zusammen?

Nachdem sie Niemann verhaftet hatten – er befand sich nun

unter Bewachung in einer Klinik –, hatte Claudia Melanie Rüthers reuevollem Bericht über ihr verpfuschtes Leben zugehört. Die Frau hatte trotz ihrer Verletzung darauf bestanden, auszusagen. Eine Beichte, eine Kapitulationserklärung. Sie beschrieb den jahrelangen Strudel aus Arbeitslosigkeit, Drogen und Verwahrlosung. Hinter der verbrauchten, zerstörten Fassade wurde immer wieder die erstaunlich schöne Frau sichtbar, die sie einmal gewesen war – und das obwohl sie noch nicht einmal dreißig Jahre alt war. Aber auch das war Teil ihrer Misere, das sagte sie selbst. Die Männer standen auf sie. Aber es seien immer die falschen gewesen, auf die sie sich eingelassen habe. Typen, die hinter ihrem Äußeren her waren, nur um sie dann doch wie Dreck zu behandeln. Bei Marco hatte sie gedacht, dass er der Richtige sei. Und jetzt das. Glauben Sie mir, Frau Kommissarin, wenn ich die Gelegenheit bekomme, ihn umzubringen, dann tue ich es. Er hat es verdient, oder? Sagen Sie selbst.

Claudia hatte sich eine Antwort gespart.

Der Stich mit der zerbrochenen Bierflasche, den Niemann der Rüthers versetzt hatte, war weniger schlimm, als es zunächst den Anschein gehabt hatte. Er hatte die Bauchdecke durchstoßen, aber keine Organe verletzt. In ein paar Tagen konnte auch sie aus dem Krankenhaus entlassen werden. Ihr drohte ebenfalls eine Anklage, wegen der vorangegangenen Misshandlungen, vielleicht auch wegen Unterlassung. Aber im Grunde war die Frau genug gestraft.

Marco Niemann wiederum hatte unmittelbar nach seiner Rettung durch Takeda ein Geständnis abgelegt. Er hatte dem Inspektor alles erzählt, zumindest soweit er sich erinnern konnte. Ja, er habe den Jungen vom Balkon geworfen, im Drogenrausch, denn eigentlich hätte er den Kleinen doch geliebt. Aber in dieser Nacht, da habe Pascal immer nur geschrien. Er, Niemann, habe es einfach nicht mehr ertragen. Die Stille danach, die sei so wunderbar gewesen, das können Sie sich gar nicht vorstellen, Inspektor. Dann habe er getrunken, hatte er auch vorher schon, um endgültig Ruhe zu haben. Aber jetzt? Er könne nicht glauben, dass er es wirklich getan habe. Ich habe ihn geliebt, den kleinen Pascal, das schwöre ich, Herr Inspektor.

Und der Käfig auf dem Balkon?

Ach, da kam er doch nur rein, wenn er unartig war. Ein einjähriges Kind – unartig? Sie verstehen das nicht, Inspektor. Wir haben es gut gemeint. Und das Schloss war doch nur zur Sicherheit. Da draußen, auf dem Balkon, da war er immer ganz schnell ruhig geworden. Er mochte es dort draußen.

Claudia war bei Niemanns Befragung nicht dabei. Sie wollte es gar nicht hören. Es reichte, wenn sie es in ein paar Tagen in den Akten las.

Erst vor einer guten Stunde, gegen sieben Uhr morgens waren sie mit allem durch gewesen, mit der Spurensicherung, den Befragungen, den Protokollen. Es war längst hell. Die Kollegen zogen ab, es wurde still.

Aber ans Schlafengehen war für Claudia nicht zu denken. Takeda ging es genauso. Sie spazierten eine Weile herum, fanden dann hier die erste geöffnete Bäckerei. Gönnten sich Kaffee und belegte Brötchen.

Claudia rieb sich über die Augen. Es war alles so friedlich, sogar hier am Osdorfer Born, der wahrlich nicht den besten Ruf hatte. Die Grünanlage gepflegt, die Häuser teils schon saniert, die Autos erstaunlich neu.

Sie blickte zu Takeda hinüber, auf dessen Stirn und Wangen Pflaster klebten, wegen der Schnittwunden, die er sich bei seinem Sprung durch die Balkontür zugezogen hatte.

»Darf ich Sie etwas fragen, Ken?«

»Natürlich.«

»Gibt es in Japan auch so etwas? Eltern, die ihre Kinder so behandeln? Die sie quälen? Die sie umbringen?«

Takeda blickte Claudia nachdenklich an, schien hin und her gerissen zu sein. Er brummte eine Weile, um zu signalisieren, dass er nachdachte. Dann sagte er: »Ich vermute, dass viele meiner Landsleute jetzt wohl nein sagen würden. Oder dass sie sagen würden, es seien die Ausländer in Japan, die so etwas tun. Aber ich befürchte, sie irren sich.«

»Sie haben es erlebt?«

Takedas Blick verlor sich im Nirgendwo. Seine Lippen wurden schmal, er erinnerte sich. Azabu, eine gute Gegend von Tokio, eine Villa mit Garten. Ichirō Murasaki, ein hoher Ministerialbeamter, der von seinen Kindern stets das Höchste forderte, beim Sport, in der Schule. Er schlug zu, wenn die Noten nicht stimmten, enthielt Nahrung vor, sogar Trinken, bis das Lernpensum erfüllt war. Als der mittlere Sohn in der zweiten Klasse der Grundschule mehrere Prüfungen nicht bestand, brach er ihm erst einzelne Finger, dann den Arm. Für jeden Schmerzensschrei während der Bestrafung gab es zusätzliche Prügel. Der Junge starb im Alter von sieben Jahren, nachdem er erneut in der Schule versagt und der Vater bei der Strafe jedes Maß verloren hatte.

Oder Megumi Hirota, eine alleinerziehende Mutter aus dem Bezirk Ōta. Immer wenn sie einen Mann von der nahegelegenen *Nomiya*, der Kneipe, mit nach Hause brachte, mussten sich die Kinder im *Oshiire*, im Wandschrank, verstecken. Sie fing eine Beziehung zu einem Mann an und versäumte den Zeitpunkt, ihm zu sagen, dass sie bereits zweifache Mutter sei. Die Leichen der Kinder wurden im Sumida-Fluss gefunden.

Oder das Ehepaar Ono. Nachdem der Mann, Masayoshi, seine Arbeit verloren und auch die Frau, Sadako, keine Perspektive mehr gesehen hatte, die Familie über Wasser zu halten, beschlossen die Eltern, ihre Kinder pädophilen Männern anzubieten. Sie mieteten ein allein stehendes Haus an einem Kanal im Bezirk Edogawa, betrieben ein regelrechtes Bordell. Takeda, damals noch unerfahren, war bei der Razzia dabei. Es kam zu einem Handgemenge, einer der Gäste war bewaffnet und nahm eines der Kinder als Geisel, hielt es sich als lebendigen Schutzschild vor den Leib. Der Einsatzleiter forderte Takeda auf, zu schießen, obwohl die Sichtverhältnisse schlecht waren. Der Inspektor weigerte sich, doch der Rangobere bestand darauf, und Takeda drückte ab. Der Täter kam ums Leben, doch war er nicht das einzige Opfer seines Schusses. Seit jener Nacht trug Takeda keine Schusswaffe mehr bei sich, auch wenn er deshalb bereits mehrfach von seinen Vorgesetzten gerügt worden war.

Takeda erwachte aus seiner Erinnerung und blickte zu Claudia. »Ja, ich habe es erlebt.«

Sie schwiegen, tranken Kaffee, klammerten sich an die Friedlichkeit des Morgens.

Als Claudia schließlich im Wagen saß und nach Hause fuhr, war es schon nach zehn Uhr. Die Straßen waren leer, die Stadt war so friedlich wie ein schlafendes Baby. Sie hoffte, dass Andreas noch in ihrer Wohnung sein würde. Vielleicht schlief er ja sogar noch. Sie würde kurz duschen und sich dann zu ihm legen, ihn wachküssen und mit ihm schlafen. Und dann würde sie die Augen schließen und einschlafen und von nichts träumen. Sie würde sich ab jetzt Mühe geben. Mit Andreas, mit sich selbst, mit ihrer Beziehung.

Versprochen.

Claudia betrat ihre Wohnung in Groß Borstel. Leise zog sie sich die Schuhe aus, legte den Schlüssel auf die Kommode im Flur und verstaute ihre Dienstwaffe in der obersten Schublade. Die Schlafzimmertür war geschlossen, ein gutes Zeichen. Sie ging ins Bad, duschte kurz, putzte sich die Zähne.

Auf dem Weg zurück zum Schlafzimmer fiel ihr Blick in die Küche. Auf dem Tisch lag ein Brief.

Sie ahnte es, bevor sie las. Sie nahm das Papier zur Hand, überflog die wenigen Zeilen.

Andreas war weg. Gegangen. Weil ihm klar geworden sei, dass sie nicht offen für eine Beziehung sei. Claudia müsse sich erst einmal selbst auf die Reihe kriegen. Dann, vielleicht, klappe es auch mit einem Mann. So aber nicht. Bestimmt nicht.

Claudia saß am Küchentisch. Draußen wurde der Morgen zum Mittag. Sie hatte alle Telefone und sogar die Klingel abgeschaltet.

Sie las den Brief zum hundertsten Mal. Er hatte recht, mit allem. Sie musste sich erst einmal selbst auf die Reihe kriegen.

Aber wie sollte das klappen, mit so einem Job?

## 7.

Donnerstagabend – die Verhaftung von Marco Niemann lag einige Tage zurück. Ken Takeda betrat die Bühne im Bird's, jenem kleinen Jazzclub in Hamburg-Eimsbüttel, in dem er seit seiner Ankunft regelmäßig bei den *Open Sessions* mit von der Partie war.

Takeda hängte sich sein Yanagisawa-Tenorsaxophon um den Hals, strich sich die langen Haare, die er abends offen trug, aus dem Gesicht, legte die Zigarette beiseite. Dann verwandelte er sich.

Japanische Zurückhaltung? Fehlanzeige! Zen? Keine Spur! Takeda bebobte wie Charlie Parker zu Zeiten der Sessions im Minton's Playhouse oder im Monroe's. Das war um 1940. Bird, Dizzy, Monk, Hawk. Die Welt war im Krieg, und der Jazz erzählte stürmische, stampfende Geschichten aus Harlem und Chicago. Takeda zog die Krawatte auf Halbmast, das Gesicht konzentriert, die Adern an Stirn und Hals pochend. Das rote, grüne, blaue Licht der Spots brach sich in den Schweißperlen auf seinem Gesicht. Begleitet wurde er von Bass, Piano, Drums. Er hielt sich für kurze Zeit ans Thema, sagen wir einen Standard von Cole Porter. Dann hob er ab, verlor sich in stürmischen, ornamentalen Improvisationen. Er hüpfte über die Oktaven wie ein spielendes Kind, scheuchte die Töne wie Waldtiere bei einer Treibjagd. Er verließ die Vierziger, hakte die Fünfziger nebenbei ab, betrat die Sechziger und den Freejazz. Spätestens jetzt war kein Halten mehr. Musik? Natürlich. Aber nicht schön. Sondern kratzend, schreiend, um sich schlagend!

Das war eben doch Zen, aber so ganz anders, als die Deutschen es sich vorstellten. Zen war Arbeit, war Verausgabung, war Hingabe. Egal, was du tust, tu es ganz.

Takeda begeisterte sein Publikum, auch an diesem Abend. Seit er im Bird's auftrat, hatte er sich eine regelrechte Fangemeinde erspielt. Zumeist waren es junge Jazz-Studenten und alte silberschnauzige Jazzer, sie liebten den Japaner. Sie bewunderten seine Virtuosität, seine Leidenschaft, sein Können. Die wenigsten von ihnen ahnten, dass Takeda eigentlich Polizist bei der Mordkommission war.

Oder nein, einige ahnten oder wussten es wohl doch. Neuerdings sah man fremde Gesichter in dem Kellerlokal. Überraschende Gesichter. Gäste, die nicht so recht ins Ambiente passen wollten. Typen mit Tattoos auf den Unterarmen und Narben im Gesicht, die demonstrativ mit protzigen Autoschlüsseln spielten, nach zu viel Rasierwasser rochen und der Kellnerin auf den Hintern klopften.

Zwischen den Sets setzte der Inspektor sich zu diesen Typen und stieß mit ihnen an. Für ihn war das ganz normal. Mehr noch, er empfand es als Teil seines Jobs. Wer etwas über Verbrechen erfahren wollte, musste mit Verbrechern reden. Die Ganoven allerdings, kleine Gauner wie auch mächtige Paten, fanden es immer noch gewöhnungsbedürftig. Ein Bulle auf Tuchfühlung. Sie plauderten, tranken, respektierten sich. Das war neu. Andererseits, warum nicht? Mal etwas anderes.

Im Übrigen, darüber ließ Takeda keinen Zweifel aufkommen, würde er nicht zögern, sie zu verhaften, sollte es nötig sein. Hatten sie aber den einen oder anderen guten Tipp für ihn, war es vielleicht nicht ganz so nötig.

An diesem Abend, als sein Auftritt zu Ende war und die Musiker eine Pause einlegten, zog Takeda es überraschenderweise vor, alleine zu bleiben. Er besorgte sich einen Whisky an der Bar, einen eher langweiligen Glenfiddich, ertrug lächelnd das Schulterklopfen seiner Anhänger, setzte sich dann alleine in den kleinen Backstage-Bereich.

Es war seiner Musik nicht anzumerken gewesen, aber Takeda war nachdenklich.

Eigentlich war er das schon seit einigen Tagen, um genau zu sein seit der Nacht, in der Pascal ermordet worden war. Ein totes Kleinkind, zwei drogensüchtige Eltern, eine Großsiedlung am Rande der Stadt. Menschen, die Steine auf Polizisten warfen. Die ihre Nachbarn nicht kannten. Denen alles egal war.

Takeda hatte eine neue Seite Hamburgs kennengelernt, eine neue Seite Deutschlands.

Der Inspektor dachte an die sechziger Jahre, als seine japanische Heimat dazu ansetzte, zu jenem industriellen Giganten aufzusteigen, als den man sie heute kennt. Den Preis für den Erfolg des Landes zahlten die Menschen, die Arbeiter, die Familien. Sie verdienten wenig, wurden krank, schufteten bis zum Umfallen. Man sagte damals: reiches Japan, aber arme Japaner.

Und heute?

Reiches Deutschland, aber arme Deutsche?

In seinen Gedanken kehrte er zu Nagayoshi Nagai zurück, den Erfinder des *Shabu*. Takeda ging es nicht um die Droge. Es ging ihm darum, dass Nagai damals nach Deutschland entsandt worden war, um zu lernen, genau wie viele andere junge Japaner in jener Zeit. Sie alle waren von der Meiji-Regierung beauftragt worden, die westliche Wissenschaft, die Gesellschaft, die Politik zu studieren. Deutschland war damals das bevorzugte Ziel, denn Deutschland war Japans *Sempai*. Es war Vorbild und Mentor, war Japans größerer Bruder, dem das Land im fernen Osten nacheiferte.

Dafür gab es viele Gründe. Deutschland war ebenfalls ein Kaiserreich, musste zudem genau wie Japan aufholen, um mit den übrigen Mächten Europas und der Welt mithalten zu können.

Darüber hinaus aber gab es eine besondere Nähe der beiden Länder, eine Geistesverwandtschaft, eine Seelenverwandtschaft. Deutschland und Japan, das waren Kulturen der Selbstdisziplin, des Eifers, der Ordnung. Sie erkannten einander.

Auch er, Takeda, war nach Deutschland entsandt worden, um zu lernen. Es ging um die hiesige Polizeiarbeit. Aber es ging auch darum, wie das Land sich inmitten einer Welt im Wandel behauptete – eines Wandels, dem Japan sich noch verweigerte, dem es sich früher oder später jedoch würde stellen müssen.

Aber war Deutschland immer noch ein *Sempai*, ein Älterer, ein Vorbild?

Nein, eher nicht. Aber dafür war seine japanische Heimat auch kein *Kōhai* mehr, kein jüngerer, untergebener Lernender.

Dafür war Japan inzwischen zu alt, zu reif, zu erfahren, hatte zu viele Höhen und Niederungen durchlebt.

Deutschland und Japan begegneten sich auf Augenhöhe. Wenn überhaupt, konnten sie voneinander lernen, konnten sich gegenseitig helfen. Alte Freunde. Beide in die Jahre gekommen, beide vielleicht ein wenig starrsinnig ...

Takeda lehrte sein Glas mit einem Zug. Ihm gelang ein Lächeln.

Eine gute Viertelstunde später kehrte er auf die Bühne zurück, das zweite Set begann. Diesmal spielte Takeda ungewohnt sanft und melodiös, so kannten ihn seine Fans noch nicht. Anstatt wild und stürmisch die Töne hinauszupeitschen, legte er sie wie ein zartes, hauchdünnes Tuch über seine Zuhörer, verwöhnte sie, umgarnte sie, verführte sie.

Es ging ihm gut.

Sachiko übrigens, die im Publikum saß, spürte, dass ihr Geliebter die Nachdenklichkeit der zurückliegenden Tage überwunden hatte. Sie nahm sich vor, ihn später, wenn sie gemeinsam in seine Wohnung zurückkehrten, besonders zu verwöhnen. Sie würde ihm den Nacken massieren, würde ihm ein heißes Bad einlassen, würde mit ihm schlafen. Vor allem aber würde sie ihm

*Takoyaki* zubereiten, kleine Mehlklößchen mit Oktopus-Stücken. Auch wenn es mitten in der Nacht war. Sie wusste, dass Kenjiro diese Klößchen liebte. Es würde die letzten Reste seiner Bedrücktheit beseitigen, wenn er sich daran sattessen konnte.

## 8.

Es war Claudias erster freier Tag, seit der Fall Pascal abgeschlossen war. Schon beim Aufwachen wusste sie, dass sie Lust hatte, etwas Sinnloses zu tun. Shoppen zum Beispiel. Das wäre genau das Richtige.

Nach dem Frühstück setzte sie den Plan in die Tat um. Sie fuhr in die City und kaufte sich als Erstes ein paar neue Pumps. Nachthimmelblau, fast leuchtend. Umwerfend. Für eine Verfolgungsjagd ungeeignet, aber für einen Tritt zwischen die Beine perfekt. Sie war nun einmal Bulle, also musste sie auch an so etwas denken.

Jetzt fehlte noch ein Kleid. Obwohl sie eigentlich gar keine Kleider trug, immer nur Hosen. Aber darauf kam es an einem Tag wie diesem nicht an. Sie wollte sich etwas gönnen. Ob sie es brauchte oder nicht, war zweitrangig.

Claudia betrat die Filiale einer großen Modekette. Sie strich ziellos zwischen den Kleiderständern umher, nahm hier etwas in die Hand, hielt sich dort etwas vor den Körper. Immer wieder sah sie eine Gruppe von drei Mädchen, vielleicht sechzehn, siebzehn Jahre alt, die ebenfalls auf Streifzug durch die Shoppingwelt waren. Die Mädchen waren ausgelassen, kreischten herum, lachten, machten Selfies. Claudia sah ihnen gerne zu. Sie war ein wenig neidisch. Liebend gerne wäre sie auch mit einer Freundin losgezogen. Aber es war ein normaler Werktag, an dem sie nur dank unzähliger Überstunden freimachen konnte. Ihre Freundinnen mussten arbeiten.

Bevor sie losgefahren war, hatte sie es trotzdem bei Gudrun

versucht. »Komm schon. Ich habe so viele Überstunden, ich gebe dir einfach ein paar ab, und du begleitest mich.«

Gudrun hatte gelacht. »Ich habe selbst mehr als genug. Aber an Abbummeln und Freizeitausgleich ist nicht zu denken. Nicht bei uns. Beamtin müsste man sein.«

»Ja, klar, beneide mich«, antwortete Claudia spöttisch, und vor ihrem inneren Auge blitzten Bilder von Toten, Verletzten, Angeschossenen, Randalierern, Psychotikern auf.

»Du weißt, wie ich es meine, Claudi.«

»Wir können gerne tauschen. Ich hätte nichts dagegen, mal eine Zeitlang ohne den ganzen Mist auszukommen.«

»Nee, lass mal. Du bist schon genau die Richtige für den Job.«

»Findest du?«

»Auf jeden Fall.«

»Erklär's mir. Vielleicht baut es mich auf.«

»Lass es mich so sagen. Ich bin froh, dass du es machst. Weil du gut bist. Es gibt mir ein gutes Gefühl.«

»Sag mir das öfter. Am besten jeden Tag. Tut gut.«

»So schlimm?«

»Der letzte Fall war finster.«

»Ich hab's in der Zeitung gelesen.«

Gudrun arbeitete in einer PR-Agentur, was bestimmt auch kein Zuckerschlecken war. Sie hatte erschreckend lange Arbeitstage. Zu viele Aufträge, harte Deadlines, unzufriedene Kunden. Seit Ewigkeiten sprach sie davon, zu reduzieren, tat es dann aber doch nicht.

Vielleicht war es auch ganz gut, dass Gudrun keine Zeit hatte. Hätte sie sich überreden lassen, wäre ein Gespräch über Andreas unausweichlich gewesen. Aber wozu? Hatte doch keinen Sinn. Claudia vermisste ihn zwar, aber sie hatte sich nicht überwinden können, ihn anzurufen, um die Sache zu reparieren. Und er hatte sich ja auch nicht noch einmal gemeldet. Inzwischen war fast eine Woche vergangen. Jetzt war es sowieso zu spät.

Claudia entdeckte ein Modell in Grün und Blau. Es war knielang, vielleicht ein wenig verspielt, hatte aber einen raffinierten Ausschnitt. Würde sie es wirklich tragen? Eher nicht. Aber vielleicht ja doch. Im Übrigen sprach die Farbe sie wirklich an, und außerdem, genau das wollte sie ja, etwas Sinnloses.

Sie bezahlte, verließ das Geschäft und setzte sich in ein Straßencafé. Während sie einen Latte macchiato genoss, fiel ihr Blick auf die Zeitung, die ein Gast am Nebentisch las. Der Fall Pascal war nicht mehr auf den Titelseiten, aber immer noch präsent. Der Tod des Jungen beschäftigte die Stadt, die Menschen, die Öffentlichkeit. Jamie, Tayler, Max, Yaya. Namen, die vermutlich jeder Hamburger kannte. Und jetzt Pascal. Es passierte einfach zu oft.

Wenigstens stand diesmal nicht die Polizei in der Schusslinie der Medien, sondern das Jugendamt. Warum war der Kleine nicht aus der Familie genommen worden? Wer hatte nicht aufgepasst? Wer gehörte wirklich auf die Anklagebank?

Holger Sauer, der Leiter der Mordkommission, war ziemlich nervös wegen der großen Aufmerksamkeit. Täglich ließ er sich von Claudia und Takeda über den Stand der Dinge informieren und betonte, dass sie sich keinen Fehler erlauben dürften. Das ist keine Polizeiarbeit, das ist Politik, meine Herrschaften. Die ganze Stadt sieht uns auf die Finger. Da muss alles absolut wasserdicht sein, verstehen wir uns, Frau Harms?

Ja, wir verstehen uns. Machen Sie sich keine Sorgen, Herr Sauer. Die Sache ist felsenfest, die Akte fast geschlossen. Marco Niemann hat gestanden. Die Kollegen haben den anonymen Anrufer aus der Nacht identifiziert, der die nächtliche Stimme eindeutig als die Niemanns erkannt hatte. Hinzu kam, dass Niemann, wie sie inzwischen wussten, mehrfach wegen Gewaltdelikten vorbestraft war. Es passte alles zusammen. Da konnte nichts passieren.

Claudia fand am selben Abend Gelegenheit, ihr neues Kleid zu tragen. Sie war bei ihren Eltern, Jürgen und Hannelore, zum

Essen eingeladen. Die beiden besaßen ein Haus in Volksdorf, einem der so genannten Walddörfer im Norden von Hamburg. Dort wohnten nicht Menschen, dort wohnte Geld. Das traf auch auf ihre Eltern zu. Ihr Vater war leitender Staatsanwalt gewesen, bis er vor zwei Jahren in den Ruhestand gegangen war. Claudias Mutter stammte aus einer Familie, die schon immer wohlhabend gewesen war. Hamburger Kaufleute. Pfeffersäcke.

Das neue Kleid kam gut an. Ihr Vater fand sie hinreißend und sah sie fast verliebt an. Ihre Mutter seufzte und sagte das Übliche. Ja, sie sehe wunderschön aus, aber es sei Verschwendung, Claudia werde ja doch jeden Mann abweisen. Ihre Mutter beherrschte die Kunst vergifteter Komplimente bis zur Perfektion.

Claudias Antwort fiel nicht viel freundlicher aus: »Danke, Mutter, ich mache mir mal einen Gin Tonic. Willst du auch einen, oder hattest du heute schon mehr als genug?«

»Ich habe bisher nicht einen Tropfen getrunken.«

Das war eine steile Ansage für eine Frau, die keine gerade Linie von der Küche zur Terrassentür schaffte.

Claudia ließ das Thema fallen, bemühte sich überhaupt darum, friedlich zu bleiben. Vor allem wegen ihres Vaters. Jürgen hatte vor sechs Wochen einen Herzinfarkt gehabt. Nicht ganz schwer, aber doch ein deutlicher Warnschuss. Der Grund für die Attacke waren offiziell drei verschlossene Herzkranzgefäße gewesen, Folge falscher Ernährung und eines harten Berufslebens. Das war die medizinische Sicht. Die menschliche Sicht war die, dass ihr Vater seit Jahrzehnten außereheliche Verhältnisse hatte und regelmäßig mit Mädchen ins Bett stieg, die jünger als Claudia waren. Allmählich aber hatte er nicht mehr die Kraft, dieses Leben aus Lügen und Ausreden durchzuhalten.

Das war ihre Diagnose.

Während Hannelore im Haus war und das Abendessen zubereitete, saß Claudia mit ihrem Vater im Garten. Der Rasen und die Rosen waren gut gepflegt, die Vögel zwitscherten, ein paar Häuser entfernt surrte ein Rasenmäher. Es roch nach Gras und Grill. Es war idyllisch. Diese Welt war mehr als ein Universum vom Osdorfer Born entfernt.

Jürgen, immer noch leidenschaftlicher Jurist, ließ sich vom Fall Pascal berichten. Claudia durfte es nicht, tat es aber trotzdem. Alles andere wäre albern gewesen.

»Dann ist die Sache also geklärt«, kommentierte Jürgen ihren Bericht über den toten Pascal.

»So sieht es aus.«

»Ich höre da etwas in deiner Stimme, das etwas anderes sagt. Oder täusche ich mich?«

Claudia winkte ab. »Der Täter ist geständig, die Akten sind geschlossen. Man könnte höchstens darüber streiten, ob dieser Marco Niemann den Jungen getötet hat. Oder ob es die Drogen waren. Oder die Mitarbeiter des Jugendamts.«

»Ich vermute mal, die Frage wird von seinen Anwälten vor Gericht genauso gestellt werden.«

»Es wäre nicht die schlechteste Strategie. Der Mann ist ein Schwein, aber eben auch ein armes Schwein.«

»Was ist mit deinem japanischen Kollegen? Klappt es?«

»Auf jeden Fall. Ich mag ihn.«

Ihr Vater sah sie neugierig an. »Du magst ihn?«

»Ich schätze ihn«, stellte Claudia klar. »Er ist ein guter Kollege. Vielleicht der beste, den ich bisher hatte.«

»Das freut mich. Wäre ja nicht unbedingt zu erwarten gewesen.«

»Stimmt.«

Zum Abendessen gab es Antipasti vom Volksdorfer Edel-Italiener, dazu Pasta mit Arabiata, eine Riesenschüssel mit gemischtem Salat. Claudia ließ es sich schmecken. Sie trank mehr Wein, als sie sollte, obwohl sie noch fahren musste. Es war ihr egal. Sie wollte den Abend genießen. Und sie wollte nicht darüber nachdenken, was nun mehr stimmte. Dass sie Takeda mochte. Oder dass er ein guter Kollege war.

## 9.

Wieder war es mitten in der Nacht, als Inspektor Takeda auf die Straße trat. Wieder trug die Luft Ahnungen von Herbst in sich. Gefallenes Laub, modrige Nässe, erste Spuren von Kaminholz.

Inzwischen war es Anfang September geworden, der Fall Pascal lag nun mehr als eine Woche zurück.

Claudia hatte den Inspektor vor rund zwanzig Minuten angerufen, es war kurz nach vier Uhr morgens gewesen. Anders als beim letzten Mal hatte Takeda tief und fest geschlafen. Schlaftrunken hörte er ihr zu, wie sie ihm mitteilte, dass erneut eine Leiche gefunden worden war. Nein, kein Kind diesmal, vermutlich nicht einmal ein Verbrechen, sondern ein Unfall. Aber es gebe Ungereimtheiten. Außerdem solle Takeda sich auch in diesem Fall auf einen unschönen Anblick gefasst machen, so viel hätten die Kollegen schon verraten. Sie selbst würde sich auch sofort auf den Weg machen.

Eine gute halbe Stunde später traf Takeda in der HafenCity ein. Erneut wurde die Szenerie vom blauen Lichtkegel mehrerer geparkter Einsatzfahrzeuge erhellt. Über Steine werfende Jugendliche musste er sich allerdings keine Sorgen machen. Der Ort des Geschehens befand sich in einer von modernen Bürogebäuden gesäumten, schmalen Seitenstraße. Die Gegend war um diese Uhrzeit vollkommen verlassen, schließlich gab es hier keine Wohnhäuser, sondern nur Firmensitze. Außer den zahllosen Beamten war niemand hier.

Claudia begrüßte Takeda mit einem kratzigen »Guten Morgen« und reichte ihm dann einen Styroporbecher mit dampfendem Kaffee. Sie selbst hatte ebenfalls einen in der Hand. »Ich dachte, Sie haben nichts dagegen.«

»Im Gegenteil. Der Kaffee rettet mir das Leben«, sagte Takeda.

»Haben Sie sonst schon etwas zu sich genommen? Etwas gegessen, meine ich?«

»Nein«, sagte der Japaner.

Claudia verzog das Gesicht. »Ist auch besser so. Was Sie gleich zu sehen bekommen, erträgt man besser mit leerem Magen, glauben Sie mir.«

Sie ging voran und führte Takeda vor das Eingangsportal eines vielleicht sieben- oder achtstöckigen Bürogebäudes, dessen ungewöhnliche Architektur sogar jetzt in der Dunkelheit zu erkennen war. Die Fassade bestand aus Glas und metallisch schimmernden Verblendungen, die ein reliefartiges Muster bildeten. Die einzelnen Etagen waren gegeneinander verschoben, ragten rechts und links aus der Gebäudeflucht hinaus. Es wirkte, als hätte ein Riese die einzelnen Stockwerke achtlos zu einem Stapel aufeinandergetürmt. Das Gebäude schien zu schwanken und jeden Moment zur Seite umzufallen, was in Wahrheit natürlich nicht geschah.

Auf der Straße vor dem Gebäude hatten die Kollegen von der Spurensicherung zwei lichtstarke Scheinwerfer in Stellung gebracht. Sie waren auf den Boden gerichtet, um ihnen die Suche nach Material zu erleichtern.

Das kaltweiße Licht beleuchtete zugleich den Körper eines Mannes, der auf der Straße lag. Er war tot. Und er war nackt.

Die Leiche lag auf dem Rücken, war aber in Höhe der Taille seltsam verdreht, was darauf hindeutete, dass die Wirbelsäule zertrümmert war. Sein linkes Bein war in Höhe des Knies aufgerissen und offenbar aus der Hüftpfanne luxiert. Der Kopf war deformiert, das Haar blutverkrustet, das Gesicht auf der rechten Seite nur noch eine breiige Masse. Das rechte Auge war zerquetscht, eine glibberige Masse, die an der Wange klebte. Die Haut war großflächig abgeschürft und ließ auf rohes, schutzloses Fleisch blicken.

Takeda ging näher heran und stellte fest, dass der Mann in Wahrheit gar nicht vollständig entkleidet war. Er trug – als

Einziges – Socken an den Füßen. Es ließ seine Nacktheit auf groteske Art umso mehr hervorstechen.

Der Inspektor blickte den Toten mit gerunzelten Brauen an, sog dabei zischend die Luft ein und gab ein paar nachdenkliche Brummlaute von sich.

»Fies, oder? Wie durch den Wolf gedreht«, sagte Claudia.

Takeda blickte seine Kollegin unsicher an, folgte dann aber seinem japanischen Naturell, seinem Gegenüber nicht zu widersprechen, und sagte: »Ja, sehr fies.«

»Der Kollege im Präsidium, der mich angerufen hat, meinte, dass es vermutlich ein Unfall sei. Und natürlich Fahrerflucht, es hat sich ja niemand gemeldet. Ein Zeitungsbote hat ihn gefunden und die 110 gewählt. Die Kollegen waren nach ein paar Minuten hier. Der Zeitungsbote wird hinten von Sanitätern versorgt, er steht wohl ziemlich unter Schock.«

»Ein Unfall?«

»Das meinte der Kollege.«

»Aber warum ist er dann ... äh nackt?«

Claudia hob vielsagend die Augenbrauen. »Und das ist nicht das Einzige. Die Kollegen von der Spusi haben seine Brieftasche gefunden. Lag direkt neben ihm auf der Straße. Immerhin wissen wir dadurch, wie er heißt. Markus Sassnitz, fünfundvierzig Jahre alt. Sein Büro ist wohl im obersten Stock.«

Takeda nickte, trat ein paar Schritte auf die Hausfassade zu. Die Schilder neben dem doppelflügeligen Eingangsportal verrieten, was für Firmen hier residierten: zwei Rechtsanwaltskanzleien, eine Finanzberatung, Werbeagenturen, einige Internetfirmen. Im obersten Stock befand sich die *SOTI*. Die Abkürzung stand für Sassnitz Online Technology Investments, wie in kleineren Lettern darunter zu lesen war.

Takeda trat wieder an die Straße zurück. Er sah nach rechts und links, legte dann den Kopf in den Nacken und blickte an der ungewöhnlichen Hausfassade hinauf.

Er stieß erneut Brummgeräusche aus. War es denn so eindeutig, dass der Tote überfahren worden war, wovon Claudia und alle Kollegen offenbar ausgingen? Er könnte doch genauso gut von dort oben ...

Eine Männerstimme riss den Inspektor aus seinen Gedanken. »Vergessen Sie es, Ken. Der Mann ist zwar gesegelt, aber nicht von oben nach unten, sondern von rechts nach links. Eindeutige Sache, er ist von einem Auto auf die Hörner genommen worden.«

Takeda drehte sich um und schenkte Ludger Terzian ein freundliches Lächeln. Er war sich nicht sicher, ob er den Rechtsmediziner einen Freund nennen durfte, aber nach ihren gemeinsamen Abenden im Hotoke verband sie zumindest mehr als eine rein berufliche Beziehung. Terzian, dessen runder Kopf kahlgeschoren war, erinnerte Takeda an den buddhistischen Mönch Ikkyu, über den es in Japan zahlreiche Anekdoten gab, die in Büchern und Filmen vor allem für Kinder dargestellt wurden. Auch Terzians freche Gewitztheit erinnerte an den berühmten Mönch.

»Ich verstehe nicht ganz, was Sie mit *auf die Hörner genommen* meinen, Ludger.«

Terzian strich sich über den kahlen Kopf. »Kommen Sie, ich zeige es Ihnen.«

Der Rechtsmediziner führte Takeda zur Leiche, hockte sich auf den Boden und bedeutete Takeda, es ihm gleichzutun. Gemeinsam beugten sie sich über den Toten. Terzian rieb sich die Hände, sein Gesicht zeigte ein unternehmungslustiges Lächeln. Offenbar fand er an der so übel zugerichteten Leiche Gefallen. Es konnte Takeda nicht irritieren, dafür kannte er Terzian inzwischen zu gut. Er wusste, dass der Mediziner keinesfalls gefühlskalt war. Er war ein leidenschaftlicher Experte, der eine für Außenstehende befremdliche Begeisterung für Leichen hegte. Besonders, wenn sie entstellt, verstümmelt oder sonst wie deformiert waren und ihm eine professionelle Herausforderung boten, die andere Menschen vermutlich beim Zusammenfügen eines Puzzlespiels empfanden.

Terzian fummelte eine Weile am Körper des Toten herum, zog einige der klaffenden Wunden auseinander, maß die Temperatur, spielte mit dem luxierten Bein herum. Dann nickte er und sagte: »Der liegt schätzungsweise seit zwei Stunden hier. Der Unfall war also …« Er blickte auf seine Armbanduhr. »… gegen zwei Uhr in der Nacht. Aber das nur am Rande. Es handelt sich um ein typisches Verletzungsmuster für einen Frontalzusammenstoß, das erkenne ich auf zehn Meter bei Nacht und gegen den Wind.«

»Gegen den Wind?«

»Das sagt man so.«

»Ich verstehe.«

»Sehen Sie die Kniefraktur? Die ist typisch für eine Kollision mit einem Pkw bei hoher Geschwindigkeit. Die erste Berührung von Blech und Fleisch sozusagen. Je nach Fahrzeugmodell und Körpergröße des Opfers sieht man die typischen Verletzungen in Höhe des Unterschenkels, des Knies, des Oberschenkels. Der eigentliche Aufprall findet dann meistens zwischen Kopf und Windschutzscheibe statt. Ganz sicher bin ich mir in diesem Fall allerdings nicht. Wenn der Wagen sehr schnell war, dann fliegt das Unfallopfer auch schon einmal in einem hohen Bogen über den Wagen hinweg. In dem Falle wäre unser Toter mit dem Kopf direkt auf den Asphalt geknallt. Könnte sehr gut sein, dass es hier so war.«

Terzian stand auf, entfernte sich ein paar Meter von der Leiche und suchte den Asphalt ab. Dann schnippte er mit dem Finger und rief die Mitarbeiter der Spurensicherung herbei, forderte sie auf, Fotos zu machen. »Wie ich es mir gedacht habe. Schauen Sie sich das hier an.«

Takeda ging zu Terzian hinüber, der auf den Straßenbelag deutete. An mehreren Stellen war Blut zu sehen, dazu verklebte Haare, sogar Hautfetzen. »Hier ist er nach dem Zusammenstoß aufgeschlagen. Dann hat er ein paar Rollen seitwärts gemacht und ist bis dorthin gekullert, wo er jetzt liegt.«

Terzian verdeutlichte seine These mit einer Theatereinlage, die ihn allerdings nicht gerade als großen Schauspieler auswies. Schließlich seufzte er und sagte: »Ich bin ja seit langem für eine Helmpflicht für Fußgänger. Würde mir einige Arbeit ersparen … aber gut, der hier hätte sich sowieso nicht dran gehalten. Er trug ja nicht mal Unterwäsche. Jedenfalls muss der Wagen ungeheuer Fahrt drauf gehabt haben. Und das in so einer kleinen Straße. Ich sag's Ihnen, Ken, Deutschland verroht. Vor allem im Straßenverkehr.«

»Ich weiß. Das sagt man so«, erklärte Takeda trocken. Die Klage war ihm bereits häufig zu Ohren gekommen, das Thema schien die Deutschen umzutreiben. Autofahrer blinkten nicht mehr und hielten nicht vor roten Ampeln. Fahrradfahrer seien die reinsten Anarchisten, und Fußgänger, ältere zumal, benähmen sich wie Könige und meinten, der gesamte Straßenverkehr müsse jederzeit für sie anhalten. Takeda war sich nicht sicher, ob er die Einschätzung teilte oder nicht. Er fand den Verkehr in Hamburg recht geruhsam, zumindest im Vergleich zu Tokio.

»Ich hole mir den Mann noch heute auf den Seziertisch, dann kann ich genau sagen, woran er gestorben ist. Nach dem ersten Augenschein würde ich allerdings sagen, dass die Verletzungen für dreimal Sterben reichen. Rückgrat hin, Organe zerplatzt. Na ja, und der Schädel genauso, das sieht ja sogar ein Laie.«

Takeda nickte nachdenklich. »Trotzdem ist es merkwürdig, dass er unbekleidet ist, finden Sie nicht? Dies hier ist kein Wohnhaus, sondern ein Büro. Es wäre mir neu, dass die Deutschen nackt am Schreibtisch sitzen.«

»Sagen Sie das nicht. Es gibt die verrücktesten Typen.«

»Sicher. Aber könnte es nicht sein, dass das Opfer zum Zeitpunkt der Kollision etwas angehabt hat? Können Sie das feststellen?«

Terzian strahlte. »Wissen Sie, dass ich Sie wirklich großartig finde, Ken? Macht richtig Spaß mit Ihnen. Sie wollen wissen, ob ich etwas in den Wunden finde? Stofffetzen, Faserspuren, etwas in der Richtung.«

»Es wäre hilfreich.«

Erneut beugte sich der Rechtsmediziner über die Leiche. Er machte zunächst einige Fotografien mit einer kleinen Digitalkamera, fasste den Toten dann an den Schultern und zog ihn ein Stück weiter auf den Bürgersteig. Mit einer Stablampe beleuchtete er einzelne Partien am Knie, am Oberschenkel und an der Brust. Dann schnalzte er mit der Zunge und sagte mit fröhlicher Stimme: »Bingo. Gut geraten. Es gibt Stofffasern, jede Menge sogar. Aber das ist nicht das Interessanteste. Schauen Sie sich das hier einmal an.«

Takeda trat neben den Rechtsmediziner. Inzwischen war auch Claudia, die mit den Kollegen von der Spurensicherung gesprochen hatte, zurückgekehrt. Sie grüßte Terzian und beugte sich ebenfalls über den Toten. Der Rechtsmediziner fuhr mit seiner Stablampe am Körper des Toten entlang, beginnend am Unterschenkel, über Hüfte, Bauch und Brust bis zum Hals. »Erkennen Sie das? Hier unter dem Rippenbogen ist es ganz deutlich zu sehen.«

Takeda und Claudia rückten näher, stießen beinahe mit den Köpfen zusammen, schenkten sich ein mildes, freundschaftliches Lächeln. Dann beugten sie sich dicht aneinandergedrängt über den Toten.

Auf der Haut von Markus Sassnitz war eine haarfeine, gerötete Linie zu erkennen. Sie war an mehreren Stellen unterbrochen, führte aber alles in allem am ganzen Körper entlang, von den Schienbeinen bis zum Hals.

Takeda brummte und sagte: »Man hat ihm die Kleidung vom Körper geschnitten.«

»Exakt«, bestätigte Terzian.

»Scheiße«, sagte Claudia.

Takeda lächelte. »Ich teile Ihre Meinung.«

»Der Fahrer hat bestimmt im Fernsehen gesehen, dass unsere

Experten über die Lackspuren, die sich an der Kleidung eines Unfallopfers finden, auf den Fahrzeugtyp schließen können. Dank dieser ganzen Gerichtsmedizin-Serien ist RTL das reinste Bildungsfernsehen für Halunken geworden.«

Takeda nickte versonnen. »Sicher. Lackspuren werden wir nicht finden. Und doch verrät uns das Vorgehen etwas über denjenigen, der das Fahrzeug gefahren hat.«

»Ach ja?«

»Einen Menschen zu überfahren ist eine Sache. Es kann passieren, durch Unaufmerksamkeit, durch widrige Bedingungen, durch Rücksichtslosigkeit. Vielleicht war es dunkel, vielleicht ist das Opfer sehr plötzlich auf die Straße getreten.«

»Vielleicht hat der Fahrer mit seinem verfluchten Smartphone herumgespielt«, ergänzte Claudia.

»Aber dass ein Fahrer nach der Kollision aussteigt und mit einem Instrument, vielleicht einem Taschenmesser, das Opfer von seiner Kleidung befreit, ist ausgesprochen ungewöhnlich. Stimmen Sie mir zu?«

»Natürlich. Das ist mehr als abgebrüht. Und dann hat er auch noch die Brieftasche genommen und wieder neben den Toten gelegt.«

Terzian mischte sich ein und sagte: »Der Fahrer wollte nicht erwischt werden. Aber er wollte den Toten auch nicht beklauen ... Das ist fast schon rührend.«

»Ja, scheint ein richtig sympathischer Mensch zu sein«, ätzte Claudia.

Takeda blickte angestrengt die Straße auf und ab, schien Maß zu nehmen, schüttelte immer wieder den Kopf. Zwischendurch gab er immer wieder seine nachdenklichen Brummlaute von sich.

Dann, ganz plötzlich straffte sich sein Körper, und er sagte: »Ich befürchte. Sie täuschen sich beide. Die Brieftasche liegt dort, weil der Fahrer uns nicht im Unklaren darüber lassen wollte, um wen es sich bei dem Mann handelt.«

»Und warum sollte er das tun?«, fragte Claudia.

»Weil es kein Unfall war und auch keine Unfallflucht. Wir haben es mit einem Mord zu tun. Dieser Mann, Markus Sassnitz, wurde gezielt und mit voller Absicht überfahren.«

Claudia feixte. »Na, Ken. Sehen Sie wieder einmal etwas, das wir anderen nicht sehen?«

Der Japaner deutete eine Verbeugung an. »Nein, ich sehe dasselbe wie Sie. Aber ich ziehe möglicherweise andere Schlüsse daraus.«

## 10.

Es ging inzwischen auf sieben Uhr morgens zu. Die Dämmerung verwandelte sich in helles Tageslicht. Der Lärm der erwachenden Stadt schwappte in die schmale Straße in der HafenCity. Claudia spürte ihr Herz in der Brust pochen. Es war die Folge von zu viel Kaffee und zu wenig Schlaf. Aber anders, also mit weniger Koffein hätte sie das hier nicht durchgestanden.

Verdammt, konnten Mörder sich nicht mal menschliche Uhrzeiten für ihre Taten aussuchen?! Dann würde sie vielleicht nicht ganz so unter Schlafmangel leiden.

Die meisten Kollegen, die bei der Tatortuntersuchung geholfen hatten, waren inzwischen abgezogen. Die Leiche von Markus Sassnitz befand sich in der Rechtsmedizin. Der Straßenabschnitt, in der sie den Toten gefunden hatten, war immer noch abgesperrt.

Ein paar Kollegen der Spurensicherung waren inzwischen damit beschäftigt, das Büro von Sassnitz zu untersuchen. Auch Claudia hatte vorhin einen kurzen Blick in die Räume im achten Stock des Gebäudes mit der ungewöhnlichen Architektur geworfen. Die Bezeichnung Büro traf die Sache nicht so richtig. Es handelte sich mehr um eine Art Luxuspenthouse, inklusive einer großzügigen Dachterrasse. Die Aussicht von dort über die Hamburger Innenstadt mit ihren Kirchtürmen, zur anderen Seite über die HafenCity und den dahinterliegenden Hafen war atemberaubend. Nur eines der drei riesigen Zimmer glich wirklich einem Büro, verfügte über einen Schreibtisch und einige Aktenregale. Daneben gab es ein großzügiges Wohnzimmer, das durch bodentiefe Glastüren mit der Dachterrasse verbunden war, sowie ein Schlafzimmer. Dort hatten sie ein zerwühltes Bett vorgefunden. Auf dem Nachttisch standen eine Flasche Champagner und zwei Gläser.

Markus Sassnitz, auch das hatte eine erste kurze Recherche ergeben, war ein Internetunternehmer, der vor einigen Jahren mit einem Start-up reich geworden war. Inzwischen betätigte er sich als so genannter *Business Angel*. Er beteiligte sich an jungen, vielversprechenden Unternehmen, finanzierte und beriet sie. Der Mann galt als technischer Visionär, mutiger Unternehmer, espritvoller Redner, charmanter Unterhalter. Jetzt war er tot. Überfahren vor seinem Büro, und zwar mit voller Absicht – vorausgesetzt, Takeda hatte recht.

Die Situation erinnerte Claudia an ihren ersten gemeinsamen Fall. Auch damals hatte der Inspektor als Einziger hinter einer unverfänglichen Oberfläche ein Verbrechen gewittert. Damals hatte sie ihm lange nicht geglaubt, hatte ihm zwischendurch sogar Größenwahn und Manipulation unterstellt. Am Ende aber hatte Takeda recht behalten.

Heute musste Takeda sie eigentlich gar nicht überzeugen. Die nackte Leiche, die Tatsache, dass die Brieftasche daneben lag und dass die schmale Straße für einen rücksichtslosen Temposünder denkbar ungeeignet war ... das alles sprach deutlich für eine vorsätzliche Tat.

Das Problem war, dass die Beweislage dünn war. Es gab keinen Zeugen, und die Interpretation von Bremsspuren und anderen Hinweisen war erfahrungsgemäß schwierig. Ermittlungen würde es natürlich so oder so geben, denn einen Menschen zu überfahren und abzuhauen war in jedem Fall ein Verbrechen. Aber Mord war eben etwas anderes.

»Also, Ken, was macht Sie so sicher? Wieder ein alter Fall aus Japan, an den Sie das hier erinnert?«, fragte Claudia.

Der Inspektor neigte den Kopf und lächelte. »Nein, kein alter Fall. Diesmal ist es eher eine Frage der … äh … Logik.«

Claudia runzelte die Augenbrauen. »Meine Erfahrung ist, dass Verbrechen nicht viel mit Logik zu tun haben.«

»Meine ebenso. Aber für die äußeren Umstände kann anderes gelten.«

»Sicher. Dann legen Sie mal los. Überzeugen Sie mich.«

Takeda führte Claudia bis an die Ecke, wo die Seitenstraße, in der die Leiche gefunden worden war, in den ungleich breiteren, vierspurigen Sandtorkai einmündete. Er räusperte sich und erklärte: »Wir können davon ausgehen, dass das Fahrzeug, das Sassnitz überfahren hat, aus dieser Richtung gekommen ist. Die Lage der Leiche sowie die Spuren auf der Straße deuten darauf hin, das haben Dr. Terzian und die Kollegen von der Spurensicherung bestätigt.«

»Okay, soweit keine Zweifel.«

Takeda hob den Arm und deutete in Richtung des Bürohauses. Die Straße stieg leicht an und war auf beiden Seiten durch vorstehende Parkzonen verkehrsberuhigt. »Ich schätze die Entfernung bis zum Punkt der Kollision auf rund sechzig Meter. Stimmen Sie mir zu?«

»Dürfte hinkommen. Wir können aber auch die Kollegen von der KTU anrufen. Die haben vorhin alles genau ausgemessen und sitzen vermutlich im Moment an ihren eigenen Berechnungen.«

»Nein, nein. Ich denke, ein ungefährer Wert wird vorerst genügen. Sagen wir also sechzig Meter. Gehen wir einmal davon aus, dass das Fahrzeug hier um die Ecke bog. Da die Einmündung der Straße schmal ist, musste ein Fahrer seine Geschwindigkeit deutlich reduzieren, auf höchstens dreißig, fünfunddreißig Stundenkilometer.«

»Einverstanden«, sagte Claudia.

»Ich halte es allerdings für noch wahrscheinlicher, dass der Täter in seinem Fahrzeug gewartet hat, vermutlich mit ausgeschalteten Scheinwerfern. Als Sassnitz auf die Straße trat, ist er losgefahren.«

»Wenn es so war, wäre die spannende Frage, ob und woher der Täter wusste, dass sein Opfer mitten in der Nacht vor die Tür kommen würde.«

»Vielleicht hat er ihn angerufen und herausgelockt? Ein wichtiger Ermittlungsansatz. Wir müssen die Verbindungsprotokolle des Handys des Opfers überprüfen.«

»Ist schon veranlasst.«

Takeda nickte beeindruckt. »Doktor Terzian hat mir vorhin gesagt, dass der Aufprall bei einer Geschwindigkeit von mindestens sechzig, eher achtzig Stundenkilometern stattgefunden hat. Andernfalls wären die erheblichen Verletzungen nicht zu erklären. Ich denke, daraus lassen sich zwei Schlussfolgerungen ziehen. Erstens lässt sich ein Unfall durch einen rücksichtslosen Fahrer sehr wahrscheinlich ausschließen. Der Bremsweg hinter dem Kollisionspunkt ist so kurz, dass nur jemand, der genau wusste, was er tat und wie die genauen Ortsverhältnisse sind, überhaupt so stark beschleunigt hätte.«

»Okay. Überzeugt mich. Und zweitens?«

»Zweitens erhalten wir einen Hinweis auf das Tatfahrzeug. Einen Wagen auf einer solch kurzen Strecke auf eine solche Geschwindigkeit zu bringen, heißt, dass es sich um einen Wagen mit einer Beschleunigungsleistung von unter fünf Sekunden handeln muss, natürlich hochgerechnet auf den üblichen Richtwert, der sich auf einhundert Stundenkilometer bezieht.«

»Das habe ich mir doch schon längst gedacht.«

Takeda überhörte offenbar Claudias ironischen Unterton und sagte mit freudiger Stimme: »Vermute ich richtig, dass auch Sie eine Formel zugrundegelegt haben, die die Beschleunigung aus dem Produkt von halber Geschwindigkeit und Sekundenquadrat, dividiert mit der Streckenlänge berechnet?«

Claudia prustete. »Gott, Ken, Sie sind in einem Land mit den miesesten Pisa-Ergebnissen in Mathematik überhaupt. Ich bin das beste Beispiel. Ich kann im Restaurant nicht mal die Zahlen auf der Rechnung addieren. Hören Sie also mit Ihren Formeln auf und sagen Sie mir, was Sie meinen.«

»Natürlich, ich verstehe«, sagte Takeda, nun ziemlich irritiert. »Ich möchte sagen, dass es sich beim Tatfahrzeug um ein hochmotorisiertes Modell handeln muss, einen Sportwagen der Oberklasse, einen Porsche oder auch ein italienisches Fahrzeug. Ich würde sogar noch weitergehen und vermuten, dass es ein Elektrofahrzeug war.«

»Wie kommen Sie darauf?«

»Die Beschleunigungswerte bei Elektroautos sind sehr hoch. Vor allem aber ...« Diesmal lächelte Takeda. »... sind sie leise.«

»Leise?«

»Ein konventioneller Wagen hätte bei Vollgas erheblichen Lärm verursacht. Das Opfer hätte das Auto sicherlich bemerkt und wäre zur Seite gesprungen. Ein Elektroauto hingegen ...«

»... rast lautlos auf sein ahnungsloses Opfer zu.«

Takeda nickte. »Die Fahrzeuge sind nicht ganz so leise, wie man meinen könnte, allein wegen der Reifengeräusche. Und doch ist es kein Vergleich zu einem konventionellen Auto.«

Takeda und Claudia standen nebeneinander und blickten die Straße hinauf. Vor ihrem inneren Auge spielte sich das mögliche Tatgeschehen ab. Es war nachts, Markus Sassnitz tritt auf die Straße, wo auch immer er hinwollte. Lautlos und mit ausgeschalteten Scheinwerfern rast ein Fahrzeug auf ihn zu, erfasst ihn und schleudert ihn durch die Luft. Sassnitz bleibt tot oder schwer verletzt liegen, der Fahrer steigt aus, schneidet seinem Opfer die Kleider vom Körper, steigt wieder ein und verschwindet in der Nacht.

Claudia seufzte und sagte: »Gar nicht schlecht, Ken. Gar nicht schlecht.«

»Dann teilen Sie meine Einschätzung? Es war Mord?«

»Um ehrlich zu sein, habe ich das schon die ganze Zeit getan. Allerdings beruhte mein Verdacht auf etwas anderem. Es geht um die Sache mit der Kleidung. Warum hat der Fahrer sich die Mühe gemacht und Sassnitz nackt ausgezogen, mal von den Socken abgesehen?«

»Ich dachte, darüber sind wir uns einig. Es ging darum, mögliche Spuren zu beseitigen.«

»Klar, aber dann hätte es doch genügt, ihm den Anzug oder was auch immer er anhatte, abzunehmen. Warum also auch die Unterwäsche?«

»Sie sind also sicher, dass er welche getragen hat?«, fragte Takeda.

Claudia musste unwillkürlich lachen. So eine Frage konnte wirklich nur ein Japaner stellen. »Ich bitte Sie, Ken! Wir Deutschen mögen zwar in Ihren Augen Barbaren sein, aber das heißt nicht, dass wir mehr oder weniger nackt herumlaufen.«

»Ich ... äh wollte wirklich nicht, also ...«

»Schon gut.« Claudia prustete immer noch. »Alle deutschen Männer, die ich bisher beim An- oder Ausziehen gesehen habe, und das waren nicht ganz wenige, trugen jedenfalls Unterwäsche. Ich gehe darum davon aus, dass es bei Markus Sassnitz genauso war. Der springende Punkt ist der, dass es einen Grund gab, aus dem der Täter nicht bei der oberen Kleidungsschicht haltgemacht hat, aus dem er ihn vollständig entkleidet hat. Und dabei geht es nicht um Lackspuren.«

Auf Takedas gerade noch verschämtem Gesicht kehrte Ernsthaftigkeit zurück. »Ich ahne, worauf Sie hinauswollen.«

»Derjenige, der das hier getan hat, wollte Sassnitz nicht einfach nur töten und seine Spuren verwischen. Ein Täter, der sein Opfer nackt auszieht, möchte es über den Tod hinaus schutzlos erscheinen lassen, möchte es demütigen. Womöglich, weil er selbst gedemütigt worden ist. Es könnte auf Rache hindeuten, könnte ein Beziehungsmotiv nahelegen. Vielleicht Eifersucht, Betrug, sexuelle Dinge.«

Takeda schloss die Augen, brummte einige Male. »Ich stimme Ihnen zu.«

»Dann sind wir einer Meinung. Ich rufe Holger Sauer an und sage ihm Bescheid, dass das hier mehr als ein Unfall ist. Wir nehmen Mordermittlungen auf.«

Claudia hatte ihr Gespräch mit dem Leiter der Mordkommission gerade beendet, als ihr Handy erneut klingelte. Es war einer der Kollegen von der Spurensicherung, die Sassnitz' Büro untersuchten. Claudia drückte auf das grüne Hörersymbol, horchte in die Leitung, nickte einige Male, stieß dann einen Laut der Überraschung aus. Sie beendete das Gespräch, steckte das Handy weg und sagte zu Takeda: »Es bleibt dabei, es war Mord. Aber was das Motiv angeht, waren wir wohl voreilig. Die Kollegen haben in Sassnitz' Büro etwas Interessantes gefunden. Von wegen Eifersucht und Demütigung. Kommen Sie, wir gehen nach oben und sehen es uns selbst an.«

## 11.

Als Takeda kurze Zeit später das Büro von Markus Sassnitz betrat und den Fund der Spurensicherung betrachtete, legte sich seine Stirn in tiefe Falten.

Er fragte sich, ob er sein Bild von Deutschland erneut auf den Prüfstand stellen musste. Bisher hatte er ja mit einem Gefühl der Erleichterung festgestellt, dass das Land so ganz anders war, als er es erwartet hatte. Offener, bunter, entspannter. Weniger deutsch eben, zumindest wenn damit gemeint war, dass die Deutschen fleißig, gesetzestreu und ordentlich waren, dass sie sich von Kartoffeln, Schwarzbrot, Wurst und Schweinefüßen ernährten, dass sie laute, herrische Stimmen hatten und stets mit grenzenloser Geschwindigkeit über ihre Autobahnen rasten.

Wobei, Letzteres taten sie sehr wohl, und es gefiel Takeda ganz gut.

Nun aber musste er hinzufügen, dass sie offenbar zudem eine ausgeprägte Neigung hatten, Drogen zu konsumieren, und zwar unabhängig davon, ob sie nun arm und verwahrlost waren oder wohlhabend und erfolgreich, wie es ja bei Markus Sassnitz der Fall war.

*Shabu*! Crystal Meth! Schon wieder!

Ken Takeda stand neben Claudia Harms und betrachtete eine beeindruckende Ansammlung kleinerer Tütchen und auch größerer Plastikpäckchen, die die Kollegen der Spurensicherung auf Sassnitz' Schreibtisch aufgehäuft hatten. Sie waren eher halbherzig hinter ein paar Akten versteckt gewesen und gefüllt mit weißglitzerndem Pulver oder auch größeren Kristallsplittern. In ein paar Tütchen fanden sich außerdem bunte Pillen, vermutlich Ecstasy.

»Wie viel ist das? Was schätzt ihr?«, fragte Claudia Harms.

Klaus Fechter, der die Spurensicherung an diesem Morgen leitete, schürzte die Lippen. »Das Crystal Meth? Schwer zu sagen. Aber es dürfte mindestens ein halbes Kilo sein, eher mehr. Jedenfalls zu viel, als dass der Mann es alleine wegschniefen könnte. Sagen wir mal so: Wenn ihr Sassnitz heute Nacht nicht von der Straße gekratzt hättet, hätte er eine lange Zukunft im Knast vor sich gehabt. Die Menge lässt kein Gericht mehr als Eigenbedarf durchgehen. Was, sagtest du, hat der Typ beruflich gemacht? Tech-Investor? Internetunternehmer? Vergiss es. Der Typ war ein Dealer.«

Claudia gab ein verächtliches Schnauben von sich. Sie nahm einen der Plastikbeutel in die Hand, hielt ihn gegen das Sonnenlicht, das durch das Fenster hereinschien. »Schon mal probiert?«, fragte sie.

Fechter grinste. »Meinst du nachts und privat? Oder tagsüber und beruflich?«

»Ich meine, jetzt gerade eben. Können wir irgendetwas über den Stoff sagen? Herkunft? Qualität? So etwas?«

Fechter schüttelte den Kopf. »Ist mir zu heikel. Wer weiß

schon, wo die Scheiße herkommt und womit sie gestreckt ist. Ich mach das lieber im Labor.«

Claudia zuckte mit den Schultern. Sie hielt den Beutel erneut gegen das Licht, schüttelte ihn, inspizierte ihn erneut. »Da ist nicht viel gestreckt. Das Zeug ist ziemlich sauber, wenn du mich fragst. Was ist mit den Bonbons?«

»Da müssen unsere Experten ran. Das kann heutzutage alles Mögliche sein, aber ich tippe auf Ecstasy. Sassnitz selbst schien es übrigens vor allem auf das Crystal abgesehen zu haben.«

»Wie kommst du drauf?«

»Weil sein ganzes Schlafzimmer damit verseucht ist. Wir haben überall Spuren gefunden, auf dem Boden, den Möbeln, den Laken. Der Typ hat es krachen lassen, und zwar über Monate. Sonst wäre nicht die ganze Bude so voll damit.«

»Ich frage mich, ob die Kollegen von der Drogenfahndung ihn kennen. Wenn sie eine Akte über ihn haben, sollten wir mit etwas Glück mit unseren Ermittlungen schnell weiterkommen.«

Claudia wandte sich an Ken Takeda und sagte mit einem Schulterzucken: »Wenn ich das hier sehe, vermute ich, dass wir Sassnitz' Mörder nicht in seinem privaten Umfeld finden. Das hier deutet auf ein Milieuverbrechen hin. Der Mann hat sich mit den falschen Leuten eingelassen.«

»Sie glauben, er hat mit Drogen gehandelt? Und er ist deswegen ermordet worden?«, fragte Ken Takeda.

Die Umstehenden, neben Claudia und Fechter noch zwei weitere Mitarbeiter der Spurensicherung, lächelten. Claudia unkte: »Wie kommen Sie denn darauf? Etwa weil hier ein Riesenhaufen Crystal und anderes Zeug herumliegt? Und weil er zufällig direkt vor seiner Haustür zu Brei gefahren worden ist? Ich schätze, das Zeug ist locker mehrere Zehntausend Euro wert. Im Ernst, Ken, Menschen sind schon für weniger umgebracht worden. Und die nackte Leiche passt da auch rein. Das war eine Botschaft. Seht her, was wir mit Typen machen, die versuchen, uns zu linken. Jeder soll es erfahren. Darum auch die Brieftasche direkt neben der Leiche. Wer immer es getan hat, wollte nicht, dass wir lange herumraten, wer der Tote ist.«

Takeda brummte nachdenklich, fragte dann: »Ist die Art, wie Sassnitz gestorben, üblich?«

»Sie meinen, üblich für Drogenhändler? Für Kartelle? Organisierte Kriminalität?«

»Ja.«

Claudia zuckte mit den Schultern. »Guter Punkt. Nein, es ist nicht üblich. Wenn wir über synthetische Drogen in Hamburg sprechen, geht's in der Regel um Verbindungen nach Osteuropa, meistens Polen oder Tschechien, neuerdings auch Russland. Solche Typen machen es sich üblicherweise einfacher. Wenn es nur um eine Warnung geht, prügeln sie ihre Opfer durch. Wenn es ernst ist, legen sie sie einfach um. Und sie lassen die Leichen in aller Regel verschwinden, und zwar so gut, dass wir sie nie finden.«

»Derjenige, der Markus Sassnitz getötet hat, wollte, dass wir ihn finden.«

»Wie gesagt, es sollte wohl ein Exempel sein.«

Takeda deutete eine Verbeugung an. »Ich sehe mich noch ein wenig um.«

»Gut. Ich auch. Und dann müssen wir überlegen, wie wir weitermachen. Wir müssen so schnell wie möglich mit jemandem reden, der uns mehr über das Opfer erzählen kann.«

Takeda verließ den Raum und trat in den rechtwinkeligen, geräumigen Flur. Hier wie auch in den übrigen Zimmern war die Möblierung knapp, aber stilvoll. Neben der Tür war eine Wandnische, in der eine Garderobe untergebracht war, daneben ein Gäste-WC. An der gegenüberliegenden Wand stand ein Sideboard, darauf eine Vase mit einem einzelnen, blätterlosen Zweig, dessen schwarze Rinde sich kunstvoll von der hellen Tapete dahinter abhob – ein fast japanisch wirkendes Arrangement.

Sassnitz war vielleicht ein Drogenhändler. Aber er hatte dennoch Geschmack.

Takeda trat in das Schlafzimmer, blieb vor dem zerwühlten Bett stehen, blickte auf den Nachtschrank mit der Champagnerflasche und den beiden Gläsern. Die steckten inzwischen in Plastikbeuteln, auf denen farbige Nummern klebten. Die Schublade darunter stand offen, erlaubte den Blick auf ein Nageletui, eine Packung Taschentücher, das Ladegerät eines Handys. Daneben lagen ein Plastikball mit Lederriemen sowie eine Art Gummiband aus Silikon. Erst nach einer kurzen Weile des Nachdenkens wurde Takeda klar, dass es sich um Sexspielzeuge handelte, einen Knebel und einen Penisring.

Der Inspektor nickte nachdenklich, atmete tief ein, ließ die Luft dann langsam entweichen. Er sah unglücklich aus und war es auch. Der Fund der Drogen, auch diese Gegenstände, vor allem aber Claudias bestimmende Art verunsicherten ihn. Wieder einmal fragte er sich, ob seine Rolle bei der Hamburger Polizei nicht vermessen war. Er wusste so wenig über das Land, die Stadt, die Menschen. Über die Art, wie Deutsche mordeten. Oder auch Polen, Tschechen, Russen. Wie sollte er bei der Aufklärung eines Verbrechens helfen können?

In seiner Heimat hätten die bisherigen Spuren – die nackte Leiche, die Wohnung, die Drogen – vermutlich genügt, um ihm ein Gefühl zu geben, in welche Richtung die Ermittlungen gehen mussten. Sein Instinkt hätte ihm signalisiert, was wichtig, was unwichtig war. Die Gegenstände in der Wohnung, die Atmosphäre, der Geruch, jede Kleinigkeit hätte ihm etwas verraten, hätte ihm eine Richtung gewiesen, ihm Hinweise geliefert. So aber fühlte er sich hilflos. Sein innerer Radar traf auf nichts, das ihm ein Bild vermittelt hätte. Er stocherte im Trüben, ohne Instinkt, ohne innere Stimme. Alles war verschwommen und konturlos. Ihm blieb nichts anderes übrig, als Beobachtungen zu machen und Fragen zu stellen. Und er musste hoffen, dass er mit den Schlüssen, die er daraus zog, nicht allzu weit neben der Wahrheit lag.

Claudia tippte auf ein Drogenverbrechen. Gut, viel sprach wirklich dafür.

Takeda trat an das Schlafzimmerfenster. Die Vorhänge waren zur Hälfte zugezogen. Das Fenster selbst war angekippt. Er öffnete es ganz, lehnte sich hinaus. Der Raum ging zur Straße hinaus, doch unterhalb des Fensters verlief eine Dachschräge bis zur eigentlichen Gebäudefassade. Er konnte nicht bis hinunter zur Straße, bis zum eigentlichen Tatort blicken.

Takeda schloss das Fenster, sah erneut auf das Bett. Ein Kollege von Fechter hatte gesagt, dass die Spuren auf den Laken eindeutig waren. Sassnitz hatte hier vergangene Nacht Sex gehabt. Hautpartikel und Haare waren sichergestellt worden. Wenn die Person, die hier die Nacht mit ihm verbracht hatte, zum Zeitpunkt der Tat noch in der Wohnung gewesen war, könnte sie durch das gekippte Fenster etwas gehört haben. Falls sie – oder er – nicht identisch mit dem Mörder war.

Takeda ging zurück in den Vorraum. Aus dem Büro hörte er Claudias Stimme, die mit dem Präsidium telefonierte. Anschließend wählte sie erneut und informierte die Staatsanwaltschaft.

Takeda warf einen Blick in das Wohnzimmer. In der Mitte stand ein langer Tisch aus Stahl und Glas, an jeder Seite vier Stühle. Er könnte zum Essen dienen, genauso aber für geschäftliche Besprechungen. Im Winkel der angeschrägten Wand stand ein großzügiges Sofa, an der Wand gegenüber hing ein großformatiger, moderner Flachbildschirm. Samsung. Die große Zeit der japanischen Elektronikhersteller war vorbei, jedenfalls hier in Europa, wie Takeda mit einem Stich in der Brust feststellte. Rechts und links von dem Bildschirm hingen zwei kleine Gemälde in hölzernen Rahmen. Sie waren ölgemalt und zeigten zwei grotesk bunte Gesichter, Clowns, Narren, Popanze. Takeda suchte nach dem Namen des Künstlers. George Grosz? Ja, das könnte sein. Die Bilder wollten so gar nicht zum sonstigen, unterkühlten Stil des Zimmers passen. Takeda war sich jedoch sicher, dass sie kein Fehlgriff, keine Geschmacksverirrung waren, sondern ein geschickt gewählter Kontrapunkt.

Wer auch immer die Wohnung eingerichtet hatte, er hatte Geschmack, hatte ein musikalisches Gefühl für Räume. Es gefiel Takeda. Aber er musste im gleichen Moment auch an die entstellte Leiche von Markus Sassnitz denken.

Schließlich trat er durch die bodentiefe, gläserne Schiebetür hinaus auf die Dachterrasse. Draußen zündete er sich erst einmal eine Mild Seven an. Er inhalierte tief. Auch der Inspektor spürte die Erschöpfung der viel zu kurzen Nacht. Seine Augen waren gerötet, und sein Mund fühlte sich trocken an. Dennoch kam ihm die Müdigkeit vertraut vor. Erinnerungen an die vielen, schlaflosen Nächte in Tokio. Damals war es nicht nur die Arbeit, die ihn davon abgehalten hatte, ins Bett zu gehen. Es war genauso seine Rastlosigkeit gewesen. Wenn er einmal hätte ausschlafen können, hatte er es vorgezogen, in einen Jazzclub zu gehen und bis zum Morgengrauen Musik zu machen. Oder er spielte in Mahjong-Kneipen, lernte Mädchen kennen, trank zu viel. Er musste an Sachiko denken. Sie war gestern Abend bei ihm gewesen. Sie hatte gekocht, hatte *Inarizushi* zubereitet, dazu einen gebratenen Fisch und Seetang-Salat aus *Wakame*. Gemeinsam hatten sie zwei Dosen Bier getrunken, aber nur wenig gesprochen. Gegen Mitternacht waren sie ins Bett gegangen und hatten miteinander geschlafen. Sachiko war erst achtundzwanzig. Sie war hübsch, mit einem schlanken Körper und flachen, kaum vorhandenen Brüsten. Sie war auf eine stille Art leidenschaftlich. Wenn er in sie eindrang, schloss sie die Augen und öffnete sie erst wieder, wenn ihr Akt zu Ende war. Wenn sie den Höhepunkt erreichte, stieß sie ein kurzes Stöhnen, eher eine Art Seufzer aus. Ob deutsche Frauen beim Sex genauso waren? So still? Oder waren sie laut und leidenschaftlich, wie er es aus amerikanischen Filmen kannte?

Takeda schritt die großzügige Dachterrasse ab, ließ seinen Blick umherschweifen. Vor der gepolsterten, rattangeflochtenen Sitzgruppe befand sich ein langer Teakholztisch. Darauf standen einige Teller mit Essensresten, ein paar Gläser, Kaffeetassen. Takeda erkannte Reste von Lachsrogen und Kaviar, auf einem Teller lagen Dutzende Schalen leergeschlürfter Austern. Auf dem Boden standen mehrere leere Weinflaschen, daneben zwei leere Wodkaflaschen. Angesichts dessen, dass er aufgrund der Zahl der Teller und Gläser auf nur vier Gäste tippte, war die Menge an Alkohol beträchtlich. Möglich war aber auch, dass einige Flaschen älter waren. Die Kollegen der Spurensicherung würden das feststellen.

Takeda umrundete den Sichtschutz, hinter dem sich ein holzgetäfelter Whirlpool befand. Drei Stufen führten empor zum Einstieg. Am Rand war eine Konsole mit Knöpfen angebracht. Takeda drückte darauf, und mit einem blubbernden Geräusch begannen aus dem Inneren des Wasserbeckens Luftblasen aufzusteigen.

Der Blick des Inspektors fiel auf die Holzbohlen hinter dem Whirlpool. Dort lagen die beiden Teile eines Bikinis und eine Badehose. Offenbar hatte man es bevorzugt, nackt zu baden.

Wie es schien, hatte Sassnitz den Abend vor seinem Tod zumindest auf angenehme Art verbracht.

Takeda trat an die Brüstung der Dachterrasse und ließ seinen Blick schweifen. Vor ihm eröffnete sich das Hamburger Panorama mit nur wenigen Hochhäusern, dafür aber vielen Kirchtürmen. Zur anderen Seite blickte man über die modernen Bauten der HafenCity, sah die schillernde Fassade der neuen Elbphilharmonie, weiter links die obersten Etagen des berühmten Marco-Polo-Towers, angeblich die teuerste Wohnadresse Deutschlands.

Takeda musste an den Ausblick denken, den er vor einer Woche vom Balkon der Wohnung am Osdorfer Born gehabt hatte. Dort hatte er in erster Linie auf andere hässliche Siedlungsbauten geblickt, dazu ein paar Bäume, geparkte Autos, viel Beton.

Reiches Deutschland, aber arme Deutsche ... Er musste seinen Gedanken wohl revidieren. Es gab ausgesprochen reiche Deutsche, vor allem hier in Hamburg. In der Stadt lebten über vierzigtausend Millionäre, hatte er gelesen.

Traf also das Gegenteil zu? Reiche Deutsche, aber armes Deutschland?

In der Wohnung klingelte ein Telefon, offenbar der Festnetzanschluss von Sassnitz. Takeda trat durch die Schiebetür ins Innere. Claudia hatte den Hörer abgenommen und wechselte einige Worte mit dem Anrufer. Als sie auflegte, stand Takeda im Arbeitszimmer neben ihr.

»Das war Susanne Sassnitz, die Ehefrau unseres Mordopfers. Ich habe ihr gesagt, dass sie zu Hause bleiben und auf uns warten soll. Wir würden uns sofort auf den Weg zu ihr machen«, erklärte Claudia.

»Sie haben ihr nicht gesagt, was passiert ist?«

»Nein. So etwas mache ich lieber, wenn ich demjenigen ins Gesicht sehen kann.«

»Hat sie gesagt, warum sie angerufen hat? Hat sie ihren Mann vermisst?«

»Anscheinend nicht. Sie wollte ihn an einen gemeinsamen Termin heute Mittag erinnern. Sie ging wohl davon aus, dass er die Nacht hier in seinem Büro verbracht hat.«

»Das ist interessant, finden Sie nicht?«, stellte Takeda mit einem feinen Lächeln fest.

»Was meinen Sie?«

»Nun, Frau Sassnitz war offenbar nicht diejenige, die gestern mit ihrem Mann im Whirlpool gebadet und im Bett Champagner getrunken hat.«

## 12.

Der Inspektor und die Kommissarin machten sich in Claudias in die Jahre gekommenem Peugeot 206 auf den Weg nach Nienstedten, wo das Ehepaar Sassnitz wohnte. Sie fuhren in westlicher Richtung, erreichten Altona, fuhren entlang der Elbchaussee durch Othmarschen, erhaschten Blicke auf edle Villen inmitten üppiger Gärten, fuhren hinter Othmarschen wieder ein Stück nach Norden und näherten sich ihrem Ziel.

Während der Fahrt redeten sie wenig. Sie waren beide erschöpft, wussten aber auch, dass der Tag noch lang werden würde. Claudia schaltete das Radio ein, wechselte ein paarmal den Sender, stellte schließlich auf den CD-Player um. Chris Martin von Coldplay sang. *Cause you're a sky full of stars, I gonna give you my heart*. Claudia mochte den Song und summte beim Refrain mit. Takeda fand Coldplay bestimmt trashig, dachte sie. Langweilig. Mainstreamig. Aber da musste er durch. Sie hatte schließlich auch seinen Jazz ausgehalten ... Na ja, eigentlich hatte sie sogar Gefallen daran gefunden und kriegte nicht mehr sofort einen Anfall, wenn sie ein schräges Saxophon oder eine röhrende Trompete hörte. Aber sie wäre trotzdem nicht auf die Idee gekommen, freiwillig Miles Davis oder Stan Getz anzustellen. Nicht mal Till Brönner, obwohl Takeda den auch ganz gut fand.

Claudias Navigationsgerät verkündete nach gut fünfundzwanzig Minuten, dass sie ihr Ziel fast erreicht hatten. Sie bog ein letztes Mal ab und steuerte in eine ruhige Seitenstraße im nördlichen Teil von Nienstedten, baumbestanden, sehr grün, sehr diskret. Elbvororte, Hamburgs edler Westen.

Die Gegend war reich, und man hätte am Straßenrand große Mercedes, BMW, Jaguare erwarten können. Ein Fehlschluss, denn am Straßenrand parkten nahezu gar keine Autos. Man hatte Garagen, groß genug, um sogar Platz für die Kleinwagen der Angestellten zu bieten.

Kurz darauf standen sie vor einem schmiedeeisernen Tor, von dem eine Auffahrt zum etwas erhöht gelegenen Haus führte. Es war ein einstöckiger, offenbar weitverzweigter Bungalow mit bodentiefen, großen Fenstern. Alles zeichnete sich durch rechte Winkel und klare Linien aus. Die Fassade war weiß, wurde aber an einigen Stellen von schwarzen, langgezogenen Holzelementen verziert. Die Kühle, die das Haus ausstrahlte, wurde durch den großzügigen Garten ausgeglichen, der üppig und bunt war.

»Gar nicht übel, die Hütte, was?«, stellte Claudia fest.

Takeda lächelte. »Stimmt, gar nicht übel.«

»Das Ding ist mindestens zwei Millionen wert. Heutzutage vielleicht sogar drei. Drogenhandel lohnt sich offenbar.«

»Falls es so ist. Noch ist es nur eine Hypothese, wenn Sie mir gestatten, das anzumerken. Wobei Sie selbstverständlich auch recht haben könnten, zumal natürlich auch einiges für Ihre Ansicht spricht, so dass möglicherweise mein Einwand sich als Irrtum erweisen könnte«, erklärte Takeda und deutete eine Verbeugung an.

Claudia lachte laut heraus. »Gott, muss es anstrengend sein, Japaner zu sein.«

»Äh ... ich verstehe nicht ganz.«

»Warum sagen Sie nicht einfach, dass ich zu schnell vorpresche und noch nichts bewiesen ist.«

Takeda lächelte. »Es so direkt auszudrücken wäre vielleicht noch anstrengender. Für uns beide.«

Claudia klingelte an der äußeren Pforte. Ein Summer ertönte, und sie erklommen die Stufen zum Haus. Susanne Sassnitz stand in der offenen Tür und blickte ihnen mit einem schwer zu deutenden Gesichtsausdruck entgegen. Kühl, beherrscht, nicht unfreundlich, vielleicht ein wenig überrascht. Das könnte aber auch an Takeda liegen, der nun einmal eine ungewöhnliche Erscheinung war mit seinen langen Haaren und dem korrekt sitzenden Anzug. Vor allem aber fiel Claudia auf, dass Susanne Sassnitz eine atemberaubend schöne Frau war. Sie war vielleicht Mitte vierzig, hatte schulterlange, dunkelbraune Haare, die ein ausdrucksvolles Gesicht mit großen, melancholischen Augen einrahmten. Sie war groß, sehr schlank, fast dürr, wirkte dennoch zäh, sportlich. Ihr dunkelblaues Businesskostüm, das aus Rock und Jacke bestand, so viel verstand Claudia von Klamotten, war sündhaft teuer.

Das Äußere war also perfekt, und doch ließ Claudia sich nicht täuschen. Da war auch noch etwas anderes. Trauer? Wusste sie also schon Bescheid? Nein, Trauer hätte sich nicht in so kurzer Zeit so tief in dieses Gesicht gegraben. Schon eher: Einsamkeit. Die existentielle Sorte. Die, die ihr selbst nicht fremd war.

Susanne Sassnitz streckte erst Claudia die Hand entgegen, dann Takeda, lächelte dazu freundlich. Als der Inspektor seinen Namen erwähnte, sah sie ihn neugierig an, stellte aber keine Fragen. Sie gab die Tür frei und wies mit einer Handbewegung den Weg durch einen langgestreckten Flur. »Bitte gehen Sie nach hinten durch ins Wohnzimmer. Möchten Sie einen Kaffee? Oder einen Espresso?«

Claudia warf Takeda einen fragenden Blick zu. Der Japaner deutete ein Schulterzucken an. Auch ihm fiel auf, dass Susanne Sassnitz nicht danach fragte, warum sie überhaupt hier waren – die naheliegendste Frage, wenn man Besuch von der Kripo bekam. Wusste Susanne Sassnitz also wirklich schon, was passiert war? Oder rechnete sie aus anderen Gründen mit dem Erscheinen der Polizei?

»Ein Espresso wäre schön«, sagte Takeda und verbeugte sich leicht, was ihm erneut ein Lächeln von Susanne Sassnitz einbrachte.

»Ja, warum nicht? Ich nehme auch einen«, sagte Claudia.

»Ich bin sofort bei Ihnen. Sehen Sie sich ruhig um, vielleicht gefällt Ihnen das eine oder andere Stück.«

Sie durchschritten den Flur und traten in ein großes, helles Wohnzimmer. Erst jetzt verstand Claudia, was Susanne Sassnitz mit ihrer Bemerkung meinte. Der Raum erinnerte an ein Museum.

Obwohl, eigentlich war es eher eine Geisterbahn, fand Claudia. Im Raum verstreut standen Skulpturen, offenbar alle vom selben Künstler. Sie waren aus Holz modelliert, zum größten Teil lebensgroß und stellten wohl Menschen dar. Ganz klar war das nicht. Die meisten Figuren bestanden nur aus Oberkörpern auf Stahlgestellen. Es waren Torsos, aus denen an seltsamen Stellen Gliedmaßen wuchsen. Ein Mann hatte eine Hand, die aus dem Schlüsselbein ragte. Eine Frau mit nackten Brüsten hatte einen dritten Arm, der ihr aus dem Rücken wuchs. Eine weitere Figur bestand nur aus einem Kopf mit einem übertrieben langgezogenen Hals und langen, hundeartigen Ohren. Eine Sphinx. Am auffälligsten waren die Augen aller Figuren, sie wirkten lebendig, schienen Claudia direkt anzusehen, ihr bei ihrem Gang durch das Zimmer zu folgen. Es hätte sie nicht gewundert, wenn die Figuren gleich beginnen würden, sich zu bewegen oder zu sprechen. Unheimlich.

Die eigentliche Überraschung aber erlebte Claudia, als sie zu Takeda blickte. Der Inspektor reagierte ganz anders als sie, empfand vor den Figuren offenbar weder Furcht noch Abscheu. Er rückte dicht an sie heran, betrachtete sie von allen Seiten, untersuchte sie förmlich, und sein Gesicht zeigte dabei ein entrücktes Lächeln.

»Sagen Sie bloß, Ihnen gefallen diese Monster?«, fragte Claudia.

Takeda wollte gerade antworten, als Susanne Sassnitz in den Raum trat. Sie hielt ein Tablett mit drei Espressotassen und einem Teller mit Keksen in den Händen. Ein mitleidiges Lächeln erschien auf ihrem Gesicht, als sie Claudia ansah. Dann blickte sie zu Takeda, und ihr Ausdruck wurde wärmer.

Der Inspektor erwiderte Susanne Sassnitz' Blick, sah sie lange an, viel länger als üblich. Er sagte: »Ich habe noch nie so viele Arbeiten von Funakoshi in einem Raum gesehen, jedenfalls nicht außerhalb eines Museums. Ich bin sehr angetan.«

»Sie kennen Katsura Funakoshi?«

Takeda deutete eine Verbeugung an. »Selbstverständlich. Er ist der berühmteste Bildhauer meiner Heimat. Ich bin ein großer Bewunderer seiner Kunst.«

Claudia rollte mit den Augen. Da hatte sie wohl ins Fettnäpfchen getreten mit ihrer Monster-Bemerkung.

Susanne Sassnitz stellte das Tablett ab, musterte Takeda in ungenierter Neugier: »Sie sind Japaner?«

»Das ist richtig. Ich stamme aus Tokio.«

»Was für ein seltsamer Zufall ...«

Susanne Sassnitz trat an eine der Figuren heran, betrachtete sie geradezu verliebt und erklärte: »Ich verfolge seit vielen Jahren Funakoshis Arbeit. Er ist für mich einer der bedeutendsten Künstler der Gegenwart.«

Takeda nickte. »Ich teile diese Einschätzung.«

»Ich lebe mit seinen Figuren, teile mein Haus mit ihnen, kann es mir gar nicht vorstellen, dass sie nicht hier sind ...«

Claudia musste sich Mühe geben, nicht mit dem Kopf zu schütteln. Sie war sich nicht sicher, ob die Frau eine Kunstliebhaberin war oder eher so vereinsamt und frustriert, dass sie die Gesellschaft von Zombies der von Menschen vorzog.

Die Hausherrin verteilte die Tassen auf dem Couchtisch und bat Claudia und Takeda, sich zu setzen. Dann sagte sie: »Ich bin vor einigen Jahren eigens nach Morioka gefahren, um die Geburtsstadt des *Sensei* kennenzulernen. In Tokio durfte ich dann sein Atelier besuchen. Es war eine beeindruckende Erfahrung.«

Takeda nickte anerkennend. »Auch ich bin einmal in Morioka gewesen. Aber das ist lange her.«

»Funakoshi-San war sehr gastfreundlich. Ich bin einige Tage bei ihm geblieben und konnte miterleben, wie seine Skulpturen entstehen. Am tiefsten hat mich beeindruckt, wie *Sensei* die Augen erschafft. Er schleift sie aus Marmor. Ich glaube, mit den Augen entsteht die Seele jeder Figur. Der Körper ist dann nur noch ein Resonanzkörper, der den Ausdruck der Augen verstärkt.«

Takeda wollte etwas erwidern, doch Claudia ging dazwischen: »Wir sind leider nicht hier, um über Kunst zu plaudern, Frau Sassnitz. Es ist leider so, dass ...«

»Ich weiß, warum Sie hier sind. Mein Mann ist in der vergangenen Nacht ums Leben gekommen.«

Claudia war überrascht, gab sich auch keine Mühe das zu verbergen. »Ich wundere mich ein wenig, dass Sie ...«

»… dass ich nicht in Tränen ausbreche und laut schreiend meinen Kopf gegen die Wand schlage?«

»So in der Richtung.«

Susanne Sassnitz setzte an, etwas zu sagen, schwieg dann aber doch. Ihre Lippen zitterten leicht. Erst jetzt merkte Claudia, dass sie der Frau unrecht tat. Sie rang in Wahrheit mit aller Kraft um Fassung. Alles Bisherige, der Auftritt an der Tür, der Kaffee, das Reden über Kunst überspielte nur pure Verzweiflung.

»Ich kann es Ihnen erklären. Markus und ich waren nur noch auf dem Papier verheiratet. Ich habe schon vor langer Zeit aufgehört, ihn zu lieben. Das wird mich nicht davon abhalten, um ihn zu trauern. Mehr als Sie sich vorstellen können. Aber es wird nicht auf die Art geschehen, die Sie vielleicht erwarten.«

»Es tut mir leid, ich wollte Ihnen nicht zu nahe treten.«

»Markus hatte sein Leben, ich habe meins. Wir haben uns arrangiert. Er muss selbst wissen, was er tut … was er tat.«

»Was meinen Sie damit?«

»Das, was ich gesagt habe. Er war ein Spieler, zum Teil mit hohen Einsätzen. Manchmal gewinnt man, manchmal verliert man.«

»Es klingt, als würde es Sie nicht wundern, dass Ihr Mann ums Leben gekommen ist.«

Susanne Sassnitz' Blick verlor sich in einer unsichtbaren Ferne, eine Erklärung blieb sie schuldig.

Claudia trank einen Schluck Espresso, spürte wieder, wie ihr Herz zu wummern begann. »Wie haben Sie eigentlich davon erfahren? Ich habe Ihnen vorhin am Telefon bewusst nichts gesagt.«

Susanne Sassnitz lachte spöttisch. »Ich rufe im Büro meines Mannes an, und die Polizei geht dran. Glauben Sie, ich sitze danach einfach untätig herum? Ich habe jemanden angerufen, und der hatte gehört, was passiert ist.«

»Wer war das? Wir halten die Sache nämlich noch unter Verschluss.«

»Armin von Suttner, der Geschäftspartner meines Mannes. Aber es hätte auch jeder andere sein können. Die Straße, in der Markus' Büro ist, war abgesperrt. Viele Menschen haben etwas gesehen. Das Gerücht hat sich inzwischen bestimmt in der ganzen Stadt verbreitet ... Vergessen Sie also Ihr Unter-Verschluss-Halten.«

»Dann wissen Sie auch, wie Ihr Mann ums Leben gekommen ist?«

»Armin sprach von einem Unfall. Aber das erklärt wohl kaum, warum mich die Mordkommission aufsucht.«

Claudia wechselte einen kurzen Blick mit Takeda, verzichtete auf weitere Erklärungen, sondern sagte nur: »Ihr Mann ist durch die Kollision mit einem Auto getötet worden, so viel ist richtig. Wir wissen noch nicht genau, was passiert ist. Aber die Umstände geben uns Anlass, einige Fragen zu stellen.«

Susanne Sassnitz sah Claudia forschend an. Die aber dachte nicht daran, mehr zu sagen. Noch nicht. »Hat Ihr Mann eigentlich hier gewohnt? Sie sprachen zwar gerade von seinem Büro, aber auf mich wirkte es eher wie eine Wohnung.«

»Die Räume in der HafenCity waren früher ein Büro mit Bett. Seit einiger Zeit war es umgekehrt. Wie gesagt, Markus und ich waren kein Paar mehr.«

»Was meinen Sie damit, seit einiger Zeit?«

»Ein gutes Jahr. Er wollte sich eigentlich eine Wohnung nehmen, hat es dann doch nicht getan. Warum auch? Er war viel unterwegs, in Deutschland, in Europa, in den USA. Ich habe das Büro entworfen und eingerichtet. Ursprünglich hatte ich dabei nicht im Sinn, dass Markus dort mit anderen Frauen rummacht. Aber sogar damit habe ich mich abgefunden.«

»Ihr Mann hatte eine neue Partnerin?«

»Schwer zu sagen, ob es nur eine war.«

»Warum haben Sie sich nicht scheiden lassen?«

»Wir haben darüber gesprochen, aber Markus wollte es nicht. Bürokratie, Anwälte ... Mir war es im Grunde egal.«

»Wann haben Sie Ihren Mann das letzte Mal gesehen?«

»Ich weiß nicht genau. Letzte Woche, am Wochenende. Ich glaube, es war Samstag. Er hat mich besucht.«

»Wie hat er auf Sie gewirkt?«

»Was meinen Sie?«

»War er verändert? Hatte er Sorgen? Angst? Wurde er bedroht? Gab es Streit mit jemandem? Hat er irgendetwas in der Richtung erwähnt?«

Susanne Sassnitz sah Claudia an, ihr Blick erinnerte an die Marmoraugen der Funakoshi-Figuren, lebendig und tot zugleich. »Er ist also wirklich ermordet worden, oder?«

»Wir können es zumindest nicht ausschließen.«

Susanne Sassnitz schwieg, schien sich in Gedanken zu verlieren. Dann straffte sich ihr Körper, und mit festerer Stimme sagte sie: »Sie wollten wissen, wie er an dem letzten Abend war. Wir haben nicht viel miteinander geredet. Wir hätten uns ja doch nur gestritten. Markus hat mir von seinem aktuellen Projekt erzählt, von neuen Ideen, neuen Geschäften. Dafür hat er gebrannt, das war seine Welt ... Angst? Nein, eigentlich nicht. Ich bin mir nicht sicher, ob Markus überhaupt wusste, was Angst ist. Er hat immer nach vorne gesehen. Nicht zurück, nicht einmal zur Seite.«

»Was für ein aktuelles Projekt war das?«

Susanne Sassnitz zuckte mit den Schultern. »Irgendein Internet-Ding. Mein Mann hat ungefähr einmal in der Woche das Rad neu erfunden. Ab und zu war es Spinnerei. Aber ab und zu hat es wirklich gestimmt. Er war gut in dem, was er gemacht hat. Reden Sie mit Armin von Suttner. Der kann Ihnen das besser erklären.«

»Was ist mit Ihnen? Was machen Sie beruflich?«

»Ich bin Architektin. Ich entwerfe Häuser. Aber ich mache auch Ausstellungen, Einrichtungen, so etwas.«

»Sind Sie gut im Geschäft? Sind Sie zufrieden?«

Susanne Sassnitz lächelte. »Sie wollen wissen, ob ich abhängig von Markus war? Ob es schlimm für mich war, dass wir uns getrennt haben, schlimm in finanzieller Hinsicht? Ob es vielleicht schlauer war, ihn umzubringen und alles zu erben?«

»Ist es so?«

»Nein. Hätten Markus und ich uns wirklich scheiden lassen, hätten unsere Anwälte lange rechnen müssen, um herauszufinden, wer wem Unterhalt zahlen müsste. Geld hat zwischen uns nie eine Rolle gespielt.«

»Wo waren Sie denn gestern Abend und gestern Nacht?«

»Hier.«

»Zeugen?«

»Viele. Aber die können leider nicht sprechen.« Sie deutete auf die Skulpturen.

Takeda, der der Befragung bisher nur zugehört hatte, sagte: »Doch, das können sie.«

Susanne Sassnitz lächelte. »Ja, das können sie. Aber es gibt nicht viele Menschen, die das verstehen. Ich bin sehr froh, dass Sie es tun, Herr äh ...«

»Takeda.«

Claudia wurde es zu bunt, sie räusperte sich und fragte: »Was fahren Sie eigentlich für einen Wagen, Frau Sassnitz?«

»Sie glauben mir nicht? Sie denken wirklich, dass ich ihn umgebracht habe?«

»Ich glaube erst einmal gar nichts. Aber ich würde Ihren Wagen gerne sehen. Ist das möglich?«

»Natürlich. Kommen Sie mit.«

Susanne Sassnitz führte Claudia und Takeda durch den Flur und über eine Treppe in den Keller des Hauses. Durch eine Tür traten sie in eine Doppelgarage. Susanne Sassnitz betätigte den Lichtschalter. Zwei Neonröhren flackerten auf. Nur einer der Stellplätze war besetzt. Dort stand ein silbergrauer Audi TT – unbeschädigt, wie Claudia feststellte.

»Sind Sie zufrieden?«, fragte Susanne Sassnitz.

»Ja, erst einmal.«

»Kann ich Markus eigentlich noch einmal sehen?«

»Wollen Sie sich das antun? Es ist schlimm.«

»Ich will es mir antun. Ich muss.«

»Das verstehe ich. Rufen Sie mich morgen an.« Claudia reichte ihr ihre Karte.

Susanne Sassnitz betätigte einen weiteren Schalter, und das Garagentor öffnete sich surrend. Sie verabschiedeten sich. Claudia sagte: »Denken Sie bitte noch einmal darüber nach, mit wem Ihr Mann Konflikte hatte. Vielleicht fällt Ihnen jemand ein, den Sie kennen und dem Sie die Tat zutrauen würden?«

»Mir fallen viele Menschen ein.«

»Eine ungewöhnliche Antwort.«

»Es ist die Wahrheit. Markus war radikal, im Denken, im Leben, im Machen. Menschen wie er erzeugen Reibung. Sie tun anderen weh. Markus konnte hart sein. Sehr hart.«

»Können Sie eine Liste machen? Es würde uns sehr weiterhelfen.«

»Natürlich.«

Claudia verabschiedete sich. Takeda gab Susanne Sassnitz ebenfalls die Hand. Ihre Blicke trafen sich. Er fragte: »Wie stand Ihr Mann eigentlich zu Drogen? Wissen Sie etwas darüber?«

Ein schwer zu deutendes Lächeln erschien auf ihrem Gesicht. »Markus war rastlos. Die Tage waren zu kurz für ihn. Er hat nachgeholfen. In den Kreisen, in denen er sich bewegte, war das nicht ungewöhnlich.«

»Natürlich, ich verstehe. Wir werden Sie bald erneut belästigen müssen. Es gibt sicher noch einige weitere Fragen.«

»Sie belästigen mich nicht«, sagte Susanne Sassnitz und hielt dabei immer noch Takedas Hand fest.

# 13.

Kurze Zeit später saßen Claudia und der Inspektor im Wagen und fuhren in Richtung Schanzenviertel, wo sich die Firma befand, die Markus Sassnitz zusammen mit Armin von Suttner betrieben hatte. Claudia hatte die Adresse im Präsidium erfragt.

Unterwegs ließen sie das Gespräch mit Susanne Sassnitz Revue passieren. Claudia fragte: »Wie fanden Sie sie? Wie ist Ihr Eindruck?«

»Ich bin mir nicht sicher.«

»Ich auch nicht. Aber was sagt Ihr Gefühl?«

Takeda brummte nachdenklich, sagte dann mit überraschend fester Stimme: »Ich glaube nicht, dass Susanne Sassnitz ihren Mann getötet hat.«

»Mein Gefühl sagt etwas anderes. Die Frau hat für meinen Geschmack zu wenig Fragen gestellt. Sie hätte wenigstens nachhaken müssen, wie genau ihr Mann nun eigentlich gestorben ist. Oder besser gesagt, wie er umgebracht wurde.«

»Sie haben es ihr selbst erklärt. Er wurde überfahren. Sie haben von einer Kollision gesprochen.«

»Aber als klar war, dass wir von einem Mord ausgehen, hätte sie doch fragen müssen, was genau geschehen ist, wie es genau passiert ist …«

»Sie war vermutlich durcheinander, stand unter Schock.«

Claudia sah Takeda lächelnd an. »Sie hat Ihnen gefallen, oder?«

»Sie hat Geschmack. Ein sehr schönes Haus. Das hat mich beeindruckt.«

»Kommen Sie schon, Ken. Ich kann Sie ja verstehen. Die Sassnitz ist eine verdammt schöne Frau. Dazu klug und erfolgreich. Und sie ist ein Fan von japanischer Kunst.«

Takeda errötete. Er ließ ein paar Sekunden verstreichen, sagte dann leise: »Frau Sassnitz ist ein sehr trauriger Mensch. Sie klammert sich an den Dingen fest, um nicht zu fallen. An den Skulpturen, an ihrer Arbeit, an ihrem Stolz. Sie scheint fest auf dem Boden zu stehen, aber in Wahrheit wankt sie.«

»Kann sein. Ich möchte ihr trotzdem noch einmal aufs Zahnfleisch fühlen. Mich hat sie nicht überzeugt. Selbst wenn sie nicht die Täterin war, weiß sie etwas. Und ich frage mich, warum sie es uns nicht erzählen möchte.«

Während der restlichen Fahrt gab Claudia Takeda eine Art Einführung ins Hamburger Schanzenviertel. »Früher war es so wie Kreuzberg in Berlin, Sie wissen schon, Autonome, Türken, Drogensüchtige, dazu jede Menge Cafés, ein paar Werbeagenturen, ein paar Klamottenläden – und am 1. Mai fliegen die Pflastersteine.«

»Das ist sehr interessant«, sagte Takeda und nickte beflissen.

Claudia lachte. Sie kannte den Inspektor inzwischen gut genug, um zu wissen, dass ihre Erklärung ein wenig zu salopp für ihn war. Sie wurde ausführlicher.

Das Schanzenviertel war nach einer mittelalterlichen Festungsanlage benannt, eben einer Schanze, und lag im Schnittpunkt der Stadtteile Altona und Eimsbüttel. Lange hatten sich die Bewohner erfolgreich gegen die Sanierungswut der Baulöwen gewehrt, aber etwa seit der Jahrtausendwende war es vorbei damit. Es wurde auf Teufel komm raus gebaut und modernisiert. Die Befürworter sprachen von überfälligem Bedarf, die Kritiker von Unterwanderung. Vermutlich stimmte beides. Die Schanze wurde schöner und moderner, aber das linksalternative Biotop wurde allmählich trockengelegt. Mit der Modernisierung kamen die Werbeagenturen und etwas später dann die Internetfirmen. Was früher die Spontis, Hippies, Junkies waren, waren nun die Werber, Designer, Gründer. Die Mieten und die Café-Latte-Preise stiegen. Und man konnte neuerdings sogar seinen

SUV in der Schanze parken, ohne dass er binnen Minuten beschmiert oder gar abgefackelt wurde.

Die *DMH* GmbH, so hieß Sassnitz' und von Suttners Firma, befand sich in einem Gebäude der modernen Sorte, die überall in die Baulücken zwischen den Altbauten eingepasst worden waren. Viel Glas, viel Glitzer, alles sehr hip. Im Fahrstuhl waren die Stockwerke mit *Level* bezeichnet. Außer der *DMH*, wofür immer die Abkürzung stehen mochte, befanden sich im Gebäude eine Werbeagentur, eine Filmproduktion, ein Online-Spielevermarkter sowie auf zwei Etagen ein Co-Working-Space, also die Sorte modernes Großraumbüro, in dem sich junge One-Man-Start-ups tageweise einen Schreibtisch mieteten und am mitgebrachten Laptop ihre Zukunft programmierten.

Als sich die Fahrstuhltür öffnete, traten Takeda und Claudia direkt in die Räume der *DMH*. Einen Vorraum oder ein Treppenhaus schien es nicht zu geben. Niemand nahm von ihnen Notiz. Sie blickten sich erst einmal um.

Die gesamte Etage bestand aus einem riesigen, durchgehenden Raum, der nur an wenigen Stellen von Pfeilern unterbrochen wurde. Claudia und Takeda blickten über eine Landschaft aus Sitzecken und Schreibtischen, Großbildschirmen und Zeichentischen, Callcenter-Arbeitsplätzen und futuristisch gehaltenen Nischen, in denen moderne Plastikliegen zum kreativen Relaxen einluden. Erstaunlich war das Farbkonzept des Büros. In verschiedenen Bereichen waren jeweils Wände, Möbel, Tische, Paravents, Papierkörbe, Schreibunterlagen in einem durchgehenden Farbton gehalten, in Orange, Gelb, Blau oder Grün. Eine Mischung aus Ikea und Kubricks *2001*. Beeindruckend und edel, aber auch ein wenig albern.

Die meisten Arbeitsplätze waren unbesetzt. Takeda zählte vielleicht zehn oder fünfzehn Beschäftigte, obwohl der Raum für ein Vielfaches davon ausgelegt war. Die Firma war entweder in Auflösung begriffen, oder sie hatte noch gar nicht so richtig Fahrt aufgenommen. Es waren zum größten Teil junge Leute, allesamt modisch gekleidet, die Männer mit Vollbärten, die Frauen mit großen Brillen und Kapuzenpullis. Und alle hatten Piercings. Sie saßen in Sesseln oder an Schreibtischen und ließen ihre Finger über die Tasten ihrer Notebooks fliegen.

Eine Stimme riss Claudia und Takeda aus ihrer stummen Betrachtung. »Hey, macht den Mund zu, ihr zwei. Wundert ihr euch, dass es keinen Kicker gibt, oder was?«

»Nein, ich vermisse eher das Bällebad«, erwiderte Claudia trocken.

Der junge Mitarbeiter, enge Stoffhosen, darüber der Saum gestreifter Boxershorts, Polohemd, ebenfalls Vollbart, tätowierte Unterarme, Tunnelohrringe, warf Claudia ein anerkennendes Lächeln zu. »Hatten wir mal. Hat sich nicht bewährt. Ständig ist jemandem etwas aus der Tasche gefallen, und dann mussten alle Bälle raus und später wieder rein …«

»Das hält auf.«

»Absolut. Aber gut, was wollt ihr? Anheuern? Ist ein Call-for-Application draußen? Wusste ich gar nicht. Oder seid ihr auf Eigeninitiative hier? Wenn's so ist, muss ich euch enttäuschen. Im Moment geht nichts.«

Claudia fand den jungen Mann ziemlich blasiert. Darum verspürte sie eine gewisse Vorfreude, als sie ihren Dienstausweis zückte. Mit einem kühlen Lächeln sagte sie: »Mein Name ist Claudia Harms. Mordkommission. Das ist mein Kollege Takeda. Wir möchten weder recruiten noch hiren oder sonst etwas. Wir wollen mit Herrn von Suttner sprechen.«

Der Hipster wirkte, als hätte man ihm die Luft rausgelassen. »Äh Mordkommission? Armin, der ist … keine Ahnung … irgendwo.«

»Er hat kein Büro?«

»Doch, klar. Das alles hier ist sein Büro. Wir machen *Liquid Workspace*.«

Claudia sah aus, als würde sie dem jungen Mann gleich Handschellen anlegen. Sie knurrte: »Alles klar. Und ich mache Mordermittlung. Schaffen Sie mir von Suttner ran, oder bringen Sie mich zu ihm, und zwar schnell. Sonst bekomme ich schlechte Laune, und das wollen Sie nicht erleben.«

»Sorry. Dann kommen Sie mal mit. Er ist schätzungsweise in der *Orange Section*.«

Claudia drehte sich zu Takeda und raunte: »Halten Sie mich bei der nächsten englischen Phrase lieber fest, sonst fange ich an zu schießen.« Dann merkte sie, wie verloren Takeda sich offenbar fühlte, und sagte: »Ist alles ein wenig verwirrend für Sie, oder? Am besten hören Sie einfach nur zu.«

»Einverstanden«, sagte Takeda und deutete eine Verbeugung an. Eine Arbeitsteilung in der Richtung machten sie sowieso immer. Einer redete, einer beobachtete. Das zahlte sich in aller Regel aus.

Tatsächlich war Takedas Problem ein anderes, als Claudia vermutete. Es ging nicht um Sprache, es ging nicht um Dress-Codes und auch nicht um Farben bei der Bürogestaltung. Takeda war Japaner. Er war selbst stylisch, und in Tokio gab es mehr als genug hypergestylte Büros, Läden, Galerien, die das hier weit in den Schatten stellten. Ach ja, und das Japanische verfügte über mehr pseudoenglische Phrasen als das Deutsche.

Alles kein Problem.

Was Takeda jedoch Schwierigkeiten bereitete, war die Tatsache, dass er als Japaner ausgeprägte Antennen für Hierarchien hatte. Sein ganzes Denken und Fühlen, seine Sprache, seine Sinne, sogar die Art, wie er sich bewegte, waren darauf ausgerichtet, das gesellschaftliche Oben und Unten wahrzunehmen und seine eigene Position darin zu verorten. Als Polizist wiederum konnte er genau diese Antennen dafür einsetzen, die Machtkonstellationen zwischen Menschen, sei es in einer Familie, einer Belegschaft oder auch einem Gangstersyndikat, auszuloten.

Hier aber gelang ihm das nicht. Er beobachtete den jungen Hipster, der sich als Alex vorstellte, sah die anderen jungen Mitarbeiter, aber er schaffte es nicht, auszumachen, wer wichtig war und wer unwichtig. Seine innere Radaranlage versagte.

Der Inspektor folgte Claudia und beschloss, einfach die Augen und Ohren, so gut es ging, offen zu halten. Alex fragte ein paar Kollegen nach Armin von Suttner. Sie fanden ihn schließlich im hintersten Bereich des Büros an einem Schreibtisch, genauer gesagt an einer orangefarbenen Plastikplatte auf zwei ebenso orangenen Designer-Tischböcken. Von Suttner starrte konzentriert auf den Bildschirm seines Laptops, auf dem mehrere Zahlenreihen zu sehen waren. Als er Takeda und Claudia bemerkte, klappte er den Rechner in einer schnellen Bewegung zu.

Der Hipster sagte: »Sorry, wenn ich störe, Armin. Die zwei sind von der Mordkommission. Sagen Sie jedenfalls.«

Von Suttner schien nicht überrascht zu sein. Er nickte. »Ist schon okay, Alex. Ich habe die beiden erwartet. Ist die Talk Lounge frei?«

»Müsste.«

»Danke.«

Suttner stand auf. Alex machte keine Anstalten wegzugehen. Von Suttner sagte mit strengerer Stimme noch einmal: »Danke, Alex, ich übernehme jetzt.«

Der junge Mann ging. Takeda nickte instinktiv. Sein Radar schlug an und lieferte erste, noch unscharfe Bilder.

Von Suttner war großgewachsen und schlank, hatte ein gutgeschnittenes, hohlwangiges Gesicht. Takeda tippte auf Ausdauersport, vielleicht Marathon. Er trug Jeans und ein Businesshemd, dazu legere, aber bestimmt nicht billige Lederschuhe. Er war schätzungsweise Ende dreißig oder Anfang vierzig, aber Takeda war sich nicht sicher. Deutsche auf ihr Alter zu schätzen fiel ihm noch schwerer als alles andere.

Außerdem nahm Takeda wahr, dass sich Claudias Gesichtszüge entspannten, nachdem sie von Suttner gesehen hatte. Vermutlich hatte sie einen ähnlichen Hipster wie diesen Alex erwartet. Von Suttner hingegen schien ihr besser zu gefallen.

Der CEO der *DMH* GmbH – der Titel stand auf der Karte, die von Suttner Takeda und Claudia überreichte – führte Claudia und Takeda in einen Konferenzraum, der durch deckenhohe Wände aus Plexiglas von der Umgebung abgetrennt war. An der Stirnseite hing ein von hinten beleuchteter, großflächiger Plastikschriftzug, der die Abkürzung des Firmennamens erklärte: *DMH – Drive Me Home.* Darunter stand in kleinerer Schrift: *Mobility Solutions.*

Von Suttner bat Takeda und Claudia, sich zu setzen. Er nahm ebenfalls Platz und erklärte: »Danke, dass Sie gekommen sind. Ich habe der Crew noch nicht gesagt, was passiert ist. Es würde hier alles lahmlegen, und das können wir uns im Moment beim besten Willen nicht leisten. Ich überlege noch, wie ich es unseren Leuten beibringe.«

Claudia sagte: »Es kommt nicht oft vor, dass sich jemand für unser Kommen bedankt. Aber das nur am Rande ... Woher genau wissen Sie eigentlich, dass Herr Sassnitz tot ist?«

»Tot? Sie meinen ja wohl ermordet. Susanne, also Frau Sassnitz, hat mich angerufen, nachdem Sie bei ihr waren.«

»Tatsächlich? Frau Sassnitz sagte uns nämlich, sie hätte die Nachricht von Ihnen erfahren.«

Von Suttner nickte. »Beides ist richtig. Mich hat heute Morgen ein Bekannter angerufen, der im selben Gebäude arbeitet, in dem Markus' Wohnung ist. Der hat gesehen, was da los war, und als Susanne mich anrief, habe ich ihr das auch gesagt. Bis vor zwanzig Minuten dachte ich ja auch, dass es ein Unfall war. Na ja, dann hat Susanne noch einmal angerufen und von Mord geredet. Ist ein ganz schöner Schock ... Ich kann es gar nicht glauben. Markus, ermordet. Wer tut so etwas?«

»Um das herauszufinden sind wir hier.«

»Und Sie glauben, dass ich Ihnen dabei helfen kann?«

»Wir werden sehen. Erklären Sie uns doch bitte erst einmal, welche Position Herr Sassnitz in der Firma hat und was genau Sie hier eigentlich tun.«

»Ja, natürlich. Obwohl das nicht so einfach ist. Eigentlich hatte Markus keine Position. Nicht formell jedenfalls. Er ist Investor. Und er ist Berater ... war es.«

»Er hat Ihnen Geld gegeben und gesagt, was Sie tun sollen. Gebe ich das korrekt wieder?«

Von Suttner lächelte, blickte Claudia dabei in die Augen. Dann wurde er wieder ernst. »Böse Zungen würden es so beschreiben, aber die Wahrheit trifft es nicht.«

»Dann erklären Sie es mir.«

»Dazu müsste ich ausholen.«

»Wir haben Zeit.«

»Markus Sassnitz und ich kennen uns seit Ewigkeiten. Oder besser gesagt, ich kenne ihn seit Ewigkeiten, wie vermutlich jeder Start-up-Gründer in Hamburg. Ich habe schon vor vielen Jahren über ihn gelesen, habe Vorträge von ihm gehört, habe ihn auf Podien erlebt. Markus ist eine Legende. Ein Typ, zu dem die Menschen aufblicken und von dem sie etwas lernen möchten.«

»Er war fünfundvierzig Jahre alt. Bisschen jung für eine Legende, oder?«, wandte Claudia ein.

Von Suttner lächelte. »Mark Zuckerberg ist gerade mal knapp über dreißig. Und mehr als eine Legende.«

»Stimmt auch wieder.«

»Alter spielt im Online-Business keine große Rolle. Markus hat im Jahr 2005 *Net Germany* gegründet, vielleicht haben Sie davon schon einmal gehört? Nein? Na, gut. Nur drei Jahre später hat er die Firma für über hundert Millionen Euro verkauft. Ein Wahnsinnsdeal, jedenfalls für deutsche Verhältnisse. Das ist ein bisschen so wie damals Neil Armstrong auf dem Mond. Er war der Erste und wird es immer gewesen sein. Er hat bewiesen, dass es möglich ist. Seitdem träumen viele andere davon, ebenfalls zu den Sternen zu fliegen.«

»Sie auch?«

»Klar.«

»Und es sollen hundert Millionen sein?«

»Warum nicht? Aber um die Summe geht es nicht. Es geht darum, es überhaupt zu schaffen. Eine Firma aufzubauen, die die Dinge verändert. Die Grenzen verschiebt.«

»Was genau war denn *Net Germany?* Jetzt, wo Sie den Namen erwähnen, klingelt bei mir etwas. Aber Internet und so ist nicht unbedingt meine Welt. Helfen Sie mir doch mal auf die Sprünge.«

»*NG* war ein bisschen wie Facebook, aber zu einer Zeit, als noch nicht klar war, dass Facebook alle anderen plattmachen würde. Ein paar Leute dachten damals, dass sich die Online-Communities national organisieren, und das war ihnen eine Menge Geld wert. *Net Germany* war hierzulande ein Gigant, das mit Abstand größte Social Network. Und heute? Es gibt die Firma noch, aber sie spielt keine Rolle mehr. Das ist auch ein Teil des Spiels. Du musst früh genug verkaufen ... Markus hatte jedenfalls seitdem seinen Ruf weg. Einer, der einen Riecher für Einhörner hat.«

»Einhörner?«

»So nennen wir das. Firmen mit Potential, mit der Chance, zu den ganz großen zu gehören.«

Claudia war wenig beeindruckt. Mit kühler Stimme sagte sie: »Und was genau hat Herr Sassnitz nun hier bei Ihnen gemacht?«

»Markus ist nach seinem großen Deal erst einmal Vagabund geworden. So hat er das selbst immer genannt. Er hat eine Weile in den USA gelebt, in Kalifornien. Silicon Valley. Dann ist er nach Singapur gezogen. Er hat nach Inspiration gesucht für das nächste große Ding. Er hat investiert, Kontakte geknüpft, wollte ein Gespür für neue Ideen, für die Trends entwickeln. Schließlich ist er nach Deutschland zurückgekommen, auch wegen Susanne, seiner Frau. Sie hatte das Nomadenleben satt und wollte zurück. In Deutschland hat Markus dann als *Business Angel* weitergemacht, als unabhängiger Investor. Ein Segen, davon gibt es in Deutschland viel zu wenige.«

»Wie genau muss man sich das vorstellen?«

»In der Regel sind das Leute, die genug Geld haben, um Ideen zu finanzieren, an die sie glauben. Durchaus auch riskante Ideen. Firmen wie meine, also die *DMH*, sind auf solche Leute angewiesen. Von Banken kann man in Deutschland nicht viel erwarten, nicht als Start-up. Risikofonds und Venture-Capital-Firmen sind auch nicht viel besser. Wenn Sie nicht drauf angewiesen sind, lassen Sie die lieber draußen.«

»Warum?«

»Die sind wie das Trojanische Pferd. Sie winken mit Geld, aber eigentlich wollen sie Ihre Seele haben. Sie stellen Bedingungen, wollen mitreden, wollen eine satte Verzinsung. Solange die Sache erwartungsgemäß läuft, ist alles in Ordnung. Aber wehe, es gibt Probleme. Dann haben die Sie ganz schnell bei den Eiern.«

»Okay, allmählich verstehe ich es. Sassnitz hat Ihnen Geld gegeben, aber nicht zu stark reingeredet. So ungefähr?«

»Fast. Ich wollte ja, dass er mir reinredet. Bei jemandem wie Markus Sassnitz ist es ein Gewinn, wenn er sich einbringt. Er verfügt über eine wahnsinnige Erfahrung. Als Markus und ich über ein Investors Meet-up zueinander gefunden haben, war das für mich wie Weihnachten und Ostern an einem Tag. Für mich war klar, dass meine Firma jetzt wirklich abheben würde.«

»Und? Heben Sie ab?«

Von Suttner warf Claudia einen amüsierten Blick zu, durchaus wohlwollend. Sie schien ihm zu gefallen. Dann wurde er wieder ernst. »Noch nicht. Aber vielleicht bald.«

»Und was genau machen Sie nun? Womit wollen Sie die hundert Millionen verdienen?«

Von Suttner lehnte sich in seinem Stuhl zurück und verschränkte die Arme. »Muss ich Ihnen das sagen?«

»Ist die Frage ernst gemeint? Ich kann es gerne noch einmal wiederholen: Wir gehen davon aus, dass Markus Sassnitz ermordet wurde. Wir brauchen das ganze Bild. Also reden Sie lieber.«

»Aber sein Tod kann doch nichts mit der Firma zu tun haben! Wie kommen Sie darauf?«

»Überlassen Sie diese Einschätzung uns.«

Takeda, der bisher dem Gespräch nur gelauscht hatte, warf Claudia einen kurzen Blick zu, stand dann auf. Er trat an die Plexiglasscheibe und blickte hinaus in den Arbeitsbereich der Firma. Zwischen zwei Schreibtischen hatten sich einige Mitarbeiter versammelt und führten eine aufgeregte Diskussion. Takeda konnte nicht hören, was gesprochen wurde, doch die Gesten der Beteiligten waren deutlich genug. Immer wieder tippte ein junger Mann mit dem Finger auf einen Bereich seines Computerbildschirms, gestikulierte dann mit den Armen. Wieder wurde heftig diskutiert. Plötzlich aber ging eine Art Ruck durch die Gruppe, und wie auf ein geheimes Kommando kehrten alle an ihre Arbeitsplätze zurück. Erst dann sah Takeda, wie ein hagerer Mann auf die Gruppe zusteuerte. Er fiel nicht nur dadurch auf, dass er älter war als die Übrigen, sondern auch anders gekleidet. Er trug Jeans und einen ausgewaschenen Wollpullover, unter dem der fadenscheinige Kragen eines Hemdes zu sehen war. Er war blass und hatte eine unvorteilhafte Metallbrille auf der Nase. Er wechselte einige Sätze mit dem jungen Mann vor dem Bildschirm, drehte sich dann um und entfernte sich wieder.

Takeda wandte sich an von Suttner. »Verzeihen Sie, wenn ich unterbreche. Wer ist Ihr Mitarbeiter dort vorne?«

Takeda deutete in die Richtung des Pulloverträgers.

»Das ist Pawel Kowaljow, unser Chefprogrammierer. Warum fragen Sie?«

»Nichts weiter. Bitte fahren Sie fort.« Takeda nickte versonnen. Sein Radar lieferte weitere Bilder.

Von Suttner schloss kurz die Augen, wandte sich dann wieder an Claudia. »Was wir also genau machen ... Lassen Sie es mich so formulieren, die *DMH* entwickelt innovative Mobilitätskonzepte und nutzt dafür die Möglichkeiten digitaler Kommunikation und Vernetzung.«

Claudia konnte ein Lachen nicht unterdrücken. »Und wir machen althergebrachte Ermittlungsarbeit und nutzen dafür die Möglichkeiten staatlicher Zwangsmaßnahmen. Jedenfalls wenn wir müssen. Ich hoffe, Sie verstehen, was ich damit sagen möchte.«

»Ja, das verstehe ich durchaus.«

»Dann mal los. Reden Sie Klartext.«

Von Suttner hob in einer ergebenen Geste die Hände. »Sagt Ihnen Uber etwas?«

»Dieses Taxi-Ding?«

»Genau. Die *DMH* wird so etwas Ähnliches machen. Nur besser. Und vor allem rechtlich nicht angreifbar. Nicht einmal in so einem verkrusteten Land wie Deutschland.«

»Das heißt konkret?«

»Ich versuche es mit einem Beispiel. Ist es Ihnen schon einmal passiert, dass Sie abends mit Freunden in einem Lokal sind, zu viel trinken und darum Ihr Auto stehen lassen müssen?«

»Klar. Erschreckend oft sogar.« Claudia lächelte, von Suttner lächelte.

»Was tun Sie in so einem Fall?«, fragte er.

»Ich nehme mir ein Taxi.«

»Genau. Und welches Problem haben Sie dann am nächsten Morgen?«

»Mein Auto steht noch da, wo ich es am Abend zuvor zurückgelassen habe.«

»Sehen Sie, und das ist exakt das Problem, das wir für Sie lösen. Mit der *DMH*-App, die wir in ungefähr vier Wochen launchen, engagieren Sie sich per Knopfdruck einen Fahrer, der Sie in Ihrem eigenen Wagen nach Hause fährt.«

Claudia nickte anerkennend: »Das klingt wirklich nicht schlecht. Aber reicht das, um eine Firma zu betreiben? Finanziell, meine ich?«

Von Suttner hob vielsagend die Augenbrauen. »Überlegen Sie selbst. Dieses Kneipenproblem, das haben allein in Deutschland jeden Abend etliche Tausend Leute, grob geschätzt. Weltweit sind es Hunderttausende. Das *DMH*-Konzept funktioniert in globalem Maßstab. Und was ich Ihnen gerade skizziert habe, ist nur der Anfang. Langfristig vermitteln wir Fahrer in der Logistik, im Personentransport, sogar im öffentlichen Nahverkehr. Das Stichwort ist Liquid Workforce. Dann sprechen wir über Hunderttausende, Millionen Menschen, Fahrten, Aufträge. An jedem einzelnen verdienen wir mit. Im Prinzip kann jeder, der einen Führerschein hat, sich bei uns registrieren. Anders als bei Uber braucht er nicht einmal einen eigenen Wagen.«

Claudia schnalzte mit der Zunge. »Okay, ich bin überzeugt. Vielleicht wird Ihr Traum von den hundert Millionen Euro ja wirklich wahr.«

»Die Chancen stehen nicht schlecht.«

»Nur dumm, dass ausgerechnet jetzt Ihr *Angel* tot ist, oder?«

Von Suttner blieb äußerlich gelassen, aber es war deutlich, dass er nur die Fassade wahrte. »Seit dem ersten Anruf heute Morgen kann ich an nichts anderes denken. Dabei geht es mir weiß Gott nicht um das Geld. Markus Sassnitz war mein Freund. Und wir sind jetzt in der kritischsten Phase der Firma, so kurz vor dem Launch der App.«

Takeda, der sich inzwischen wieder an den Tisch gesetzt hatte, sagte: »Sie erwähnten vorhin die Firma Uber. Die wird weltweit gehasst, weil sie Arbeitsplätze vernichtet. Zum Beispiel die von Taxifahrern. Wie wird das bei Ihrem Unternehmen sein? Gibt es Menschen, die Sie hassen werden?«

Von Suttner verzog die Mundwinkel, zuckte dann mit den Schultern. »Wo Neues entsteht, wird Altes verdrängt. So funktioniert Wirtschaft.«

»Ich interpretiere das als ein Ja«, sagte Takeda und erntete dafür einen anerkennenden Blick von Claudia.

»Sicher«, gab von Suttner zu.

»Können Sie sich vielleicht vorstellen, dass jemand verhindern möchte, dass Ihre Firma überhaupt ihr Geschäft aufnimmt?«

Armin von Suttners Miene verdüsterte sich. Leise sagte er: »Vor ein paar Wochen ist etwas passiert. Ich habe gar nicht mehr daran gedacht. Aber jetzt, wo Sie mich danach fragen. Es war folgendermaßen ...«

## 14.

Zum Hamburger Schanzenviertel gehörte neben den vielen alteingesessenen Kneipen wie das Fritz Bauch oder das Frank & Frei auch der berühmte Galao-Strich. Als Claudia Takeda davon erzählte, errötete der Inspektor, woraufhin Claudia in schallendes Gelächter ausbrach – natürlich wieder einmal ohne sich die Hand vor den Mund zu halten, wie man es in Japan von einer Frau erwartet hätte.

Dann erläuterte sie ihm, dass der Galao-Strich keineswegs ein portugiesisches Rotlichtareal war. Der Name verdanke sich vielmehr den vielen portugiesischen Cafés, die sich im Zentrum des Viertels aneinanderreihten und den landestypischen Milchkaffee ausschenkten, eben den Galao. An sonnigen Tagen säßen dort unzählige sonnenhungrige Studenten und ein paar der verbliebenen Altlinken und genossen einträchtig Kaffee und portugiesische Croissants.

Auch an diesem Tag war es dort voll. Takeda und Claudia fanden schließlich ganz am Ende des Strichs – fast schon unter den S-Bahn-Gleisen – eine stille Ecke, wo sie ungestört miteinander sprechen konnten. Das heißt, erst einmal sprachen sie nicht, sondern starrten gemeinsam auf den Bildschirm von Claudias Handy. Sie sahen sich auf YouTube einen Vortrag von Markus Sassnitz an. Den Link dazu hatte ihnen Armin von Suttner gegeben. Er meinte, der Clip könne ihnen einen guten Eindruck vermitteln, was für ein Mensch Markus Sassnitz gewesen sei. Im positiven wie im negativen Sinne, wie er mit einem schwer zu deutenden Gesichtsausdruck hinzufügte.

Das Video zeigte die Vortragsbühne eines E-Commerce-Kongresses, der vor einigen Jahren in den Hamburger Messehallen stattgefunden hatte. Markus Sassnitz, damals etwa vierzig Jahre alt, hatte sein Jackett abgelegt und die Hemdsärmel hochgekrempelt. Er lief mit federnden Schritten auf der Bühne hin und her, trug ein Headset und hatte die Hände frei zum Gestikulieren, was er weidlich ausnutzte – die geballte Faust für Entschlossenheit, der gestreckte Finger für die Vorsicht, die weit ausgebreiteten Arme für den Anspruch auf die ganze Welt. Sassnitz war ein guter, ein mitreißender Redner. Sehr lebendig, sehr amerikanisch. Er machte kleine Scherze, legte geschickte Kunstpausen ein, spielte mit seinem Publikum, flirtete mit ihm, provozierte es. Er war ein bisschen TV-Prediger, ein bisschen Motivationstrainer, ein bisschen Guru. Claudia war durchaus beeindruckt.

Was Sassnitz in seinem Vortrag sagte, gefiel ihr schon weniger. Gerade hatte er sein Publikum gefragt, was auf dem Weg zu einer wahren *digital economy* eigentlich das größte Hemmnis sei. Im Publikum herrschte gespannte Stille. Sassnitz ließ sich Zeit. Dann sagte er mit leiser, fast flüsternder Stimme: »Rücksicht!«

Wieder eine Pause, wieder ein Lächeln. »Ja, Sie haben richtig gehört. Rücksicht ist das größte Hindernis auf dem Weg in die Zukunft. Nicht eine zögerliche Kreditvergabe, nicht veraltete Gesetze, eine verstaubte Infrastruktur, ängstliche Politiker. Damit werden wir fertig. Von denen lassen wir uns nicht aufhalten. Was uns alle, besonders hier in Europa, in Wahrheit bremst, sind wir selbst. Ist unsere Beißhemmung. Unsere Angst, zu zerstören. Warum? Weil wir von Kindesbeinen darauf programmiert worden sind, nett zu sein. Artig. Höflich. Wir wollen niemandem weh tun ... aber das ist ein Fehler. Wir müssen weh tun, wir müssen rücksichtslos sein, wir müssen zerstören! Weil Zerstörung die Voraussetzung für den Neubeginn ist. Ich weiß, dass das martialisch klingt. Hart. Radikal. Aber so ist es nun einmal. *Its part of it*. Ich bin gerne radikal. Wissen Sie warum? Weil sich nur dann etwas ändert. Verstehen Sie mich nicht falsch, es gilt nicht für alles und jeden. Es gibt Bereiche, die brauchen Evolution, brauchen Zeit. Keine Einwände. Aber die meisten Branchen lassen sich nicht *verändern*. Die lassen sich nur zerstören und von Grund auf neu aufbauen. *Do or die*, das ist das Motto. Und wissen Sie, was es bedeutet? Es bedeutet: wir oder die anderen. Die Dinosaurier müssen sterben, um Platz für die Säugetiere zu machen! Für uns. Wir sind die Säugetiere, die Zukunft. Sie sind hier, weil Sie das Potential für die Welt von morgen kennen und ausschöpfen wollen. Dann seien Sie auch bereit, den nächsten Schritt zu gehen! Lassen Sie die Rücksicht hinter sich! Trauen Sie sich! Nutzen Sie die Technik, das Netz, die Medien, und fangen Sie an zu zerstören! Lassen Sie die Rücksicht hinter sich, und beginnen Sie damit, Dinosaurier zu jagen!«

Im Saal brach jubelnder Applaus aus. Danach wurde Sassnitz ruhiger und zeichnete einzelne Branchen auf, die darauf warten, durch die Digitalisierung revolutioniert zu werden – der Einzelhandel, Transport, Logistik, Verkehr. An letzterem Beispiel machte er noch einmal deutlich, was er mit Zerstörung meinte. Die gesamte Mobilitätsbranche, sosehr sie sich auch bereits verändert hätte, zeichne sich durch massive Ineffizienzen aus. Warum? Weil sie es in Wahrheit so wolle! Ein Drittel aller Lkw rolle leer über die Autobahnen, die meisten Autos seien nur zu einem Viertel besetzt. Leere Züge, leere Busse. Warum? Weil die alten Player von diesen Zuständen profitierten! Weil die Ineffizienz, die Überkapazitäten, die Irrationalitäten in Wahrheit Teil ihres Geschäftsmodells seien. Bestes Beispiel: das Auto. Deutschland könnte mit einem Zehntel, einem Hundertstel der vorhandenen Fahrzeuge auskommen und trotzdem mobiler sein als heute. Glaubte ernsthaft jemand, die Autobauer, die Zulieferer, die Vermieter, die Verschrotter wollten das? Nein, sie wehrten sich mit Händen und Füßen dagegen. Und doch sei ihr Untergang unausweichlich.

Claudia dachte an Sassnitz, wie er nackt und blutig auf der Straße lag.

Als das Video zu Ende war, steckte sie ihr Handy weg. Sie trank einen Schluck Galao, in den sie gegen ihren festen Entschluss doch ein wenig Zucker geschüttet hatte. Dann sagte sie: »Meine Fresse, was für ein Typ! Gegen den geht Gordon Gekko glatt als Gandhi durch.«

»Gordon Gekko?«, fragte Takeda.

»Aus Wallstreet, der Film mit Michael Douglas. Die Gier ist gut und so … Das klingt richtig harmlos gegen dieses Zerstörungsgefasel von Sassnitz.«

Takeda lachte. »Jetzt erinnere ich mich. Charlie Sheen auf dem Motorrad hat mir gut gefallen.«

»Mir auch. Aber reden wir nicht über Hollywood. *Lassen Sie uns Dinosaurier jagen.* Die Taxibranche und das ganze Transportwesen sind zweifellos Dinosaurier. Könnte also gut sein, dass Sassnitz einen Jagdunfall hatte, meinen Sie nicht? Ist die Sache mit den Drogen also doch unwichtig? Seine Frau schien ja auch nichts davon zu wissen. Er war Konsument, das hat sie bestätigt. Mehr aber auch nicht.«

Takeda nickte und sagte mit versonnener Stimme: »Sassnitz wollte die Mobilität neu erfinden und wird dann von einem Auto überfahren. Auf einmal scheint die Art, wie er gestorben ist, eine Botschaft zu haben.«

»So ist es. Und dieser Vorfall, von dem von Suttner uns erzählt hat, passt dazu wie die Faust aufs Auge.«

Im Mittelpunkt dessen, was sich vor einigen Wochen in den Geschäftsräumen der *DMH* ereignet hatte, stand ein junger Mitarbeiter namens Nicolai Meissner. Er war als Datenbankspezialist eingestellt worden und sollte nach dem Launch der App eine Schlüsselstellung in der Firma besetzen. Hinter der App und der Webseite der Firma steckte eine komplizierte Datenverwaltung, die das Herzstück des gesamten Geschäftsmodells ausmachte. Sie sollte autonom Kundennachfragen mit den *Drivern*, wie die registrierten Fahrer genannt wurden, koordinieren. Von Suttner hatte versucht, Claudia und Takeda in Ansätzen zu erklären, wie das technisch funktionierte, aber Claudia hatte schnell abgewinkt. Jedenfalls schien die *DMH* mit Nicolai Meissner den idealen Mann gefunden zu haben. Nach und nach aber gab es Probleme mit dem jungen Informatiker. Obwohl es strikte Firmenpolitik war, sich auf sein eigenes Aufgabengebiet zu konzentrieren – und nur auf das! –, interessierte Meissner sich auffällig für die Arbeit der anderen Programmierer. Bis zu einem gewissen Grad musste er das selbstverständlich auch. Meissner aber stellte immer wieder Fragen, die eindeutig jenseits seines Aufgabenfelds lagen. Er blickte den Kollegen über die Schulter bei Dingen, die ihn nichts angingen, wollte Passwörter und Zugriffsrechte haben, obwohl sie für seine Arbeit unnötig waren. Schließlich holten von Suttner und Sassnitz Erkundigungen über Meissner ein, und siehe da, der junge Mann war der Sohn eines von Hamburgs größten Taxiunternehmern, der zugleich Vorsitzender des Taxiverbandes war. Offensichtlich hatte er sich gezielt in die Firma geschleust. Meissner beteuerte zwar seine Unschuld, doch Sassnitz feuerte ihn fristlos. Dabei kam es zu einem heftigen Streit. Nicolai Meissner drohte Sassnitz und von Suttner. Er meinte, dass es genug Menschen gebe, die sich nicht kampflos von ein paar Internetmillionären fertigmachen ließen. Die Taxileute hätten *Uber* in die Knie gezwungen, und das würden sie auch mit der *DMH* schaffen. Von Suttner, dem nach seinem Bericht der Schweiß auf der Stirn stand, meinte, dass er Meissners Drohungen damals nicht ernst genommen hätte, sie längst vergessen hatte. Aber jetzt …

Claudia trank einen Schluck Galao. »Wir müssen uns diesen Nicolai Meissner so schnell wie möglich ansehen. Wenn an der Sache etwas dran ist, ist er ein heißer Kandidat. Zumindest könnte er uns auf die richtige Spur führen.«

Takeda stimmte zu. »Ich muss daran denken, was Sassnitz in seinem Vortrag gesagt hat. Die alten Branchen würden sich mit

Händen und Füßen gegen ihre Zerstörung wehren. Möglicherweise war ihm nicht klar, wie recht er mit seiner Behauptung hatte.«

»Dinosaurier zu jagen kann halt gefährlich sein.«

Claudia trank einen weiteren Schluck Galao und hing ihren Gedanken nach. Sie blickte nach dem Gespräch mit von Suttner mit neuen Augen auf den Fall. Sie hatten nun einen Eindruck gewonnen, in was für wirtschaftlichen Dimensionen Sassnitz sich bewegt hatte. Die paar Tausend Euro für die Drogen schienen läppisch dagegen zu sein. Aber wenn schon für solche Summen getötet wurde, wie sehr mussten dann die Millionenbeträge, mit denen Sassnitz hantierte, Neider und Feinde auf den Plan rufen.

Aber Claudia machte sich noch über etwas anderes Gedanken. Sie räusperte sich und fragte: »Wieso haben Sie eigentlich vorhin nach diesem Programmierer gefragt, diesem ... Wie hieß er gleich?«

»Pawel Kowaljow«, antwortete Takeda. »Er war mir aufgefallen.«

»Schon klar. Aber wodurch?«

»Ich bin mir nicht sicher. Ich habe durch die Scheibe ins Büro gesehen und konnte etwas beobachten, das mir ungewöhnlich erschien.« Der Inspektor legte eine Pause ein, fuhr dann fort. »Herr Kowaljow hat dort nicht reingepasst. Die jungen Leute hatten Angst vor ihm.«

»Er ist laut von Suttner Chefprogrammierer. Er ist also der Vorgesetzte. Normal, dass sie Angst vor ihm haben, oder?«

»Ist das so? Hat man in Deutschland Angst vor seinem Vorgesetzten?«

»Ich bestimmt nicht.«

»Das ist mir klar.«

Ihr Blick begegnete sich, beide lächelten. Claudia sagte: »Sagen wir mal so: Nur weil es in so einer Firma keine Türen und Wände gibt, heißt das noch lange nicht, dass alles easy und locker ist. Oder dass es da keine Chefs und Sklaven gibt. Im Gegenteil, in diesen Start-up-Firmen soll es zum Teil noch viel schlimmer sein.«

»Tatsächlich?«

»Es steht oft genug in der Zeitung. Solche Unternehmen locken junge Leute mit ihrem coolen Image und versprechen ihnen alles Mögliche. Autonome Zeiteinteilung, flache Hierarchien, lockerer Umgangston. Dazu dieses Ambiente! Sie haben die Räume doch gesehen, alles ist chic und trendy. Im Zweifel gibt es auch noch einen Pool auf dem Dach und in der Mittagspause eine kostenlose Massage. Darauf fahren die Kids ab. Und was erleben sie am Ende? Dass sie sechs Tage die Woche zehn Stunden lang arbeiten müssen, keinen Urlaub haben und von ihren Chefs zur Sau gemacht werden, wenn die Leistung nicht stimmt.«

Takeda verzog das Gesicht.

Claudia stockte kurz, sagte dann grinsend: »Okay, für Sie als Japaner klingt das ganz normal, was? Sechs Tage die Woche zehn Stunden arbeiten ist eher wenig, richtig?«

»Es kommt darauf an. Vielleicht besteht der Unterschied darin, dass einem jungen Japaner niemals etwas anderes versprochen wird.«

Wieder sahen sie sich an, wieder lächelten beide. Claudia liebte diese Gespräche mit Takeda. Sie konnte mit ihm über vieles sprechen, was eigentlich so selbstverständlich war, dass es gar nicht auffiel.

Mit Takeda aber gab es keine Selbstverständlichkeiten.

## 15.

Am nächsten Morgen war große Lagebesprechung im Präsidium. Inspektor Takeda, der pünktlich Platz genommen hatte, kam aus dem Staunen nicht mehr heraus. Rund zwanzig Kollegen, zum größten Teil aus der Mordkommission, aber auch aus verschiedenen anderen Abteilungen, hatten sich im Besprechungsraum versammelt. Zunächst herrschte eine Stimmung wie in einem Klassenzimmer, bevor der Lehrer hereinkam. Es wurden zwar nicht gerade Liebesbriefe verteilt oder nasse Schwämme durch die Gegend geworfen, aber weit entfernt davon war es auch nicht.

Klaus-Dieter Haferkamp zum Beispiel, ein verdienter Kriminalhauptkommissar und passionierter Hobbyangler, hatte der Assistentin Marion Zepitsch einen Besenstil in die Hand gedrückt und ruckelte daran, um ihr zu verdeutlichen, wie es sich anfühlte, wenn ein Hecht anbiss. »Besser als Sex, Marion, glaub mir«, sagte er.

»Mit dir bestimmt«, entgegnete sie.

Der Raum grölte.

Dieter Vollmer, der eigentlich der Schwerpunkt-Staatsanwaltschaft Wirtschaftsdelikte zuarbeitete, ein etwas sonderlicher Kollege, der sommers wie winters einen karierten Rautenpullover trug, zeigte seinem Sitznachbarn auf seinem Handy ein Video seines Schrebergartens. »Ich sag's dir, Karsten, dieses Jahr ist ein Obstjahr. Wir kriegen eine Rekordernte. Die Äpfel sind groß wie Melonen.«

»Dann kann man ja über die Gussmann aus der Kantine sagen, dass sie Brüste wie Äpfel hat. Klingt nicht ganz so anzüglich«, entgegnete Karsten Surbach, ein jüngerer Hauptkommissar, mit gegelten Haaren. Wieder Gegröle.

Nur Claudia verdrehte die Augen. »Könnt ihr nicht mal mit diesen Zoten aufhören? Solche Chauvi-Sprüche sind doch nur noch peinlich.«

»Oh, die Tochter vom Staatsanwalt hat schlechte Laune«, erwiderte Surbach giftig.

»Blödsinn. Außerdem ist mein Vater im Ruhestand, falls du es noch nicht gehört haben solltest.«

Takeda wusste, dass Claudia einen schweren Stand bei einigen der Kollegen hatte. Es lag, so hatte sie es ihm erklärt, an ihrem

Ehrgeiz, ihrem Erfolg und eben an ihrem Vater, der Staatsanwalt gewesen war. Einige Kollegen meinten, dass sie es nur deshalb zur Bereitschaftsleiterin in der Mordkommission geschafft hatte.

Die Szenerie änderte sich schlagartig, als Holger Sauer den Raum betrat. Die Albernheiten waren vorbei, die Körper strafften sich, Lesebrillen wurden aufgesetzt, Unterlagen geordnet, Stifte in die Hand genommen. Takeda beobachtete es voller Bewunderung. Es war ein Teil dessen, was er das deutsche Geheimnis nannte. Die meisten Kollegen, die er bisher kennengelernt hatte, redeten den ganzen Tag über alles Mögliche, nur nicht über ihre Arbeit. Hobbys, Häuserkäufe, Urlaube oder Arztbesuche waren die Themen, mit denen sie ihre Dienstzeit zu füllen schienen. Man könnte also fast glauben, was die Leute außerhalb der Polizei über die deutschen Beamten erzählten, nämlich dass sie faul, überbezahlt und unterbeschäftigt wären.

Aber es stimmte nicht. Denn so albern sich die Kollegen meistens benahmen, so diszipliniert, ehrgeizig und ungeheuer fleißig waren sie, wenn es darauf ankam. Takeda hatte nur noch nicht herausgefunden, wie sie es anstellten, weil er die Kollegen eben fast nie arbeiten sah. Ob sie vielleicht heimlich nachts an ihre Schreibtische zurückkehrten, um das zu erledigen, wozu sie tagsüber nicht kamen?

Sauer setzte sich ans Kopfende des Tische-Rechtecks. Er wünschte allseits einen guten Morgen, warf Takeda einen Blick zu und sagte: »Und natürlich *Ohayōgazaimasu*. Kommen wir dann bitte direkt zur Sache. Kollegin Harms, wenn Sie dann bitte mal …«

Claudia tätschelte Takeda kurz die Hand, sie wusste ja, wie peinlich es ihm war, so sehr im Mittelpunkt zu stehen. Sauers japanischer Morgengruß war ohnehin nichts als Angeberei. Die übrigen Kollegen ließen es sich nicht nehmen – ein kurzer Rückfall in die Albernheit –, ebenfalls die wenigen japanischen Vokabeln, die sie kannten, in den Raum zu werfen – von Toyota über Sushi und Banzai bis Bukkake. Es war allerlei zu hören, das es aus dem Japanischen in den deutschen Wortschatz geschafft hatte. Takeda senkte schweigend den Blick.

Claudia stand auf und schaltete den altmodischen Overheadprojektor ein. Von Beamern und moderner Präsentationstechnik konnte man im Präsidium nur träumen. Sie legte eine erste Folie mit Stichpunkten auf und begann mit ihrem Vortrag. »Für die Kollegen, die gestern noch nicht dabei waren, gebe ich zunächst einen kurzen Überblick. Wir haben es mit einem Tötungsdelikt zu tun, begangen in der Nacht von vorgestern auf gestern, also von Sonntag auf Montag. Mutmaßlicher Tatzeitpunkt war zwischen zwei Uhr und drei Uhr, und zwar vor dem Büro des Opfers, das dieses seit einiger Zeit auch als Wohnung nutzte. Es handelt sich um den fünfundvierzigjährigen Internetunternehmer Markus Sassnitz, der möglicherweise einigen von euch ein Begriff ist. Sassnitz ist durch den Verkauf seiner Firma *Net Germany*, einer Art Facebook-Vorläufer, reich geworden. Wir reden über mehr als hundert Millionen Euro. Er war durchaus prominent, entsprechend ist die Sache auf allen Titelseiten, wie ihr bestimmt gesehen habt. Er galt in Kreisen jüngerer Start-up-Gründer als Vorbild und Idol. Tatwerkzeug war ein Pkw, Typ bisher unbekannt, mit dem das Opfer gezielt überfahren wurde. Die bisherigen Erkenntnisse zum genauen Tatverlauf erklärt uns jetzt der Kollege Hansen. Werner, würdest du bitte …«

Werner Hansen war der Leiter der Unfallanalyse, die der KTU zugeordnet war. Er war ein behäbig wirkender, in Wahrheit aber ausgesprochen intelligenter und akribischer Mitarbeiter, der weit über Hamburg hinaus einen exzellenten Ruf als Sachverständiger genoss. Er trug wie viele Kollegen im Präsidium einen Schnauzbart, und wieder einmal überlegte Takeda, ob auch er sich einen solchen Bart wachsen lassen sollte, um sich noch nahtloser in die Reihen der deutschen Polizei einzufügen. Allerdings würde er es mit seinem spärlichen Bartwuchs kaum zu so einer beeindruckenden Bürste bringen – den Ausdruck kannte er von Claudia. Sie hatte ihm auch gleich deutlich gemacht, was sie von der Barttracht ihrer Kollegen hielt, nämlich nichts.

Hansen öffnete eine Kladde und legte ebenfalls eine Folie auf den Projektor. Sie zeigte eine Skizze des Straßenabschnittes, auf dem Markus Sassnitz getötet worden war. Eingezeichnet waren die Position der Leiche, der mutmaßliche Kollisionspunkt sowie die Stelle, an der das Fahrzeug nach dem Zusammenstoß angehalten hatte. Hansen räusperte sich, sagte dann mit seiner brummigen Stimme: »Erste Bemerkung vorweg: Da sich das Tatfahrzeug wie bekannt nicht mehr am Unfallort befand und wir zudem keine Zeugenaussagen haben – angesichts der Uhrzeit könnte das auch so bleiben –, fußen alle Erkenntnisse allein auf der Spurenlage. Die ist, um es mal vorsichtig auszudrücken, bescheiden. Trotzdem lassen sich einige entscheidende Details klären. Wichtigste Basis meiner Ausführungen sind die Position der Leiche sowie die entsprechenden Spuren auf der Straße, bei deren Auswertung die Kollegen von der Spurensicherung gute Unterstützung geleistet haben.« An dieser Stelle nickte er Klaus Fechter zu, fuhr dann fort. »Da wir andererseits noch keinen Obduktionsbericht haben, müssen wir unsere Einschätzung möglicherweise noch einmal anpassen, wobei ich nicht mit einer grundsätzlichen Neubewertung rechne. So viel vorweg. Jetzt zum Tathergang.« Hansen deutete mit einem Filzschreiber auf die Skizze und tippte auf einen Punkt in Höhe des Gebäudes, in dem sich Sassnitz' Wohnbüro befand. »Wir gehen davon aus, dass das Opfer im genannten Zeitraum, also zwischen zwei Uhr und drei Uhr in der Tatnacht, etwa hier auf die Straße getreten ist. Er hat die Straße in schräger Linie überquert, um zu seinem auf der anderen Straßenseite abgestellten Pkw zu gelangen. Darf ich dazu kurz den Kollegen Fechter von der Spurensicherung bitten.«

Klaus Fechter grüßte in die Runde und sagte: »Wir haben gestern Nachmittag auf Bitten der Kollegin Harms das geparkte Fahrzeug des Opfers untersucht, einen schwarzen Porsche Macan. Der Befund ist aufgrund der kurzen Zeiträume nicht sonderlich präzise, jedoch ausreichend belastbar. Wir stützen uns auf den Ölaustritt unter dem Fahrzeug, aber auch auf Staub und Pollenablagerungen auf dem Chassis und nehmen an, dass das Fahrzeug zum Zeitpunkt der Analyse seit etwa zwölf Stunden nicht mehr bewegt worden ist.«

Claudia meldete sich zu Wort: »Wir können aufgrund dieser Erkenntnisse davon ausgehen, dass Sassnitz nicht bei der Rückkehr zu seiner Wohnung getötet wurde, sondern weil er irgendwohin fahren wollte. Wohin er wollte, ist noch zu klären. Wir hoffen, dass es in zeitlicher Nähe zum Verlassen des Hauses einen Telefonkontakt zwischen Sassnitz und dem Täter gegeben hat, der uns entscheidend weiterbringen könnte. Aber dazu später mehr. Werner, du bist wieder dran.«

»Der mutmaßliche Fußweg des Opfers verläuft in schräger Richtung über die Straße. Das habe ich mit der gestrichelten Linie eingezeichnet. Der Kollisionspunkt mit dem Fahrzeug ist hier mit einem Kreuz markiert. Wir konnten typische Abriebspuren sicherstellen, die die Schuhsohlen des Opfers beim Aufprall erzeugt haben. Hier sieht man, wo der Körper zum ersten Mal auf den Asphalt aufgeschlagen ist und wo er schließlich liegen geblieben ist.«

Claudia sagte: »Wie ihr vermutlich bereits wisst, ist das Opfer nach dem tödlichen Unfall vollständig entkleidet worden, vermutlich um Lackspuren zu beseitigen, die Hinweise auf das Tatfahrzeug liefern könnten. Auch dazu später mehr. Im Moment ist entscheidend, dass dabei zwar die Körperhaltung des toten Sassnitz verändert wurde, nicht aber der Ort, an dem er nach der Kollision liegen blieb.«

Hansen nickte bestätigend, fuhr dann fort: »Aus dem Kollisionspunkt und dem Fundort der Leiche können wir mit einiger Sicherheit auf die Geschwindigkeit des Tatfahrzeugs schließen. Und die ist erheblich, nämlich etwa zwischen sechzig und achtzig Stundenkilometer. Ich weiß jetzt nicht genau … soll ich oder willst du, Claudia?«

Hansen sah zu Claudia, die wiederum einen nicht gerade freundlichen Blick zu Holger Sauer warf. Der tat das, was er in Besprechungen immer tat, er las in Unterlagen. Die Botschaft, die er damit rüberbringen wollte, war klar, fand Claudia. Sauers geniales Turbohirn war unausgelastet, wenn er einfach nur einer Besprechung lauschte. Idiot!

Claudia sagte: »Mach du das ruhig, Werner, aber ich will vorher kurz etwas erklären.« Sie schloss die Augen, atmete durch und sagte: »Ich hatte heute Morgen bereits ein eingehendes Gespräch mit unserem hochgeschätzten Vorgesetzten Holger Sauer ...«

»Sparen Sie sich doch bitte diesen Tonfall, Frau Harms«, fuhr Sauer dazwischen, ohne von seinen Unterlagen aufzublicken.

»Welchen Tonfall? Oder werden Sie nicht gerne hochgeschätzt?«

Immerhin, jetzt sah Sauer Claudia an, sagte aber nichts. Stattdessen wandte er sich an Takeda und sagte: »Wenn Sie zurück in Tokio sind und erzählen, wie es in Deutschland bei der Polizei zugeht, vergessen Sie nicht zu erwähnen, dass Respekt gegenüber Vorgesetzten ein Fremdwort geworden ist.«

Takeda deutete eine Verbeugung an. »Soweit ich weiß, Herr Sauer, war Respekt schon immer ein Fremdwort. Es kommt aus dem Lateinischen von der Vokabel *respectus.*« Der Inspektor sprach so ernsthaft, dass niemand auf die Idee kam, dass es ironisch gemeint sein könnte. Nur Claudia, die Takeda inzwischen gut genug kannte, hätte am liebsten laut aufgelacht. Sie würde Takeda später einen Kuss auf die Wange drücken.

»Weiter im Text«, fuhr Claudia fort. »Also, der Kollege Sauer wollte jedenfalls wissen, was uns, also Takeda und mich, veranlasst, von einer vorsätzlichen Tat auszugehen. Die Spurenlage alleine könnte sich ja durchaus auch als Unfall mit Fahrerflucht interpretieren lassen. Ist nicht ganz unwichtig für unser weiteres Vorgehen. Kurze Antwort: Ist Quatsch. Die Unfallvariante können wir ausschließen.«

»Und da sind Sie wirklich sicher?«, fragte Sauer, nun wieder in seine Akten vertieft.

»Absolut. Kollege Takeda hat das gestern bereits festgestellt, und die KTU unterstützt unsere Einschätzung. Da ist zum einen der Umstand, dass die Leiche vollständig entkleidet war.« Sie deutete auf das Foto des toten Sassnitz, das sie an die Wandtafel geheftet hatte. »Zur Spurenbeseitigung hätte der Täter sich damit begnügen können, dem Toten Hose und Hemd, also die oberste Schicht der Bekleidung, abzunehmen. Ihn nackt auf der Straße zurückzulassen deutet auf einen symbolischen Akt hin, mithin auf Vorsatz. Den zweiten Punkt wird Kollege Hansen erläutern. Bitte, Werner.«

Hansen fuhr mit seiner tiefen Brummstimme fort. »Zur Erinnerung: Hier ist der Kollisionspunkt, hier landete das Opfer. Das Fahrzeug hat sich in dieser Richtung bewegt. Sassnitz landete nach dem Aufprall also hinter dem Fahrzeug, was der hohen Geschwindigkeit geschuldet ist. Andernfalls wäre das Opfer nach vorne abgeprallt oder auch seitlich vom Fahrzeug gerutscht. Entscheidend ist, dass der Täterwagen erst unmittelbar nach der Kollision gebremst hat. Das ist kein wasserdichter Beweis für eine Tötungsabsicht, aber ein Indiz. In Kombination mit der Entkleidung würde ich sagen, dass die technische Auswertung die Einschätzung der Kollegen Harms und Takeda stützt. Wir sehen keinen Bremsvorgang, keinen Ausweichversuch, dafür aber eine für den Straßenverlauf hochriskante Beschleunigung. Kein Zweifel, wir haben es mit Mord zu tun.«

Hansens letzte Worte hinterließen Wirkung. Im Raum herrschte gespanntes Schweigen. Sogar Sauer blickte auf.

Claudia ließ ein paar Sekunden verstreichen, räusperte sich dann und sagte: »Vielleicht kann Kollege Preuß uns jetzt kurz seine Erkenntnisse, die er gestern gewonnen hat, darstellen.«

Kriminalhauptkommissar Ottmar Preuß war Anfang dreißig und stand Karsten Surbach, mit dem er eng befreundet war, in Sachen Chauvi-Gehabe in nichts nach. Er war nicht sonderlich groß und hatte für seinen Körper makaber überproportionierte Fitnessstudio-Oberarme, die er, wenn Claudia in der Nähe war, immer wieder anspannte, ganz zufällig natürlich. Abgesehen davon aber war er ein zuverlässiger Bulle. Darum war es in Ordnung, dass man Preuß ihr und Takeda zur Unterstützung im Fall Sassnitz zugeteilt hatte.

Preuß stand auf und sagte: »Die Kollegin Harms hat mich gestern damit beauftragt, das Tatortumfeld abzusuchen und mögliche Zeugen oder auch Aufzeichnungsvorrichtungen ausfindig zu machen, sprich Verkehrs- oder Sicherheitskameras. Beides hatte keinen Erfolg. Unmittelbar in der Straße gibt es keine Kameras, und von den nahegelegenen Hauptstraßen liegen keine Aufzeichnungen vor. Wir behalten das aber im Auge, schließlich gibt es nicht so viele Routen, die aus dem Bereich der HafenCity herausführen.«

Claudia warf einen Blick zu Sauer. Dessen Gesicht war versteinert. Sie sagte in Hansens Richtung: »Kommen wir noch einmal auf das Tatfahrzeug zurück, oder besser gesagt zu den Beschädigungen daran. Werner?«

Werner Hansen biss sich auf die Unterlippe. »Das ist kniffelig, weil es viele Faktoren gibt, die eine Rolle spielen. Die tatsächliche Geschwindigkeit bei der Kollision, wo genau der Körper getroffen wird und so weiter. Zwei Dinge sind entscheidend. Wenn ich es richtig sehe, hat die Spurensicherung kein Windschutzglas sichergestellt. Ist das korrekt?«

Klaus Fechter sagte: »Ja, das ist korrekt. Wir werten im Labor allerdings noch einige Proben aus und prüfen, ob wir vielleicht doch ein paar Glas- oder Lackpartikel eingefangen haben.«

Hansen fuhr fort: »Die Rechtsmedizin konnte mir gestern schon sagen, dass das Opfer den typischen Keilbruch in Kniehöhe aufweist, vulgo eine Stoßstangenfraktur. Daraus lässt sich schließen, dass das Tatfahrzeug im Bereich des vorderen Stoßfängers Dellen und deutliche Lackschäden aufweisen muss. Ich gehe davon aus, dass Sassnitz außerdem auf das Dach des Wagens aufgeschlagen ist. Der Mann hat nach erster Einschätzung etwa 85 Kilo gewogen. Das reicht, um ein Autodach erheblich zu beschädigen. Ein zusätzlicher Hinweis sind die erheblichen Beschleunigungswerte, die nötig sind, um den Wagen auf der kurzen Strecke auf die hohe Geschwindigkeit zu bringen. Haltet also Ausschau nach einem Wagen mit starker Motorleistung, im Zweifel ein Sportwagen, der vorne und oben fette Dellen in der Karosserie hat.«

Claudia bedankte sich und sagte: »Soweit zum Unfallverlauf, zur Frage des Vorsatzes und zum möglichen Tatfahrzeug. Fragen dazu? Gut, dann übergebe ich noch mal an den Kollegen Fechter. Klaus, kannst du uns bitte einen Überblick über die sonstige Spurenlage am Tatort geben.«

Fechter nickte. »Das wird schnell gehen. Wir haben nämlich so gut wie nichts gefunden.« Er trat nach vorne und legte eine Folie auf den Projektor, die eine Detailaufnahme der Leiche zeigte. »Professor Terzian hat uns ja bereits am Tatort darauf hingewiesen, dass dem Opfer die Kleidung vom Leib geschnitten wurde, vermutlich mit einem Teppichmesser oder einer anderen scharfen Klinge. Man sieht an einigen Stellen, dass die Haut des Opfers angeritzt wurde. Wir haben tatsächlich ...« An dieser Stelle legte Tellkamp eine weitere Folie auf, wiederum mit einem Foto. »... minimale Reste von Fasern auf dem Bürgersteig sicherstellen können. Wir analysieren die noch und können vielleicht Rückschlüsse auf die Kleidung ziehen, die das Opfer getragen hat.«

Claudia unterbrach ihn und wandte sich an Ottmar Preuß: »Ottmar, kannst du zum Thema Kleidung etwas beitragen?«

Preuß nickte. »Ich habe gestern mit den Kollegen sämtliche Mülleimer in der Umgebung abgesucht. Wir haben auch einen Blick in die Fleete geworfen und an ein paar Stellen, wo man vielleicht etwas hätte entsorgen können, also Kellereingänge, Hinterhöfe und so weiter. War alles negativ. Wir müssen davon ausgehen, dass der Täter die Kleidung geschickt entsorgt oder sogar mitgenommen hat. Da die ziemlich sicher zerrissen und blutverschmiert war, ist er damit ein deutliches Risiko eingegangen.«

»Sicher. Aber andererseits wollte er ja verhindern, dass wir sie finden. Trotzdem verrät er uns damit einiges über sich. Erstens ist er oder sie kaltblütig genug, um dem Toten oder dem schwerverletzten Opfer die Klamotten vom Leib zu schneiden. Und zweitens versteht er oder sie etwas von polizeilichen Ermittlungsmethoden«, sagte Claudia, übergab das Wort dann wieder an Fechter.

»Wie gesagt, die Spurenlage am eigentlichen Tatort ist dünn. Der Täter hat sich ja wie erläutert mit einer Klinge am Opfer zu schaffen gemacht, hat also unmittelbar an der Leiche gearbeitet. Es besteht eine gewisse Chance, dass wir Haare oder DNA-Anhaftungen am Körper des Toten feststellen. Da sind wir auf Terzian angewiesen, den ich um besondere Aufmerksamkeit gebeten habe.«

»Der Professor hat mir seinen detaillierten Bericht für heute Nachmittag, spätestens für morgen zugesagt«, erklärte Claudia. »Was kannst du uns zur Wohnung des Opfers mitteilen, Klaus?«

»Da sieht es ganz anders aus. Wir haben jede Menge Spurenmaterial. Fingerabdrücke, Fasern, Haut, alles Mögliche. Dazu natürlich jede Menge Unterlagen, die ausgewertet werden müssen. Da es sich aber nicht um den Tatort handelt, können wir aus den Spuren keine direkten Schlüsse ziehen. Das dürfte erst relevant werden, wenn wir einen Verdächtigen haben und einen Abgleich machen können. Der wichtigste Hinweis ist sowieso anders gelagert, wie Kollegin Harms uns erläutern wird.«

»Korrekt. Wir ihr schon mitbekommen habt, haben wir in Sassnitz' Wohnung eine nicht unerhebliche Menge Betäubungsmittel sichergestellt. Durch die Aussage seiner Frau wissen wir, dass Sassnitz selbst BTM konsumiert hat, offenbar seit langem und in erheblichen Dosen. Die aufgefundene Menge gibt uns allerdings zu denken. Entweder hat Sassnitz in seiner Wohnung in großem Stil Drogenpartys gefeiert. Oder er ist in irgendeiner Form im Handel mit Methamphetamin, sprich Crystal, aktiv, was natürlich ein ganz neues Licht auf die Motivlage werfen würde. Heiner, du bist dran.«

Heiner Cordes, leitender Mitarbeiter im Drogendezernat, war gute ein Meter neunzig groß, wog aber keine siebzig Kilogramm. Mit dem hageren Gesicht, dem Ohrring und den langen, fettigen Haaren sah er selbst aus wie ein alter Junkie. Es war aber Quatsch. Cordes war leidenschaftlicher Kiffer, das schon, und außer Holger Sauer wusste das auch jeder im Raum. Das war aber auch alles.

Cordes stand auf, trat neben den Tageslichtprojektor, dachte aber gar nicht daran, eine Folie aufzulegen. Seine Zeit mit so einem Unsinn zu verschwenden lag ihm fern. Er strich sich mit der Hand über seinen Dreitagebart und sagte: »Die wichtigste Aussage vorweg: Wir haben Markus Sassnitz nicht in der Datei, und ich und die Kollegen kennen ihn auch nicht. Wir werden uns aber umhören. Bei den Mengen, die bei ihm gefunden wurden, bin ich mir sicher, dass wir etwas erfahren werden. Das Zeug muss ja irgendwie zu ihm gekommen sein, also wird ihn auch jemand von unseren Klienten kennen. Punkt zwei: Wir werden das Crystal analysieren lassen und feststellen, woher es kommt. Die Kollegen in Bayern haben mittlerweile eine ganz brauchbare Datenbank aufgebaut, mit der wir im Zweifel Rückschlüsse auf das Labor ziehen können, in dem es gekocht wurde. Im Moment spielt Meth in Hamburg noch keine große Rolle, aber das ändert sich seit einigen Monaten gewaltig. Der Trend bereitet uns große Sorgen. Das Zeug macht die Leute schneller kaputt als Crack.«

»Das haben wir ja vor kurzem beim Fall Pascal mitbekommen. Die Eltern des Kleinen waren Wracks, der Drogenkonsum hat bei der Tatbegehung eine entscheidende Rolle gespielt«, warf Claudia ein.

»Wie gesagt, wir beobachten die Verbreitung von Crystal mit

großer Sorge«, fuhr Cordes fort. »Wir vermuten seit längerem, dass ein neues Syndikat versucht, den Markt aufzurollen. Meine Nase sagt mir, dass das mit eurem Mordfall zusammenhängt. Wenn wir also durch eure Ermittlungen an die Leute herankommen, die das Zeug in Hamburg gerade auf den Markt drücken, wären wir einen gewaltigen Schritt weiter. Ich und die Kollegen werden uns verschärft darum kümmern.«

»Danke, Heiner.«

Claudia wartete, bis Cordes zur Tür gegangen und den Raum verlassen hatte. Dann sagte sie: »Ihr habt jetzt einen guten Überblick, denke ich. Und ihr ahnt vermutlich bereits, dass wir es mit einer ganzen Reihe von Herausforderungen zu tun haben. Da ist einmal der Täterkreis. Da als Tatwaffe ein Pkw verwendet wurde, kommt so ziemlich jede Person in Frage, die einen Führerschein hat.«

»Und einen Sportwagen«, warf Ottmar Preuß ein.

»Richtig. Allerdings habe ich den Eindruck, dass die Dichte an Porsches und ähnlichen Gefährten im Umfeld des Opfers groß ist. Das bringt mich übrigens auf einen wichtigen Punkt. Ich kann mir nicht vorstellen, dass der Täter für die Tat seinen eigenen PKW benutzt hat. Ich jedenfalls würde mir ein Auto leihen oder mieten, wenn ich vorhabe, jemanden zu überfahren. Auftrag an dich, Ottmar: Prüf bitte bei allen großen Hamburger Autovermietern nach, was in den letzten Tagen an Sportwagen rausgegangen ist und was vor allem mit Lack- oder Blechschäden zurückgegeben wurde. Besonderes Augenmerk auf Wagen mit Elektroantrieb. Das ist zwar Lotto, aber ab und zu haben wir ja auch Glück.«

Claudia wandte sich an Christine Meltendorf, eine Mitarbeiterin der KTU, die darauf spezialisiert war, Computer, Telefone, Handys auszuwerten. »Ich brauche so schnell wie möglich die letzten Telefonkontakte von Sassnitz, vorzugsweise aus der Tatnacht, Christine.«

»Ich bin längst dran. Außerdem versuche ich, Sassnitz' Mailkonten zu öffnen. Und halt das übliche, Facebook, WhatsApp und so weiter. Es wäre gut, wenn ihr seine Frau fragt, ob sie die Passwörter kennt oder weiß, wo Sassnitz sie hinterlegt hat. Wie es aussieht, sind Sassnitz' Rechner ziemlich aufwendig gesichert. Da komme ich nicht so ohne weiteres rein.«

Claudia schnalzte mit der Zunge. »Der Mann war Internet-Unternehmer. So einer ist fit in Sachen Datensicherheit.«

»Stimmt. Aber solche Typen sind meistens auch schlau genug, Vorsorge zu treffen und ihre wichtigsten Passwörter irgendwo sicher zu hinterlegen.«

»Ich werde seine Frau fragen. Ich sage dir Bescheid, sobald wir etwas wissen. Ach ja, auch noch einmal für alle. Sassnitz' Smartphone ist bisher nicht aufgetaucht. Es kann also gut sein, dass der Täter es an sich genommen hat. Da wir die Nummer kennen, beantragen wir ein Log-Profil und auch eine Verbindungsliste.«

Claudia atmete durch. Es wurde Zeit für einen Kaffee. Sie schaltete den Projektor aus und läutete das Ende der Runde ein. »Wir haben insgesamt eine bescheidene Spurenlage und sind daher in erster Linie auf die Klärung der Motivlage angewiesen. Kollege Takeda und ich haben durch unsere ersten Gespräche bereits einige vielversprechende Ansätze, um die wir uns kümmern werden. Im Moment ist es offen, ob wir den Täter im privaten oder eher im geschäftlichen Umfeld von Sassnitz suchen müssen. Die Drogensache ist eine dritte Möglichkeit und vermutlich die, die uns am weitesten führt. Also, Leute, das war es erst einmal. Die Aufgaben für die nächsten Stunden sind verteilt. Vielen Dank an alle. Wer etwas rausfindet, ruft an. Ansonsten treffen wir uns morgen früh zur gleichen Zeit wieder.«

Die Kollegen klopften kurz mit den Fingerknöcheln auf die Tische, verließen dann den Raum, um in ihre Abteilungen zurückzukehren. Oder auch in die Betriebskantine, um über Fußball, Urlaubspläne oder Kochrezepte zu diskutieren. Takeda war sich dennoch sicher, dass sie ihre Pflichten bis zum nächsten Treffen erfüllt haben würden.

Als er ebenfalls den Raum verlassen wollte, hielt Claudia ihn zurück und drückte ihm zu seiner großen Überraschung einen Kuss auf die Wange. Takeda starrte sie an. Claudia lachte und sagte: »Das war für die Bemerkung wegen des Respekts von vorhin. Großes Kino, Ken. Sie haben meinen Tag gerettet.«

»Aber es ist wirklich ein altes Fremdwort.«

»War trotzdem super.«

Claudia blickte Takeda nach, der sich zum Fahrtstuhl bewegte und hinab zum Parkplatz fuhr.

Sie selbst kehrte in ihr Dienstzimmer im vierten Stock zurück. Es gab etwas, das sie dringend erledigen musste.

## 16.

Nicolai Meissner war ein gutaussehender junger Mann, modisch gekleidet und trotz der milden Temperaturen mit einer Wollmütze auf dem Kopf. Er betrachtete Takeda über den Empfangstresen hinweg im Büro des Taxiunternehmens Meissner & Sohn. Seine Miene verriet dabei eher Neugier als Misstrauen. Die Firma befand sich in Stellingen, einem schmucklosen Hamburger Stadtteil, den die meisten Menschen wohl nur wegen des Fußballstadions und der gleichnamigen Autobahnauffahrt kannten. Takeda war vor einiger Zeit hier gewesen, um den Zoo zu besuchen wie auch die in Stellingen gelegene Fazle-Omar-Moschee, die in den fünfziger Jahren erbaut worden und die zweitälteste Moschee in Deutschland war. Er interessierte sich für so etwas.

Der Inspektor nannte seinen Namen und wies sich als Mitarbeiter der Mordkommission aus, worauf Meissner ein Schnauben von sich gab. Drückte es Überraschung aus? Oder Schicksalsergebenheit? War es vielleicht verächtlich? Takeda war sich nicht sicher.

»Lassen Sie mich raten, Sie sind wegen Sassnitz hier«, sagte Meissner.

»Das ist richtig.«

Meissner starrte eine Weile versonnen ins Nichts und sagte dann: »Ich hätte es bis heute Morgen nicht für möglich gehalten, dass mir der Tod eines Menschen gleichgültig sein könnte. Aber im Fall von Markus Sassnitz ist es so. Ich hab's in der Zeitung gelesen, und mein erster Gedanke war, dass es mir nicht im Geringsten leidtut.«

»Ich bin mir nicht sicher, ob das, was Sie beschreiben, wirklich Gleichgültigkeit ist. Den Tod eines Menschen nicht zu bedauern ist möglicherweise mehr als das.«

Meissner musterte Takeda irritiert. »Wahrscheinlich haben Sie recht. Im Grunde freue ich mich sogar.«

Inzwischen hatten einige der übrigen Mitarbeiter, die an Schreibtischen hinter Meissner saßen, von ihren Unterlagen aufgeschaut. Neugierig starrten sie in Takedas Richtung. Ganz hinten im Raum befand sich eine Art Funkzentrale mit mehreren Bildschirmen, vor denen zwei Frauen saßen, die unablässig telefonierten oder in ein Mikrophon sprachen. Auch sie blickten nun herüber.

Nicolai Meissner bat Takeda mit einer Geste, hinter den Tresen zu kommen, der den Besucherbereich von den Schreibtischen abtrennte.

»Wir gehen ins Büro meines Vaters. Der ist gerade nicht da. Da sind wir ungestört.«

»Sehr gerne.«

Meissner öffnete eine milchverglaste Tür, die in einen kleinen, separaten Büroraum führte. Die Tapeten waren nikotinvergilbt, und es roch intensiv nach kaltem Rauch. Hinter einem großen, mit Papieren übersäten Schreibtisch befand sich eine Schrankwand mit handbeschrifteten Aktenordnern. An der Seitenwand hingen einige gerahmte Auszeichnungen, die mit Stempeln und roten Siegeln versehen waren. Ein Foto zeigte einen vielleicht fünfzigjährigen Mann in einem schlechtsitzenden Anzug, der einen Blumenstrauß und eine Art Pokal überreicht bekam. Nicolai Meissner, der Takedas neugierigen Blick auf das Bild bemerkte, sagte: »Das ist mein Vater, als er für seine Verdienste um den Taxiverband ausgezeichnet wurde. Ist aber auch schon ein paar Jahre her. Bitte, setzen Sie sich.«

Takeda zog sich einen Stuhl heran und setzte sich Meissner gegenüber, der hinter dem Schreibtisch Platz nahm.

»Darf ich rauchen?«, fragte der Inspektor.

»Klar. Sie tun meinem Vater sogar einen Gefallen. Er mag Raucher.«

Takeda lachte. »Das höre ich selten.«

Meissner zuckte mit den Schultern. »So ist mein alter Herr. Er würde Ihnen jetzt auch einen Asbach anbieten. Möchten Sie?«

»Das ist ein Weinbrand?«

»Genau.«

»Nein, danke.« Takeda zündete sich eine Mild Seven an, ließ seinen Blick weiter durch das kleine, altmodisch wirkende Büro wandern. Dann sah er wieder zu Nicolai Meissner und fragte: »Haben Sie denn schon einmal den Tod eines Menschen betrauern müssen? Eines Menschen, bei dem es Ihnen sehr wohl leidtat?«

Meissner zögerte. Er war wohl unsicher, was er von der Frage des Inspektors halten sollte. »Meine Großmutter ist vor ein paar Jahren gestorben. Da war ich ziemlich traurig.«

»Hatten Sie engen Kontakt zu ihr?«

»Schon. Ich bin bei ihr aufgewachsen. Meine Eltern hatten keine Zeit für mich. Die sind Taxi gefahren. Ich war ziemlich durch den Wind, als die alte Dame abgetreten ist. Sie war zweiundneunzig.«

Takeda nickte versöhnlich. »Das verstehe ich gut. Meine Großmutter mütterlicherseits ist verstorben, als ich acht Jahre alt war. Sie hat in Akita gelebt, weit im Norden von Japan in einem kleinen Dorf. Sie wurde auf der Hauptstraße von einem Lkw überfahren. Ich konnte mir nicht vorstellen, dass sie wirklich tot ist, bis meine Eltern mit mir nach Akita gefahren sind und ich gesehen habe, wie mein Großvater geweint hat. Da musste ich auch weinen.«

Nicolai Meissner sah den Inspektor irritiert an, unsicher, was es mit dem Japaner auf sich hatte. »Sind Sie wirklich von der Mordkommission, Herr äh …?«

»Takeda. Aber ja. Ich habe Ihnen meinen Ausweis gezeigt.«

»Schon, nur …«

»Dann sollten Sie es besser glauben«, sagte Takeda, und in seiner Stimme schwang eine überraschende Härte mit. Er war dazu ohne weiteres in der Lage.

»Ich bin halt überrascht, dass wir hier sitzen und über unsere Großmütter reden.«

»Wir sprechen über den Tod, Herr Meissner. Es interessiert mich, zu erfahren, wie Sie dazu stehen.«

Es entstand eine Gesprächspause. Meissner stand auf, ging zu dem doppelflügeligen Fenster und öffnete es. Dann kehrte er zu seinem Platz zurück. »Markus Sassnitz war ein faszinierender Mensch. Aber er war auch ein mieses Schwein. Das wird wohl nicht in den Nachrufen stehen, ist aber eine Tatsache.«

»Erklären Sie es mir. Und mich interessiert auch, was genau Sie für ihn und seine Firma gemacht haben.«

»Kein Problem. Nur … verdächtigen Sie mich eigentlich?«

»Hätte ich einen Grund dazu?«

Nicolai Meissner hatte seine Selbstsicherheit zurückgewonnen. Er lächelte und sagte: »Auf jeden Fall! Sassnitz und ich haben uns gestritten. Ich habe ihm allerlei an den Kopf geworfen. Ich habe ihm und von Suttner sogar gedroht. Darum sind Sie doch hier, oder nicht?«

Takeda deutete erneut eine Verbeugung an. »Gut, dann sind Sie hiermit also verdächtig. Und jetzt bitte von vorne.«

Meissner bot Takeda Kaffee an, den dieser gerne annahm. Es war altmodischer, verkochter Filterkaffee, der aber dennoch guttat.

Meissner erzählte vom Betrieb seiner Eltern, eigentlich seiner Großeltern. Das Unternehmen war in den fünfziger Jahren gegründet worden, ursprünglich mit einem einzigen Wagen. Sein Großvater, selbst mittellos, hatte ihn kaufen können, weil ihm ein Freund, mit dem er in Kriegsgefangenschaft gewesen war, aus Dankbarkeit eine größere Geldsumme geschenkt hatte. In den siebziger Jahren war dann sein Vater in den Betrieb eingestiegen, hatte ihn übernommen und nach und nach erweitert. In den Achtzigern gehörte Meissner & Sohn zu den führenden Hamburger Taxi-Unternehmen. Zu den besten Zeiten hatten sie fast dreißig Wagen am Laufen und eine eigene Funkzentrale, der sich auch andere Betriebe anschlossen. Ab den neunziger Jahren aber folgten die ersten Schwierigkeiten. Das Benzin wurde teurer, und die Menschen wurden geiziger. Und das galt seltsamerweise für beide, die Reichen wie die Armen. Dann wurden die Einschläge dichter, wie Meissner es ausdrückte. Erst die Nachtbusse, dann die Nachtbahnen, das Studi-Ticket, der Fahrradboom, MyTaxi, schließlich Uber. Meissner sah Takeda mit unverkennbarer Wut an. »Fragen Sie mal meinen Vater, wie der sich fühlt. Der hat sich sein ganzes Leben lang krummgelegt, um den Betrieb groß zu machen. Für ihn fühlt sich das Leben seit einigen Jahren an, als würden es die Leute drauf anlegen, ihm Steine in den Weg zu legen.«

»Wo ist Ihr Vater eigentlich? Ich würde gerne auch mit ihm sprechen«, sagte Takeda.

Nicolai Meissner stieß wieder dieses kurze Schnauben aus, halb frustriert, halb wütend. »Der sitzt auf'm Bock, seit heute Morgen um sechs.«

»Ich verstehe nicht ganz.«

»Er fährt Taxi. Jahrelang musste er nicht mehr selbst fahren, aber seit einiger Zeit geht es nicht anders, sagt er jedenfalls. Der Mindestlohn war die letzte Attacke auf uns. Er hat einige Wagen stillgelegt und ein paar Kollegen entlassen. Und jetzt macht er selbst wieder mehrere Schichten in der Woche. Mein Vater ist über sechzig. Die Gespräche mit den Kollegen, die entlassen wurden, hat er mir überlassen. Die waren natürlich sauer. Dreißig Jahre für den alten Meissner geschuftet, und zum Abschied gibt er ihnen nicht einmal die Hand. Aber wissen Sie was? Mein Vater lag zu Hause besoffen im Bett. Wir hatten Angst, dass er vor schlechtem Gewissen ins Wasser geht, so sehr haben ihn die Entlassungen fertiggemacht.«

Takedas Blick fiel erneut auf das Foto, das Meissner Senior mit dem Blumenstrauß in der Hand zeigte. In den vielleicht zwanzig Jahren seitdem hatte die Welt sich verändert.

»Welche Rolle spielt die Firma von Herrn Sassnitz für Sie? Ist sie ein weiterer Stein, der Ihnen in den Weg gelegt wird? Vielleicht ein sehr großer Stein?«

In Meissners Blick glimmte kurz etwas, dann schlug er die Augen nieder. »Glauben Sie, die *DMH* geht jetzt noch an den Start? Wo Sassnitz doch weg ist?«

»Das kann ich nicht sagen. Was denken Sie?«

Meissner zuckte mit den Schultern. »Schwer zu sagen. Armin von Suttner hatte Sassnitz ja als großen Retter ins Haus geholt. Suttner hatte zwar die Ideen, aber kein Geld. Bei Sassnitz war es mehr oder weniger umgekehrt.«

»Sie haben meine Frage nicht beantwortet, Herr Meissner.«

»Wenn die *DMH* richtig durchstartet, wäre das schlimm für uns. Besoffene zu fahren ist eines der letzten, sicheren Geschäftsfelder für die Taxen, vor allem abends und nachts. Das will uns von Suttner wegnehmen. Aber das ist nicht einmal das Schlimmste. Die Fahrer, die die *DMH* vermittelt, müssen ja auch irgendwie von A nach B kommen. Von Suttner hat verschiedenen Taxiunternehmen Kooperationen angeboten, wollte aber so gut wie nichts dafür bezahlen. Take it or leave it, das waren so die Sprüche. Das müssen Sie sich mal vorstellen. Der Typ erklärt ihnen frei heraus, dass er ihr Business zerstören will, bietet ihnen dann aber auch noch ein paar Almosen an. Damit wir unsere eigene Beerdigung bezahlen können, oder was?«

»Es hat Sie nicht davon abgehalten für die Firma zu arbeiten. Waren Sie also wirklich als Spion dort?«

»Hat von Suttner das behauptet? Klar, wer sonst! Obwohl, der ist eigentlich in Ordnung. Jedenfalls besser als Sassnitz. Aber es ist Blödsinn. Ich war kein Spion. Sassnitz hat mich völlig umsonst rausgeschmissen.«

»Was haben Sie sonst dort gemacht?«

»Ich habe da ganz normal gearbeitet. Sehen Sie, ich habe als Erster aus der Familie studiert. Betriebswirtschaft und Informatik. Ich habe ein Händchen für Computer. Für mich war immer klar, dass ich in irgendeiner Form ins Taxigewerbe möchte, allein wegen Vater und Großvater. Aber glauben Sie, ich habe Lust, den Rest meines Lebens hier zu verbringen? Sehen Sie sich mal um, hier ist seit einem Vierteljahrhundert nicht renoviert worden. Lohnt sich nicht mehr. Unser Betrieb hat bald fertig. Keine Zukunft. Ich habe mich bei der *DMH* beworben, weil ich den Laden spannend fand. Ich wollte etwas lernen. Und klar, ich war vielleicht neugieriger, als ich hätte sein sollen.«

»Sie bestreiten die Vorwürfe also nicht, die Ihnen gemacht wurden?«

»Wenn man gute Arbeit leisten will, muss man nach rechts und links schauen. Man muss wissen, was die Kollegen machen. Aber bei Sassnitz und Suttner war das ein Schwerverbrechen. Klar, die hatten natürlich totale Angst, dass ihr Businessmodell bekannt wird und andere Firmen auf den Zug aufspringen. Aber wissen Sie was? Ich glaub das nicht. Da steckte noch etwas anderes dahinter. Die waren regelrecht paranoid.«

»Was meinen Sie damit?«

»Kann ich nicht sagen. Die haben irgendein Geheimnis. Etwas, das keiner wissen darf, nicht einmal die Mitarbeiter. Mit einer Ausnahme, Pawel Kowaljow. Der ist in alles eingeweiht. Haben Sie mit dem geredet?«

»Noch nicht.«

»Sollten Sie. Kowaljow ist ... war Sassnitz' Kettenhund. Er

hat in der Firma die Peitsche geschwungen. Und er war derjenige, der mich angeschwärzt hat. Wenn jemand weiß, was Sassnitz so getrieben hat und womit er in Wahrheit sein Geld verdient, dann Kowaljow. Vielleicht hat er sogar eine Ahnung, wer ihn umgebracht hat.«

»Was veranlasst Sie zu dieser Vermutung?«

»Die beiden waren einfach so«, sagte Meissner und verkettete die Zeigefinger seiner beiden Hände ineinander.

Takeda sah ihn fragend an. »Sie meinen, sie waren homosexuell?«

»Quatsch, nein. Die waren einfach ... Ich weiß nicht. Sassnitz hat Kowaljow mit in die Firma gebracht. Kowaljow kommt aus Lettland. Er ist aber eigentlich Russe. Spricht auch nicht besonders gut Deutsch. In Sachen Technik und Programmieren ist er brillant. Der muss nur einmal auf den Bildschirm sehen und erkennt den Schwachpunkt in einem Programm. Aber irgendwie hatten er und Sassnitz auch etwas Seltsames am Laufen. Bei denen wusste man nie so genau, wer jetzt eigentlich wem etwas zu sagen hat. Für von Suttner war das natürlich ein rotes Tuch. Der hat sich ja sowieso immer nur mit Sassnitz gestritten. Wenn er dann auch noch das Gefühl hatte, dass Sassnitz und Kowaljow wieder mal etwas vor ihm verheimlichten, war endgültig Schluss mit lustig. Es war ja ursprünglich von Suttners Firma, das ganze Konzept war seine Idee. Aber das hat Sassnitz nicht interessiert, der hat sich aufgespielt wie der große Diktator.«

Takeda stieß ein paar nachdenkliche Brummlaute aus. »Habe ich das richtig verstanden? Das Verhältnis von Herrn Sassnitz und Herrn von Suttner war nicht sehr gut?«

»Machen Sie Witze? Die beiden haben sich jeden Tag angeschrien. Wir Mitarbeiter sind immer nur in Deckung gegangen. So gesehen war ich froh, als ich aus dem Irrenhaus raus war.«

»Herr von Suttner hat uns gegenüber Herrn Sassnitz als seinen Freund bezeichnet.«

Nicolai Meissner lachte verächtlich. »Vielleicht ganz am Anfang. Aber das war lange vorbei. Wenn Sassnitz nicht die Kohle beigesteuert hätte, hätte von Suttner ihn schon längst rausgeschmissen. Jede Wette. Aber er war halt abhängig von ihm. Außerdem rückte der offizielle Launch der Seite immer näher. Eine Medienkampagne war geplant. Sich jetzt von Sassnitz zu trennen wäre für von Suttner das Ende gewesen. Und Sassnitz wusste das auch. Das grenzte fast schon an Erpressung, weil er eben oft genug mit dem Geld gar nicht rüberkam, das er versprochen hatte. Jedenfalls besagte das die Gerüchteküche in der Firma.«

»Ich verstehe. Das hat mir sehr weitergeholfen, Herr Meissner. Vielen Dank.«

Takeda verließ das Büro. Auf dem Hof blieb er noch einige Minuten stehen und blickte sich um. Überall lagen verrostete Metallteile herum, alte Reifen, sogar ganze ausgeschlachtete Karosserien. Gegenüber von dem Bürogebäude befand sich eine Werkstatt, deren Tore offenstanden. Von den zwei Hebebühnen schien nur eine in Betrieb zu sein. Ein Taxi war aufgebockt. Ein älterer Mechaniker, der einen Maulschlüssel in der Hand hielt, stand darunter und kratzte sich unschlüssig am Kopf. Es roch nach Öl und altem Lack. Takeda musste an das Video von Sassnitz denken. Dinosaurier jagen. Das Bild legte nahe, dass man hinter großen, gefährlichen Lebewesen mit Reißzähnen und Klauen her war. Hier aber hatte er eher das Gefühl, dass ein altersschwacher Hund, der ohnehin kaum noch laufen konnte, um sein letztes Gnadenbrot gebracht werden sollte.

Takeda stieg in seinen BMW und wollte gerade losfahren, als sein Handy klingelte. Es war eine japanische Nummer, die ihm auf Anhieb nichts sagte. Er nahm das Gespräch an und meldete sich mit dem üblichen *Moshimoshi*, über das sich Claudia, wenn sie es hörte, immer noch schlapplachen konnte.

# 17.

Claudia saß mit betroffenem Gesichtsausdruck in ihrem Dienstzimmer im Präsidium und strich mit der Hand vorsichtig über ein Blatt ihrer *Monstera Deliciosa*. Die Zimmerpflanze zeigte eindeutige Krankheitssymptome, und das schon seit einigen Tagen. Die Blätter hatten braune Stellen, und immer mehr der typischen Schlitze schlossen sich, die Pflanze wirkte insgesamt traurig und schlapp.

Claudia sagte leise: »Habe ich einen Fehler gemacht? Gefällt es dir nicht mehr bei mir? Kriegst du zu wenig Wasser? Oder zu viel? Ist es dir hier vielleicht zu hell? Dabei habe ich dich doch schon in die hintere Ecke gestellt. Aber vielleicht genügt das noch nicht. Ich weiß ja, dass du es gerne schattig magst.«

Die Monstera nahm fast die ganze Nische zwischen dem Garderobenschrank und dem metallenen Aktenregal ein. Sie war mit dem riesigen Ficus vor ihrem Schreibtisch, dem Gummibaum am Fenster und der Glücksfeder vor dem Besucherstuhl Teil des Dschungels, von dem die Kollegen immer sprachen.

Was Takeda, der das Zimmer ja mit ihr teilte, von dem Wildwuchs hielt, war eine andere Frage. Bisher hatte er sich nicht dazu geäußert. Er hatte ihr nur einmal erzählt, dass sein Großvater, der fast hundert Jahre alt sein musste, ein leidenschaftlicher Bonsai-Gärtner sei und mit einigen seiner Miniaturkiefern Preise gewonnen habe. Bonsais seien in Japan so beliebt, weil sie nicht viel Platz einnähmen, ein großer Vorteil angesichts der beengten Verhältnisse. War das ein Wink mit dem Zaunpfahl? Gab es in Japan überhaupt Zaunpfähle?

Claudia schenkte sich einen Kaffee ein und setzte sich an ihren Schreibtisch. Sie wollte sich auf den Fall Sassnitz konzentrieren, was ihr aber nicht gelangt. Stattdessen öffnete sie ihren Browser und rief verschiedene Seiten mit Pflanzentipps auf. Außerdem las sie ihre privaten Mails und stellte zu ihrer Überraschung fest, dass Andreas ihr geschrieben hatte. Nach über einer Woche. Claudia überlegte, die Mail ungelesen zu löschen, warf dann aber doch einen Blick hinein. Er schrieb in versöhnlichem Tonfall, meinte, dass es ein Fehler gewesen sei, an dem Sonntag einfach abzuhauen. Er würde sich freuen, wenn sie sich melde.

Wow, damit hatte Claudia nicht gerechnet.

Was sie damit anfangen sollte, wusste sie allerdings auch nicht so recht. Sollte sie sich melden? Oder war es dazu nicht schon zu spät, die Sache ohnehin verloren?

Gerade als sie die Gedanken an kranke Pflanzen und versöhnungswillige Männer beiseitegeschoben und Heiner Cordes' Dossier über die Entwicklung von Crystal Meth in Hamburg aufgeblättert hatte, klopfte es an der Tür. Martin Abt, einer der uniformierten Kollegen, steckte seinen Kopf ins Zimmer und sagte: »Moin, Claudia. Besuch für dich.«

»Ach ja? Wer denn?«

»Eine Elja Baranova. Hat wohl was mit dem Sassnitz-Fall zu tun.«

»Elja Baranova? Sagt mir nichts. Hat sie gesagt, was sie möchte?«

Der Uniformierte nickte. »Sie meinte, sie wäre die Freundin von Markus Sassnitz. Und, jetzt halt dich fest, sie wüsste, wer ihn umgebracht hat.«

Claudia reagierte gelassen. Es kam öfter vor, dass sich Leute in laufenden Ermittlungen meldeten und lauthals verkündeten, dass sie den Täter oder die Täterin kannten. Meistens war es Unsinn.

Ab und zu stimmte es allerdings auch.

»Dein Eindruck?«, fragte sie.

Abt grinste und machte ein zischendes Geräusch, als hätte er Zahnschmerzen. Dazu wedelte er mit der Hand. »Ein ziemliches Geschoss, die Dame.«

»Ich meinte mehr, ob sie glaubhaft ist.«

»Kann ich dir beim besten Willen nicht sagen.«

»Dann schick sie mal rein.«

Als Elja Baranova kurz darauf das Zimmer betrat, hätte Claudia am liebsten auch ein zischendes Geräusch gemacht und mit der Hand gewedelt. Was da reinkam, waren gute ein Meter achtzig purer Sex, und zwar die edle Sorte. Schlank, flachbusig, volllockig und dazu ein hohlwangiges Katzengesicht wie ein sibirischer Tiger. Die Frau war entweder Topmodel oder Edelnutte. Oder beides.

Claudia stand von ihrem Tisch auf und streckte der Besucherin die Hand entgegen. »Mein Name ist Claudia Harms, ich bin die leitende Ermittlerin in dem Fall. Aber ich vermute, das wissen Sie schon.«

»Der Polizist draußen hat es mir gesagt.« Elja Baranova sprach in flüssigem Deutsch, das nur einen leichten osteuropäischen Akzent verriet. »Ich bin Markus' Freundin oder besser gesagt Lebensgefährtin. Ich konnte ihn gestern den ganzen Tag nicht erreichen, was ich seltsam fand. Es sieht ihm gar nicht ähnlich. Heute Morgen habe ich einen gemeinsamen Bekannten angerufen, und der hat mir gesagt, was passiert ist. Dann habe ich die Zeitungen gesehen. Ich konnte es zuerst gar nicht glauben. Markus tot, ermordet …«

»Sie haben ihn gestern den ganzen Tag nicht gesprochen, aber erst heute einen gemeinsamen Bekannten angerufen?«, hakte Claudia nach.

»Markus ist immer mal wieder ganz kurzfristig weggefahren, ab und zu sogar ins Ausland. Ich fand es schon seltsam, dass er sich nicht meldet, aber ich dachte, er hätte seine Gründe.«

»Okay, ich verstehe«, sagte Claudia.

»Als ich dann erfahren habe, was passiert ist, war ich schockiert. Ich habe ein bisschen gebraucht, aber dann ist mir einiges klar geworden. Das ist auch der Grund, aus dem ich hier bin, Frau Kommissarin. Ich möchte eine Aussage machen. Ich weiß, wer es getan hat.«

Claudia war froh, dass der Kollege sie vorgewarnt hatte. So hatte sie Zeit gehabt, sich eine Taktik zurechtzulegen. Mit ruhiger Stimme sagte sie: »Bitte, setzen Sie sich doch erst einmal. Wollen Sie einen Kaffee?«

»Ja, gerne.« Die Baranova setzte sich mit leicht zittrigen Bewegungen auf den Stuhl, den Claudia ihr zuwies. Sobald sie saß, wurde das Zittern stärker, und ihre Augen schimmerten feucht. Claudia war sich nicht sicher, ob der Ausbruch echt war oder gut gespielt. Das Problem lag auch an der Aufmachung der Frau. Sie war auf kunstvolle Art geschminkt, Rouge auf den Wagen, Puder auf der Nase, viel dunkle Farbe um die Augen. Eine Maske, die es nicht gerade leicht machte, die wahren Gefühle der Frau zu deuten.

Vor allem aber fragte sich Claudia, ob es die passende Aufmachung war, wenn man erfahren hatte, dass der eigene Freund umgebracht worden war.

Claudia stellte eine Tasse vor ihre Besucherin und schenkte Kaffee ein, genehmigte sich selbst auch noch einen Schluck. »Nehmen Sie Milch oder Zucker?«

»Was?«

»Wie trinken Sie Ihren Kaffee?«

Elja Baranova machte ein seltsames Geräusch, eine Mischung aus kurzem Aufschrei und Stöhnen. So ein Sound machte die Männer im Bett bestimmt wahnsinnig.

»Milch? Zucker? Das ist doch ganz egal. Hören Sie denn nicht, was ich sage? Ich weiß, wer Markus getötet hat.«

»Habe ich gehört.« Claudia setzte sich auf ihren Platz. »Immer mit der Ruhe. Trinken Sie erst einmal einen Schluck. Und dann erzählen Sie mir in aller Ruhe, was sich Ihrer Meinung nach zugetragen hat.«

Elja Baranova blitzte Claudia feindselig an. Dann aber wich die Spannung aus ihrem Körper. Sie saß regungslos da, trank dann einen Schluck Kaffee. »Es ist gut, dass Sie mich bremsen ... Ich bin ... Es geht mir nicht gut. Es tut mir leid.«

»Das muss es nicht. Ich kann verstehen, dass Sie sehr aufgeregt sind.«

»Mehr als Sie es sich vorstellen können. Es ist das Schlimmste, was ich jemals erlebt habe. Ich kann das alles immer noch nicht glauben. Ich habe Markus geliebt.«

»Okay, was ist denn Ihrer Meinung nach passiert?«

»Es war seine Frau Susanne. Sie war so furchtbar eifersüchtig. Sie hat Markus seit Monaten verfolgt, hat ihn beschimpft, hat mich beschimpft. Ich habe mir schon vorher Sorgen gemacht, dass etwas passieren könnte. Diese Frau ist seltsam. Sie ist verrückt.«

Claudia dachte an die Funakoshi-Skulpturen in Susanne Sassnitz' Wohnzimmer. Verrückt war vielleicht übertrieben. Aber seltsam erschien ihr durchaus treffend.

Sie nahm sich einen Kuli, um sich Notizen zu machen, fragte dann: »Sie haben also gesehen, wie Frau Sassnitz ihren Ehemann, der Ihr Lebensgefährte ist, überfahren hat?«

»Was? Nein, gesehen habe ich es nicht.«

»Sie sagten, Sie wüssten, dass sie es getan hat.«

»Weiß ich auch. Sie war es, das müssen Sie mir glauben.«

»Sie haben den Vorfall aber nicht beobachtet?«

»Nein, sage ich doch.«

Claudia stand auf, trat ans Fenster und blickte hinaus. Für einen Moment war sie geneigt gewesen, Elja Baranova zu glauben. Hätte ja sein können. Jetzt aber war es wohl doch nur dasselbe wie immer. Behauptungen, Beschuldigungen, Beschimpfungen. Wirklich etwas beobachtet hatte nie jemand. Und harte Beweise gab es auch nicht. Nie.

Claudia setzte sich wieder an ihren Platz. »Fangen wir noch einmal von vorne an, Frau Baranova. Was genau veranlasst Sie zu der Vermutung, dass Frau Sassnitz ihren Mann getötet haben könnte?«

Die Baranova atmete erschöpft aus, sackte dann förmlich in sich zusammen. »Es tut mir leid. Sie müssen mich auch für verrückt halten. Ich komme hier herein, beschuldige jemanden, habe aber eigentlich gar nichts gesehen ... Die Sache ist, ich *weiß*, dass sie es getan hat.«

»Frau Baranova! Erzählen Sie mir einfach, was Ihrer Meinung nach passiert ist. Dann sehen wir weiter.«

»Ja, natürlich. Entschuldigung. Wie gesagt, Susanne Sassnitz war ungeheuer eifersüchtig. Als es mit Markus und mir anfing, da war es gar nicht so schlimm.«

»Wann haben Sie sich denn kennengelernt?«

»So vor einem Jahr. Susanne war zunächst richtig freundlich zu mir. Wir haben uns ein paarmal unterhalten, sie hat mir Fragen gestellt und mich in ihr Haus eingeladen. Wir haben uns über meine Heimatstadt Riga unterhalten, wo sie auch schon ein paarmal war. Ihr hat die Architektur gut gefallen, die alten Jugendstilhäuser.«

»Sie sind also Lettin? Ich dachte, Sie seien Russin, wegen Ihres Namens.«

Elja Baranova zuckte mit den Schultern. »Kann man so oder so sehen. Ich wurde in Ventspils geboren, bin dann nach Riga gezogen. Ich bin Russin, ich bin Lettin. Das schließt sich nicht unbedingt aus.«

»Okay, fahren Sie fort.«

»Ich dachte damals, Susanne und ich könnten uns anfreunden. Es schien, als hätte sie Markus freigegeben, auch wenn sie noch nicht geschieden waren. Aber später, als sie merkte, dass es zwischen Markus und mir etwas Ernstes war, war alles anders. Sie hat mich gehasst und beschimpft. Und ihn genauso.«

»Gehasst? Oder beschimpft?«

»Beides. Sie hat ständig angerufen, hat ihm Vorwürfe gemacht, hat von ihm verlangt, nach Hause zu kommen.«

»Es war also etwas Ernstes? Zwischen Ihnen und Sassnitz?«

Elja Baranova blickte Claudia in die Augen, auf einmal sehr kühl, sehr gefasst. »Nicht alle Frauen aus Osteuropa sind Nutten, falls Sie das meinen.«

»Nein, meine ich nicht.«

»Vielleicht ja doch.«

»Hören Sie auf damit«, sagte Claudia mit scharfem Tonfall. In Wahrheit fühlte sie sich ertappt. Aber was erwartete eine Frau, die an einem normalen Werktag so herumlief? Zugleich musste Claudia sich eingestehen, dass da auch ein wenig Neid mitschwang. Elja Baranova war atemberaubend. Beine bis zum Himmel, feste Brüste, ein Gesicht für die Titelseiten. Wie sollte Susanne Sassnitz da nicht eifersüchtig sein?

»Ich finde, zwischen Vorwürfen und Eifersuchtsszenen einerseits und Mord andererseits liegt ein gewaltiger Unterschied«, sagte Claudia.

»Das weiß ich. Ich bin nicht blöd, Frau Kommissarin.«

Die Baranova öffnete ihre Handtasche, kramte eine Visitenkarte hervor und warf sie vor Claudia auf den Schreibtisch. Rechts oben auf der Karte war ein Firmenlogo zu sehen, ein stilisiertes Schiff vor den Konturen der Ostsee. *Baltic Sea Logistics*, Riga – Ventspils – Klaipeda – Hamburg. Darunter ihr Name, Eleonora Baranova. Sie sagte: »Ich bin Wirtschaftsingenieurin. Ich habe ein Diplom und leite eine Niederlassung mit fünfzehn Angestellten hier in Hamburg.«

»Und warum sagen Sie mir das?«

»Damit Sie mich nicht für unterbelichtet halten.«

»Das tue ich nicht.«

»Doch, tun Sie. Das ist ein typisches Problem von deutschen Frauen. Sie glauben, wir, also wir Frauen, können nur entweder schön oder klug sein. In Osteuropa sehen wir das anders.«

Claudia lächelte, ihre Züge entspannten sich. Sie musste zugeben, dass der Punkt an Elja Baranova ging. Wirtschaftsingenieurin. Und dann so aussehen.

»Es tut mir leid. Falls ich den Eindruck erweckt habe, dass ich Sie nicht respektiere. Es war nicht so gemeint.«

Auch die Züge der Baranova entspannten sich. In dem Blick, mit dem sie Claudia betrachtete, lag fast so etwas wie Sympathie.

»Schon gut. Es passiert einfach zu oft. Da wird man dünnhäutig.«

»Das verstehe ich. Aber zurück zu Markus Sassnitz. Ich brauche etwas Substantielles von Ihnen. Sonst ist mir das zu vage.«

Elja Baranova nickte. »Natürlich. Darf ich rauchen?«

»Nein, aber tun Sie es einfach.«

Claudia stand auf und stellte das Fenster auf Kippe. Sie konnte nur hoffen, dass Takeda den Rauch nicht roch, wenn er später wiederkam. Er hätte allzu gerne in ihrem Dienstzimmer geraucht, aber Claudia hatte es ihm strikt untersagt. Seitdem ging Takeda zum Rauchen immer ins Zimmer von Horst Kröger am Ende des Flurs. Kröger war der dienstälteste Bulle bei der Mordkommission und passionierter Kettenraucher. Sogar Sauer wagte es nicht, ihm das Qualmen zu verbieten. Das Problem war, dass Takeda nach jeder Rauchpause mit einem von Krögers Herrenwitzen zurückkam, die sie ihm dann erklären musste. Kommt ein Mann zum Arzt ... Treffen sich zwei Freunde ... Sagt die eine Blondine zur anderen ... Danach wirkte Takeda meistens eher verwirrt als amüsiert.

Elja Baranova zog nur ein paarmal an ihrer Zigarette, drückte sie dann in der Untertasse ihres Kaffees aus. »Vor vielleicht sechs Wochen hat Markus mir erzählt, dass seine Frau begonnen hat, ihn unter Druck zu setzen. Er wirkte ziemlich verstört. Ich wollte wissen, was genau los sei, aber er wollte es mir nicht sagen. Erst etwas später meinte er, dass sie sich heftig gestritten hätten und Susanne ihm sogar gedroht habe.«

»Womit?«

»Das hat er nicht gesagt. Jedenfalls hat sie von ihm verlangt, sich endgültig zu entscheiden. Und wenn er es vorziehe, mit mir zusammenzubleiben, werde er es bereuen.«

»Und jetzt glauben Sie, dass sie schon damals vorhatte, ihm etwas anzutun?«

»Was immer sie damals gesagt hat, es war schlimm genug, dass es Markus ganz schön aus der Bahn geworfen hat. Glauben Sie mir, Susanne Sassnitz ist nur nach außen hin eine Dame. Ich habe das auch zu spüren bekommen.«

»In welcher Form?«

»Erinnern Sie sich, was ich Ihnen unterstellt habe? Was Sie in mir sehen?«

»Ja.«

»Sie hat es mir ganz direkt ins Gesicht gesagt. Und noch Schlimmeres.«

»Na ja, Sie haben ein Verhältnis mit ihrem Mann. Finden Sie nicht, dass Sie Verständnis haben müssten?«

»Sie verteidigen diese Frau?«

»Ich versuche, aus dem Ganzen schlau zu werden.«

»Das zwischen Markus und mir war kein Verhältnis. Wir wollten uns ein Leben aufbauen. Das kann Ihnen jeder bestätigen, der uns kannte.«

»Wir werden uns erkundigen. Verlassen Sie sich drauf.«

Die kurzzeitige Sympathie zwischen Claudia und ihrer Besucherin war verflogen. Es war schade, aber es war nun einmal nicht Claudias Job, nett zu Leuten zu sein.

Sie ließ eine Gesprächspause entstehen und machte sich ein paar Notizen. Sie war sich unsicher, was sie von der Geschichte halten sollte. Einerseits war alles ziemlich dünn, vor allem gemessen an dem starken Auftritt, den die Baranova anfangs hingelegt hatte.

Andererseits glaubte sie das Ganze insoweit, dass Susanne Sassnitz sie und Takeda gestern eiskalt angelogen hatte. Von wegen, sie habe ihren Mann vor langer Zeit geliebt, es sei vorbei, sie hätten sich arrangiert.

Hinzu kam, dass neun von zehn Morden aus genau solchen Motiven geschahen: Eifersucht, Zurückweisung, Kränkung. Dazu die nackte Leiche auf der Straße. Es passte.

Sie ließ ein paar Sekunden verstreichen, sagte dann: »Ich werde der Sache auf jeden Fall nachgehen, Frau Baranova. Bevor Sie gehen, möchte ich Ihnen noch ein paar Routinefragen stellen.«

»Natürlich.«

Claudia schenkte Kaffee nach. »Wann haben Sie Herrn Sassnitz das letzte Mal gesehen?«

»Am Sonntag. Also vorgestern.«

»Das ist der Tag, an dem er ermordet wurde. Wann genau?«

»Abends. Ich bin so gegen sechs bei ihm gewesen. Später haben wir Gäste bekommen.«

»Wer waren die Gäste?«

»Sein Geschäftspartner, Armin von Suttner. Und ein Programmierer aus der Firma.«

»Klingt mehr nach einer Geschäftsbesprechung.«

»Das war es auch. Die *DMH* bereitet ihren Marktauftritt vor. Alle waren ziemlich angespannt. Darum bin ich nach dem Essen gegangen, als die Herren über ihr Business sprechen wollten.«

»Wie spät war es da?«

Elja Baranova zuckte mit den knochigen Schultern. »Gegen neun Uhr, schätze ich.«

»Wann genau sind von Suttner und Kowaljow denn gekommen?«

»Weiß ich nicht mehr genau. So gegen acht.«

»Sie waren also zuvor etwa zwei Stunden alleine mit Markus Sassnitz?«

»Ja.«

»Was haben Sie gemacht?«

»Nicht viel. Wir haben das Essen vorbereitet.«

»Sind Sie intim miteinander geworden?«

»Wie bitte?«

»Ich muss das fragen.«

Elja Baranova schüttelte unwirsch den Kopf. »Ich habe es schon einmal gesagt, unsere Beziehung bestand nicht nur aus Ficken.«

»Ja, natürlich. Das bezweifele ich nicht.«

Claudia dachte an den Bikini neben dem Whirlpool und die Champagnergläser auf dem Nachttisch. Markus Sassnitz hatte in der Nacht seines Todes sehr wohl gefickt, wenn man es mal so ausdrücken wollte. Aber mit wem? Entweder gab es eine dritte Frau im Leben von Markus Sassnitz. Oder eine der beiden, Elja Baranova oder Susanne Sassnitz, log in mehr als einer Hinsicht.

## 18.

Das Geräusch war markerschütternd. Es war eine zischende, schlürfende, blubbernde Kakophonie, die sämtliche Gäste im Raum erstarren ließ. Nur Inspektor Takeda, der Verursacher des Lärms, schien nichts zu merken. Ungerührt von den immer feindlicheren Blicken um ihn herum, packte er mit seinen Stäbchen die nächsten *Ramen*-Nudeln aus der großen Schüssel, führte sie zum Mund und saugte sie mit großer Könnerschaft – und entsprechenden Geräuschen – in sich hinein.

Es gab doch nichts Besseres als eine gute Nudelsuppe am Ende eines langen Arbeitstages! Und dazu ein kühles Bier! Takeda war dankbar, dass er die japanische Nudelsuppenküche in Eimsbüttel, sie hatte erst vor kurzem eröffnet, entdeckt hatte. Er fühlte sich hier fast wie zu Hause in Tokio, vielleicht einmal davon abgesehen, dass die übrigen Gäste – es waren zumeist Deutsche – ihre Nudeln verschüchtert mit den Stäbchen aufrollten und nahezu lautlos zum Mund führten. Sicher, so konnte man es machen. Aber es war nur das halbe Vergnügen!

Hinter Takeda lagen anstrengende Stunden, die zwar nicht zu einem Durchbruch in den Ermittlungen geführt, ja nicht einmal wirklich Licht ins Dunkel gebracht hatten. Aber immerhin war es ihm und Claudia gelungen, die Dimensionen dieses Dunkels ein wenig besser ermessen zu können.

Gemeinsam hatten sie den ganzen Nachmittag damit zugebracht, sämtliche Personen, deren Nummern sie im Anrufspeicher von Sassnitz' Festnetzanschluss vorgefunden hatten, abzutelefonieren oder aufzusuchen. Freunde, Geschäftspartner,

Banken, ein Restaurant, ein Fitnessstudio, eine Fluggesellschaft, ein Wohnungsmakler, ein Autohändler, eine Prostituierte.

Eine konkrete Spur hatte sich nicht ergeben, aber sie konnten den Ablauf der letzten achtundvierzig Stunden im Leben des Mordopfers einigermaßen rekonstruieren. Und sie waren auf einige Details gestoßen, die sie noch nicht recht einzuordnen wussten, die ihnen aber zu denken gaben.

Sassnitz war am Freitag, also zwei Tage vor der Mordnacht, nach München geflogen und hatte sich mit Vertretern einer Firma namens *TechDare Ventures* getroffen – offenbar die Sorte Investmentgesellschaft, die Armin von Suttner als Trojanisches Pferd bezeichnet hatte. Ziel des Meetings war es, wie Takeda nach mehrfachem Nachfragen erfuhr, weiteres Investorengeld für die *DMH* einzusammeln. Sassnitz war, wie eine anschließende Nachfrage bei Armin von Suttner ergab, überaschenderweise nicht bereit gewesen, den Finanzbedarf der Firma alleine zu decken, blieb im Gegenteil fest zugesagte Gelder oft über Wochen schuldig. Das war auch der Grund, aus dem von Suttner und Sassnitz immer wieder in heftige Streitigkeiten geraten waren, was Takeda ja bereits von Nicolai Meissner wusste. Von Suttner bestätigte, dass er von dem Münchener Treffen zwar gewusst hatte, sich aber strikt dagegen ausgesprochen hatte. Sassnitz hatte es gegen seinen Willen wahrgenommen. Letztlich aber hätte eine Firma wie die *TechDare* ohnehin nicht gegen seinen Willen bei der *DMH* einsteigen können.

Interessant erschien außerdem, dass Sassnitz am Samstag, also am Vortag seines Todes, mit einem Makler über einen Verkauf des Büros in der HafenCity gesprochen hatte. Ebenso hatte ein Gespräch mit einem Autohändler an der Eiffestraße stattgefunden, dem Sassnitz seinen Porsche zum Weiterverkauf angeboten hatte.

Ausgestattet mit diesen Informationen hatten Takeda und Claudia ein Gespräch mit Dieter Vollmer geführt, ihrem in Finanzdingen bewanderten Kollegen im Präsidium. Claudia hatte

Vollmer bereits zuvor darum gebeten, Sassnitz' Finanzunterlagen durchzusehen, wozu dieser bisher allerdings kaum gekommen war. Immerhin konnte Vollmer schon so viel sagen, dass Sassnitz' Firma, die *SOTI*, aus einem wahren Dickicht aus Holdings, Überkreuzbeteiligungen und Briefkastenfirmen bestand. Ein Großteil der Finanzen steckte in Beteiligungen an amerikanischen Start-ups und asiatischen Tech-Fonds. Ob Sassnitz also unter finanziellem Druck stand und sich deshalb von Wohnung und Auto trennen musste oder ob es andere Gründe dafür gab, wäre so ohne weiteres nicht zu beantworten. Andererseits konnte Vollmer bestätigen, dass die finanziellen Verflechtungen der *SOTI*, der Sassnitz Online Technology Investments, ganz offensichtlich darauf angelegt waren, Sassnitz' wahre Vermögensverhältnisse zu verschleiern.

An diesem Punkt legten sowohl Claudia als auch Takeda ihre Unterlagen beiseite und sahen sich an. War ihr auf über hundert Millionen Euro taxierter Musterunternehmer, die Legende der deutschen Start-up-Kreise, in Wahrheit pleite? Wenn es so wäre, hätten sie es mit einer möglichen neuen Motivlage zu tun, zumindest wenn Sassnitz jemandem Geld geschuldet hatte und diese Schulden möglicherweise nicht bedienen konnte.

Kam hier eventuell sogar Armin von Suttner in Frage? Möglich. Allerdings behauptete von Suttner, als Takeda ihn erneut befragte, dass er ein Alibi für den Tatzeitpunkt habe. Er sei zu Hause gewesen und habe neben seiner Frau gelegen und geschlafen. Die sei sicherlich bereit, das zu bezeugen, auch wenn sie logischerweise ebenfalls geschlafen habe.

Im Laufe des Tages gelang es Takeda und Claudia, ihr bisher gewonnenes Bild von Sassnitz' Persönlichkeit zu erweitern. Kaum einer der Menschen, mit denen sie sprachen, äußerte sich positiv über den Toten. Zumindest nicht ohne Einschränkungen, was sogar für diejenigen galt, die sich als Sassnitz' Freunde bezeichneten. Natürlich, er sei eine beeindruckende, charismatische Persönlichkeit gewesen, ein Visionär, ein Macher, ein Vorreiter. Gespräche mit ihm seien nie langweilig gewesen, sondern immer inspirierend, ermutigend, anstachelnd. Sassnitz habe das Talent gehabt, bei jedem kleinen Hamburger Eckitaliener eine Atmosphäre zu erzeugen, als säße man mitten im Silicon Valley. Aber er habe eben auch andere Seiten gehabt, sei schillernd, ja undurchschaubar gewesen. Die, die sich weniger freundlich ausdrückten, sprachen davon, dass der Tote egozentrisch, mitunter cholerisch und sogar hochstaplerisch gewesen sei. Hochstaplerisch? Ja, im Sinne davon, dass Sassnitz zwar mit Ideen nur so um sich warf, es aber nicht versäumte, an geeigneter Stelle immer auch die Hand dafür aufzuhalten.

Auffällig war außerdem, dass keiner von diesen sogenannten Freunden wirklich über Sassnitz' Privatleben Bescheid zu wissen schien. Das fand vor allem Claudia interessant, die nach einer Bestätigung für die Dinge suchte, die Elja Baranova ihr mitgeteilt hatte. Die Tatsache, dass Sassnitz sich von seiner Frau getrennt hatte, schien bekannt zu sein, ob diese Trennung aber endgültig sei, erschien zweifelhaft, schließlich habe es solche Phasen auch schon zuvor gegeben. Elja Baranova kannte man in Sassnitz' Umfeld offenbar nur dem Namen nach. Claudia fand das seltsam, schließlich hatte die Baranova deutlich betont, dass ihre Beziehung zu Sassnitz eben mehr als eine Affäre gewesen sei. Die Frage war, ob die Baranova log oder ob sie selbst einer Täuschung aufsaß – ein Punkt, den sie unbedingt klären mussten.

Vorhin war Takeda dann noch in das Fitnessstudio gefahren, in dem Sassnitz regelmäßig trainiert hatte. Er machte einen jungen Mann ausfindig, dessen durchtrainierter Körper in den kurzen Hosen und einem Muscle-Shirt beeindruckend zur Geltung kam. Er hieß Volker Hagena und hatte Sassnitz seit mehr als zwei Jahren als Personal Trainer begleitet. Hagena bescheinigte Sassnitz eine hervorragende körperliche Verfassung, die sich in den zurückliegenden Monaten eher verbessert als verschlechtert hatte. Er könne zwar nicht ausschließen, dass sein Klient gelegentlich Drogen konsumiert habe, eine echte Sucht oder auch nur einen exzessiven Konsum halte er aber für unwahrscheinlich. Sassnitz hätte sonst kaum das anspruchsvolle Sport-Programm durchhalten können, das er für ihn ausgearbeitet habe.

Wie passte das damit zusammen, dass bei Sassnitz fast ein halbes Kilo *Shabu* gefunden worden war? Eher gar nicht. Es sei denn, die Drogen waren tatsächlich nicht für seinen Eigenbedarf bestimmt, sondern dafür, Geld damit zu machen.

Takeda hoffte, noch am selben Abend in dieser Hinsicht mehr zu erfahren. Er hatte sich mit Heiner Cordes verabredet, der mit ihm eine Art Hamburg-by-Night-Stadtführung machen wollte. Anders als bei einer touristischen Tour würden sie allerdings nicht das Pulverfass, den Hamborger Veermaster oder das Ohnesorg-Theater besuchen, sondern mit einigen von Cordes' Kontaktleuten zusammenkommen. Von denen erhoffte Takeda sich weitere Informationen über die aktuelle Crystalwelle in der Hansestadt.

Takeda hatte seine Nudeln inzwischen aufgegessen, doch er verspürte immer noch Hunger, vielleicht aber auch einfach nur Appetit. Eine Portion *Gyoza*, gebratene Teigtaschen mit Hackfleisch, Gemüse und reichlich Knoblauch, wären jetzt genau das Richtige. Er gab seine Bestellung auf, orderte außerdem noch ein weiteres Bier.

Als das Gericht kam, rieb Takeda sich voller Vorfreude die Hände. Er tunkte eine der krossgebratenen Teigtaschen in die mit Essig und Sesamöl verfeinerte Sojasauce, schob sie sich in den Mund und schloss genießerisch die Augen.

Der vertraute Geschmack der *Gyoza*-Teigtaschen, kombiniert mit dem kühlen Bier, entführten den Inspektor in ferne Erinnerungen an die Heimat. Es war ein schwülheißer Sommertag, der nun vielleicht sechs oder sieben Jahre zurücklag. Takeda war gemeinsam mit Makiko – damals waren sie noch nicht geschieden – früh am Morgen in Richtung Takao-Berg im Westen von Tokio aufgebrochen. Es war ein normaler Wochentag, und mit ein wenig Glück würden sie den Takao mit seinen vielen Wanderwegen ganz für sich haben, was bedeutete, dass außer ihnen nur Hunderte anderer Menschen dort sein würden und nicht gleich Abertausende. Makiko sah hinreißend aus. Sie trug helle Dreiviertelhosen, ein kariertes Wanderhemd und Schnürstiefel. Außerdem hatte sie einen Hut mit Kinnband aufgesetzt, wie ihn sonst nur alte Damen trugen, doch dank ihres jungen, strahlenden Gesichts ließ es sie nur umso hübscher erscheinen. In ihrem Rucksack trug sie *Bentō*-Boxen für die Mittagsrast, Tee und *Osembe*-Plätzchen zur Stärkung zwischendurch. Ken hatte schlichte Jeans und ein T-Shirt angezogen, trug ausnahmsweise ein Paar Turnschuhe. Außerdem hatte er ein Basecap mit dem Schriftzug der *Urawa Reds* aufgesetzt, seines Lieblingsteams der J-League. Sie entschieden sich für einen der kleinen Nebenpfade, auf dem sie tatsächlich ganz alleine waren. Unterwegs machten sie in dem kleinen Zoo Station und sahen sich die japanischen Makaken an. Makiko liebte die drolligen Tiere. Sie lehnte sich an Takeda und sagte, dass sie doch genau wie Menschen seien. Oder sind wir Menschen wie Affen? Dann lachte sie hell und mädchenhaft. Im Schatten der Bergkiefern wanderten sie weiter durch die grüne Landschaft und machten erneut halt, als sie den großen Shingon-Tempel erreichten. Im Inneren der großen Halle herrschte trübes Zwielicht, das nur von ein paar Kerzen und der Glut der Räucherstäbchen erhellt wurde. Im Halbdunkel rezitierten ein paar Mönche buddhistische Sutren. Ken und Makiko verneigten sich und beteten mit aneinandergelegten Handflächen zum Buddha.

Mittags machten sie Rast auf einer Anhöhe, von der sie einen weiten Blick über das Land hatten. Makiko war ausgelassen, und auch Ken scherzte und freute sich über den unbeschwerten Tag. Ein Beobachter hätte sie für ein verliebtes Paar in ihren Dreißigern halten können, das seinen freien Tag sicherlich mit einem abendlichen Besuch in einem Lovehotel krönen würde. Wer kam schon darauf, dass er, Kenjiro, sich erst vor zwei Tagen mit Yuri getroffen hatte, seiner Geliebten. Während Makiko ihn bei wichtigen Ermittlungsarbeiten vermutete, hatten er und Yuri sich für eine Nacht ein Zimmer gemietet und sich hemmungslos ihrer Lust hingegeben. Ihr Verhältnis dauerte nun schon viele Jahre an, war auch weitergegangen, nachdem sie beide geheiratet hatten. Was verband sie eigentlich? War es nur der Sex, der auch nach Jahren nichts von seiner Leidenschaft verloren hatte? War es der Reiz des Verbotenen? Oder war es doch Liebe, wie Ken sich gelegentlich einredete? Er hätte Yuri damals nach seiner Zeit als junger Sergeant in Yamanashi gerne geheiratet, hatte aber nicht den Mut aufgebracht, sie seinen Eltern vorzustellen. Yuri wiederum hatte ihn nie zu irgendetwas gedrängt, hatte nie Forderungen gestellt oder Verbindlichkeit eingefordert. Genügten ihr vielleicht die seltenen Treffen, weil sie von Ken ohnehin nicht mehr erwartete?

Nachdem sie ihre *Bentō* aufgegessen hatten, legte Ken sich rücklings auf die Picknickdecke, und Makiko bettete ihren Kopf auf seine Brust. Gemeinsam blickten sie in den Himmel und beobachteten die Wolken. Er strich Makiko über ihr seidiges Haar und dachte zugleich an Yuri. Er wünschte sich, dass er die Kraft aufbrachte, eine endgültige Entscheidung herbeizuführen. Doch er schaffte es nicht. Er ließ die Dinge in einer sehr japanischen Schicksalsergebenheit einfach laufen. Wer konnte denn schon wirklich den Lauf des Lebens beeinflussen? Am Ende sind wir Menschen ja doch nur den Launen höherer Mächte ausgeliefert.

Am Abend kehrten sie auf dem Weg nach Hause in dem kleinen *Soba*-Restaurant in der Nähe ihres Bahnhofs ein. Der Laden befand sich in einem kleinen Holzhaus, das wie ein vergessenes Relikt im Schatten moderner, vielgeschossiger Wohnhäuser stand. Neben der Eingangstür leuchtete eine Papierlaterne mit einer kunstvoll langgezogenen Aufschrift. Die *Hiragana*-Zeichen für *Soba*, traditionelle Buchweizennudeln, sahen selbst wie dampfende Nudeln aus. Uchida-San, der alte Wirt, begrüßte sie herzlich, schließlich kamen sie seit Jahren immer wieder zum Essen her. Er wies ihnen Plätze an einem Tisch in der Ecke zu. Ken bestellte eine Flasche eiskaltes Sapporo-Bier, das Makiko mit einer anmutigen Bewegung in ihre Gläser einschenkte. Dann servierte Uchida-San das Essen. *Tsukimi-Soba* – Mondbetrachtungs-*Soba*, wegen des mondgleichen Eidotters zwischen den Nudeln – für Makiko und *Tempura-Soba* für ihn, Nudeln mit frittierten Garnelen. Während sie ihre Nudeln schlürften, laut und schmatzend, ohne dass es jemanden gestört hätte, kamen sie ins Gespräch mit dem alten Uchida. Er erzählte ihnen, dass er fast achtzig sei und nun doch allmählich ans Aufhören denke. Aber es sei schwer, einen Nachfolger zu finden. Seine beiden Söhne arbeiteten im Büro, genau wie seine Enkelkinder. Eigentlich seien sie ohnehin zu weich für den Beruf des *Sobaya*, des Nudelsuppenkochs. Er selbst habe seit über vierzig Jahren keinen Urlaub mehr gemacht und kaum einen Tag freigenommen. Sieben Tage die Woche stehe er morgens um fünf Uhr auf, erledige die Einkäufe für den Laden, bereite täglich frisch die Nudeln zu, kümmere sich um die Suppe und die übrigen Zutaten. Nein, für so etwas sei die junge Generation einfach nicht mehr geschaffen. Er hoffe nun auf das Wunder, dass eines Abends ein Gast in den Laden komme und erkläre, dass er bereit sei, das Lokal zu übernehmen.

Nachdem der Alte wieder hinter seinen Tresen zurückgekehrt war, stupste Makiko Ken an, sah ihn aus ihren strahlenden Augen an und sagte: »Du, wäre es nicht schön, wenn wir diese Gäste wären, auf die Uchida-San hofft? Wenn wir das Lokal einfach übernehmen würden? Überleg doch einmal. Du könntest den Polizeidienst quittieren, und wir würden hier gemeinsam arbeiten. Du würdest jeden Tag die frischen Nudeln zubereiten, und ich könnte die Suppe machen. Wir würden nicht reich werden, aber doch zufrieden sein, vielleicht sogar glücklich.«

»Aber die viele Arbeit – hast du daran gedacht?«, gab er zu bedenken.

»Du arbeitest auch jetzt viel. Wäre es nicht schöner, mit guter *Soba*-Suppe die Menschen glücklich zu machen, als die Unglücklichen unter ihnen zu jagen, weil sie etwas Böses getan haben?«

»Wenn es doch so einfach wäre«, seufzte er.

»Aber es ist so einfach ... Bitte, Ken, träum ein wenig mit mir. Es muss ja gar nicht die Wahrheit sein. Lass uns träumen und wenigstens in unserem Traum glücklich sein.«

Er hatte genickt, und sie hatten gemeinsam Luftschlösser gebaut, hatten gelacht und sich eine Zukunft als Wirtsleute ausgemalt.

Inzwischen waren sie seit zwei Jahren geschieden. Sein Traum, danach frei für Yuri zu sein, hatte sich nicht erfüllt, denn sie hatte ihm zu verstehen gegeben, dass sie ihre Familie nicht verlassen würde. Erst hier in Deutschland war dann etwas Seltsames mit ihm geschehen. Er hatte begonnen, nicht Yuri, sondern Makiko zu vermissen. Er dachte nicht an die feurigen Nächte mit Yuri, sondern an das stille Beisammensein mit Makiko. Immer wieder hatte er sich in den zurückliegenden Wochen gefragt, ob die Scheidung nicht doch ein großer Fehler gewesen war. Und er hatte überlegt, Makiko anzurufen und ihr zu sagen, was ihn bewegte. Nun aber war Makiko ihm zuvorgekommen. Sie war diejenige gewesen, die ihn auf dem Handy angerufen hatte, als er auf dem Hof des Taxiunternehmens in seinen Wagen gestiegen war.

Es war ihr erstes Gespräch seit fast einem halben Jahr gewesen, denn sogar seinen Umzug nach Deutschland hatte er ihr nur per E-Mail mitgeteilt. Sie rief an, weil es etwas Wichtiges zu besprechen gebe. Sie zögerte, weiterzusprechen, und erst auf Takedas Nachfrage hin sagte sie, dass sie jemanden kennengelernt habe, in der Firma, in der sie seit etwa einem Jahr arbeite. Er heiße Ichirō, und sie seien sich nähergekommen. Nun wolle sie ihn, Ken, um Erlaubnis bitten, diesen Mann heiraten zu dürfen. Takeda war so überrascht, dass er lange Zeit nichts sagen konnte. Dann fragte er sie, ob sie sich sicher sei und ob der Neue wirklich der Richtige sei. Ja, er sei ein guter und aufrichtiger Mann, der sich gut um sie kümmern werde, erklärte Makiko. Wieder Schweigen, und dann meinte er, dass er nichts zu erlauben habe. Er habe sie damals verlassen, und sie habe jedes Recht, wieder zu heiraten. Ihm bleibe nur, ihr alles Glück dieser Welt zu wünschen. Dann hatte er aufgelegt und war lange Zeit wie betäubt im Auto sitzen geblieben. Was er gesagt hatte, stimmte, er wünschte Makiko wirklich, dass sie endlich das Glück fand, das er ihr vorenthalten hatte.

Zugleich aber wurde ihm klar, dass das Leben wieder einmal eine Entscheidung für ihn getroffen hatte, ganz unabhängig davon, was seine Meinung war. Einen Rückweg zu Makiko würde es nun nicht mehr geben. Er hatte ihn wohl nie ernsthaft erwogen. Vielleicht hatte er sich nur mit dem Gedanken getröstet, dass er es könnte. Damit war es nun vorbei.

Inspektor Takeda verspürte eine tiefe Einsamkeit.

»Herr Gast, darf es noch etwas sein?« Die Kellnerin, eine japanische Studentin, riss den Inspektor aus seinen melancholischen Gedanken. Sie sprach japanisch.

»Nein, danke«, sagte er.

»Ist alles in Ordnung mit Ihnen?«

»Natürlich. Es ist nichts …«

Die Kellnerin war sehr hübsch. Sie hatte volles Haar, eine kleine Nase und große leuchtende Augen. Sie erinnerte Takeda ein wenig an Sachiko, seine derzeitige Geliebte. Bei dem Gedanken an Sachiko wurde Takeda seltsam zumute. Er fragte sich, was für ein Mann er eigentlich war, dass er sich wegen seiner Exfrau selbst bemitleidete, obwohl ihn das nicht davon abhielt, hier in Hamburg so schnell ein Verhältnis mit einer anderen Frau zu beginnen.

Takeda sah auf die Uhr und sagte: »Ich möchte dann bitte zahlen.«

»*Kashikomarimashita*«, sagte die Kellnerin. Ich habe verstanden. Dann aber blieb sie am Tisch stehen und sah Takeda neugierig an. »Erlauben Sie mir eine Frage, Herr Gast?«

»Was ist denn?«

»Sind Sie nicht der japanische Inspektor, der hier in Hamburg arbeitet? Ich habe Ihr Bild in der Zeitung gesehen.«

»Ja, das ist richtig.«

»Toll! Ich stelle es mir aufregend vor, Verbrecher zu jagen. Und dann auch noch deutsche Verbrecher!«

Takeda lächelte. »Leider haben Verbrecher den Nachteil, dass sie in aller Regel keine guten Menschen sind. Das Leben ist besser, wenn man nichts mit ihnen zu tun hat.«

Die Kellnerin senkte schüchtern den Blick. »Ich habe etwas Dummes gesagt. Ich bitte um Entschuldigung.«

»Nein, das haben Sie ganz und gar nicht. Im Gegenteil.«

Der Inspektor zahlte und verließ das Lokal. Seine Worte hatte er aufrichtig gemeint. Die Kellnerin hatte ihn daran erinnert, dass er eine Aufgabe zu erledigen hatte.

## 19.

»Tut mir leid, ich bin's nur«, sagte Claudia, als sie am nächsten Vormittag den großen Sektionsraum im Institut für Rechtsmedizin betrat.

Professor Ludger Terzian verzog sein fleischiges Gesicht zu einem Grinsen. Er trug einen weißen Kittel, dazu eine weiße Haube und Latexhandschuhe. »Aber meine hochverehrte Frau Kommissarin, was soll das denn heißen, ich bin's nur? Niemand könnte mir mit seiner Anwesenheit den Tag mehr versüßen als Sie!«

»Haben Sie getrunken, Professor?«

»Nicht mehr als sonst.«

Claudia kannte Ludger Terzian gut genug, um ihm eben doch die Enttäuschung anzusehen. Der Rechtsmediziner hatte bestimmt gehofft, dass Takeda herkomme, um den Fall Sassnitz besprechen. Terzian und der Inspektor hatten einen Draht zueinander gefunden, was Claudia eigentlich für unmöglich gehalten hatte. Takeda war zu ernst, Terzian zu skurril – aber im Zweifel stimmte beides nicht.

Leider aber war Takeda bisher nicht beim Dienst aufgetaucht. Vermutlich hatte seine nächtliche Exkursion mit Cordes länger gedauert als erwartet. So wie sie Cordes kannte – und inzwischen auch Takeda –, waren die beiden bestimmt nach dem dienstlichen Teil der Nacht noch in einer Bar auf St. Pauli versackt.

Der Professor musterte sie unverhohlen, fragte: »Apropos getrunken. Wollen Sie ein Gläschen?«

»Ich bin im Dienst.«

»Aber ich doch auch. Dank Kenjiro, ich meine natürlich Inspektor Takeda, bin ich auf den Geschmack von Single Malt Whisky gekommen. An dem habe ich bisher vorbeigetrunken. Wirklich eine feine Erfindung. Müssen Sie probieren. Wie wäre es mit einem Lagavulin? Schmeckt wie eingelegte Moorleiche. Aber mit ein wenig Training erkennt man die große Tiefe und Weisheit darin.«

Claudia musste lachen. Terzian galt als einer der herausragendsten Rechtsmediziner Deutschlands, dabei hätte er für seine Sprüche sicherlich noch deutlich mehr Ruhm verdient.

»Ehrlich gesagt bin ich nur hier, um über den Fall Sassnitz zu sprechen. Was haben Sie herausgefunden?«

Terzian zog Haube und Handschuhe aus und rieb sich über den kahlgeschorenen Schädel. Er blickte Claudia in die Augen. Sie fühlte sich, als wolle er sie hypnotisieren. Dann aber lächelte er erneut und sagte: »Also schön, ich kapituliere. Kein Gläschen, keine Flirterei. Die viel zu nüchterne Frau Kommissarin. Bitte, folgen Sie mir.«

Terzian führte sie an den äußersten der vier Sektionstische und hob mit einer schwungvollen Bewegung das grüne Tuch von der darunterliegenden Leiche.

Im ersten Augenblick hätte sie Markus Sassnitz kaum wiedererkannt. Sein Kopf war rasiert, wohl ein notwendiger Schritt, um die Schädelverletzungen zu untersuchen. Außerdem zierte ihn die typische, mit groben Stichen genähte Dreiecksnarbe auf dem Brustkorb. Und Sassnitz' rechtes Bein war nun vollständig vom Körper losgelöst worden, es lag wie bei einer zerbrochenen Puppe neben ihm.

Terzian, der Claudias Blick bemerkte, erklärte: »Es hing ohnehin nur noch an ein paar Hautfetzen. Muskeln, Knochen und Blutgefäße waren zerrissen. Bevor das Ding vom Tisch fällt, haben wir es einfach abgemacht.«

»Wie rücksichtsvoll«, gab Claudia trocken zurück. »Dann erzählen Sie mal, was hat Doktor Allwissend herausgefunden?«

»Alles, wie der Name schon sagt. Ich habe vorhin noch einmal mit dem Kollegen Hansen telefoniert. Der Sektionsbefund stützt seine Rekonstruktion des Unfalls oder besser gesagt des Tatverlaufs voll und ganz. Markus Sassnitz wurde mit hoher Geschwindigkeit von einem Fahrzeug erfasst, wurde in die Luft geschleudert und ist dann mit dem Kopf erst auf das Autodach und dann auf die Asphaltdecke aufgeschlagen. Die Todesursache war trotzdem kniffelig.«

»Wieso?«

»Der gute Mann war so schwer verletzt, dass ich und mein Team uns kaum entscheiden konnten, was ihm nun letztlich den Garaus gemacht hat. Allein die Schädel-Hirn-Verletzungen hätten sicherlich gereicht. Sehen Sie mal hier.« Terzian trat neben Sassnitz' Kopf und hob einen Teil der Schädeldecke hoch, der nur locker auf dem Kopf auflag. Claudia blickte auf blutverschmierte Hirnmasse. »Wir haben erhebliche Schädigungen der gesamten rechten Hirnhälfte festgestellt, besonders hier im Bereich des vorderen Parietallappens. Aber selbst ohne das hätte er früher oder später wegen der Beinverletzung die Löffel abgegeben. Offener Arterienabriss in der Leiste. Wenn da kein beherzter Sanitäter sofort einen Korken draufsteckt, verblutet man innerhalb kürzester Zeit. Tja, aber jetzt kommt es. Sogar wenn

Sassnitz all das überlebt hätte, was rein hypothetisch nicht völlig auszuschließen ist, hätte es ihm nichts genützt.«

Claudia bemerkte Terzians andeutungsreichen Tonfall. »Worauf wollen Sie hinaus?«

Der Mediziner rieb sich erneut über den blanken Schädel. »Ich hätte es wegen der vielen sonstigen Verletzungen beinahe übersehen. Aber irgendetwas hat mich angestachelt, doch noch einmal genauer hinzuschauen. Sehen Sie selbst.«

Terzian zog die Handschuhe wieder über, reichte auch Claudia ein Paar. Dann nahm er ein medizinisches Instrument, wie es auch ein Hausarzt bei der Halsuntersuchung benutzte, und dazu eine Art Fleischerhaken, den er an Sassnitz' Gaumen anlegte. Mit den Werkzeugen spannte er den Mund des Leichnams auf und sagte: »Schauen Sie am besten selbst mal rein.«

»Muss ich?«

»Sie sollten.«

Claudia beugte sich über die Leiche und versuchte, in die dunkle Mundhöhle zu sehen, was weder einfach noch angenehm war. Erkennen konnte sie nichts. »Keine Ahnung, worauf Sie hinauswollen, Professor. Können Sie es mir nicht einfach erklären?«

»Dann halten Sie mal.«

Er wartete, bis Claudia den Fleischerhaken übernommen hatte, fischte dann einen Kugelschreiber aus seiner Brusttasche und fuchtelte damit in Sassnitz' Mund herum. »Man muss wirklich sehr genau hinsehen. Aber dann ist es eindeutig. Übrigens genauso hier an den Lippen und an den Wangen …«

Claudia runzelte die Stirn, blickte noch einmal mit zusammengekniffenen Augen hin und sagte dann leise: »Faserspuren.«

»So ist es, liebe Frau Harms. Faserspuren, Stoffreste. Der Mann ist nämlich gar nicht an dem Unfall gestorben. Oder sagen wir mal so, man hat ihm nicht die Zeit gelassen, daran zu sterben. Er ist vorher erstickt worden. Mit einem Tuch, einem

Lappen, vielleicht mit der Kleidung, die sie ihm vorher vom Körper geschnippelt haben. Man hat ihm etwas aufs Gesicht gedrückt, bis er endgültig tot war.«

»Scheiße.«

»Für das Opfer auf jeden Fall.«

»Sind Sie sicher?«

»Ich habe entsprechende Bluttests gemacht. Die Werte sind eindeutig. Ich stelle es mir in etwa so vor. Der Täter hat Sassnitz über den Haufen gefahren. Dann hockt er vor ihm, um ihm die Kleider vom Leib zu schneiden, er will ja seine Spuren verwischen. Plötzlich bemerkt er, dass der Mann noch gar nicht tot ist. Was für ein Schreck! Vielleicht hat Sassnitz sogar das Bewusstsein wiedererlangt und erkennt den Täter – unwahrscheinlich bei den schweren Verletzungen, aber nicht auszuschließen. Der Täter muss also reagieren. Was macht er? Er nimmt das Kleiderbündel oder auch nur einen Teil davon und drückt es dem Opfer aufs Gesicht, bis es endgültig Ruhe gibt.«

Claudia schüttelte ungläubig den Kopf. »Könnte sich so abgespielt haben, Professor. Aber seltsam ist es trotzdem.«

»Sicher ist es das.«

»Der Täter ist, wie Sie selbst eben sagten, gerade damit beschäftigt, seinem Opfer die Kleider vom Leib zu schneiden. Er hat also ein Messer in der Hand.«

Terzian folgte Claudias Gedankengang, nickte anerkennend. »Trotzdem hat er nicht zugestochen. Es wäre auf jeden Fall schneller gegangen, als das Opfer zu ersticken. Warum?«

»Genau das frage ich mich gerade. Es passt nicht wirklich zusammen.«

Terzian grinste süffisant. »Ich kann das mit dem Ersticken auch wieder aus den Akten streichen, wenn es Ihnen die Arbeit erleichtert.«

Claudia lachte. »Wenn es so einfach wäre. Was einmal in der Welt ist, bleibt in der Welt.«

»Schön gesagt.«

»Ihre Entdeckung verändert meine Vorstellung vom Täterprofil, das ist der Punkt. Ein Auto ist, wenn Sie so wollen, eine Distanzwaffe. Kein unmittelbarer Kontakt zwischen Täter und Opfer. So gesehen ist es einfach, jemanden auf die Art zu töten. Jemandem aber ein Stück Stoff aufs Gesicht zu drücken, ist etwas völlig anderes. Sie spüren, wie Ihr Opfer stirbt.«

»Unser Täter war also durchaus brutal. Und er war, sagen wir mal, nicht sonderlich intelligent.«

»Den Schluss konnte ich bisher nicht ziehen.«

»Sassnitz war wie gesagt sowieso totgeweiht. Er hatte kaum Chancen zu überleben, es sei denn, er wäre wirklich unmittelbar ärztlich versorgt worden. Selbst einem medizinischen Laien muss das klar gewesen sein. Warum hat sich der Täter überhaupt die Mühe gemacht, noch einmal nachzuhelfen?«

»Und warum die Sache mit dem Auto, wenn er skrupellos genug war, sein Opfer zu ersticken?«

»Das herauszufinden ist Ihr Job, liebe Frau Harms.«

Claudia nickte gedankenversonnen. Sie wandte sich von dem Tisch mit der Leiche ab und begann eine kleine Wanderung durch den Sektionssaal. Das hier war wichtig, möglicherweise entscheidend. Sie musste nachdenken. Dass Terzian sie dabei nicht aus den Augen ließ, war ihr für den Augenblick egal. Sollte er sich ruhig sattsehen. Zu mehr würde es sowieso nicht kommen. Erstens weil sie nicht wollte. Und zweitens, weil Terzian glücklich verheiratet war, wie er immer mal wieder erwähnte.

Was sie über ihre Vorstellung vom Täterprofil gesagt hatte, stimmte. Terzians Erkenntnisse waren neu und stellten ihre bisherigen Annahmen in Frage. Natürlich war das Vorgehen des Täters so oder so abgebrüht. Dem Opfer die Kleidung abzunehmen, obwohl es tot oder schwer verletzt am Boden lag, war Ausdruck sowohl von einer durchdachten Planung als auch von einer ziemlichen Gefühlskälte. Das noch lebende Opfer aber mit den eigenen Händen – der Stoff dazwischen machte nicht wirklich einen Unterschied – zu töten war eine andere Sache.

Wenn es beim Überfahren geblieben wäre, käme eine Reihe von Motive in Frage. Rache, Wut, Eifersucht, Konkurrenz.

Sein Opfer zu ersticken aber zeugte von – Hass.

Dann war da noch der Umstand, dass der Täter ja sowieso ein Messer in der Hand hatte, möglicherweise auch eine Schere. Was immer es war, er benutzte es nicht, um Sassnitz endgültig ins Jenseits befördern. Stattdessen legte er sein Instrument zur Seite und erstickte ihn. Claudia war eigentlich schon in der ersten Sekunde klar gewesen, was das bedeutete. Sie ließ sich dennoch Zeit damit, den Gedanken auszuformulieren. Sie wollte nicht voreilig sein. Sie dachte die Dinge quer, stellte sie in Frage, klopfte sie auf Schwachpunkte ab.

Aber auch nach all diesen Überlegungen kam sie zu demselben Schluss.

Ein Täter, der so handelte, war weiblich. Markus Sassnitz war von einer Frau getötet worden.

Warum sie da so sicher war?

Schwer zu sagen. Instinkt. Gefühl. Erfahrung.

Ein Mann hätte zugestochen.

Eine Frau aber legt das Messer oder die Schere zur Seite und entscheidet sich für die sanftere Art des Tötens.

Im Grunde passte auch die ganze Sache mit dem Auto dazu. Eine Frau hätte Sassnitz nicht direkt angreifen können. Sassnitz war groß und durchtrainiert, so viel wussten sie ja bereits. Es wäre riskant gewesen. Also überfuhr sie ihn. Als er dann schwerverletzt am Boden lag und sich nicht mehr wehren konnte, fiel es ihr nicht schwer, ihn mit den eigenen Händen zu töten.

Claudia verband ihre Schlussfolgerung mit einem weiteren Detail des Falles, auf das sie gestern Abend gestoßen war. Unter den vielen Kontakten, die sie und Takeda in Sassnitz' Telefonverzeichnis gefunden hatten, war eine Frau, die sich, als Claudia ihre Nummer anwählte, mit einer übertrieben lasziven Stimme und dem Namen Dorette meldete. Als Claudia sich am Telefon auswies und um ein paar Auskünfte bat, legte sie sofort auf.

Aber Claudias Neugier war geweckt, und es war nicht sonderlich schwer gewesen, zur Telefonnummer eine dazugehörige Adresse ausfindig zu machen.

Am frühen Abend war Claudia in der entsprechenden Wohnung im Stadtteil Borgfelde aufgetaucht, nicht weit von der Innenstadt entfernt. Und auch nicht allzu weit von der HafenCity. Von außen schien es sich um ein ganz normales Mietshaus zu handeln. Auch das Treppenhaus legte das nahe. Die Wohnung selbst aber verriet schon im Eingangsbereich, wozu sie diente: rotes Schummerlicht, leiser Kuschelrock, in der Luft die Aromen von Zigaretten, Raumspray und Körperlotion.

Dorette hieß eigentlich Sandra Mälzer, war Mitte zwanzig, hübsch, zumindest wenn man auf übertrieben große Silikonbrüste stand. Sie war von Claudias Erscheinen wenig begeistert, ließ sie aber eintreten. Sie deutete an, nach spätestens zehn Minuten unfreundlich zu werden, dann käme nämlich der nächste Kunde, und der würde wieder abhauen, wenn er hier einer Bullette begegnete. So drückte Sandra sich aus. Claudia lachte und war einverstanden.

»Markus Sassnitz?«, fragte Claudia einfach nur.

»Was ist mit ihm?«

»Er ist tot.«

»Ach, echt? Ich habe was in der Zeitung gesehen, war mir aber nicht ganz sicher. Das Bild war nicht so deutlich. Und?«

»Er war Ihr Kunde?«

»Gelegentlich.«

»Wie war er?«

»Ein Arschloch. Aber großzügig.«

»Wann war er das letzte Mal hier?

Sandra zuckte mit den Schultern. »Ist schon eine ganze Weile her. Früher kam er öfter.«

»Er hat aber vor kurzem hier angerufen, oder nicht?«

»Ja, am Wochenende. Er wollte vorbeikommen, aber da habe ich nicht gearbeitet. Er hat auf den AB gequatscht.«

»Okay. Jetzt zum Arschloch. Wieso sagen Sie das?«

»Weil es stimmt?«

»Schon klar, aber warum?«

Sandra sah Claudia nachdenklich an, zog dann zunächst ohne Erklärung ihren Bademantel aus. Sie drehte sich ins Profil, so dass Claudia ihren Rippenbogen sehen konnte. »Wahrscheinlich sieht man jetzt nichts mehr. Aber schauen sie mal genauer hin.«

Claudia beugte sich vor, erkannte die schwachen Umrisse eines blauen Flecks auf Sandras Haut, der sich von den Rippen bis zum Bauch zog. »Okay, sehe ich. Und?«

»Er mochte es heftig.«

»Wie heftig?«

»Sie würden es nicht mögen. Die meisten Frauen würden es nicht mögen.«

Claudia lächelte, aber Sandra ließ sich nicht beeindrucken. »Glauben Sie mir, der hatte Dämonen in sich. Und die musste er regelmäßig rauslassen.«

Dann wurde sie deutlicher und erklärte, dass Markus Sassnitz zu der Sorte Mann gehörte, die beim Sex nur zum Höhepunkt kam, wenn er dabei zuschlagen konnte. Und zwar richtig. Das habe nichts mit den üblichen Sadomaso-Spielchen zu tun, die Typen, die auf so was standen, seien ja harmlos. Sassnitz sei einfach nur brutal gewesen, ein perverses, rücksichtsloses Schwein. Würgen fand er auch gut, an den Haaren ziehen, Mund und Nase zuhalten, bis man beinahe wegsackte. Keine Ahnung, wofür er das brauchte, aber alle paar Wochen kam er, um es sich abzuholen.

»Und das haben Sie mitgemacht?«, fragte Claudia.

»Wie gesagt, er war großzügig. Ich habe ihn immer nur freitags kommen lassen, ich wusste ja nie, wie ich hinterher aussah. Dann hatte ich das Wochenende Zeit, um mich zu erholen, da arbeite ich nämlich nicht. Und jetzt ist die Sprechstunde zu Ende.«

Claudia stand wieder am Sektionstisch im Institut für Rechtsmedizin und blickte auf die Leiche von Markus Sassnitz.

Ein perverses, rücksichtsloses Schwein.

Claudia war klar, dass Takeda immer mehr auf die Drogenschiene einschwenkte und dort den Tathintergrund vermutete. Sie selbst war spätestens jetzt endgültig davon weg. Nach dem, was sie von Sandra Mälzer erfahren hatte und was jetzt noch Terzian beigetragen hatte, erst recht.

Hier ging es nicht um Drogen. Hier ging es um Sex, um Eifersucht und um – sie hatten es ja von Anfang an vermutet – Demütigung. Sassnitz' Philosophie der Rücksichtslosigkeit hatte auf einmal eine ganz neue Bedeutung bekommen. Deswegen hatte er sterben müssen.

Die hintere Tür des Raumes wurde geöffnet, und Terzians Mitarbeiterin trat herein. Sie grüßte Claudia, sagte dann in Richtung ihres Chefs: »Draußen wartet eine Frau Sassnitz. Sie möchte ihren Mann noch einmal sehen. Soll ich sie reinführen?«

Terzian sah Claudia fragend an. Die sagte in Richtung der Mitarbeiterin: »Ist in Ordnung. Ich habe ihr gesagt, dass sie kommen soll, möglichst während ich hier bin. Bitten Sie die Frau herein.«

Die Mitarbeiterin nickte und verschwand. Claudia wandte sich an Terzian. »Vielleicht machen Sie ihm freundlicherweise den Kopf wieder zu. Und das Tuch wäre auch nicht verkehrt. Es reicht, wenn sie das Gesicht sieht. Den Rest ersparen wir ihr lieber.«

»Ja, natürlich«, sagte Terzian. Er wollte die Leiche gerade bedecken. Doch es war zu spät. Susanne Sassnitz betrat den Raum, blickte in Richtung von Claudia und Terzian. Dann sah sie auf den Sektionstisch, wo die nackte Leiche ihres Mannes lag. Terzian hatte sogar noch einen Teil der Schädeldecke in der Hand.

# 20.

Als Takeda erneut die Räume der *DMH* betrat, war die Stimmung eine völlig andere als bei seinem ersten Besuch. Es bedurfte keiner japanischen Feinfühligkeit, um die bedrückte Stimmung unter den Angestellten zu bemerken. Oder war es eher Anspannung? Vielleicht sogar Angst?

Der Inspektor blieb zunächst vor der Fahrstuhltür stehen und blickte sich mit gesenkten Lidern um. Ein paar Angestellte standen nicht weit entfernt um einen Stehtisch, tuschelten, blickten argwöhnisch in seine Richtung. Ein anderer saß vor seinem Monitor, hatte das Gesicht in den Händen vergraben. Etwas weiter hinten wurde mit aufgeregter Flüsterstimme telefoniert. Andere Mitarbeiter saßen an ihren Plätzen, arbeiteten aber nicht, sondern wirkten paralysiert.

Die Schockstarre, die von Suttner befürchtet hatte, wenn bekannt wurde, dass und wie Sassnitz gestorben war, war also eingetreten.

An einer Pinnwand in Takedas Sichtweite hing die gestrige Titelseite einer Boulevardzeitung. Ein großformatiges Fotos zeigte die Straße vor Sassnitz' Büro. *Automord in der HafenCity* lautete die Schlagzeile. Auf einem kleineren Foto war die Leiche von Sassnitz zu sehen. Das Bild war verpixelt, und doch war zu erkennen, dass der Tote nackt war.

Ausgerechnet diese Zeitungsseite hier aufzuhängen zeugte nicht gerade von Respekt vor dem Toten, fand Takeda. Aber vielleicht täuschte er sich ja auch.

Eine Stimme riss ihn aus seinen Beobachtungen. »Der Herr Inspektor ... Haben Sie schon eine Idee, wer es getan hat?« Es war Alex, der junge Hipster mit dem Vollbart und den tätowierten Unterarmen, der Takeda ansprach. Er klang bei weitem nicht so fröhlich und selbstbewusst wie bei ihrem ersten Besuch.

»Ideen haben wir einige. Gewissheiten leider noch nicht.«

»Wir sind alle ganz schön entsetzt, das können Sie sich bestimmt vorstellen.«

Takeda musterte sein Gegenüber. »Was meinen Sie mit entsetzt? Sind Sie traurig? Oder erschrocken? Vielleicht auch verängstigt?«

Alexander Marbach, so der vollständige Name des jungen Mannes, verzog das Gesicht zu einem seltsamen Lächeln. »Alles auf einmal, würde ich sagen.«

»Wie standen Sie eigentlich zu Herrn Sassnitz? Ich meine, Sie persönlich, aber auch die übrigen Mitarbeiter?«

Marbach blickte sich um, sagte dann leise: »Wie man's nimmt. Markus Sassnitz war cool, einerseits. Aber als Chef wollten Sie ihn nicht haben.«

»Warum nicht?«

»Choleriker sind immer schwierig. Aber Choleriker auf Speed sind die Hölle. Sassnitz war ein Typ, der über Leichen ging. Insofern ...«

»Ja?«

»So richtig wundert es keinen von uns, dass er auf eine solche Art ums Leben gekommen ist. Die Kolleginnen, also die weiblichen Mitarbeiter, am allerwenigsten. Er hatte unter ihnen nicht gerade den besten Ruf.«

»Ich verstehe.«

»Wollen Sie wieder zu von Suttner? Der ist nämlich nicht da.«

»Nein, ich möchte mit Herrn Kowaljow sprechen.«

»Klar, der war ja Sassnitz' Buddy. Was wollen Sie denn von ihm?«

Takeda lächelte. »Ihm einige Fragen stellen.«

Marbach wartete ab, merkte dann aber wohl, dass Takeda sich nicht weiter erklären würde. Er sagte: »Pawel ist hinten in der Blue Section. Sie können davon ausgehen, dass er wirklich traurig ist. Vielleicht als Einziger von uns.«

Marbach wies Takeda die Richtung, wollte dann gehen. Der Inspektor hielt ihn zurück. »Noch eine Frage, Herr Marbach. Sie kannten doch bestimmt Nicolai Meissner?«

»Klar.«

»War er Ihrer Meinung nach ein Spion?«

Alex Marbach lächelte spöttisch. »Garantiert nicht. Nic wollte einfach nur wissen, was wir hier eigentlich machen.«

»Ich dachte, das wäre klar. Mobility Solutions, so hat es uns Herr von Suttner erklärt.«

»Kann sein. Es weiß halt keiner so genau. Die einzelnen Mitarbeiter bekommen immer nur ein Puzzlestückchen zu sehen, keiner kennt das ganze Bild. Das hat Nic damals gestört. Als er doch das ganze Bild sehen wollte, musste er gehen.«

»Ich verstehe. Vielen Dank«, sagte Takeda.

Der Inspektor blieb noch einen Augenblick im Eingangsbereich stehen und hing seinen Gedanken nach.

Das ganze Bild? Was würde es wohl zeigen? Die Antwort auf diese Frage würde auch erklären, warum Markus Sassnitz hatte sterben müssen, da war Takeda sich sicher.

Kurz darauf trat der Inspektor vor Pawel Kowaljow, der konzentriert auf einen Computerbildschirm starrte. Er machte keine Anstalten aufzublicken, auch nicht als Takeda sehr dicht an ihn herantrat.

Schließlich räusperte der Inspektor sich und sagte: »Ich habe mit jemandem gesprochen, der Sie als Markus Sassnitz' Kettenhund bezeichnet hat. Ich bin mir nicht ganz sicher, ob ich weiß, was ein Kettenhund ist. Können Sie es mir erklären?«

Kowaljow löste seinen Blick vom Bildschirm und sah Takeda mit ausdrucksloser Miene an. Mit einem harten, osteuropäischen Akzent sagte er: »Schauen Sie doch bei Wikipedia nach.«

»Das habe ich bereits getan. Der Eintrag ist nicht sonderlich ausführlich.«

Kowaljow war auch heute nachlässig gekleidet und damit ein

Fremdkörper unter den jungen Leuten. »Was wollen Sie von mir?«

»Ich möchte etwas über Ihr Verhältnis zu Markus Sassnitz erfahren.«

»Er war mein Chef, und ich habe für ihn gearbeitet.«

»Das ist alles?«

»Ja.«

Takeda brummte nachdenklich. Dann zog er seinen Dienstausweis hervor und sagte: »Ich bin übrigens ...«

»Ich weiß, wer Sie sind.«

Takeda zog sich einen Stuhl heran und setzte sich neben Kowaljow. »Woher kannten Sie und Herr Sassnitz sich eigentlich?«

Kowaljows Gesicht blieb immer noch ausdruckslos, und doch spürte Takeda Ablehnung, Aggression, möglicherweise Angst. »Er hatte mit der Firma zu tun, für die ich früher gearbeitet habe. Markus hatte damals ein Start-up, das mobile Lösungen für Speditionen anbot. Ganz interessant, aber auch nicht wirklich gut. Ich habe ihm das sehr offen gesagt. Markus hat's gefallen. Er hat mich gefragt, ob ich für ihn arbeiten will.«

»Und Sie wollten?«

»Ja.«

»Wegen der Bezahlung?«

»Auch. Markus war mutig. Er hat meine Fähigkeiten geschätzt.«

»Wann haben Sie ihn das letzte Mal gesehen?«

»Vorgestern.«

»Also an dem Tag, an dem er getötet wurde.«

»So ist es wohl. Er hatte mich und Herrn von Suttner zu einer Besprechung eingeladen.«

Takeda nickte. Claudia hatte ihm erzählt, dass die Freundin von Sassnitz, Elja Baranova, dieses Treffen ebenfalls erwähnt hatte. So weit stimmten also Kowaljows Angaben.

»Wann genau war das?«

»So gegen acht Uhr abends, in seiner Wohnung in der HafenCity.«

»Ich verstehe. Wie lange sind Sie geblieben?«

»Ich weiß es nicht mehr ganz genau. Ich schätze, so bis zehn Uhr.«

»Und es waren nur Sie drei anwesend?«

Zum ersten Mal meinte Takeda eine Art Zögern bei Kowaljow zu bemerken. Dann sagte er: »Ja, nur wir drei. Wir haben über Firmendinge gesprochen. Es ging sonst niemanden etwas an.«

Takeda ließ sich nichts anmerken, aber ihm war klar, dass Kowaljow log. Elja Baranova war bei dem Treffen ebenfalls dabei gewesen, jedenfalls zu Anfang. Warum erwähnte Kowaljow das nicht?

Takeda beschloss, die Sache zunächst auf sich beruhen zu lassen. Sie könnte sich später als nützlich erweisen. Er setzte die Befragung fort. »In welcher Stimmung war Herr Sassnitz?«

»Wieso fragen Sie das?«

»Er ist wenige Stunden später ermordet worden. Die Frage sollte nicht allzu überraschend sein.«

»Ja, natürlich. Seine Stimmung war gut, zumindest am Anfang.«

»Und dann nicht mehr?«

»Es gab eine Auseinandersetzung zwischen von Suttner und ihm.«

»Worum ging es?«

Kowaljow blickte sich kurz um. Keiner der übrigen Mitarbeiter war in der Nähe. »Die beiden hatten unterschiedliche Ansichten über die Strategie der Firma. Sassnitz wollte weitere Investoren gewinnen, von Suttner war und ist strikt dagegen. Er hat sich sehr über Markus aufgeregt. Die beiden haben sich angeschrien.«

»Hat es eine Lösung gegeben?«

»Das weiß ich nicht.«

»Sie waren doch dabei.«

»Nicht bis zum Schluss.«

»Das heißt, Sie haben die Wohnung vor Herrn von Suttner verlassen?«

»Das ist richtig.«

»Herr Sassnitz und Herr von Suttner waren also anschließend alleine?«

Kowaljow legte die Stirn in Falten. »Da wir zuvor zu dritt waren, ist das wohl logisch.«

Takeda nickte nachdenklich. Er ließ einige Sekunden verstreichen und wartete ab, wie Kowaljow sich verhielt. Der blieb – zumindest äußerlich – unbewegt, fast erstarrt. Schließlich aber machte Kowaljow eine ruckartige Kopfbewegung. »Wollen Sie noch etwas von mir? Ich habe zu tun.«

»Ich möchte Ihnen noch eine Frage stellen, die Sie vielleicht wundern wird. Warum haben die Mitarbeiter Angst vor Ihnen?«

Kowaljow blickte Takeda stumm an. Nach ein paar Sekunden sagte er mit einer gleichtönigen Stimme: »Sehe ich so aus wie jemand, vor dem man Angst haben muss?«

»Ich denke, die Menschen haben am meisten Angst vor Dingen, die man nicht sieht.«

Pawel Kowaljow lächelte. Überhaupt wurde sein Gesichtsausdruck milder. »Hat einer von der Crew Ihnen das gesagt? Dass er Angst vor mir hat? Alex vielleicht?«

»Möglich.«

»Wissen Sie, die Deutschen reden viel von Angst. Aber eigentlich wissen sie gar nicht, was das ist.«

»Viele Menschen behaupten das Gegenteil. Sie sagen, dass gerade die Deutschen besonders viel Angst hätten.«

Kowaljow lachte kurz und verächtlich auf. »Beides ist richtig. Die Deutschen glauben, dass ein Mensch das Recht darauf hat, unbeschwert zu leben. Angstfrei, so nennen sie das. Darum beklagen sie sich, sobald sie sich von etwas gestört fühlen. Zu laute Nachbarn, zu viel Arbeit, zu wenig Arbeit, ein dreckiges Glas im

Restaurant, ein unbequemer Stuhl im Büro. Darum blickt der Rest der Welt mit ebenso viel Neid wie Unverständnis auf die Deutschen.«

»Das Recht auf ein unbeschwertes Leben klingt sehr reizvoll, finden Sie nicht?«

»Die Deutschen leben in einer Traumwelt. Uns anderen, uns Nichtdeutschen juckt es in den Fingern, sie daraus zu wecken. Und zugleich möchten wir nichts lieber, als ebenfalls so süß zu träumen wie sie.«

Takeda nickte nachdenklich. »Woher stammen Sie, wenn ich fragen darf?«

»Meine Eltern sind in Moskau geboren, aber in den frühen achtziger Jahren nach Riga gezogen. Ich selbst bin gar nichts. Nicht Russe, nicht Lette, nicht Deutscher.«

»Frau Baranova, die Freundin von Herrn Sassnitz, stammt ebenfalls aus Riga, ist das richtig?«

Wieder spürte Takeda Kowaljows Anspannung. »Ja, das ist richtig.«

»Ist das Zufall?«

»Die Firma, wo ich Sassnitz kennengelernt habe, ist die Spedition, für die Elja arbeitet. Kein Zufall.«

»Ich verstehe.«

Takeda verabschiedete sich, kehrte dann aber doch noch einmal zurück. Kowaljow hatte sich bereits wieder über sein Keyboard gebeugt. »Eine letzte Frage, Herr Kowaljow. Warum wissen Ihre Mitarbeiter eigentlich nicht, was genau Sie hier tun?«

»Wieso? Jeder weiß es. Wir vermitteln Fahrer.«

»Noch nicht. Trotzdem gibt es dieses riesige Büro, die vielen Computer und die vielen Mitarbeiter. Wovon werden die bezahlt?«

»Wir sind bereits in der Probephase. Die ersten *Driver* sind unterwegs.«

»Und das genügt, um Geld zu verdienen?«

»Ich bin Programmierer, kein Buchhalter.«

»Nicolai Meissner wollte es genauer wissen und musste die Firma verlassen.«

»Wir konnten ihm nicht vertrauen. Sehen Sie, eine Firma wie die *DMH* lebt davon, dass ihr Geschäft nicht zu früh bekannt wird. Noch mehr gilt das für die Technik, die dahintersteckt.«

»Das kann ich verstehen. Aber Herr Meissner wollte gar nichts verraten.«

»Behauptet er. Ich glaube ihm nicht.«

»Vielen Dank für die Auskünfte, Herr Kowaljow.«

Takeda ging durch den großen Firmenraum in Richtung Fahrstuhl. Wieder sah er die jungen, gutgekleideten Männer und Frauen vor ihren Bildschirmen. War es möglich, dass sie hier den ganzen Tag programmierten, Layouts machten, Datenbanken pflegten, ohne zu wissen, worum es dabei wirklich ging?

Der Fahrstuhl brachte den Inspektor ins Erdgeschoss. Er beschloss, erneut den Galao-Strich aufzusuchen, wo es ihm gut gefallen hatte.

Mit einem Kaffee und einem Natta, einem entsetzlich süßen und doch auch schmackhaften portugiesischen Gebäck, setzte er sich auf eine Bierbank vor dem kleinen Lokal.

Der September schritt weiter voran, aber anstatt dass es herbstlicher wurde, schien der Sommer zurückzukehren. Die Kollegen im Präsidium meinten, dass es eine Entschädigung für den zu kühlen Sommer sei. Norddeutschland halt.

Takeda trank mit geschlossenen Augen von seinem Kaffee. Er fühlte sich müde und wollte nicht ausschließen, dass er einschlief, ganz so, als wäre er in Tokio.

Allerdings hatte er bereits erfahren müssen, dass der Anblick schlafender Menschen, zumindest in Lokalen, in Deutschland Befremden oder sogar Misstrauen auslöste. Es war besser, wach zu bleiben.

Der Grund für seine Müdigkeit war der nächtliche Ausflug, den er mit Heiner Cordes vom Drogendezernat unternommen hatte. Es war eine interessante Erfahrung gewesen. Sie waren nach St. Georg, St. Pauli und in den Hafen gefahren, hatten Teestuben, Hinterzimmerkneipen, private Wohnungen besucht, hatten mit Menschen aus Afrika, dem Balkan, der Türkei, Russland gesprochen. Heiner Cordes war bekannt, und er wurde respektiert. Seine Haltung gegenüber Menschen, die zweifellos kriminell waren, war fast japanisch. Er akzeptierte sie, als gingen sie einem gewöhnlichen Beruf nach. Er gewährte ihnen gewisse Freiheiten, machte aber auch deutlich, dass Geben und Nehmen im Gleichgewicht bleiben mussten. Taten sie es nicht, hätte er, Cordes, kein Problem, die Macht auszuspielen, die ihm das Gesetz zugestand. Auf die Art erfuhren sie so einiges.

Die grassierende Ausbreitung von Crystal Meth in Hamburg wurde auch im Milieu mit Unbehagen beobachtet. Nicht wegen moralischer Bedenken – die hatte keiner, mit dem sie sprachen. Nein, was störte, war die Tatsache, dass niemand wusste, wo die Droge herkam, wie sie zu den Konsumenten gelangte und wer daran verdiente. Wer waren die Leute, die das Crystal massenweise verkauften? Keiner wusste es.

Die Unwissenheit ärgerte die Bosse genauso wie die kleinen Dealer, sie fühlten sich in ihrer geschäftlichen Ehre gekränkt, so erschien es Takeda. Da war plötzlich ein Konkurrent auf den Plan getreten, der sich aber nicht zu erkennen gab. Vor allem aber – und das ließ den Inspektor aufhorchen – wusste niemand so recht, wie das *Shabu* eigentlich verkauft wurde. Die Dealer, mit denen er dank Cordes' Vermittlung sprechen konnte, zuckten alle nur mit den Schultern. Neue Gesichter an den einschlägigen Straßenecken? Fehlanzeige. Als Kiosk, Kneipe oder Verein getarnte Verkaufsstellen? Gab es nicht. Es war, als würde das Crystal aus dem Nichts auftauchen und seine Benutzer wie von selbst finden. Weder der Stoff noch seine Verkäufer hinterließen Spuren. Vielleicht, unkte einer ihrer Gesprächspartner, konnte man das Scheißzeug ja neuerdings bestellen wie eine Pizza, und es wurde einfach nach Hause geliefert.

Takeda trank von seinem Galao und nickte nachdenklich.

Möglicherweise kam diese eher unernst vorgetragene Idee der Wahrheit ja schon recht nahe.

Aber wie bestellten die Menschen heutzutage eigentlich eine Pizza? Am Telefon? Immer weniger. Sie gingen online und erledigten das im Internet.

*Mobility Solutions.*

Das Geschäft, mit dem die *DMH* ganz groß herauskommen wollte und jetzt bereits in der Testphase war.

## 21.

»Sie haben mich angelogen, Frau Sassnitz«, sagte Claudia Harms. Sie standen vor dem einstöckigen Bau, in dem sich das Institut für Rechtsmedizin befand.

»Ach ja?«

»Es geht um die neue Freundin Ihres Mannes, Elja Baranova. Sie haben gesagt, dass Sie nicht wüssten, mit wem Ihr Mann aktuell zusammen sei. Dabei kennen Sie Frau Baranova. Sie haben sie sogar mehrfach gesehen.«

Susanne Sassnitz war blass und schön. Sie trug Jeans und eine Bluse, darüber einen leichten Blazer, an den Füßen schlichte Pumps. Bei anderen Frauen hätte es nach nichts Besonderem ausgesehen. Bei der Sassnitz wirkte es wie Understatement. Claudia war neidisch. Zum Kotzen!

»Natürlich kenne ich Frau Baranova. Aber ob sie noch Markus' aktuelle Freundin war? Woher soll ich das wissen? Ich denke, Sie sollten sich da auch nicht so sicher sein.«

»Wieso sagen Sie das?«

Ein feines, ein wenig überhebliches Lächeln erschien auf Susanne Sassnitz' Gesicht. »Ich wundere mich halt über die Naivität von Frauen wie Elja. Sie lassen sich auf einen Mann ein, der seine Frau betrügt, glauben aber, dass er sich ihnen gegenüber anders verhält.«

»Vermuten Sie das, oder wissen Sie es?«, fragte Claudia. Sie dachte an die Spuren in Sassnitz' Büro, die die Anwesenheit einer Frau in der Mordnacht bewiesen.

»Sagen wir mal so, ich kenne meinen Mann. Es wäre neu, wenn er sich mit einer einzigen Partnerin zufriedengegeben hätte.«

»Das glaube ich Ihnen sogar. Es berührt einen weiteren Punkt, den wir inzwischen klären konnten. Ihr Mann hatte, um es einmal vorsichtig auszudrücken, sexuelle Präferenzen, die nicht ganz gewöhnlich waren. Ich frage mich, warum Sie uns das nicht gesagt haben.«

»Sexuelle Präferenzen, die nicht ganz gewöhnlich waren? Niedlich, wie Sie das ausdrücken. Sind Sie wirklich so bieder, Frau Kommissarin?«

»Ich kann es auch anders sagen. Ihr Mann stand drauf, Frauen zu bumsen und sie dabei zu verprügeln. Sie hätten uns das sagen müssen, verdammt noch mal.«

Wenn Claudia geglaubt hatte, die Sassnitz mit ihren Worten treffen zu können, hatte sie sich getäuscht. Sie sagte ruhig: »Ist die Polizei in Hamburg wirklich so altmodisch, Frau Harms? Nur weil jemand eine unkonventionelle, eine düstere Seite in sich trägt, glauben Sie sofort, dass man ihn deswegen umgebracht hat?«

»Ich glaube erst einmal gar nichts. Ich mache diesen Job aber nicht erst seit gestern. Darum weiß ich, dass es Dinge gibt, die Menschen in Situationen führen, die gefährlich sind. Mitunter tödlich. Drogen gehören dazu. Bizarrer Sex gehört dazu. Beides spielte im Leben Ihres Mannes offenbar eine Rolle. Und Sie haben uns nichts davon gesagt.«

Susanne Sassnitz' gerade noch unerbittliche Gesichtszüge wurden etwas milder. »Okay, das war dumm von mir.«

»Vielleicht hatten Sie ja einen Grund dafür?«

»Und worin sollte der bestehen?«

»Sagen Sie es mir.«

Die Sassnitz schüttelte seufzend den Kopf. »Für mich ist das alles auch nicht gerade einfach. Ich stand unter Schock, tue es immer noch. Der Mann, mit dem ich immerhin über zehn Jahre zusammengelebt habe, ist tot. Da rede ich nicht unbedingt als Erstes über Dinge, die Markus in einem miesen Licht erscheinen lassen.«

Claudia nickte, auch sie nun eine Spur versöhnlicher. Aber sie blieb auf der Hut. Susanne Sassnitz wirkte auf sie alles andere als überzeugend. Die Frage war nur, was dahintersteckte.

Claudia dachte daran, wie die Frau vorhin im Sektionssaal ihren Mann betrachtet hatte – ihren toten, ausgeweideten, in Einzelteile zerlegten Mann. Claudia hatte vergeblich nach Tränen in ihren Augen gesucht. Überhaupt nach einer Regung. Da war nichts. Obwohl doch, da war etwas. Kaum wahrnehmbar. Die feinen Linien um ihren Mund schienen innerhalb weniger Minuten tiefer zu werden. Auf eine Art, die wohl immer so bleiben würde. Am Schluss hatte Susanne Sassnitz ihre Finger an die eigenen Lippen geführt, einen Kuss darauf gehaucht und die Lippen ihres Mannes berührt.

Claudia schlug vor, sich irgendwo hinzusetzen, es gebe noch weitere Fragen zu klären. Eine Bank unter einem Baum erschien unpassend. Die Cafeteria der Klinik war auch nicht besser. Sie einigten sich darauf, zu einem nahegelegenen Italiener zu gehen.

In dem Lokal waren zum Glück kaum Gäste. Sie setzten sich an einen der hinteren Tische auf der von Kastanien beschatteten Terrasse. Sie orderten zwei Espresso. Susanne Sassnitz zögerte kurz, bestellte dann noch einen Grappa.

»Sorry, ich brauche das jetzt«, erklärte sie.

»Kann ich verstehen.«

Sie warteten, bis die Getränke kamen. Die Sassnitz trank den Grappa, und in ihr Gesicht kehrte ein wenig Farbe zurück.

Claudia sagte: »Mein Problem ist, dass ich aus dem, was ich bisher über Ihren Mann erfahren habe, nicht wirklich schlau werde. Vielleicht helfen Sie mir dabei, ihn ein wenig besser zu verstehen.«

»Wenn ich es kann.«

»Ich zähle einfach mal auf, was wir bisher wissen oder erfahren haben. Drogen, Gewaltsex, eine Menge Geld, eine Menge Leute, die ihn nicht mochten ... und nach dem, was ich so gehört habe, kann ich das sogar verstehen. Das ist die eine Seite. Die andere ist die, dass Ihr Mann ein visionärer Unternehmer war, den Armin von Suttner als Legende bezeichnet. Ein inspirierender, mutiger, immer nach vorne blickender, mittreißender Mann. Wie passt das zusammen?«

Susanne Sassnitz lächelte wehmütig. »Es passt nicht zusammen. Aber genau so war Markus. Voller Widersprüche. Vielleicht hatte er gerade darum diese ungeheure Energie. Viele Leute hat das fasziniert.«

»Mich nicht. Es macht mich eher nachdenklich.«

»Sie haben ihn halt nicht gekannt.«

»Sicher. Aber wie gehen Sie damit um? Sie haben es ja selbst gerade gesagt, dass Sie lange Jahre verheiratet waren. Wie hat das mit so einem Menschen geklappt? Wie standen Sie zu seinen düsteren Seiten, wie Sie das genannt haben?«

Susanne Sassnitz lächelte zum ersten Mal auf eine Art, die fast so etwas wie Sympathie gegenüber Claudia verriet. »Es war nicht einfach, da haben Sie schon recht. Aber ich bin niemand, der das Einfache sucht, im Gegenteil. Ich meine, das ist doch eine Entscheidung, die jeder von uns im Leben treffen muss, wenn es um Partnerschaft geht. Sucht man ein Duplikat von sich selbst? Jemanden, der genauso ist und der es einem darum einfach macht? Oder sucht man den Kontrast? Jemanden, der einen ergänzt, einen vervollständigt? Der einen aber vielleicht auch in Frage stellt? So war es bei Markus und mir. Wie gesagt, es war nicht einfach. Und es hat am Ende ja auch nicht hingehauen. Aber es gab auch sehr gute, bereichernde, leidenschaftliche Zeiten.«

»Okay, das verstehe ich. Wie haben Sie sich denn ergänzt?«

Susanne Sassnitz trank von ihrem Espresso, dachte nach, sagte schließlich: »Markus war ein Ikarus, er drohte stets zu hoch zu fliegen und sich an der Sonne zu verbrennen. Ich bin das Gegenteil. Ein Höhlenmensch. Ich ziehe mich zurück, ich drohe, in der Dunkelheit zu vereinsamen. Er hat mir die Leichtigkeit gegeben, die mir fehlt, und ich konnte ihm die Erdung geben, die er brauchte.«

Claudia trank ebenfalls. Zum ersten Mal verspürte sie so etwas wie Sympathie für die Frau, die ihr gegenübersaß, vielleicht sogar Bewunderung. Sie hatte offenbar etwas getan, das ihr selbst bei Männern nie gelungen war. Sie war geblieben, sie hatte ausgehalten.

»Was ist mit dem Sex, dieser speziellen Sorte, auf die Ihr Mann stand? Wie sind Sie damit umgegangen?«

Susanne Sassnitz zuckte mit den Schultern. »Wenn Sie sich auf einen Menschen einlassen, müssen Sie auch lernen, mit den Seiten von ihm klarzukommen, die Sie abstoßend finden. Das gilt für uns alle, auch für Sie, Frau Kommissarin.«

»Sicher. Aber es geht hier nicht um mich. Also?«

»Markus hat es in den ersten Jahren vor mir versteckt gehalten, hat sich mir gegenüber auch nie so verhalten, bis zum Schluss nicht.«

»Er hat Sie also nie geschlagen oder Ähnliches?«

»Nein. Ich fand es schließlich trotzdem heraus. Er hatte vor einigen Jahren eine Affäre, und die Frau suchte Kontakt zu mir. Er hatte es übertrieben, sie war verletzt und wollte ihn anzeigen. Es war nicht einfach für mich. Wir hatten eine Krise, hätten uns beinahe getrennt. Aber ich habe gelernt, damit zu leben. Ich war froh, dass Markus diese düstere Ader woanders ausgelebt hat. Er hat es nicht mit nach Hause gebracht.«

»Er hatte also weitere Affären?«

»Natürlich.«

»Und das hat Sie nicht gestört?«

»Ich habe es Ihnen gerade erklärt. Ich war sogar dankbar.«

»Er war auch bei Prostituierten.«

»Und?«

»Andere Frauen entsetzt das.«

»Mich nicht. Es ist doch besser, ein Mann bezahlt Geld dafür, als dass er sich Geliebte sucht, bei denen die Ehe in Gefahr gerät. Außerdem hätte Markus es doch sowieso getan, ob ich nun davon wusste oder nicht.«

Claudia spürte, wie ihre Sympathie verflog. Ihr lief das hier einfach zu glatt. Susanne Sassnitz hatte auf alles eine Antwort. Alles schien zu stimmen. Alles war okay für sie. Aber das kaufte sie ihr einfach nicht ab.

»Es gibt da nämlich noch etwas, das Sie mir erklären müssen. Sie haben mir und meinem Kollegen gesagt, dass Sie und Ihr Mann nur noch auf dem Papier verheiratet gewesen seien, dass Sie sich arrangiert hätten.«

»So war es ja auch.«

»Ich habe eine andere Version gehört. Nach der haben Sie Ihren Mann ständig angerufen, haben ihm Vorwürfe gemacht, haben von ihm eine Entscheidung verlangt.«

»Sagt das Elja Baranova? Und Sie glauben ihr?«

»Stimmt es? Haben Sie eine Entscheidung gefordert? Wollten Sie, dass Ihr Mann zu Ihnen zurückkehrt?«

»Und wenn es so gewesen wäre?«

»Dann hätten Sie uns angelogen, Frau Sassnitz. Was glauben Sie, welchen Eindruck es auf mich macht, wenn Sie so etwas verschweigen?«

»Was glauben Sie, wie sehr mich Ihr Eindruck interessiert?«

»Okay, dann erzähle ich Ihnen jetzt mal meine Variante. Ihr Mann hatte jahrelang Affären, ist aber immer wieder zu Ihnen zurückgekehrt. Diesmal war es anders. Er meinte es ernst und wollte sich mit Frau Baranova ein neues Leben aufbauen. Sie waren enttäuscht und wütend! Dafür haben Sie nicht jahrelang seine Eskapaden ertragen. Also haben Sie ihn unter Druck gesetzt, ihn bedroht, von ihm verlangt, die Sache zu beenden. Als das alles nichts nützte, haben Sie rotgesehen. Sie haben sich in der vergangenen Sonntagnacht ins Auto gesetzt und ihn überfahren.«

Susanne Sassnitz schloss die Augen, schien Claudias Worten nachzusinnen. Dann blickte sie Claudia direkt an und sagte lächelnd: »Sie sind keine Polizistin, Frau Harms.«

Claudia lachte. »Ich kann Ihnen gerne noch einmal meinen Ausweis zeigen.«

»Das meine ich nicht.«

»Sondern?«

»Sie wollen jemand sein, der Sie nicht sind. Sie rennen vor sich selbst davon.«

Claudia war von den Worten überrascht, ja überrumpelt. Was sollte das auf einmal? Ablenkung, weil sie die Wahrheit getroffen hatte? Zumindest einen wunden Punkt? »Es geht hier nicht um mich, also hören Sie auf damit, und beantworten Sie meine Frage.«

Claudias Stimme geriet viel härter, als sie es wollte. Ihr war klar, dass sie sich dadurch verriet, dass sie ihre Schwäche offenbarte. Die Tatsache, dass die Worte von Susanne Sassnitz etwas in ihr berührten.

Mit versöhnlicher Stimme sagte Susanne Sassnitz: »Sie täuschen sich, Frau Kommissarin. Ich habe meinen Mann nicht getötet. Als ich meinte, dass unsere Ehe vorüber sei, entsprach es der Wahrheit. Trotzdem habe ich mir Sorgen um ihn gemacht.«

Claudia forschte im Gesicht der Frau, fand aber nur eine perfekte Fassade. Zweifellos schön, auch zerbrechlich, charaktervoll. Elja Baranova hatte gesagt, dass Susanne Sassnitz verrückt sei. Sollte Claudia das glauben? Die Frau war kühl, selbstbewusst, schwebte irgendwie über den Dingen. Aber verrückt? Nein, eher nicht. Im Gegenteil, sie hatte etwas ausgesprochen Berechnendes. Sie wusste genau, was sie tat und was sie sagte.

»Warum haben Sie sich denn Sorgen gemacht, Frau Sassnitz? Wenn Ihre Ehe vorbei war und Sie Ihren Mann sowieso nicht zurückwollten, konnte es Ihnen doch egal sein, was er tat?«

»Das können Sie vermutlich nicht verstehen, vielleicht, weil sie nie zu einem Mann eine wirklich tiefe Bindung aufgebaut haben. Bedauerlich, übrigens. Aber egal, ich erkläre es Ihnen gerne. Zwischen Markus und mir hat es nicht mehr geklappt, endgültig nicht. Die Sache mit Elja Baranova war nicht der Grund dafür, sie hat es nur deutlich gemacht. Aber das heißt nicht, dass mir Markus nicht am Herzen lag. Im Gegenteil. Wir haben uns einmal sehr viel bedeutet, und davon war bis zum Schluss noch etwas übrig. Darum, nur darum wollte ich ihm klarmachen, dass es besser für ihn wäre, sich von der Baranova zu trennen. Was ich ihm gesagt habe, war keine Drohung, es war eine Warnung. Eine Prophezeiung. Und die hat sich dann ja auch bewahrheitet.«

»Was wollen Sie damit sagen?«

»Das können Sie sich doch denken, oder nicht?«

»Sie wollen allen Ernstes Elja Baranova beschuldigen, Ihren Mann getötet zu haben? Das ist doch albern, Frau Sassnitz. Nur weil Frau Baranova Sie beschuldigt hat, müssen Sie den Spieß doch nicht umdrehen. Das bringt doch nichts.«

»Wie Sie meinen. Tatsache war, dass es Markus nicht gutging. Er stand unter enormem Druck, und das lag an ihr. Ich glaube, er wollte sich sogar wirklich trennen. Fragen Sie Frau Baranova doch mal danach.«

»Ich biete Ihnen eine andere Erklärung an, warum Ihr Mann unter Druck stand. Wir sind uns zwar nicht ganz sicher, aber wir vermuten, dass er in finanziellen Schwierigkeiten steckte. Wissen Sie etwas darüber?«

Diesmal bemerkte Claudia ein kurzes, kaum wahrnehmbares Stocken in der so beherrschten Fassade von Susanne Sassnitz. Sie hatte sich jedoch sofort wieder im Griff, sagte mit derselben kühlen Stimme: »Davon höre ich zum ersten Mal. Und ich glaube es nicht. Markus' Finanzen waren äußerst solide. Alles andere hätte er mir sicher erzählt.«

»Er wollte die Wohnung in der HafenCity und auch sein Auto verkaufen. Wieso, wenn er kein Geld brauchte?«

Wieder ein kurzes Stocken. »Das muss ein Missverständnis sein. Ich kenne nicht die Einzelheiten der Finanzen meines Mannes. Aber er hatte mehr als genug, glauben Sie mir.«

»Mein Kollege, den Sie auch kennengelernt haben, ist anderer Meinung. Und er zieht noch weitere Schlüsse daraus. Er hält es für möglich, dass Ihr Mann mit Drogen gehandelt hat. Ich weiß noch nicht, ob ich mich der Einschätzung anschließe, aber zugegebenermaßen spricht einiges dafür. Vielleicht waren die Drogen ja der letzte Strohhalm, an den er sich geklammert hat, um eine Pleite abzuwenden?«

Susanne Sassnitz stieß ein verächtliches Lachen aus. »Das ist absurd.«

»Wir reden über ein halbes Kilo Methamphetamin, das wir in seiner Wohnung gefunden haben. Ein halbes Kilo! Und Ihr Mann war kein exzessiver Konsument.«

»Darüber weiß ich nichts. Vielleicht hat es nicht ihm gehört.«

»Sondern?«

»Das weiß ich nicht. Aber Sie werden sehen, dass Ihr Verdacht abwegig ist. Ich habe es Ihnen doch schon gesagt, dass Markus gekokst hat, vielleicht auch anderes genommen hat. Aber damit handeln? Niemals.«

»Wenn mein Kollege doch recht hat, werden wir es herausfinden. Verlassen Sie sich drauf. Ach so, noch einmal aus Routinegründen, wann haben Sie Ihren Mann eigentlich das letzte Mal gesehen?«

»Das habe ich Ihnen doch schon gesagt. Das war am vorvergangenen Wochenende.«

»Da sind Sie sicher?«

»Absolut.«

»Seitdem nicht mehr?«

»Nein!«

»Es gäbe eine sehr einfache Methode, mit der sich das überprüfen ließe. Sie müssten mir nur gestatten, dass ich ein Bewegungsprofil Ihres Handys erstellen lasse. Wären Sie damit einverstanden?«

Claudia musste die Sassnitz um Erlaubnis fragen, weil sie ein solches Profil nicht gegen ihren Willen beantragen konnte. Dafür reichten die Verdachtsmomente nicht aus, der Staatsanwalt würde ihr den Antrag um die Ohren hauen.

Susanne Sassnitz reagierte überraschenderweise mit einem kühlen, selbstzufriedenen Lächeln. »Sehr gerne, Frau Kommissarin. Tun Sie das. Dann habe ich wenigstens meine Ruhe vor Ihnen. Soll ich Ihnen vielleicht noch meine Nummer geben?«

»Die habe ich bereits. Danke.«

Sie zahlten getrennt. Claudia verabschiedete sich, wollte schon gehen, als Susanne Sassnitz sie zurückhielt. »Sie hatten mich darum gebeten, mir Gedanken zu machen, wer etwas gegen Markus haben könnte. Habe ich getan. Hier, bitte.«

Sie überreichte Claudia ein zusammengefaltetes Blatt. Claudia öffnete es und blickte auf eine lange Reihe von Namen, mindestens dreißig. »Meinen Sie das ernst, Frau Sassnitz?«

»Ja.«

»Dann habe ich mich vielleicht nicht präzise genug ausgedrückt. Wen könnte Ihr Mann so gedemütigt haben, dass er oder sie in der Lage war, ihn über den Haufen zu fahren, ihm anschließend die Kleider vom Leib zu schneiden und ihn nackt in der Gosse liegen zu lassen?«

Claudia hatte bewusst harte Worte gewählt, die sie jedoch sogleich bereute. Zum ersten Mal traten Tränen in die Augen von Susanne Sassnitz. Zum ersten Mal wirkten sie nicht kühl und steinern wie die ihrer seltsamen japanischen Skulpturen, sondern menschlich und verletzlich.

»Es tut mir leid«, sagte Claudia.

»Nein, mir tut es leid. Ich weiß, dass man es mir nicht unbedingt anmerkt, aber das alles nimmt mich ziemlich mit. Am liebsten würde ich den ganzen Tag heulen.«

»Dann tun Sie es. Es wäre besser für Sie.«

»So bin ich halt nicht. Vergessen Sie die Liste. Ich wollte damit nur ausdrücken, dass mein Mann vielen Menschen weh getan hat. Er hat Menschen gedemütigt. Das konnte er gut.«

»Ich behalte sie trotzdem.« Claudia steckte den Zettel in ihre Tasche.

»Wenn Sie wirklich etwas über ihn erfahren wollen, sollten Sie mit Thomas Reinhardt reden.«

»Wer ist das?«

»Der einzige echte Freund, den Markus hatte.«

## 22.

Als Takeda das Dienstzimmer im Alsterdorfer Präsidium betrat, glaubte er im ersten Moment, er habe sich in der Tür geirrt. Nichts war mehr wie noch am Morgen. Die Schreibtische, die eigentlich einander gegenüber vor dem Fenster standen, befanden sich nun einzeln an den Seitenwänden. Der Garderobenschrank stand quer im Raum, das Aktenregal und der Rollwagen mit den Hängeregistern waren verschwunden. Und der Computerdrucker balancierte gefährlich wackelnd auf dem Sideboard neben der Kaffeemaschine. Ach ja, und die Zimmerpflanzen, die bisher gleichmäßig im Zimmer verteilt waren, standen wie eine dichtgewachsene grüne Wand im Eingangsbereich und versperrten den Weg.

Wie auf einer Dschungelsafari drückte Takeda die Äste des Benjamini zur Seite. Erst dann entdeckte er Claudia. Sie kniete auf dem Fensterbrett, drückte mit der Stirn ein Poster mit einem Chagall-Motiv gegen die Scheibe und versuchte, gleichzeitig einen Streifen Tesafilm von der Rolle zu lösen. Offenbar wollte sie die Fensterscheibe verdunkeln, warum auch immer. Sie biss ein Stück Tesafilm mit den Zähnen ab und konnte daher nicht richtig sprechen: »Ken? Find Fie daff? Können Fie mir mal helfen?«

»Selbstverständlich.« Takeda blieb völlig ungerührt. Er war in Deutschland. Er war Gast.

Der Inspektor drückte sich an den Pflanzen vorbei zur Fensterbank. Claudia, die sich zu ihm umdrehte, geriet ins Wanken, drohte hinunterzufallen. Takeda machte einen Satz nach vorne, wollte sie stützen, drückte sie dabei aber ein wenig zu heftig mit dem Kopf gegen die Fensterscheibe. Es gab einen Rumms. Claudia schrie auf, Takeda ließ los, sie prallte zurück, er fiel nach hinten, sie ebenfalls. Immerhin drehte Claudia sich gewandt in der Luft, so dass sie mit dem Gesicht voran fiel, und zwar genau auf ihn.

Takeda grinste. »Moin, Claudia.« In Sachen norddeutscher Gelassenheit machte er Fortschritte.

Ihr Gesicht war direkt über seinem. »Hallo, Ken. Weh getan?«

»Nein. Sie?«

»Weiß noch nicht.«

»Was genau tun Sie eigentlich?«

»Ich kümmere mich um meine Pflanzen.«

»Es sah mehr nach Freeclimbing aus.«

»Ich wollte den Chagall ans Fenster kleben. Meine Monstera bekommt zu viel Licht. Würde es Sie stören?«

»Der Chagall an der Fensterscheibe? Ich bin mir nicht sicher.«

Claudia lachte. »Das heißt ja, oder? Sie sind dagegen?«

»Es könnte ein wenig dunkel im Zimmer werden. Vielleicht dürfte ich mir Ihre Monstera einmal ansehen?«

»Verstehen Sie etwas von Pflanzen?«

»Ich habe von meinem Großvater einiges gelernt.«

»Dann gerne. Ich sollte wohl mal von Ihnen runtergehen, was?«

»Nur, wenn es keine Mühe macht.«

Sie lachte, er lachte. Doch bevor Claudia sich rühren konnte, ging die Zimmertür auf. Holger Sauer kam herein. Er bahnte sich rabiat einen Weg durch die Pflanzenwand und betrachtete das Chaos im Zimmer. Dann erst entdeckte er die übereinanderliegenden Kollegen. »Ich sage wohl jetzt besser nichts, oder?«

»Es ist nicht das, wonach es aussieht, Chef«, sagte Claudia.

»Der Spruch macht es nicht besser, Frau Harms.«

Takeda lief rot an. »Es war ein Unfall, Herr Sauer.«

»Ich weiß, das sagt man immer in solchen Fällen.«

Takeda errötete noch heftiger. Claudia lachte noch lauter. Sauer murmelte Unverständliches.

Der Leiter der Mordkommission wandte sich zur Tür und sagte: »Wenn Sie sich wieder in erwachsene Menschen verwandelt haben, möchte ich Sie in meinem Zimmer sehen, damit Sie mich auf das Laufende bringen. Natürlich nur, wenn es nicht zu viele Umstände macht.«

»Alles klar, Chef. Wir kommen so schnell wie möglich.«

Zu Takeda gewandt, sagte Sauer: »Es tut mir wirklich leid, Inspektor. Ich hätte Ihnen die Kollegin Harms niemals zuteilen dürfen.«

»Aber nein, ich fühle mich sehr wohl unter ihr ... äh unter ihrer Führung, will ich sagen.«

Sauer knallte die Tür zu. Claudia rollte von Takeda hinunter, lachte dabei immer noch. Der Inspektor stand auf und klopfte sich den Anzug aus.

Als auch Claudia wieder auf den Füßen stand, wollte Takeda Sauers Aufforderung nachkommen und zu dessen Dienstzimmer gehen. Claudia schnalzte ermahnend mit der Zunge. »Aber Ken, ich dachte, die Lektion hätten Sie inzwischen gelernt. Nur weil ein Vorgesetzter mit den Fingern schnippt, heißt das noch lange nicht, dass wir anfangen zu tanzen. Immer mit der Ruhe. Sauer soll ruhig ein wenig auf uns warten.«

Takeda tippte sich lächelnd an die Stirn. »Wie konnte ich das nur wieder vergessen?! Wenn man einem Vorgesetzten den kleinen Finger reicht, nimmt er die ganze Hand. So haben Sie es mir erklärt.«

»Genau. Mein Vorschlag: Wir trinken erst einmal eine Tasse Tee. *Matcha*, um genau zu sein. Würden Sie für uns welchen zubereiten?«

»Mit dem größten Vergnügen. Es ist zweifellos der perfekte Moment dafür.«

Claudias Bitte folgend führte Takeda eine kurze Teezeremonie durch. Das machte er inzwischen regelmäßig, und Claudia fand immer größeren Gefallen daran. Es half ihr, ruhig und konzentriert zu werden. Es war fast eine Art Meditation.

Takeda musste improvisieren, das Büro war ja kein *Chashitsu*, kein traditioneller Teeraum. Er öffnete die unterste Schublade an seinem Schreibtisch und entnahm ihr eine *Chawan*, eine Teeschale, die *Natsume*, die Lackdose mit dem Teepulver, den *Chashaku*, den kleinen Bambuslöffel, sowie einen *Chasen*, den aus Bambus geschnitzten kleinen Besen, mit dem der Tee schaumig geschlagen wurde. Dann legte er zwei *Zabuton*, flache Sitzkissen, auf den Boden zwischen die beiden Schreibtische. Claudia und er setzten sich einander gegenüber. Claudia im Schneidersitz, Takeda kniend, wie es für die Teezeremonie vorgesehen war. Claudia konnte einfach nicht so lange knien, ihre Beine machten das nicht mit. Takeda hatte Verständnis. Wer es nicht von Jugend an gewohnt war, konnte es kaum noch lernen.

Der Inspektor beherrschte die Kunst des *Chanoyu*, der Teezeremonie, dank seiner Mutter, die eine ausgebildete Tee-Meisterin war. Sie gehörte der Tradition der *Omotesenke*-Schule an, einer im Vergleich zur weltweit tätigen *Urasenke*-Schule selteneren Stilrichtung. Die Unterschiede zwischen den Schulen waren für einen Laien aber ohnehin kaum auszumachen.

Da Takeda hier im Dienstzimmer keinen *Okama*, den kohlebefeuerten Wasserkessel, zur Verfügung hatte, erhitzte er zunächst mit einem kleinen Tauchsieder Wasser. Dann begann die eigentliche Zeremonie. Mit andächtigen und zugleich ungeheuer konzentrierten Bewegungen reinigte er zunächst mit dem *Fukusa*, dem kostbaren Seidentuch, den *Chashaku* und die

*Natsume*. Mit dem *Chakin*, einen Baumwolltüchlein, unterzog er dann auch die *Chawan* einer kurzen Säuberung. Schließlich löffelte er eine winzige Menge *Matcha*-Teepulver in die Schale, goss heißes Wasser darüber und schlug das Gemisch mit dem *Chasen* schaumig. Anschließend stellte er die dampfende Schale vor Claudia und verbeugte sich.

Die Kommissarin verbeugte sich ebenfalls, nahm die *Chawan* zur Hand, drehte sie um neunzig Grad – das hatte Takeda ihr gezeigt – und trank einen winzigen Schluck. Der intensive Geschmack des Tees erfüllte sofort alle ihre Sinne. Aromen von Heu und Meer, von Wald, Moos und Sommerwind stiegen ihr in die Nase. Der Alltag? Meilenweit entfernt. Claudia fühlte sich ruhig und zugleich klar und erfrischt. Sie verbeugte sich und lobte den Geschmack des Tees, fragte dann: »Übrigens – haben Sie mit diesem Kowaljow sprechen können? Was hat er gesagt?«

Takeda schüttelte lächelnd den Kopf: »Keine Politik, keine Gelddinge und erst recht keine Verbrechen, während wir Tee trinken. Alles was zählt …«

»… ist dieser Augenblick«, vervollständigte Claudia den Satz. Takeda hatte es ihr schon so oft erklärt. »Verzeihung.«

»Es macht überhaupt nichts. Genießen Sie den Tee.«

Claudia trank ihre Schale leer, in der ohnehin nur eine kleine Menge Tee war, genug für drei Schlucke. Der Espresso unter den Tees, hatte sie einmal zu Takeda gesagt. Es hatte ihm gefallen.

Anschließend reinigte Takeda die *Chawan* erneut und bereitete auch für sich selbst einen *Matcha* zu. Während er trank, schloss er die Augen und gab sich ganz dem intensiven Geschmackserlebnis hin. Claudia beobachtete ihn dabei. Er war dreiundvierzig Jahre alt, sein Gesicht war kantig, verriet Lebenserfahrung, Entschlossenheit, auch Leidenschaft. Um den Mund hatten sich zarte Linien in die Haut gegraben, die zeigten, dass das Leben nicht spurlos an ihm vorübergegangen war. Seine erstaunlich kräftigen Lippen verrieten aber auch seine Sinnlichkeit, die Claudia schon mehrfach erlebt hatte, zum Beispiel, wenn Takeda Saxophon spielte. Seine lange Haare, vielleicht das Ungewöhnlichste an ihm, hatte er auch heute mit einem Gummiband zu einem Zopf gebunden ... Claudia entfuhr ein Seufzen.

Takeda öffnete die Augen, ihre Blicke begegneten sich. Beide lächelten, beide waren verlegen. Sie beendeten die Zeremonie, ohne etwas zu sagen.

Claudia stand auf, drückte ihr Kreuz durch und sagte: »Wissen Sie, was das Beste an der Teezeremonie ist? Danach bin ich so ruhig, dass ich sogar einem Arschgesicht wie Sauer gelassen gegenübertreten kann.«

Takeda deutete eine Verbeugung an. »Ich merke, dass sie tief in den Geist des *Chanoyu* eingedrungen sind.«

Claudia prustete. »Ich bin schlimm, oder?«

»Nein, Sie sind großartig.«

Wieder ein Blick, wieder Verlegenheit.

»Bevor wir rübergehen, möchte ich wissen, was Sie herausgefunden haben, Ken. Ich habe auch ein paar interessante Neuigkeiten. Oder sogar mehr als das. Ich glaube, dass wir den Sack bald zumachen können.«

Takeda sah sie fragend an. »Den Sack?«

»Den Fall. Wir können ihn bald abschließen. Aber trotzdem, Sie fangen an.« Ihr Lächeln verriet, dass sie einiges auf Lager hatte.

»Einverstanden. Dann beginne ich mit dem, was ich erfahren habe. Ich teile übrigens Ihre Einschätzung. Wir können den Sack bestimmt bald zumachen.« Auch Takedas Lächeln verriet Zuversicht.

Der Inspektor schilderte zunächst seinen erneuten Besuch in den Räumen der *DMH*, erwähnte das kurze, aber aufschlussreiche Gespräch mit Alex Marbach. Der habe, ähnlich wie Nicolai Meissner, bestätigt, dass bei der *DMH* eine verdächtige Geheimniskrämerei betrieben werde. Keiner der Mitarbeiter wisse so recht, was dort eigentlich gemacht wurde. Dies könne natürlich der nötigen Absicherung gegen Konkurrenten und Nachahmer dienen, wie Pawel Kowaljow behauptete. Aber genauso gut könne es ganz andere Gründe haben, fügte Takeda mit einem vielsagenden Lächeln hinzu.

»Aber wir wissen doch, was die tun, oder nicht? Von Suttner hat es uns erklärt«, sagte Claudia.

»Das ist die Frage. Wissen wir es? Und vor allem, weiß von Suttner es?«

»Worauf wollen Sie hinaus?«

»Ich bin mir selbst noch nicht ganz sicher. Aber ich denke, dass die Antwort auf diese Frage der Schlüssel ist, um den Mord an Markus Sassnitz aufzuklären.«

Claudia sah ihn gespannt an. »Dann machen Sie mal weiter. Ich bin gespannt.«

Takeda fuhr fort: »Das Gespräch mit Pawel Kowaljow war in mehrfacher Hinsicht interessant. Ich finde ihn übrigens durchaus sympathisch, ein Mann mit überraschenden Ansichten. Dennoch ist es recht klar, dass er nicht die Wahrheit sagt.«

»Kommt er Ihrer Meinung nach als Täter in Frage? Was wäre sein Motiv?«

Takeda machte eine wedelnde Handbewegung. »Nein, nein. Kowaljow ist kein Mörder, das meine ich nicht.«

»Aber verdächtig finden Sie ihn trotzdem?«

Der Inspektor schilderte das Gespräch, das er mit Kowaljow geführt hatte, und dessen Einstellung gegenüber den Deutschen. Seiner Meinung nach drückte sich darin eine Mischung aus Wut und Neid aus. Eine Gemengelage, die es sicherlich einfacher machte, hierzulande gegen das Gesetz zu verstoßen und auf illegale Art sein Geld zu verdienen. »Übrigens ist Kowaljow Lette, auch wenn er russischer Abstammung ist. Er kommt aus Riga.«

»Ach, interessant. Also genau wie Elja Baranova.«

»So ist es. Die beiden kennen sich. Kowaljow hat früher für die Firma von Frau Baranova gearbeitet. Wie hieß sie gleich?«

»Baltic Sea Logistics«, sagte Claudia.

»Sassnitz hat ihn abgeworben. Er soll ein sehr guter Programmierer sein.«

Claudia warf einen Blick auf ihren Notizblock. »Die Baranova erwähnte in meinem Gespräch mit ihr einen Programmierer, der bei der Geschäftsbesprechung am Abend vor der Mordnacht bei Sassnitz in der Wohnung war.«

»Richtig. Das war Pawel Kowaljow. Jetzt kommt ein interessanter Punkt. Als ich ihn gefragt habe, wer an dem Abend alles in der Wohnung anwesend war, hat er darauf bestanden, dass nur er selbst, Sassnitz und von Suttner anwesend waren. Er hat Elja Baranova nicht erwähnt. Eine Lüge. Schließlich wissen wir, dass sie ebenfalls dort war.«

Claudia sah erneut in ihre Notizen. »Laut ihrer Aussage hat sie die Wohnung gegen einundzwanzig Uhr verlassen, so dass danach nur noch die drei Männer dort waren. Sassnitz, Kowaljow und von Suttner. Vielleicht bezog Kowaljow sich nur auf den geschäftlichen Teil des Abends.«

»Das ist möglich«, sagte Takeda. »Ich werde Armin von Suttner danach fragen. Er müsste bezeugen können, ob und wann Elja Baranova die Wohnung verlassen hat.«

»Aber Ihnen geht es eigentlich um etwas anderes, stimmt's? Ich tippe mal darauf, dass es mit dem Ausflug zu tun hat, den Sie mit Cordes in der vergangenen Nacht unternommen haben?«

Takeda deutete eine Verbeugung an. »Herr Cordes war so freundlich, mich ein wenig in Hamburg herumzuführen. Wir waren auf den Spuren des *Shabu* unterwegs, des Crystal Meth.«

»Haben Sie etwas herausgefunden?«

»Nein, nichts.«

»Dafür sehen Sie erstaunlich zufrieden aus.«

Takeda lächelte. »Dieses Nichts war in gewisser Weise aufschlussreicher, als wenn wir etwas gefunden hätten.«

»Muss ich das verstehen?«

»Ich verstehe es selbst noch nicht so richtig. Aber ich habe möglicherweise eine Ahnung.«

Takeda gab Claudia einen Eindruck von den Gesprächen, die er in der Nacht dank Cordes' Vermittlung geführt hatte. Offenbar versetze das massive Angebot an Crystal die etablierten Drogenhändler, wenn man sie einmal so nennen wollte, erheblich unter Druck. Da war ganz plötzlich eine neue und mächtige Konkurrenz aufgetaucht, von der aber niemand wusste, wer sie war und wie sie agierte. Das Crystal schien aus dem Nichts zu kommen und ganz von selbst zu den Konsumenten zu gelangen. Keine Dealer, keine Hintermänner, keine erkennbare Quelle.

Der Inspektor machte eine Pause, sah Claudia an und sagte: »Ich frage mich, ob nicht all diese Dinge miteinander zusammenhängen. Die *DMH*, die Crystal-Welle, die lettische Freundin, der Programmierer, der ebenfalls aus Lettland kommt, und schließlich der Tod von Sassnitz.«

»So wie ich Sie kenne, haben Sie doch bereits eine Idee. Schießen Sie los!«

Takeda legte den Kopf schief, kratzte sich im Nacken und sog zischend die Luft zwischen den Zähnen ein. Dann fragte er mit einer Stimme, die klang, als kostete es ihn körperliche Anstrengung: »Haben Sie schon einmal von Silkroad gehört?«

»Sie meinen die Seidenstraße? Ich habe mal was in Arte darüber gesehen. Hat irgendwas mit China und Europa im Mittelalter zu tun. Marco Polo und so.«

»Nein, nein, ich meine Silkroad, die Darknet-Seite aus den USA. Der Betreiber hieß Ross Ulbricht und wurde vor einigen Jahren verhaftet.«

Claudia nickte brummelnd. »Ganz dunkel klingelt da was. Aber helfen Sie mir mal auf die Sprünge.«

»Ulbricht war ein junger Mann aus Texas, der später in New York lebte. Er studierte Physik und kannte sich gut mit Computern aus. Er betrieb einen Handel für antiquarische Bücher, allerdings ohne großen Erfolg. Das änderte sich, als er sich mit dem Darknet beschäftigte, also dem verschlüsselten Teil des Internet, in dem sich weder feststellen lässt, woher die einzelnen

User stammen, noch wo die entsprechenden Seiten gehostet sind. Ulbricht baute eine Handelsplattform auf, die Silkroad hieß und auf der in erster Linie Drogen verkauft wurden, und zwar im Wert von Hunderten von Millionen Dollar. Es ging über Jahre gut. Die Konsumenten waren begeistert, weil es kaum schwieriger war, als im Internet ein Buch oder etwas zu essen zu bestellen, nur dass sie eben Koks, Heroin oder Chemodrogen bekamen. Bezahlt wurde mit Bitcoins. Letztlich ist es natürlich aufgeflogen, und Ulbricht wurde verhaftet. Er sitzt lebenslang in Haft. Silkroad ist längst geschlossen. Aber die Seite gilt als eine Art Prototyp, die seitdem immer wieder kopiert worden ist.«

Claudia sah den Inspektor mit in Falten gelegter Stirn an. »Und Sie behaupten jetzt, dass Markus Sassnitz genau das gemacht hat? Er hat Silkroad kopiert und Drogen im Internet verkauft? Genauer gesagt Crystal Meth? Im Ernst?«

Takeda entging keineswegs, dass Claudia mit einem skeptischen, ja provokativen Unterton sprach, auf den er jedoch nicht einging. Mit ungerührter Stimme sagte er: »Ich würde es zumindest nicht ausschließen. Wie gesagt, es könnte einige unserer vorhandenen Bausteine auf logische Art in Zusammenhang bringen.«

»Sie kennen meine Einstellung zur Logik ... Haben wir Beweise? Und noch wichtiger, wie passt der Mord an Sassnitz in dieses Szenario? Haben ihn andere Dealer umgebracht? Oder Abhängige? Vielleicht empörte Eltern, deren Kinder Drogen bei ihm gekauft haben?«

»Ich weiß es nicht.« Takeda senkte den Blick.

Claudia stand von ihrem Stuhl auf, stellte sich ans Fenster und blickte durch den Spalt, den der Chagall noch frei ließ, nach draußen. Lange Zeit sagte sie nichts, aber Takeda konnte sehen, wie seine Theorie sie beschäftigte. Claudia wackelte mit dem Kopf, tippte nervös mit den Fingerspitzen auf die Fensterbank, setzte an, etwas zu sagen, schwieg dann doch und murmelte leise vor sich hin.

Schließlich drehte sie sich zu Takeda um und sagte: »Wäre es eine große Sünde, wenn ich nach Ihrem köstlichen Tee jetzt einen Kaffee trinke?«

»Ganz bestimmt sogar«, sagte Takeda. »Aber ich würde gerne mit Ihnen sündigen.«

Claudia machte sich an der Kaffeemaschine zu schaffen, die vom Fensterbrett auf das Rollregal in der Zimmermitte gewandert war. Sie war dankbar für die Pause. Sie musste das Szenario, das Takeda entwickelt hatte, weiter sacken lassen.

Wenn sie ehrlich war, war sie nicht überzeugt. Aus vierlerlei Gründen. Zum einen war sie ja selbst in den Räumen der *DMH* gewesen. Sie konnte sich nicht vorstellen, dass es mitten im Schanzenviertel eine Firma geben sollte, die nichts als eine Fassade für einen großangelegten Drogenhandel sein sollte. Aber gut, das könnte im Zweifel Cordes besser beurteilen. Ihr Haupteinwand ging in eine andere Richtung. Ihr war Takedas Szenario zu kompliziert. Und das widersprach ihrer Erfahrung. In aller Regel waren die Hintergründe eines Mordes einfach. Eifersucht, Gier, Hass, Neid. Das war es meistens auch schon.

Außerdem war da die Sache mit der nackten Leiche. Sie und Takeda waren sich doch von Anfang an einig gewesen. Demütigung.

Es ging um etwas Privates.

Und es war höchstwahrscheinlich eine Täterin, kein Täter. Davon war sie jedenfalls fest überzeugt.

Claudia hatte auch schon eine Idee, was sich abgespielt haben könnte. Und anders als Takeda hatte sie sehr wohl Beweise. Denn nach ihrem Gespräch mit Susanne Sassnitz war sie nicht untätig geblieben.

Claudia schenkte für sich und Takeda Kaffee ein und reichte dem Inspektor eine Tasse. Sie kehrte zu ihrem Platz zurück, trank einen Schluck. »Ich mache Ihnen einen Vorschlag, Ken. Wir lassen Ihre Theorie einfach so stehen. Immerhin will ich nicht völlig ausschließen, dass Sie recht haben könnten. Ich präsentiere Ihnen trotzdem erst einmal meine Sicht der Dinge. Dann entscheiden wir gemeinsam, welche Spur wir weiterverfolgen. Einverstanden?«

»Selbstverständlich«, sagte Takeda.

»Susanne Sassnitz«, sagte Claudia.

Nur den Namen.

Nichts weiter.

Sie machte eine Pause, trank Kaffee, überließ Takeda eine Weile seinen Gedanken. Erst dann fuhr sie fort. »Wie Sie wissen, habe ich heute noch einmal mit ihr gesprochen. Es war ein interessantes Gespräch, in mehr als einer Hinsicht. Sie hat mir unter anderem eine Liste mit Namen von Leuten gegeben, denen sie den Mord an ihrem Mann zutraut. Wollen Sie diese Liste mal sehen?«

»Natürlich. Das könnte uns weiterhelfen.«

Claudia zog dann den Zettel aus einer Mappe. Sie strich ihn noch einmal glatt, reichte ihn Takeda. Der Inspektor warf einen Blick darauf und war erstaunt. »Das sind überraschend viele Namen.«

»Kann man so sagen.«

»Es wird eine ganze Weile dauern, die alle abzuarbeiten.«

Claudia lächelte. »Ich denke, das ist genau die Absicht, die Susanne Sassnitz damit verfolgt.«

»Warum sollte sie das tun?«

»Seien Sie nicht naiv, Ken. Sie will uns ablenken. Je mehr wir uns mit anderen Leuten befassen, desto weniger Zeit haben wir, um uns um sie zu kümmern. Das ist genau das, was sie erreichen will.«

»Ich verstehe. Sie halten Sie also für die Täterin?«

Claudia machte eine vielsagende Geste. Dann begann sie, Takeda ausführlich von dem Gespräch zu erzählen, erwähnte Susanne Sassnitz' Verhalten im rechtsmedizinischen Institut, ihre seltsamen Angriffe auf sie und die Tatsache, dass die Sassnitz nun ihrerseits Elja Baranova des Mordes bezichtigte.

Takeda hörte Claudia konzentriert zu, und als sie eine Pause machte, sagte er: »Aber ist das nicht durchaus möglich? Ihr erster Eindruck von Frau Baranova war nicht der beste.«

»Das stimmt. Und ich werde auf jeden Fall noch einmal mit ihr sprechen und sie mit den Aussagen der Sassnitz konfrontieren. Trotzdem, Ken, die Wahrheit ist nicht immer kompliziert, und sie ist auch keineswegs immer versteckt. Ab und zu liegt sie ganz offen vor einem.«

»Ich teile Ihre Einschätzung. Aber was ist in diesem Fall die Wahrheit?«

»Susanne Sassnitz hat von Anfang an entweder gelogen oder Dinge verschwiegen. Ich zähle es einfach noch einmal auf. Sie wusste, wer die neue Lebensgefährtin ihres Mannes war, hat es uns aber nicht gesagt. Sie behauptet, sich von ihrem Mann gelöst zu haben, was aber nicht stimmt. Im Gegenteil, sie war eifersüchtig und wünschte ihn sich zurück – auch wenn sie das Gegenteil behauptet. Sie wusste, dass ihr Mann sexuelle Vorlieben hat, die jede Frau als demütigend empfinden muss, erwähnte das aber mit keinem Wort. Das allein genügt nach meiner Meinung, um die Frau für hochgradig verdächtig zu halten, finden Sie nicht?«

»Doch, natürlich.«

»Das eigentlich Entscheidende aber kommt erst noch. Susanne Sassnitz selbst hatte mir empfohlen, mit einem Mann zu sprechen, der Thomas Reinhardt heißt. Das habe ich direkt im Anschluss getan. Reinhardt ist ein Schulfreund von Sassnitz, die beiden kannten sich praktisch ihr ganzes Leben lang. Sie sind allerdings recht unterschiedlich. Ich habe Reinhardt zu Hause in Sasel besucht. Reihenhaus, Gärtchen, Frau, Kinder, Job bei einer Versicherung. Er hat übrigens auch keine sonderlich gute Meinung von Sassnitz, meinte aber, dass man sich seine Freunde schließlich nicht aussuchen könne … Das ist ein Spruch, Ken. Erkläre ich Ihnen später. Reinhardt hat jedenfalls bestätigt, was wir uns sowieso schon gedacht haben, nämlich dass Sassnitz tatsächlich vor dem Bankrott stand. Wie man es schafft, innerhalb weniger Jahre ein so gigantisches Vermögen zu verprassen, konnte Reinhardt mir auch nicht erklären. Aber er wusste immerhin etwas von Fehlinvestments in irgendwelche asiatische Biotech-Firmen, und zwar mit richtig hohen Summen. Ich habe den Kollegen Vollmer schon darauf angesetzt, der sieht sich Sassnitz' Unterlagen noch einmal daraufhin an. Aber egal, das klären wir noch. Viel interessanter finde ich folgenden Punkt: Susanne Sassnitz hat uns doch erzählt, dass sie eine erfolgreiche Architektin ist und im Falle einer Scheidung keinerlei finanzielle Probleme hätte. Sie erinnern sich? Es war gelogen, wieder einmal. Laut Reinhardt war sie früher gut im Geschäft, bevor sie mit ihrem Mann ins Ausland ging. Nach ihrer Rückkehr aber hat sie sich auf Inneneinrichtungen spezialisiert, hat auch durchaus ein paar Kunden. Aber das große Geld verdient sie nicht mehr.«

Takeda kommentierte jeden von Claudias Argumentationsschritten mit einem lauten Brummen, der entweder Verwunderung oder auch Bestätigung ausdrückte. Es war zum Schießen, und es fiel Claudia schwer, nicht laut herauszulachen. Aber diese Sache war zu ernst dafür. Sie fuhr fort: »Wissen Sie, was das bedeutet? Susanne Sassnitz war von der drohenden Pleite ihres Mannes eben doch betroffen. Wenn er kein Geld mehr hätte, würde auch für sie die finanzielle Luft verdammt dünn. Aber das ist nicht alles. Ich hatte da so eine Idee, und die hat sich als richtig erwiesen. Und jetzt kommt der Knaller.«

Claudia machte eine Pause und sah Takeda neugierig an. Konnte man Japaner auf die Folter spannen? Oder ertrugen die es stoisch, wenn man sie ein bisschen quälte?

Takeda schien ihr Manöver zu durchschauen. Er lächelte spöttisch und sagte: »Bitte, Claudia, tun Sie mir den Gefallen und schießen Sie los!«

»Der Makler! Sie haben doch mit ihm telefoniert und erfahren, dass Markus Sassnitz die Wohnung in der HafenCity verkaufen wollte. Reinhardt hatte mir erzählt, dass das Haus in Nienstedten im Grundbuch auf Sassnitz eingetragen ist. Also habe ich den Makler noch einmal angerufen. Bingo! Sassnitz wollte nicht nur die Wohnung in der HafenCity verkaufen, sondern auch das Haus in Nienstedten. Und jetzt zählen Sie mal zwei und zwei zusammen, Ken.«

»Vier.«

Claudia stutzte.

Takeda lachte. »Es war ein Scherz. Ich weiß, worauf Sie hinausmöchten.«

»Wie gesagt, ich glaube an einfache Lösungen. Und das hier stellt sich sehr einfach da. Susanne Sassnitz hält über Jahre zu ihrem Mann, obwohl der ein Schläger ist, Affären hat, zu Prostituierten geht. Dann verlässt er sie zugunsten einer lettischen Klassefrau, die auch noch einen guten Job und ein Diplom hat. Er selbst dagegen steuert in die Pleite. Um sich finanziell zu retten, will er ihr auch noch das Haus, in dem sie wohnt, unter dem Hintern weg verkaufen. Ich finde, es hat schon weniger gute Gründe gegeben, warum eine verlassene Ehefrau ihren Ex aus dem Weg räumt. Wenn wir morgen auch noch rausfinden, dass es eine Lebensversicherung zu Susanne Sassnitz' Gunsten gibt, ist die Sache für mich klar. Dann beantrage ich auf der Stelle einen Haftbefehl ... So, und jetzt kommen Sie! Komplizierte Drogen-Internet-Silkroad-Verschwörungsgeschichte inklusive einer Start-up-Tarnfirma im Schanzenviertel? Oder eine eifersüchtige Ehefrau, die die Nerven verliert und ihren untreuen Ehemann über den Haufen fährt?«

In dem Dienstzimmer herrschte ein gespanntes Schweigen. Claudia schenkte Kaffee nach, ging dann zu ihrer Monstera und begutachtete eines der Blätter. In ein paar Tagen aber würde sich herausstellen, ob der neue Platz und das dunklere Licht das Problem löste.

Takeda legte erneut den Kopf schief und sog zischend die Luft zwischen den Zähnen ein, als litte er körperliche Schmerzen. Dann fragte er leise: »Was ist mit dem Anruf?«

»Welcher Anruf?«

»Frau Sassnitz hat an dem Morgen, an dem wir die Leiche ihres Mannes fanden, in seinem Büro angerufen. Sie wollte ihn an eine Verabredung am selben Tag erinnern. Sie selbst haben mit ihr gesprochen. Sie hatte keine Ahnung, dass ihr Mann tot war.«

Claudia sah zu Takeda, und ihr Blick changierte zwischen Unglauben und Enttäuschung. »Diese Frau ist durch und durch berechnend, Ken. Der Anruf war natürlich auch nur ein Ablenkungsmanöver. Eiskalt kalkuliert. Sie hat damit gerechnet, dass die Polizei im Büro ihres Mannes ist. Sie hat angerufen, um ihre Unschuld unter Beweis zu stellen, präventiv sozusagen. So etwas haben Sie doch bestimmt auch schon erlebt.«

»Natürlich. Es ist nur ... Sie haben mich vorhin gefragt, ob ich meine Theorie beweisen kann. So leid es mir tut, aber ich muss Ihnen dieselbe Frage stellen.«

Claudia presste die Lippen zusammen. Sie wusste, dass Takeda recht hatte. Es gab weder Zeugen noch wirklich brauchbare Tatortspuren, also keinerlei Sachbeweise. Sogar die Sache mit dem Bewegungsprofil, das sie vom Handy der Sassnitz anfertigen lassen wollte, würde vermutlich nichts bringen. Die Frau hatte viel zu lässig reagiert, was bedeutete, dass sie ihr Handy in der Tatnacht vermutlich einfach zu Hause gelassen hatte. Wenn sie wenigstens den Tatwagen gefunden hätten, dann könnten sie einen DNA-Abgleich mit der Sassnitz machen. Aber der Wagen blieb verschwunden. Mit anderen Worten, es gab keine belastbaren Spuren, mit denen sich ein Verdächtiger als Täter gerichtsfest überführen ließ.

Claudia hatte so etwas schon in anderen Fällen erlebt. Es bedeutete, dass sie sich auf Schlussfolgerungen und Wahrscheinlichkeiten verlassen mussten. Am Ende lief es vor Gericht auf einen Indizienprozess hinaus. Aber das Risiko ging sie ein. Dafür war sie sich ihrer Sache zu sicher. Susanne Sassnitz war die Täterin.

»Was werden wir also Herrn Sauer berichten? Dass wir zwei Theorien haben, von denen wir selbst nicht hundert Prozent überzeugt sind und die wir außerdem nicht beweisen können?«, fragte Takeda.

Claudia grinste. »Ich bin hundert Prozent überzeugt! Und sagen Sie bitte nicht *Herr* Sauer, sondern einfach nur Sauer. Zu viel Höflichkeit ist nicht gut für Vorgesetzte, es macht sie eingebildet.«

»Ich verstehe«, sagte Takeda.

»Aber im Ernst, Ken. Wir sagen ihm natürlich, dass wir kurz vor der Auflösung des Falles stehen.«

»Tun wir das denn?«

»Aber sicher.«

Takeda stand auf, blickte zwischen der Monstera und dem abgeklebten Fenster hin und her und schüttelte den Kopf. »Gehen wir.«

Sie hatten gerade das Zimmer verlassen, als ihnen Ottmar Preuß entgegenkam. Mit atemloser Stimme sagte er: »Gut, dass ich euch erwische. Es gibt Neuigkeiten.«

»Was ist denn?«, fragte Claudia.

Preuß grinste und legte eine genüssliche Pause ein.

»Komm schon, Ottmar. Mach's nicht so spannend.«

»Wir haben das Auto gefunden. Jedenfalls verwette ich meinen Arsch darauf, dass es der Tatwagen ist. Er liegt im Moment noch in vier Meter Tiefe in der Elbe. Ein paar Angler haben ihn gefunden. Der Kran und die Taucher sind schon unterwegs. Ich fahre auch gleich rüber zur Bergung. Wollt ihr mitkommen?«

Claudia spürte schlagartig dieses gewisse Kribbeln im Bauch, das sich immer einstellte, wenn sich ein Fall der Lösung näherte. Das war doch genau das Puzzlestück, das ihr fehlte! Hatten sie erst einmal den Tatwagen, dann hatten sie bald auch Fingerabdrücke oder sonstige Spuren, mit denen sich der Täter – oder die Täterin –überführen ließ. Genau darauf hatte sie die ganze Zeit gehofft. »Ich komme auf jeden Fall mit! Das würde allerdings bedeuten, Ken, dass Sie vielleicht …«

Takeda deutete eine Verbeugung an. »Ich werde Herrn

Sauer … Ich meine, ich werde Sauer über den Stand der Ermittlungen unterrichten.«

»Super. Danke. Später telefonieren wir uns zusammen. Ich werde im Anschluss noch einmal zu Elja Baranova fahren. Vielleicht haben Sie Lust mitzukommen?«

Takeda senkte den Blick. »Wenn es Ihnen recht ist, würde ich lieber einer anderen Spur nachgehen. Es ist vermutlich nichts Bedeutendes, aber ich möchte es dennoch nicht unversucht lassen.«

Claudia sah den Inspektor fragend an, der aber lächelte nur.

Japaner.

## 23.

Das war so eine Sache mit der Stadt. Ken Takeda war eigentlich immer noch auf der Suche nach ihr. Hamburg hatte zwar fast zwei Millionen Einwohner, verfügte über einen der größten Häfen Europas und war, so sagte man, eine Metropole. Und doch fühlte der Inspektor sich zumeist, als bewege er sich in einem pittoresken Dorf. Alles war sehr grün, schön, von einer überwältigenden Lieblichkeit.

Aber die Großstadt, die er erwartet hatte, die vermisste er.

Hier und dort war er fündig geworden: Bei der Fahrt über die nächtliche Süderstraße, zwischen den Containerhalden auf Steinwerder, auf dem Betonfeld am Baakenhöft, wo ein paar trotzige Angler ihre Köder im braunen Elbwasser auslegten, während ein paar Meter entfernt die Containerriesen vorüberzogen.

Takeda wusste selbst nicht so genau, woher seine Sehnsucht nach den kratzigen, urbanen Orten rührte. Hatte er Heimweh nach Tokio? Oder hatte es mit dem Jazz zu tun? Die Musik gedieh nun einmal nicht im Lieblichen.

Jazz war wie das Moos, das sich an einen kargen Felsen in der Kälte klammerte, entgegen allen Regeln des Lebens. Verlorengehen, sich wiederfinden. Tokio war dafür perfekt. In Hamburg musste man sich Mühe geben.

Die Reeperbahn und St. Pauli waren auch nicht übel. Neonreklame, Nachtschwärmer, leichte Mädchen. Ein bisschen wie der dritte Bezirk von Shinjuku in Tokio. Natürlich viel kleiner. Weniger Menschen, weniger Lokale, weniger trübe Hinterzimmer. Aber immerhin. Takeda war schon tief eingetaucht. Sein Saxophon klang am besten, wenn er von den schattigen Seiten des Lebens gekostet hatte.

Auch an diesem Abend stattete der Inspektor dem Kiez einen Besuch ab. Er ließ sich mit einem Taxi zu seinem Ziel fahren. Er wollte trinken, aber das war nicht der einzige Grund, aus dem er den BMW am Präsidium stehen ließ. Er bestellte auch nicht irgendein Taxi, sondern einen Wagen des Unternehmens Meissner & Sohn. Er bat zudem darum, dass Helmut Meissner, der Seniorchef der Firma, persönlich am Steuer saß.

Takeda stieg ein, wollte sich ausweisen, stellte schnell fest, dass das unnötig war. Der Alte am Steuer begann ganz von selbst zu reden, sobald sie losgefahren waren. Es wurde eine Suada, ein Abgesang auf die Stadt, das Land, das eigene Leben. Der alte Meissner redete, ohne darauf zu achten, ob der Fahrgast zuhörte. Wohin man sieht, nur noch Aufschneider, Ausbeuter, Ausländer – nichts für ungut, der Herr, das geht nicht gegen Sie. Gegen Chinesen habe ich nichts. Ach, Sie sind Japaner? Gegen die schon gar nicht. Fleißige Leute, anständig, ehrlich. Nicht so wie das Pack, das sonst nach Deutschland kommt. Wie das Taxigewerbe denn so laufe, wollte Takeda wissen. Der Alte lachte heiser, hustete und meinte: »Man darf nicht mal mehr im eigenen Taxi rauchen. Mehr muss ich doch wohl nicht sagen.« Takeda bat darum, doch mehr zu sagen. Es habe andere Zeiten gegeben, erklärte Meissner. Als er den Taxi-Betrieb von seinem Vater übernommen habe, Anfang der siebziger Jahre, da hätte sein Vater ihm eine junge Pflanze anvertraut, voller Leben, voller Kraft. Sie wuchs und gedieh in den Jahren danach und warf reichlich

Früchte ab. Aber heute? Er wolle den Betrieb bald seinem Sohn übergeben, aber jetzt war es nur noch ein sterbender Baum, der in ein paar Jahren ganz eingehen würde. Nein, die Jungen von heute seien nicht zu beneiden. Es gehe abwärts mit Deutschland. Aber so sei es nun einmal. Wenn die Alten mit etwas gut beraten wären, dann sich dem Lauf der Dinge nicht entgegenzustellen. Es habe ja doch keinen Sinn.

Als Takeda in St. Pauli ausstieg, gab er reichlich Trinkgeld. Er blickte dem davonfahrenden Wagen nach. Am Steuer saß ein zutiefst verbitterter Mann. Aber kein Mörder. Es war ohnehin nur ein vager Verdacht gewesen. Takeda war froh, ihn ausgeräumt zu haben.

Wenig später saß er in einem mit kitschigen Polstermöbeln dekorierten Raum in einer Seitenstraße der Reeperbahn und ließ sich von Janusz Walasek mit zähem Zigarrenrauch einnebeln. Er selbst hatte sich eine Mild Seven angesteckt, von der er aber nicht viel schmecken konnte, Walaseks Montechristo übertönte alles. Dazu gab es Wodka aus großen Gläsern. Weiter hinten im Raum stand ein Schreibtisch, darauf ein altmodisches Telefon sowie eine ganze Reihe schwarzweiß flackernder Bildschirme, auf denen Bilder aus zahllosen kleinen Zimmern im selben Gebäude zu sehen waren. Zimmer, in denen zumeist nichts als ein Bett stand. Zimmer, in denen junge Frauen ihre Arbeit verrichteten.

Walasek war Pole, ein Pate mittleren Ranges, soweit Takeda das beurteilen konnte, zudem ein sympathischer, kultivierter Mann, mit dem er sich – das war wohl nicht übertrieben – schon zu Beginn seines Aufenthaltes in Hamburg angefreundet hatte. Walasek betrieb einige Bordelle in der Stadt und war zudem in die Vermittlung illegaler osteuropäischer Bauarbeiter involviert, eine durchaus nützliche Tätigkeit, ohne die die Bauwirtschaft in Hamburg, ja in ganz Norddeutschland, längst am Boden läge. Von Takeda, der weder mit Sitten- noch mit Wirtschaftsdelikten befasst war, hatte Walasek nichts zu befürchten.

Einer freundschaftlichen Beziehung zum beiderseitigen Nutzen stand also nichts im Weg.

Ihre gegenseitige Sympathie hatte ohnehin einen anderen Grund. Walasek hegte wie viele Polen eine ausgeprägte Leidenschaft für den Jazz. Der Pate war seit langen Jahren ein regelmäßiger Besucher des Bird's, dort hatten er und Takeda sich kennengelernt. Auch an diesem Abend lief in dem Hinterzimmer eine Schallplatte von Sonny Rollins, die der Pole vorhin vorsichtig aus der Hülle genommen, vom Staub befreit und mit viel Gefühl auf den edlen Plattenteller gelegt hatte.

Anders als sonst bei ihren Gesprächen war an diesem Abend nicht Jazz das Thema. Takeda hatte den Paten aufgesucht, um etwas über Drogen zu erfahren, genauer über Crystal, über *Shabu*. Und wo es herkam. Vielleicht wusste Walasek etwas, das Cordes' Kontaktleuten entgangen war.

Walasek paffte an seiner Zigarre, trank einen Schluck Wodka, hustete. Dann blickte er Takeda aus seinen wässrigen Augen an und sagte: »Du hast recht, Kenjiro. Die Leute machen sich Sorgen wegen dieses Zeugs. Crystal Meth. Ich mache mir auch Sorgen. Es ist ein Fluch, ein Geist, den sie aus der Flasche gelassen haben und der nun in der Stadt sein Unwesen treibt.«

Takeda bat um Einzelheiten. Walasek lieferte sie. Immer mehr seiner Mädchen nahmen es, um die langen Stunden auf der Straße durchzuhalten. Das Problem bestand darin, dass es einige von ihnen mit dem Zeug übertrieben, besonders in den letzten Monaten. »Sie taugen dann nicht mehr fürs Geschäft, Kenjiro. Sie verlieren Haare und Zähne, sind ständig müde oder total überdreht. Neulich ist eines meiner Girls auf einen Freier losgegangen, hat ihm drei Zähne ausgeschlagen und beinahe den Schwanz abgeschnitten ... Ist ein Teufelszeug, glaub mir. Die Mädchen bekommen innerhalb weniger Monate eine Haut wie eine Großmutter. Die kannst du noch für zwanzig Euro in St. Georg an die Straße stellen. Wie soll ich davon leben?«

»Wo kommt das Zeug her, Janusz? Das muss ich wissen.«

Der Pole lachte. »Wir sind in Hamburg. Die Antwort auf deine Frage ist nicht so schwierig.«

»Was meinst du?«

»Der Stoff kommt immer übers Wasser. Heroin, Kokain, Haschisch, was weiß ich. Aber gut, beim verdammten Crystal ist es nicht ganz so eindeutig. Es gibt das Meer, und es gibt den Fluss.«

»Die Elbe?«

»Natürlich. Kleinere Schiffe fahren bis nach Tschechien oder kommen von dort. Das ist eine Möglichkeit. Aber die, mit denen ich gesprochen habe, sagen etwas anderes. Es gibt Containerdienste aus allen Himmelsrichtungen. Aber wenn ich du wäre, würde ich nach Osten schauen.«

»Was meinst du mit Osten, Janusz? Asien?«

»Zu weit.«

»Polen?«

Walasek lachte dröhnend. »Schau auf die Landkarte, mein Freund. Sieh dir die Ostsee an. Polen ist nicht das einzige Land mit einem Hafen und mit Containerdiensten nach Hamburg. Alles andere musst du selbst herausfinden.«

Sie blieben noch eine Weile sitzen, rauchten und lauschten gemeinsam dem großen Sonny Rollins. Die Freedom Suite, zusammen mit Oscar Pettiford am Bass und Max Roach am Schlagzeug, im Jahr 1958 eingespielt. Eine bahnbrechende Platte.

Gegen Mitternacht war Takeda wieder auf der Straße und wechselte die Location. Er suchte einen weiteren seiner Hamburger Lieblingsorte auf, die Towerbar des Hotels Hamburger Hafen, am Rande des Kiezes, hoch über den Landungsbrücken. Im Hintergrund lief belanglose Fahrstuhlmusik, Takeda nippte an einem Whisky, rauchte dazu, was man hier zum Glück durfte.

Von seinem Platz oben auf der Empore hatte er einen guten Blick auf den ewig geschäftigen Hafen mit seinen gelben, roten, orangenen Lichtern. Davor flüsterte das schwarzsilberne Band der Elbe Geschichten von ihrer Reise durch halb Europa. Schiffe aus Tschechien, Schiffe aus Europa, Schiffe aus der ganzen Welt. Tag wie Nacht wurden dort unten Waren umgeschlagen.

Autos, Spielzeug, Elektronik.

Waffen, Menschen, Drogen.

Wenn Takeda den Kopf drehte, konnte er die gespenstisch beleuchteten Kontorhäuser der Speicherstadt sehen, dahinter die modernen Bauten der HafenCity. Dort war Sassnitz' Büro, die Straße, in der er ermordet worden war. Nicht weit entfernt war das Schanzenviertel, wo sich die Räume der *DMH* befanden. Ein paar Kilometer stromab lag Nienstedten, wo Sassnitz' Frau wohnte. Und irgendwo auf der Südseite der Elbe, im Hafen, musste die Reederei ihren Sitz haben, für die Elja Baranova arbeitete. Es war alles ganz dicht beisammen, verbunden durch das Geflecht der Straßen, die um diese Uhrzeit wie dunkle, verlassene Schluchten unter ihm lagen.

Durch Takedas inzwischen angetrunkene Gedanken waberten die Puzzlestücke des Falls. Eine Internetfirma auf Dinosaurier-Jagd, ein wütender Taxiunternehmer, ein lettischer Computerprogrammierer und eine ebenso lettische Geschäftsfrau mit dem Aussehen eines Topmodels, ein Haufen Drogen, ein Haufen Lügen.

Wie sollte er, ein Japaner, dieses Puzzle jemals zusammensetzen? War das nicht vermessen? Machte er sich mit seiner Theorie von dem Drogenhandel im Internet nicht lächerlich?

Sollte er also besser Claudia vertrauen, die davon überzeugt war, dass die Dinge gar nicht so kompliziert waren? Eifersucht und Geld. Takeda musste zugeben, dass diese Mischung nicht selten tödliche Folgen hatte – in Japan, in Deutschland, vermutlich auf der ganzen Welt.

Der Inspektor lächelte, als er daran denken musste, dass sich vor langer Zeit schon einmal einige Japaner an ziemlich genau dieser Stelle befunden und ebenfalls versucht hatten, Deutschland zu enträtseln, so wie er jetzt.

Um genau zu sein war das im April 1873 gewesen, also vor

nahezu hundertfünfzig Jahren. Die berühmte Iwakura-Mission machte damals in Hamburg Station. Sie bestand aus einer Gruppe hochrangiger Politiker und Gelehrter, die im Auftrag der neuen Meiji-Regierung die gesamte westliche Welt bereiste, von den USA über Europa bis nach Russland. Unter der Führung von Fürst Iwakura sollten die etwa fünfzig Japaner fast zwei Jahre lang Regierungen wie Firmen konsultieren, um herausfinden, was die im Aufbruch befindliche japanische Nation am besten von welchem Land lernen konnte. In der Chronik der Mission war beschrieben, wie die Delegierten im Hamburger Elbpark standen, der sich damals nahe der Stelle befand, an der nun das Hotel war, inklusive der Bar, in der Takeda nun saß. Die Japaner – sie hatten sich vor kurzem entschlossen, ihre Kimonos gegen westliche Kleidung zu tauschen – blickten über den Hafen und den damals noch dichten Mastenwald der Segelschiffe und ließen sich Einzelheiten über die Hafenwirtschaft erklären.

Kurioserweise hatten sie sich besonders für das Ausbaggern der Fahrrinne der Elbe interessiert, ein Thema, das bis heute die Gemüter in der Hansestadt bewegte. Damals wie heute ging es darum, ob der Hamburger Hafen konkurrenzfähig wäre und auch die neueste Generation an Schiffen die Stadt anlaufen könnte. Damals Segelfrachter und die ersten Dampfschiffe, heute Containerriesen. Claudia hatte Takeda erzählt, dass neuerdings manche Stimmen eine Vertiefung der Fahrrinne auf fünfundzwanzig Meter forderten, damit auch U-Boote den Hafen erreichen könnten. Als Takeda ernsthaft genickt hatte, hatte sie ihn angestarrt und gerufen: »Das war ein Witz, Ken.«

Takeda bestellte ein weiteres Glas Whisky. Er hatte sich an diesem Abend für einen schottischen Laphroaig entschieden, ein interessanter, vielschichtiger Tropfen, mit dem man sich gut und gerne eine ganze Nacht beschäftigen konnte. Das Lächeln der Kellnerin war nun aber gepaart mit Skepsis. Sie hatte recht, es war sein siebtes Glas, jeweils doppelt eingeschenkt, und er hatte längst mehr als genug.

Es war ihm egal, denn genau das war sein Plan. Mehr als genug zu trinken. Nicht wegen Deutschland, nicht wegen des Falls.

Wegen Makiko.

Bei dem Gedanken, dass sie ihn um Erlaubnis für ihre neue Ehe gebeten hatte, stiegen Takeda Tränen in die Augen. Für Makiko war Loyalität schon immer ein Teil der Liebe gewesen, ein Teil ihrer Ehe. So war sie erzogen worden. Sogar jetzt, zwei Jahre nach ihrer Scheidung, empfand sie es als Verrat, einen anderen zu heiraten. Takeda hatte sie am frühen Abend, als es in Japan noch nicht zu spät war, noch einmal angerufen und ihr noch einmal versichert, dass er sich für ihr neues Glück freue. Er hoffte, dass er ihr die Last ihres schlechten Gewissens hatte nehmen können. Er freute sich für sie. Das tat er wirklich. Dennoch bohrte sich der Schmerz tief in sein Herz.

Takeda stürzte den Laphroaig herunter, bestellte einen weiteren. Er versank in Grübeleien, dachte an Makiko, dachte an Yuri, seine langjährige Geliebte, dachte an Sachiko. Er dachte auch an Claudia Harms, seine deutsche Kollegin, aus der er einfach nicht schlau wurde. Er zündete sich die nächste Mild Seven an.

Eine Stimme riss ihn aus den Gedanken. Ein wenig amüsiert, aber durchaus auch vorwurfsvoll. »Spionieren Sie mir etwa nach? Oder ist es Zufall, dass Sie hier sind?«

Takeda, der tief in seinen Sessel gerutscht war, sah zunächst ein paar Beine, Frauenbeine. Sie steckten in dunklen Strumpfhosen. Darüber der Saum eines Rocks, eine Bluse, eine kurze Bolerojacke. Der Duft von teurem Parfum. Ein Gesicht, das genau wie seines die Schattenseiten des Lebens gekostet hatte. Eine Frau, die aus einer kleinen Hamburger Hotelbar einen Ort mit Charakter machte.

Susanne Sassnitz.

Die Frau, von der Claudia glaubte, dass sie eine Mörderin war.

Takeda räusperte sich. »Ich wusste nicht, dass Sie hier sind. Es war bestimmt nicht meine Absicht zu spionieren.«

Ihre Augen ruhten auf Takeda, ihr Gesicht blieb lange ausdruckslos. Dann lächelte sie. »Natürlich. Ich wollte Ihnen keine Vorwürfe machen.«

»Aber es ist in der Tat seltsam, dass wir hier aufeinandertreffen.«

»Ich bin ein paarmal mit Markus hier gewesen … Ich weiß auch nicht. Ich möchte mich erinnern, und ich möchte vergessen. Es fällt mir schwer, alleine zu sein.«

Takeda nickte. Er wusste gut, was sie meinte.

»Waren Sie das vorher nicht auch schon? Alleine? Ich meine, vor seinem Tod. Sie und er, Sie waren doch nicht mehr zusammen?«, fragte er.

»Das stimmt. Aber es war etwas anderes. Er war nicht bei mir. Aber er war irgendwo dort draußen.«

»Das verstehe ich.«

Sie zögerte, warf einen Blick auf einen leeren Sessel an Takedas Tisch. »Darf ich?«

Der Inspektor erhob sich etwas, deutete eine Verbeugung an. »Bitte sehr. Ich freue mich über Ihre Gesellschaft.«

»Tatsächlich?«

»Tatsächlich. *Hontō*. Das ist japanisch und heißt …«

»Ich weiß, was es heißt. Ehrlich oder aufrichtig.«

»So ist es.«

Susanne Sassnitz setzte sich, schlug die Beine übereinander. »Was trinken Sie?«

»Whisky.«

»In Ordnung, ich nehme auch einen.«

Ihre Blicke ließen sich nicht los. Erst als die Kellnerin kam, sah Susanne Sassnitz hoch und bestellte. Dann sagte sie: »Ich möchte nicht über meinen toten Mann sprechen. Ist das in Ordnung?«

»Selbstverständlich.«

»Ich möchte über Sie sprechen, Takeda-San.«

»Über mich?« Der Inspektor sah sie kopfschüttelnd an. »Es gibt nicht viel über mich zu sagen.«

»Das glaube ich nicht. Ich möchte zum Beispiel wissen, was ein japanischer Polizist in Deutschland macht. Und warum er nachts in einer Hotelbar sitzt und sich betrinkt. Ich möchte wissen, wer Sie sind, Herr Takeda. Und warum Sie so verdammt traurig sind.«

## 24.

Es war um Mitternacht, als Claudia das Polizeisiegel an der Wohnungstür von Markus Sassnitz durchbrach und die Tür öffnete. Sie war sich nicht sicher, warum sie noch einmal herkam. Vielleicht ging es ihr einfach darum, den Dingen noch einmal nachzuspüren. Takeda hatte sie vorhin mit seiner Theorie vom Darknet-Drogenhandel ziemlich überrascht. Vielleicht hatte er ja sogar recht. Aber was nützte es ohne belastbare Beweise?

Dummerweise galt das auch für ihre eigene Theorie, nach der Susanne Sassnitz ihren Mann ermordet hatte. Keine Beweise.

Es blieb bisher alles nur Spekulation. Es sei denn, sie stieß auf etwas, das sie wirklich weiterbrachte.

Claudia blieb zunächst im Flur der Wohnung stehen und orientierte sich. Dann ging sie durch die einzelnen Zimmer, blieb gelegentlich stehen, nahm etwas zur Hand, betrachtete ein Bild, setzte sich in einen Sessel, stand wieder auf.

Hier und dort stieß sie auf Überbleibsel von der Spurensicherung. Tapestreifen auf dem Boden, ein vergessenes Fähnchen mit einer Nummer darauf, ein leerer Asservatenbeutel, ein blauer Schuhüberzieher.

Schließlich blieb sie in dem riesigen Büro vor dem leeren Schreibtisch stehen. Den Chagall an der Wand bemerkte sie erst jetzt, er war ihr bei ihrem ersten Besuch nicht aufgefallen. Es war dasselbe Bild, das sie als Poster im Büro hatte. Ein Liebespaar in einer Mondnacht, alles in intensiven Rot- und Blautönen. War das hier etwa das Original?

Claudia trat näher an das Bild heran, richtete sogar eine Stehlampe darauf. Es war in Öl gemalt, mit intensiven Farben. Sogar die Signatur war deutlich zu erkennen.

Wenn es wirklich das Original war, warum hatte Sassnitz es dann nicht verkauft, wenn er in finanziellen Schwierigkeiten war? Das Bild müsste mehr wert sein als die Wohnung, das Haus, sein Auto. Sie würde es recherchieren, nahm Claudia sich vor. Es könnte ja auch gut sein, dass er es tatsächlich bereits einem Kunsthändler angeboten hatte.

Die Aktenregale waren zum größten Teil leer, die Unterlagen und Ordner standen kistenweise im Besprechungszimmer im Präsidium und warteten darauf, durchgesehen zu werden. Die Arbeit würde Wochen oder sogar Monate in Anspruch nehmen. Es war die Ultima Ratio. Sie und das Team würden mit der Durchsicht erst beginnen, wenn sich alle anderen Spuren als Sackgassen erwiesen hatten.

Claudia ging hinüber ins Schlafzimmer, blickte auf das Bett, auf dem immer noch die zerwühlten Decken lagen. Hier hatte Sassnitz Sex gehabt, laut Spusi und Laborauswertung nur ein oder zwei Stunden, bevor er getötet worden war. Mit wem? Die Kollegen hatten Haare und Hautpartikel von den Laken und Decken sichergestellt, ebenso die beiden Champagnergläser, die auf dem Nachttisch standen. Sobald sie eine Verdächtige hatten, konnten sie feststellen, ob sie in der Wohnung gewesen war oder nicht. War es Susanne Sassnitz, wovon sie überzeugt war? War sie in der Mordnacht hier aufgetaucht, hatte noch ein letztes Mal mit ihrem Mann geschlafen, bevor sie ihn umgebracht hatte? Oder war es irgendeine Frau, ein Mädchen, eine Nutte gewesen, die Sassnitz eingeladen hatte, während Susanne bereits unten auf der Straße im Auto saß und auf ihn wartete?

Oder könnte es doch Elja Baranova gewesen sein, wie Susanne Sassnitz behauptete? Nein, eher nicht. Nicht nach dem erneuten Gespräch, das sie vorhin noch einmal mit der Frau aus Lettland geführt hatte.

Claudia hatte, noch bevor sie zur Bergung des Tatwagens in den Hafen gefahren war, das Büro der *Baltic Sea Logistics* in Neuhof, fast unterhalb der Köhlbrandbrücke, aufgesucht. Elja Baranova sah schlecht aus, war mitgenommen und übermüdet, aber wen sollte das wundern? Sie hatte Claudias Fragen anstandslos beantwortet, zeigte sich aber auch fassungslos über Susanne Sassnitz' Anschuldigungen. Markus hätte sie verlassen wollen? Pures Wunschdenken einer verlassenen Ehefrau. Im Gegenteil, Markus und sie hätten erst wenige Tage vor seinem Tod über seine Scheidung und eine gemeinsame Hochzeit gesprochen. Elja Baranova hatte Claudia auf ihre entsprechende Frage hin außerdem erklärt, dass sie Pawel Kowaljow selbstverständlich kenne, schließlich habe er früher ebenfalls für die *Baltic Sea Logistics* gearbeitet. Markus Sassnitz habe ihn mehr oder weniger abgeworben, aber sie stünden immer noch in freundschaftlicher Verbindung, schließlich stammten sie beide aus Riga. Und so viele Letten gebe es in Hamburg nicht. Warum Kowaljow ihre Anwesenheit in Sassnitz' Wohnung am Vorabend der Tat verschwiegen habe, könne sie auch nicht erklären. Vermutlich habe er einfach sagen wollen, dass sie bei der geschäftlichen Besprechung nicht teilgenommen habe, was ja auch den Tatsachen entspreche. Claudia sah keinen Anlass, ihre Angaben zu bezweifeln. Erst als sie sie nach den Drogen in der Wohnung fragte, zeigte die Baranova Zeichen von Nervosität. Ja, Markus sei ein exzessiver Mensch gewesen, ehrgeizig, rastlos, immer unter Strom. Er habe oft wochenlang kaum geschlafen und durchgearbeitet, und natürlich, das habe er niemals ohne chemische Hilfe durchhalten können. Im Grunde sei das also gar kein Drogenmissbrauch gewesen, es sei Doping. In der Start-up-Kultur nicht unüblich. Aber gleich ein halbes Kilo Crystal, insistierte Claudia. Das könne sie sich auch nicht erklären, beharrte Elja Baranova. Was war mit Sassnitz' Hang zur Gewalt, besonders im Zusammenhang mit Sex? Die Lettin versuchte mühsam, Haltung zu bewahren. »Warum erzählen Sie mir so etwas? Wer behauptet das?«

»Sie wissen also nichts davon?«

»Nein. Und ich glaube es auch nicht.«

»Das sollten Sie aber besser.«

Der Versuch, Haltung zu bewahren, scheiterte. Elja Baranova weinte, und es berührte Claudia. »Es tut mir leid, aber ich kann Ihnen das nicht ersparen.«

»Ich möchte Markus so in Erinnerung behalten, wie ich ihn kannte. Habe ich denn kein Recht dazu?«

»Ich befürchte, nein.«

Das Gespräch verlief unspektakulär. Es blieben Fragen, das schon. Aber wogen die genug, um die Baranova zu verdächtigen?

Direkt danach war Claudia zum Baakenhafen gefahren, wo ein mobiler Kran den Wagen gerade aus der Elbe zog. Es war, erläuterte Preuß ihr, ein unerwartet aufwendiges Manöver, da der Pkw bereits tief in den Schlick am Elbgrund eingesunken war. Die Taucher hatten dreimal runtergehen müssen, um eine Kette an der Karosserie zu befestigen.

Der Bagger hob den Wagen langsam in die Höhe. Trübbraunes Elbwasser lief in breiten Strömen aus den Ritzen von Türen und Kofferraum. Eine Handvoll Schaulustiger stand im Kreis herum, machte Kommentare und spekulierte, ob in dem Wagen womöglich noch der Fahrer saß. Eine Frage, die Claudia sich ebenfalls stellte, die sich aber zum Glück nicht bewahrheitete. Der Wagen war leer. Der Täter hatte ihn vermutlich mit gelöster Handbremse in den Fluss geschoben. Er war unmittelbar unterhalb der Kaimauer gefunden worden, war also nicht mit Schwung und Motorkraft versenkt worden.

Die erste Untersuchung, die die Spusi an dem Wagen durchführte, bestätigte schnell, dass es wirklich das Tatfahrzeug war. Die Beschädigungen an Front und Dach waren eindeutig. Und Takeda hatte mit seiner Vermutung, es könne ein Elektroauto sein, ebenfalls recht gehabt. Es handelte sich um einen BMW-Sportwagen, ein neuartiges Modell mit Hybridantrieb, das man aber auch rein elektrisch fahren konnte, wie einer der Spusi-Mitarbeiter Claudia mit leuchtenden Augen erklärte. Ein lautloses Geschoss, aber nicht gerade billig, wie er sich ausdrückte.

Alles Weitere fiel dann ernüchternd aus. Die Kollegen von der Spusi öffneten den Wagen, meinten aber schon nach wenigen Minuten, dass die Chance, brauchbares DNA-Material zu finden – Haare, Schuppen, Hautpartikel – gering sei. Für Fingerabdrücke gelte das Gleiche. Das Elbwasser habe alles zerstört oder rausgewaschen.

Als einer der Taucher mit der Hand den Schlick von der Karosserie wischte, kam ein Logo von *Drive-to-Go* zum Vorschein, Hamburgs größtem Carsharing-Anbieter. Claudia verspürte Hoffnung! Solche Wagen wurden per App freigeschaltet, Claudia war selbst Mitglied bei einem anderen Anbieter, auch wenn sie das Angebot fast nie nutzte. Der Täter musste, als er den Wagen benutzte, eine Datenspur hinterlassen haben.

Der kurze Lichtblick trübte sich leider auch schnell ein, als Claudia noch vor Ort in der Zentrale von *Drive-to-Go* anrief. Erst einmal hing sie minutenlang in einer Warteschleife, wurde dann von verdrucksten Mitarbeitern mehrfach weiterverbunden. Schließlich hatte sie einen Vorgesetzten in der Leitung, der auch nicht gerade auskunftsfreudig war. Claudia wurde laut. Der Mitarbeiter seufzte. Dann erklärte er ihr, dass das entsprechende Fahrzeug seit Tagen vermisst wurde. Offenbar sei etwas eingetreten, das bisher als unmöglich gegolten hatte und das auch keinesfalls an die Öffentlichkeit gelangen dürfe. Jemand hatte die App von Drive-to-go gehackt und den Wagen ohne Registrierung freigeschaltet.

»Das heißt, Sie können nicht feststellen, wer den Wagen gefahren hat?«

»So sieht es aus. Die zuständigen Mitarbeiter, die Ihnen das genauer erklären können, sind aber erst morgen wieder im Haus.«

Na großartig, dachte Claudia. Die Polizei suchte einen Mörder, aber die heißeste Spur musste eine ganze Nacht auf Eis liegen, weil die Zuständigen nicht zu erreichen waren.

Anschließend hatte sie sich in ihren Wagen gesetzt und war alle möglichen Strecken abgefahren, die vom Tatort zum Baakenhafen führten. Viele Möglichkeiten gab es nicht, da nur eine einzige Brücke das Gelände mit der Speicherstadt verband. Der Baakenhafen war zurzeit eine gigantische Baustelle, der letzte Bauabschnitt der HafenCity. In naher Zukunft würden hier Wohnhäuser stehen. Im Moment aber war das gesamte Gelände eine Art Sandburg, auf der nur vereinzelte Baugeräte herumstanden. Keine Kameras, keine Zeugen.

Es könnte höchstens ein paar Angler geben, die in der Tatnacht hier ihre Köder ausgeworfen und vielleicht etwas gesehen hatten. Claudia würde Ottmar Preuß bitten, sich unter den Petrijüngern umzuhören. Mal sehen, ob sich nicht doch noch ein Zeuge fand. Und er sollte herausfinden, ob es in der Nacht eine Taxifahrt von hier gegeben hatte. Schließlich musste der Täter – oder die Täterin – irgendwie von hier weggekommen sein. Und ein eigenes Auto hatte er oder sie ja nicht mehr.

Ein Geräusch ließ Claudia zusammenzucken, während sie in der dunklen Wohnung von Markus Sassnitz stand. War da jemand an der Tür? Kam jemand in die Wohnung?

Sie griff instinktiv nach ihrer Waffe, zog sie aus dem Schulterholster und entsicherte sie. Angst hatte sie aber nicht. Nicht wirklich. Im Gegenteil, sie lächelte. Ihr Gefühl sagte ihr, dass es Takeda war, den sie da gehört hatte. Der Inspektor fand bestimmt ebenso wenig Ruhe wie sie selbst! Es wäre nicht das erste Mal, dass sie sich spätabends an einem Tatort begegneten und sich gegenseitig einen gehörigen Schrecken einjagten.

Claudia lauschte in die Dunkelheit. Das Geräusch wiederholte sich nicht. Nichts als Stille. Anscheinend hatte sie sich doch getäuscht. Da war niemand.

Schade.

Sie überwand ihre kurze Enttäuschung, führte dann ihre Inspektion fort und kehrte noch einmal in Sassnitz' Büro zurück. Sie setzte sich an seinen Schreibtisch, legte die Füße auf die Tischplatte und versuchte sich vorzustellen, wie man sich fühlte, wenn man erst hundert Millionen Euro verdiente und die dann innerhalb weniger Jahre wieder verpulverte. Sie nahm die Füße wieder von der Platte, zog die Schubladen auf, die zum größten Teil leer waren. Dann erregte die große Schreibunterlage ihre Neugier. Es war ein Modell aus Leder, das einen nicht unerheblichen Teil der Tischplatte bedeckte. Claudia strich mit den Handflächen über das edle Material, hob die Schreibunterlage hoch und stutzte, als sie die weiße Ecke eines offenbar größeren Blattes entdeckte. Sie zupfte daran und zog schließlich eine A3-große Jahresübersicht aus weißem Karton hervor, auf der für jeden Tag ein kleines Viereck mit Datum und Raum für Notizen aufgedruckt war. Offenbar hatte Sassnitz darauf Urlaubswochen, Geburtstage, auch einige Termine – offenbar vor allem die auswärtigen – eingetragen. Claudia war überrascht. Es erschien ihr fast rührend, dass ein Internetunternehmer wie Sassnitz, ein Mann an der vordersten Front der Digitalisierung, seine Termine oder zumindest einen Teil davon mit Bleistift oder Kugelschreiber auf ein Stück Papier notierte.

Claudia fuhr die Kästchen mit dem Finger ab. Sassnitz' Handschrift war schwer zu entziffern. Sie identifizierte Eintragungen über Essen, Sportverabredungen, Wochenendausflüge. Eine Woche in der Schweiz im Februar, eine Woche in der Toskana im April. Kurze Reisen in die USA und England. Erstaunlich viele Flüge nach Island. Ein Termin in München am Freitag vor dem Wochenende, an dem er starb. Stimmt, davon wussten sie. Das Treffen mit der TechDare, von der er Geld einsammeln wollte. Schließlich erreichte ihr Finger das Kästchen, das das Datum von Sassnitz' Todestag trug, den vergangenen Sonntag. Für acht Uhr am Abend fand sich ein Eintrag für das Abendessen, von dem sie wussten, dazu die Namen von Pawel Kowaljow und Armin von Suttner.

Claudias Finger rutschte ein Kästchen weiter, Sassnitz hatte für den nächsten Tag eine Verabredung in Frankfurt notiert, am übernächsten Tag in Berlin, dann wieder ein Termin in Hamburg. All das bewies, dass der Mann jäh aus einem prallen Leben gerissen worden war.

Claudia stand auf, wollte hinaus auf die Terrasse treten, als sie plötzlich stockte.

Da war etwas, das sie irritierte. Aber was? Was hatte sie übersehen?

Sie kehrte noch einmal zum Schreibtisch zurück, blickte erneut auf die Jahresübersicht. Am Montag, dem Tag nach der Nacht, in der Sassnitz ermordet worden war, war für dreizehn Uhr ein Termin in Frankfurt notiert. Dahinter ein Name, der wiederum nach einer Investmentgesellschaft klang.

In Frankfurt. Zur Mittagszeit.

Als Susanne Sassnitz an dem Morgen im Büro ihres Mannes angerufen hatte, hatte sie gesagt, dass sie ihn an eine Verabredung zum Mittagessen erinnern wollte. Takeda hatte es Claudia vorhin in Erinnerung gerufen. Das hier bewies doch, dass der Anruf eine Finte war, so wie Claudia es sich gedacht hatte. Denn Susanne Sassnitz' Mann wäre an dem Tag gar nicht in Hamburg gewesen. Die Frau hatte nur angerufen, um ihre Unschuld zu beweisen. Dabei wusste sie, dass ihr Mann tot war.

Weil sie ihn überfahren hatte.

Diese Lüge, meine Liebe, war eine zu viel!

Claudia spürte, wie es wieder in ihrem Bauch zu kribbeln begann. Takedas größter Einwand gegen ihre Theorie von Susanne Sassnitz' Täterschaft war widerlegt.

Sie blickte auf die Uhr. Es war fast ein Uhr. Zu spät, um Takeda anzurufen und ihm von ihrer Entdeckung zu erzählen? Unsinn. Sie wählte seine Nummer, doch sofort sprang die Mailbox an. Takeda hatte sein Handy ausgeschaltet.

Claudia fühlte sich erneut enttäuscht. Sie schnalzte mit der Zunge. Was soll's, dann halt morgen.

Sie schob die bodentiefe Glastür, die zur Dachterrasse führte, zur Seite und trat ins Freie. Für Anfang September war es eine erstaunlich milde Nacht. Sie rekelte sich, grinste, hätte am liebsten laut herausgeschrien. Ihre Entdeckung und die Aussicht, den Fall bald abschließen zu können, drehten sie ziemlich auf.

Claudias Blick streifte die Sitzecke mit den Rattanmöbeln, neben denen ein alter, gewunden gewachsener Olivenbaum in einem großen Terracottatopf stand. Dahinter war der Bereich mit dem Whirlpool. Kein schlechtes Leben, das Sassnitz geführt hatte. Nicht schlecht und doch am Ende tödlich.

Claudia lehnte sich an die Brüstung und sah hinaus über die schlafende Stadt. In der Dunkelheit sah sie die Silhouetten der Türme der Stadt, St. Petri, St. Katharinen, das Rathaus. Zur anderen Seite spannte sich die orangefarbene Lichtglocke über den Hafen.

Claudia liebte es, von hoch oben über Hamburg zu blicken. Ihre Heimatstadt. Die schönste Stadt der Welt. Das sagten nicht nur Hamburger, das war ganz objektiv so. Aber natürlich hatte Hamburg auch düstere, abgründige Seiten. Wer wüsste das besser als sie? Schießereien, Messerkämpfe, Feuerteufel, das war ihr tägliches Brot. Es war fast erstaunlich, dass es ihrer Liebe zu ihrer Heimatstadt keinen Abbruch tat.

Claudia fragte sich, ob Takeda irgendwo dort draußen war. Vielleicht stand er ja wieder am Fähranleger von St. Pauli und spielte Saxophon. Oder er war in einem Jazzclub, stand auf der Bühne, verzauberte sein Publikum.

Sollte sie sich ins Auto setzen und nach ihm suchen? Blödsinn. Vielleicht lag er ja auch längst im Bett und schlief. Da morgen ein anstrengender Tag werden würde, sollte sie das besser auch tun.

Trotzdem blieb Claudia an der Brüstung stehen und blickte weiter über die Stadt. Ganz plötzlich überkam sie ein Gefühl totaler Einsamkeit. Es kam so schnell und überraschend wie ein Stromschlag. Sie ballte die Fäuste zusammen, hämmerte auf das Geländer der Brüstung, einmal, zweimal, dreimal. Bis es schmerzte. Bis sie ein wenig ruhiger wurde.

Sie musste an Susanne Sassnitz denken, ausgerechnet. An das große, beeindruckende Haus in Nienstedten, den schönen Garten, die Skulpturen. Das Haus könnte die Kulisse eines erfüllten, glücklichen Lebens sein. Tatsächlich aber war es der Zufluchtsort einer zutiefst einsamen Frau, die es nicht geschafft hatte, eine tragfähige Partnerschaft aufzubauen. Und die sich nicht damit hatte abfinden können, so dass sie zur Mörderin geworden war.

War sie, Claudia, auf dem Weg, genauso zu werden? Nur, dass sie nicht einmal ein tolles Haus hatte, sondern nur eine Dreizimmerwohnung in Groß Borstel?

Claudia sah auf ihr Handy. Es war fast ein Uhr morgens. Sollte sie Andreas anrufen? Er hatte ihr schließlich die Mail geschickt, hatte geschrieben, dass er sich freue, wenn sie sich melde. Sie könnte ja auch einfach zu ihm rüberfahren, ihn überraschen. Wohin das Ganze führte und ob es überhaupt zu etwas führte, war doch egal. Es würde diese Nacht retten.

Ein Lächeln erschien auf Claudias Gesicht.

## 25.

Es war kurz vor Sonnenaufgang und überraschend kalt, der nahende Herbst deutlich spürbar. Die milden Nächte des Sommers waren Vergangenheit. Schon deutlich weniger Vögel stimmten ein Morgenkonzert an, kein Vergleich zu dem überraschend lauten, vielstimmigen Vogelträllern, das Takeda zu Beginn seines Aufenthaltes in Hamburg gehört hatte.

Der Inspektor trat auf die Straße, drehte er sich noch einmal um und blickte über das schmiedeeiserne Tor und die Auffahrt hinweg zu dem höhergelegenen Haus, in dem Susanne Sassnitz nun lag und schlief.

Es war ein Fehler gewesen, herzukommen.

Es war ein Fehler gewesen, mit Susanne Sassnitz inmitten der Funakoshi-Figuren zu stehen, die Knöpfe ihrer Bluse zu öffnen und sie über ihre Schultern zu Boden gleiten zu lassen.

Es war ein Fehler gewesen, sich selbst zu entkleiden, sich dann auf den Boden zu setzen und mit geschlossenen Augen zu spüren, wie sie sich auf seinen Schoß setzte, die Beine um ihn schlang, ihn in sich aufnahm.

Aber all diese Fehler waren von einer so leidenschaftlichen Wucht gewesen, dass es Takeda schwerfiel, sie wirklich zu bereuen.

Da sein Wagen immer noch auf dem Parkplatz des Präsidiums stand, ging er zu Fuß zur nahegelegenen Hauptstraße. Er holte sein Handy hervor und bestellte ein Taxi.

Kurz darauf saß er im Fond eines Mercedes und hing seinen Gedanken nach. Was hatte er zu seiner Rechtfertigung vorzubringen? Dass er betrunken war? Durcheinander wegen Makiko? Dass Susanne Sassnitz und er sich beide verwundet fühlten? Dass sie sich gegenseitig den Frieden geben konnten, nach dem sie sich beide sehnten?

Sicher, das alles stimmte. Aber Takeda musste sich lächelnd eingestehen, dass noch etwas anderes eine Rolle gespielt hatte.

Neugier.

Er war gespannt gewesen, wie es wohl wäre, mit einer deutschen Frau zu schlafen. War das albern? Auf jeden Fall. Aber er konnte nicht leugnen, dass ihn die Vorstellung seit langem beschäftigt und ihn durchaus auch mit einer gewissen Furcht erfüllt hatte.

Wie waren deutsche Frauen im Bett? Was waren ihre Wünsche, ihre Begehrlichkeiten? Und wäre er wohl in der Lage, ihnen gerecht zu werden? Würde er es richtig machen, sie richtig berühren, reizen, befriedigen?

Takeda stammte aus einem Land, dessen Ratgeber-Kultur vermutlich weltweit einzigartig war. Es gab Ratgeberbücher für *Pachinko*-Glücksspielautomaten, Schulprüfungen, Verführungsstrategien oder für Menschen, die in Roboter verliebt waren. Sogar ein Ratgeber über die besten Methoden, sich selbst das Leben zu nehmen, war lange Wochen in den Bestsellerlisten.

Nur einen Ratgeber, wie ein japanischer Mann mit einer europäischen Frau umzugehen hatte, der fehlte. Nicht einmal die Reiseführer hatten entsprechende Kapitel. Eine echte Marktlücke.

Takeda gelang ein Lachen, was er noch vor zehn Minuten für unmöglich gehalten hätte. Es trug ihm einen verwunderten Blick des Taxifahrers ein.

Der kurze Moment der Leichtigkeit war schnell vorüber. Sein schlechtes Gewissen, insbesondere Claudia gegenüber, meldete sich zurück.

Claudia hielt Susanne Sassnitz für die Hauptverdächtige in ihrem Fall, und er musste zugeben, dass sie durchaus gute Gründe dafür hatte. Zumal Susanne sich nicht gerade bemüht hatte, sie vom Gegenteil zu überzeugen.

Er wusste nach der vergangenen Nacht jedoch, dass Claudia sich täuschte. Susanne war keine Mörderin. Aber machte es das besser?

Sich als ermittelnder Beamter mit ihr einzulassen war in Japan, war in Deutschland, war wohl auf der ganzen Welt ein Vergehen, das einen Polizisten den Job kosten konnte.

Andererseits wusste Takeda zu gut, dass das, was letzte Nacht geschehen war, unausweichlich gewesen war. Die Verbindung zwischen ihm und Susanne hatte in dem Augenblick begonnen, in dem er das erste Mal das Zimmer mit den Funakoshis betreten und ihr kurz darauf in die Augen geblickt hatte. Er wusste es, sie wusste es. Ihrer beider Verlangen hätte keine Ruhe gegeben, bis sie ihm nachgegeben hätten. Gut, es wäre klüger gewesen, bis zum Ende der Ermittlungen zu warten.

Dafür war es nun zu spät.

Erst nachdem sie sich ein zweites, dann ein drittes Mal vereinigt hatten, zuletzt in ihrem Schlafzimmer, hatte sie über ihren toten Mann gesprochen. Takeda hatte sie nicht dazu aufgefordert, er hatte ihren Worten auch nichts entgegnet, hatte still zugehört. Sie lag neben ihm im Bett, und das blaue Licht der Nacht glänzte auf ihrem nackten Körper. Sie sah ihn nicht an. Es wirkte, als spreche sie zu sich selbst. »Ich habe immer gefühlt, dass Markus nicht alt werden würde. Das berühmte Bild von der Kerze, die an zwei Enden brennt, ist viel zu schwach für ihn. Er war ein bengalisches Feuer. Markus war gierig nach allem, Essen, Trinken, Drogen, Sex. Auch nach Arbeit, nach Erfolg, nach neuen Ideen. Er hat nie genug bekommen, von nichts, er war maßlos. Aber weißt du, Ken, obwohl ich diese Ahnung hatte, habe ich niemals erwartet, dass es auf diese Art geschehen würde. Ich dachte, er könnte einen Herzinfarkt haben. Oder an einem Unfall sterben, bei einem Flugzeugabsturz, so etwas. Aber dass er ermordet würde, das hätte ich nie für möglich gehalten. Andererseits, auch das stimmt nicht. Es ist seltsam, aber als ich es erfahren habe, war ich nicht überrascht. Habe ich es also doch für möglich gehalten? Ich weiß es nicht ... Die Dinge hatten sich verändert zwischen uns, weißt du? Markus war anders geworden. Erst recht, seit Elja in sein Leben getreten war. Er hat mir zwar erzählt, wie sehr er sie liebt und sie ihn angeblich auch. Aber ich kannte ihn zu gut, um es ihm zu glauben. Ich merkte, dass er nervös war. Frag mich nicht, was genau mit ihm los war, denn ich weiß es nicht. Er hat sich auf etwas eingelassen, das ihm über den Kopf wuchs. Ich dachte, dass es etwas mit der Firma zu tun hätte, mit der *DMH.* Jetzt bin ich mir nicht mehr so sicher. Deine Kollegin meinte, dass er kein Geld mehr hatte. Ich weiß nicht, ob das stimmt. Markus war ein Kontrollfreak, aber anscheinend hatte er die Kontrolle verloren. Er wollte mir nicht sagen, was genau los war. Seine Geschäfte haben mich nie sonderlich interessiert. Als ich das letzte Mal mit ihm gesprochen habe, meinte er, dass es Probleme gebe, ernste Probleme. Als ich ihn danach fragte, meinte er, es würde mich doch nur beunruhigen. Ich konnte spüren, dass er Angst hatte. Zum ersten

Mal überhaupt. Aber ich habe respektiert, dass er nicht darüber sprechen wollte, und habe nicht weitergefragt. Bis er dann tot auf der Straße lag, bis ich ihn gesehen habe, auf dem Tisch in der Rechtsmedizin. Blass, kaputt, zerstört. Ich weiß nicht, wer es getan hat. Ich bin mir nicht einmal sicher, ob ich es überhaupt wissen möchte ... Es ist gut, dass du da bist, Ken. Ich glaube, ich werde heute zum ersten Mal, seit es passiert ist, schlafen können.«

Tatsächlich schloss sie die Augen, und noch während Tränen unter ihren Lidern hervortraten, wurde ihr Atem ruhiger, und sie fand erlösenden Schlaf. Takeda hingegen blieb wach und blickte in die Dunkelheit. Er musste an Makiko denken. Auch an Sachiko. An Claudia. Er war nach Deutschland gekommen, um Abstand zu gewinnen. Um Ruhe zu finden. Wenn er so weitermachte, würde es ihm kaum gelingen.

Als er schließlich aufgestanden war, um zu gehen, war Susanne aufgewacht. Sie fragte: »Möchtest du los? Kein Abschied?«

»Doch.«

Er hatte sich neben sie aufs Bett gesetzt, hatte ihr einen Kuss gegeben und gesagt: »Es war eine wunderbare Nacht, für die ich Ihnen von Herzen danke.«

Susanne lachte, berührte sein Gesicht und sagte: »Kenjiro, auch wenn es dir schwerfällt, aber ab jetzt müssen wir uns duzen. Das ist in Deutschland so, wenn man miteinander geschlafen hat.«

»Ich werde mir Mühe geben. Versprochen.«

»Das werde ich auch.«

Er räusperte sich. »Es kann sein, dass ich dich bald nach den Dingen, die du mir heute Nacht erzählt hast, offiziell befragen muss.«

»Ja, natürlich. Hauptsache, es ändert nichts zwischen uns.«

Takeda nickte und ging.

Er hatte den Fahrer angewiesen, nicht nach Winterhude in seine Wohnung zu fahren, sondern nach Alsterdorf. Er wusste, was er tun musste, um die Müdigkeit loszuwerden und seine aufgewühlten Gedanken zu beruhigen.

Eine halbe Stunde später – es war noch nicht ganz sieben Uhr – sah man Inspektor Takeda beim Training im Dojo des Polizeisportvereins. Er war allein und kniete in der Mitte der mit Matten ausgelegten Kampffläche. Er trug schwarze *Hakama*, den traditionellen Hosenrock der japanischen Kampfkünstler, dazu ein graublaues Oberteil. In seinem Gürtel steckte die schwarzglänzende Scheide seines *Katana*, seines Langschwertes. Er bewahrte die Waffe in seinem Spind im Verein auf. Den Kollegen, die ebenfalls hier trainierten, hatte er erzählt, es sei eine Sportwaffe, schlicht und wertlos. In Wahrheit war das *Katana* ein *Kotō*, ein altes Schwert, das sich seit Jahrhunderten im Besitz seiner Familie befand. Es hatte Takedas Vorfahren schon vor Jahrhunderten in die Schlachten der Azuchi-Momoyama-Zeit begleitet, bis in den großen Kampf von Sekigahara. Die Klinge hatte getötet und war ebenso Zeuge geworden, wie ihre Träger den Tod fanden. Doch immer war das Schwert zur Familie Takeda zurückgekehrt, um der nächsten Generation zu dienen.

Der Inspektor konnte den alten Heldengeschichten, die über die verschiedenen Zweige des Takeda-Clans erzählt wurden, nicht viel abgewinnen. Er war Pazifist, stand politisch links, war modern, liebte den Jazz.

Aber es gab Momente, in denen er dem Geist des *Bushidō*, den ihn sein Vater und Großvater von Kindesbeinen an gelehrt hatten, vertraute. Er gab ihm sich hin, weil er darin Heilung fand.

Takeda, immer noch kniend, öffnete plötzlich die Augen. Der Daumen seiner linken Hand, die die Schwertscheide umfasste, streckte sich und schob das *Tsuba*, das Stichblatt, nach oben. Es gab den typischen Klicklaut, der dem Kenner verriet, dass das *Katana* nun bereit war, gezogen zu werden. In vergangenen Jahrhunderten war es ein tödliches Geräusch gewesen, denn ein Schwert, das gezogen wurde, wollte Blut trinken. Heute versprach es Frieden, es zauberte ein leises Lächeln auf Takedas Gesicht.

Dann ging alles sehr schnell. In einer fließenden Bewegung schnellte Takeda aus seiner knienden Haltung empor, stieß einen gellenden Schrei aus und zog das *Katana* gänzlich aus der Scheide. Er ließ die Klinge in einer einhändig geführten, kreisförmigen Bewegung emporschneiden, beschrieb direkt danach einen waagerechten Schnitt, dann einen weiteren senkrechten Schnitt vor seiner Körpermitte, bei dem er das Schwert nun mit beiden Händen hielt. Schließlich fror er in dieser letzten Position ein. Sekunden vergingen. Dann erst folgte eine ruckhafte Bewegung der Klinge nach unten, die das Abschütteln von Blut symbolisierte. Zuletzt ließ Takeda das Schwert in einer gleitenden Bewegung wieder in der Scheide verschwinden und nahm erneut eine kniende Haltung ein.

In der Schlacht hätte er in diesen kurzen Sekunden drei Feinden das Leben genommen.

So aber hatte er lediglich seine aufgewühlten Gedanken getötet. Er fand Stille, er fand Frieden.

Als Takeda gegen halb neun geduscht hatte und sich anzog, war er ruhig und ausgeglichen. Er hatte gerade die Krawatte gebunden, als sein Handy klingelte. Claudia.

Sein schlechtes Gewissen meldete sich schlagartig zurück, nicht zuletzt, weil sie ihn bereits am Abend angerufen und er sich bis jetzt nicht zurückgemeldet hatte.

Noch bevor der Inspektor einen Gruß in den Hörer sprechen konnte, redete Claudia in schnellen Worten auf ihn ein. »Halten Sie sich fest, Ken. Das mit dem Wagen gestern war ein Reinfall. Elja Baranova, bei der ich auch war, können wir getrost von der Liste streichen. Aber das ist alles egal. Ich bin auf etwas gestoßen, das Susanne Sassnitz betrifft ... Ken? Sind Sie noch dran?«

Claudia lauschte in die Leitung. Normalerweise machte Takeda, wenn man mit ihm telefonierte, die ganze Zeit Geräusche. Er brummte, sagte ja oder sogar *Hai*. Jetzt aber war gar nichts zu hören. »Ken? Hören Sie mich?«

»Aber ja. Ich bin nur ... äh ... sehr gespannt. Sie wollten etwas über Susanne Sassnitz sagen.«

»Richtig. Ich habe eine interessante Entdeckung gemacht. Nicht groß, aber vielleicht entscheidend. Ich habe sie nämlich gleich noch einmal einer Lüge überführt, und ich kann mir nicht vorstellen, wie sie sich aus der hinausreden könnte.«

Takedas Gedanken begannen zu rasen. Er kannte Claudia gut genug, um zu wissen, dass sie so etwas nicht leichtfertig sagen würde. War er also derjenige, der sich täuschte? Hatte Susanne ihn in der Nacht nur benutzt, um ihn von ihrer Unschuld zu überzeugen, vielleicht weil sie wusste, dass er vieles hier in Deutschland nicht richtig verstand?

Mit leiser, kaum noch zu hörender Stimme fragte Takeda: »Sie können sie also der Tat überführen?«

Claudia lachte laut heraus. Sie schien ganz im Gegensatz zu ihm vor Kraft und Energie zu strotzen. »Blödsinn, nein. Obwohl ich das bis vor ungefähr zehn Minuten gedacht habe. Aber jetzt ist alles anders.«

»Ich verstehe nicht ganz.«

»Sie hatten recht, Ken. Ihre Theorie macht das Rennen, nicht meine. Jedenfalls sieht es ganz danach aus. Heiner Cordes hat mich vorhin angerufen. Es gibt eine heiße Spur, die haargenau zu allem passt, was Sie vermutet haben.«

Claudia schilderte kurz, was sie bisher von Cordes erfahren hatte. Takeda hörte ihr gebannt zu und war dabei genauso erstaunt wie erleichtert.

Claudia beendete ihren Bericht und fragte: »Wo sind Sie? Gut. Ich hole sie in zehn Minuten ab. Bis gleich.«

Sie legte auf.

Takeda steckte sein Handy weg, stand kopfschüttelnd im Umkleideraum. Die Ruhe, zu der er durch das Training gefunden hatte, war durch das Wechselbad der Gefühle verschwunden, das ihm Claudias Anruf beschert hatte.

Dann aber musste er lachen. Es war schon bemerkenswert, wie die Dinge sich entwickeln konnten.

Der Inspektor schlüpfte in die Schuhe und verließ den Dojo. In Japan hätte er sich jetzt an einem Automaten eine Dose mit heißem Café au Lait gezogen. Zusammen mit einem Stück Gebäck wäre es das perfekte Frühstück gewesen. Hier aber gab es nicht einmal einen Filterkaffee im Plastikbecher. Zu dumm, dass die Deutschen Getränkeautomaten für ähnlich schlimme Umweltsünden hielten wie Atomkraftwerke oder Giftmülldeponien. Er würde vorerst auf ein Frühstück verzichten müssen.

## 26.

»Sie sehen müde aus«, sagte Claudia, nachdem Takeda zu ihr in den Wagen gestiegen war.

»Sie auch.«

»Ich habe gut geschlafen. Vielleicht sogar zu viel.«

»Mir geht es genauso.«

Sie sahen sich in die Augen und wussten beide, dass sie nicht die Wahrheit sagten. War aber auch nicht so schwer zu erraten. Claudia hatte dunkle Ringe unter den Augen, und ihre Frisur war zerzaust. Takeda wirkte erschöpft und zudem furchtbar verkatert.

Aber das hatte Claudia bereits von Takeda gelernt. Man musste den Menschen ihre Lügen lassen. Sie hatten ein Recht darauf, denn die Wahrheit, die gehörte nur jedem allein. In Asien nannte man es *das Gesicht wahren.*

Claudia fuhr in Richtung Bahrenfeld und scherte auf die Autobahn in Richtung Süden ein. Durch den Elbtunnel ging es nach Moorfleet, dort direkt wieder von der Autobahn runter und nach Osten.

Als sie über die Köhlbrandbrücke fuhren, weitete sich der Blick über den Hafen mit seinen gigantischen Containerhalden, Kränen, Frachtschiffen, Feedern, Schleppern, Barkassen.

Claudia hupte einen dahinschleichenden Lkw an. Dann informierte sie den Inspektor über weitere Einzelheiten, die Cordes ihr mitgeteilt hatte. Vor zwei Tagen hatte der Zoll einen Container mit einer brisanten Fracht sichergestellt. Offiziell hatte er Holzmöbel geladen. Weder die Röntgenaufnahme war auffällig gewesen, noch hatten die Hunde angeschlagen. Eine zufällige Stichprobe hatte den großen Bämm gebracht. Die Möbel waren präpariert und vollgestopft mit Crystal Meth, insgesamt fast hundert Kilogramm – die mit Abstand größte Menge, die in Deutschland jemals sichergestellt worden war.

»Und jetzt kommt's, Ken. Der Container ist in Ventspils eingeschifft worden. Bestimmungsort Hamburg. Ventspils, klingelt da was bei Ihnen?«, fragte Claudia.

»Das ist in Lettland. Die Stadt, aus der Elja Baranova stammt.«

»Bingo! Und die Stadt, aus der ihre Firma einen Containerdienst nach Hamburg betreibt. Glauben Sie, das ist Zufall? Ich nicht. Und ich habe gestern Abend noch mit der Frau gesprochen und ihr abgekauft, dass sie nichts von Sassnitz' Drogengeschichten gewusst hat.«

»Und wenn es doch Zufall ist?«, gab Takeda zu bedenken. Allerdings verriet sein Tonfall, dass auch er nicht daran glaubte. Im Gegenteil, das hier könnte wirklich der Beweis für seine Theorie sein. Janusz Walasek hatte bereits angedeutet, dass die Drogen aus dem Baltikum stammten, auch wenn er es nicht ausgesprochen hatte. Nun schien es klar zu sein, dass das Crystal aus Lettland kam. Über Elja Baranova und Pawel Kowaljow schloss sich der Kreis zu Markus Sassnitz.

»Warten wir es einfach ab. Bald wissen wir mehr.«

Kurz darauf durchfuhren sie die Zollschranke am EuroCargo-Terminal und rollten in langsamem Tempo über das riesige

Areal. An den Kaimauern lagen zwei Frachtschiffe, beide über dreihundert Meter lang, die von Containerbrücken in einem beeindruckenden Tempo ent- und wieder beladen wurden. Überall fuhren führerlose Transporter hin und her, die die angelandeten Container weiterbeförderten und zu den nahen Gleisanlagen und Lkw-Terminals brachten.

Takeda betrachtete das wuselige Geschehen und war beeindruckt. Hier fand das statt, was man das deutsche Exportwunder nannte. Doch wieder einmal bestätigte sich sein Verdacht, dass die Deutschen es in erster Linie auf eines abgesehen hatten: möglichst viel Arbeit mit möglichst wenig Menschen zu bewältigen. Angeblich war ja seine japanische Heimat die weltweit führende Nation in der Robotisierung. Aber es war hier in Deutschland, wo man offenbar möglichst auf Menschen verzichten wollte. Ob in Restaurants, auf Bahnhöfen oder in Produktionsstätten – es ging menschenleer zu. Keine Servicekräfte, kein Personal, keine Arbeiter. Deutschland strebte offenbar einen Rekord im Personalkürzen an. Mit Erfolg, wie er hier wieder einmal sehen konnte. Obwohl am EuroCargo-Kai Stunde um Stunde Waren im Wert von vielen Millionen Euro umgeschlagen wurden, sah er weit und breit kaum einen Menschen.

Es war beeindruckend. Es war erschreckend.

Claudia ließ sich von einem Mitarbeiter des Zolls per Handy navigieren. Schließlich erreichten sie ein separat eingezäuntes Gelände am südlichen Ende des Terminals. Es wirkte im Vergleich zu den riesigen Containerhalden, die sie bisher passiert hatten und auf denen die Container oft acht- oder zehnfach übereinandergestapelt waren, geradezu beschaulich. Hier standen insgesamt vielleicht fünfzig oder sechzig Container, maximal doppelt oder dreifach gestapelt. Die meisten waren alt und ohne die Logos der internationalen Reedereien.

Vor einem älteren, rostbraunen Container mit einer weitgehend abgeblätterten Aufschrift stand ein einzelner Mann. Er trug Jeans und ein geringeltes Poloshirt, darüber ein farblich unpassendes Jackett. Sein Schnauzbart war angegraut. In der Hand hielt er eine schwarze Herrenhandtasche, die er bestimmt in einem Onlineshop für Siebziger-Jahre-Devotionalien gekauft hatte, wie Claudia mutmaßte.

Sie sagte zu Takeda: »Versprechen Sie mir, dass Sie sich nie so ein Ding kaufen, Ken. Ich würde unsere Zusammenarbeit auf der Stelle aufkündigen.«

»Ich verspreche es«, sagte Takeda mit ernster Stimme, obwohl er nicht die geringste Ahnung hatte, wovon Claudia sprach.

Sie fuhr den Wagen neben den Container, zog den Zündschlüssel ab und stieg aus. Takeda folgte ihr.

»Harms, Mordkommission. Das ist mein Kollege Takeda. Sie sind Herr Keller?«, fragte sie.

»So ist es. Torsten Keller, Zollfahndung. Ich hätte Sie ja lieber auf dem Amt begrüßt, da hätte ich Sie ebenso gut informieren können. Aber Sie wollten ja unbedingt vor Ort erscheinen.«

»Wir machen uns gerne ein eigenes Bild. Kann hinterher nützlich sein, man weiß ja nie.«

»Sicher«, sagte Keller.

»Also, was haben wir?«

»Ein dicker Fisch, so viel kann ich schon mal sagen.« Er klopfte gegen den rostigen Container, vor dem sie standen. Es gab ein dumpfes, blechernes Geräusch. »Der ist vorgestern von einem Feeder aus Lettland gelöscht worden, kam per Liniendienst. Die meisten anderen Container sind direkt weiterverladen worden, aber der hier hat seinen Bestimmungshafen in Hamburg. Laut Frachtpapieren ist es eine Ladung Holzmöbel und Holzgeräte, für den Garten und so. Die machen schöne Sachen da oben. Auch bei dem, was hier drin ist, freut sich das Auge. Tische, Stühle, Schränke. Alles Bauernstil. Meine Frau würde dafür schwärmen. Ich weniger, aber gut, lassen wir das. Zum Glück haben wir genauer hingesehen. Da ist kein Stück drunter, das nicht präpariert ist. Ich glaube, der Kollege Cordes von der Drogenfahndung hat Sie schon informiert?«

Claudia nickte. »Crystal Meth. Und zwar eine hübsche Menge, richtig?«

»Wir schätzen es auf fast einhundert Kilo. Das ist beispiellos.«

»Irgendeine Idee, was das wert ist?«

Keller stieß ein verächtliches Schnaufen aus. »Endpreis auf der Straße? Schwer zu sagen. Wenn solche Mengen in Umlauf kommen, purzeln die Preise. Trotzdem dürften es viele Millionen Euro sein.«

»Cordes meinte, dass Sie sich über den Fund trotzdem nicht freuen können.«

»Allerdings. Sehen Sie, bisher kommt Methamphetamin meistens aus dem Süden über den Landweg oder auch über die Elbe. Es sind eher kleine Mengen. Hier im Hafen haben wir eher mit Kokain und Heroin zu tun. Kommt mit den großen Pötten aus Afrika und Südamerika. Kurz gesagt, Hamburg und überhaupt der ganze Norden war bis vor kurzem in Sachen Crystal Meth einigermaßen sauber. Im Süden, also in Bayern, Sachsen und Thüringen, sieht das ganz anders aus. Da kommt das Zeug schon seit längerem über die grüne Grenze aus Tschechien und breitet sich aus wie eine Seuche. Uns war schon lange klar, dass für die Kartelle Hamburg ein unbestellter Acker ist. Wir haben eigentlich gedacht, dass wir die polnische Grenze im Auge behalten müssen und dass die Routen quer durch Mecklenburg laufen. Seit wir das Schätzchen hier gefunden haben, sind wir schlauer. Der Stoff kommt über die Ostsee aus dem Baltikum. Ziemlich raffiniert gemacht, übrigens. Die haben Hohlkammern in die Möbel gefräst, die von außen praktisch nicht zu sehen sind. Hinzu kommt, dass wir noch nicht so viele Hunde haben, die auf Crystal anschlagen. Aber selbst für unsere besten Tiere wäre das hier eine echte Herausforderung gewesen.«

»Cordes meinte, dass Sie Glück hatten.«

»Kann man so sagen. Der Brückenführer hatte einen schlechten Tag, als er den Container abgestellt hat. Drinnen ist was zu

Bruch gegangen, das Pulver ist förmlich rausgerieselt. Um ein Haar hätten wir es trotzdem übersehen. Aber mal ehrlich, in Hamburg werden täglich Zehntausende solcher Container umgeschlagen. Was wir rausfischen, bewegt sich im Zweifel im Promillebereich. Meistens schaffen wir es nur, wenn wir einen Tipp bekommen.«

»Hatten Sie in dem Fall einen Tipp?«

»Nein, überhaupt nicht.«

»Wie wollen Sie weiter vorgehen?«, fragte Claudia.

»Abwarten, beobachten, zuschlagen.« Keller klopfte erneut gegen den Container. »Wir haben die Kiste bewusst wieder zugemacht und verplompt. Von unserer Seite aus gibt es also grünes Licht für den Weitertransport. Wir sind uns nicht sicher, ob der Empfänger, der die Möbel bestellt hat, weiß, was ihm da ins Haus geliefert wird.«

»Wer ist denn der Empfänger?«

Keller lächelte und fixierte Claudia. »Erklären Sie mir doch erst einmal, was Sie so sehr an der Sache interessiert. Sie sind ja nicht von den Drogen, sondern vom Mord.«

»Cordes hat es Ihnen nicht gesagt?«

»Kein Wort.«

Claudia brachte Keller in Sachen Markus Sassnitz auf den Stand, sagte dann: »Wir haben bei dem Opfer eine nicht ganz kleine Menge Crystal Meth sichergestellt. Darum hatten wir von Anfang an den Verdacht, dass der Mord damit im Zusammenhang stehen könnte. Mein Kollege hat auch einiges in der Richtung herausgefunden, aber bisher fehlte uns der letzte Beweis, dass wir richtigliegen.«

»Was macht Sie so sicher, dass Sie ausgerechnet dieser Fund weiterbringt? Es gibt ja durchaus noch andere Routen, auf denen das Zeug nach Hamburg kommt.«

»Klar. Aber es gibt im Umfeld des Mordopfers eine Spur, die nach Lettland führt. Ich kann mir nicht vorstellen, dass es Zufall ist.«

»Okay, das klingt plausibel.«

»Was uns jetzt noch fehlt, ist die Verbindung zwischen dem Container, der Baltikumsroute und unserem Personenkreis. Aber das könnte sich ja ändern, wenn Sie mir verraten, welche Reederei den Container transportiert hat und für wen die Lieferung bestimmt ist.«

Keller nickte nachdenklich. »Versprechen Sie mir, dass Sie nichts unternehmen, ohne uns zu informieren? Das hier ist kein kleiner Fisch. Den will ich nicht wegen eines einzigen Toten wieder vom Haken verlieren.«

»Ernst gemeint? Ein einziger Toter?« Claudias Stimme war hart.

Keller ließ sich nicht beeindrucken. »Hundert Kilo Crystal lassen sich umrechnen. Wenn das Zeug auf den Markt kommt, haben wir früher oder später nicht nur einen Toten, sondern ein ganzes Dutzend.«

»Okay, das verstehe ich.«

»Also versprochen? Sie holen den Zoll mit ins Boot, bevor Sie irgendwie aktiv werden?«

»In Ordnung. Wir unternehmen nichts, ohne uns abzusprechen.«

Keller war zufrieden. Er öffnete seine Herrenhandtasche und holte die Kopie des Frachtbriefes heraus. Es waren mehrere zusammengetackerte Seiten. Claudia überflog die Papiere. Sie hatte es mit Formularbögen zu tun, die zum größten Teil aus unverständlichen Abkürzungen bestanden. Keller sah ihr eine Weile schadenfroh zu, tippte dann mit dem Finger auf ein Schriftkästchen auf der zweiten Seite. »Hier, das ist die Reederei. Und das der Empfänger.«

Claudia las den Namen einer Firma, die Lattvia Intersea hieß und die, wie Keller ihr erklärte, einen wöchentlichen Containerdienst zwischen Ventspils und Hamburg betrieb. Der Empfänger des Containers wiederum war eine Firma namens Northern Decor. Sie hatte ihren Sitz in Billbrook, einem Gewerbegebiet im Südosten Hamburgs. Claudia konnte ihre Enttäuschung nicht verhehlen. Keine Baltic Sea Logistics, keine *DMH*. War das hier also doch nur Zufall?

Sie blickte zu Takeda, der den Frachtbrief ebenfalls studierte. Sein Gesicht verriet nicht, was in ihm vorging.

Claudia bedankte sich bei Keller, ging dann mit dem Inspektor zurück zum Auto.

Nachdem sie den Motor angelassen hatte, fragte sie: »Was denken Sie, Ken? Ist das die heiße Spur, die uns gefehlt hat?«

»Ich weiß es nicht.«

»Ich auch nicht. Aber es gäbe eine Möglichkeit, wie wir uns Klarheit verschaffen könnten.«

»Und die wäre?«

»Sehen wir uns diese Northern Decor doch mal an. Ich stehe zwar nicht auf Bauernmöbel, aber in dem Fall mache ich gerne eine Ausnahme.«

Takeda warf ihr einen fragenden Blick zu. »Haben Sie Herrn Keller nicht gerade versprochen, ihn zu informieren, bevor Sie etwas unternehmen?«

»Ein Besuch bei der Firma bedeutet doch nicht, dass wir etwas unternehmen, oder?«

Takeda lächelte. »Natürlich nicht.«

## 27.

Man musste wohl Japaner sein und eine entsprechend ausgeprägte Resistenz gegen urbane Hässlichkeit haben, um Billbrook etwas abgewinnen zu können.

Während Claudia den Wagen in das Gewerbegebiet zwischen Bille und Elbe lenkte, blickte der Inspektor zum Fenster hinaus und gab wohlwollende Brummlaute von sich. Offenbar gefiel ihm die eintönige Landschaft aus alten Gewerberuinen, Lagerhallen, Speditionen, Containerdeponien und Lkw-Parkplätzen.

Claudia warf ihm immer wieder kopfschüttelnd Seitenblicke zu. »Sie erinnern mich an den Teddybären, den ich als kleines Mädchen hatte. Der hat auch immer gebrummt. Allerdings musste man ihm dafür auf die Brust drücken.«

Takeda sah sie verständnislos an.

Claudia lachte laut heraus. »Vergessen Sie es.«

»Es gefällt mir hier, das ist alles.«

»Damit hätten Sie Chancen auf die Ehrenbürgerschaft von Billbrook. Falls es so etwas gibt. Sie sind nämlich garantiert der Einzige, der hier etwas Positives entdecken kann.«

»Wohnen hier überhaupt Menschen?«, fragte Takeda.

»Nur ein paar arme Schweine, die keine andere Wahl haben. Wenn Sie hierhin umziehen möchten, finden Sie garantiert schnell etwas Passendes. Und bezahlbar.«

»Ich bin mir nicht sicher, ob meine Bewunderung so weit geht.«

»Beruhigend, dass Sie das sagen.«

Beide grinsten.

»Kaffee?«, fragte Claudia.

»Unbedingt«, erklärte Takeda.

»Weil wir ja beide so furchtbar viel geschlafen haben.«

»So ist es.«

An einer Imbissbude für Fernfahrer versorgten sie sich mit einer bräunlichen, kaffeeverwandten Flüssigkeit. Takeda zündete sich eine Mild Seven an, wodurch er gut zu den übrigen Gästen des Lokals passte. Claudia war die einzige Nichtraucherin.

Sie stellten sich nach draußen an einen Stehtisch, an dem sie sich ungestört unterhalten konnten.

Takeda berichtete ihr von seiner Begegnung mit Helmut Meissner, dem alten Taxiunternehmer, am Vorabend, strich ihn aber auch sogleich von der Liste der Verdächtigen. Und er erzählte Claudia, dass er am Abend zufällig Susanne Sassnitz getroffen und noch einmal kurz mit ihr gesprochen habe. Sie habe ihm erzählt, dass ihr Mann Angst gehabt habe und dabei gewesen sei, die Kontrolle zu verlieren. Er habe sich auf etwas eingelassen, das ihm über den Kopf wachse, so habe sie es ausgedrückt. Den genauen Grund kannte sie angeblich nicht. Es habe mit Elja Baranova zu tun, vor allem aber mit seinen Geschäften. Er glaube ihr.

Claudia sah den Inspektor nachdenklich an, erzählte ihm dann von dem Kalender, den sie in Sassnitz' Büro gefunden hatte. »Susanne Sassnitz lügt uns permanent an. Wieso sollte ich das jetzt glauben? Wieso glauben Sie ihr? Bis heute Morgen war ich mir ganz sicher, dass sie die Täterin ist. Ich bin sogar immer noch nicht ganz vom Gegenteil überzeugt. Andererseits könnte der Fund in dem Container bedeuten, dass wir die privaten Motive alle vergessen können. Von wegen Eifersucht und so. Es geht um die Drogen, genau wie Sie vermutet haben. Fragt sich dann nur, warum Sassnitz sterben musste. Weil er aussteigen wollte? Weil er seine Partner im Drogengeschäft betrogen hat oder mehr Geld wollte?«

Takeda dachte an die Gespräche, die er in der Nacht geführt hatte, als er mit Cordes unterwegs war. »Das Crystal Meth hat Unruhe bei anderen Drogenhändlern ausgelöst. Vielleicht hat jemand herausgefunden, dass Sassnitz dahintersteckte, und wollte einen Konkurrenten loswerden.«

Claudia nickte nachdenklich. »Hoffen wir, dass wir bald schlauer sind.«

Sie leerten ihre Kaffeebecher und fuhren weiter. Claudia steuerte den Peugeot über eine breite, kopfsteingepflasterte Straße, die immer wieder von alten, ausrangierten Schienensträngen gekreuzt wurde. Rechts und links standen riesige Gewerbehallen, zum größten Teil Speditionen, aber auch Großhändler für Teppichböden, Farben, Industriebedarf. Zwischen den Grundstücken wuchsen Brombeerbüsche und wuchernde Sträucher, um die sich offenbar niemand kümmerte. In kleineren Gebäuden siedelten Handwerksbetriebe, die an den jeweiligen Einfahrten mit Schildern auf sich aufmerksam machten. Überall entlang den Straßen parkten Lkw, zum Teil mit laufenden Motoren, und warteten darauf, beladen zu werden und ihre Fracht quer durch Europa zu kutschieren.

Wenn sie ganz ehrlich war, konnte Claudia Takeda sogar verstehen. Die Gegend hatte etwas. Hart, aber herzlich. Auch das war Hamburg.

Die Northern Decor befand sich auf einem rückwärtigen Grundstück in einer älteren, von Maschendraht umzäunten Lagerhalle, die geduckt zwischen einem Großhandel für Klempnereibedarf und einer türkischen Kfz-Werkstatt lag. An der Straße machte ein von Hand mit grobem Pinselstrich gemaltes Holzschild auf die Firma aufmerksam. Unter dem Namen stand in kleinerer Schrift, dass die Firma einen Großhandel für osteuropäische Bauernmöbel betrieb und dass kein Verkauf an Einzelpersonen stattfinde.

Claudia lächelte kampflustig und sagte: »Das Schild haben wir leider nicht gesehen, nicht wahr, Ken?«

»Welches Schild, Claudia?«

Sie parkten den Wagen vorne an der Straße zwischen zwei Lastern, gingen dann zu Fuß den Schotterweg hinunter, der auf das weiter hinten gelegene Firmengelände führte. Auf dem Parkplatz vor der Halle standen ein klappriger Kleintransporter, daneben zwei größere Mercedes-Limousinen, durchaus neuere Modelle, mit abgedunkelten Scheiben. Ein paar Stufen führten zu einer Laderampe empor.

»Was halten Sie davon, wenn wir als Ehepaar auftreten, das seine neue Wohnung einrichten möchte? Da wir wie neuerdings alle Deutschen auf Landhausstil stehen, suchen wir einen großen Bauernschrank. Was meinen Sie, Ken? Lust, mich zu heiraten?«

Takeda wurde rot.

Claudia lachte. »Atmen Sie weiter. Es ist nur eine Legende, damit wir in dem Laden nicht auffallen.«

»Natürlich, eine gute Idee. Ich heirate Sie gerne.«

»Sehen Sie, tut gar nicht weh.«

Claudia hakte sich bei Takeda ein. Gemeinsam stiegen sie die Stufen empor und traten durch eine rostige Tür, die in ein breites Rolltor eingelassen war, ins Innere der schlecht ausgeleuchteten Halle.

Im Zwielicht sahen sie unzählige Möbel, die in langen Reihen aufgestellt waren. Schränke, Kommoden, Küchenvitrinen, Sideboards, Tische, Stühle. Claudia musste an Torsten Kellers Worte denken, wonach unklar war, ob der Empfänger wusste, welche Fracht ihm da ins Haus geliefert wurde. Eigentlich waren die Stücke zu aufwendig hergestellt, um nur als Drogenversteck zu dienen.

Da niemand sie begrüßte, gingen Claudia und Takeda durch einen der schmalen Gänge, die zwischen den Möbeln hindurchführten. Sie sprachen halblaut über die Einrichtung ihres neuen Wohnzimmers, überlegten, ob sie sich für einen Schrank oder doch lieber eine Kommode entscheiden sollten. Nebenbei öffneten sie hier und dort eine Schublade oder eine Schranktür und prüften, ob an den Möbeln frisch durchgeführte Arbeiten sichtbar waren, etwa zerkratzter Lack oder frisch überstrichene Hohlräume. Es war nichts zu sehen. Wenn auch diese Möbel zuvor präpariert waren, waren die Spuren professionell beseitigt worden.

Plötzlich dröhnte hinter ihnen eine Männerstimme. Der russische Akzent war unüberhörbar: »Was tun Sie hier? Wer hat Ihnen erlaubt, die Halle zu betreten? Bleiben Sie stehen!«

Claudia schloss kurz die Augen, setzte dann ein gewinnendes Lächeln auf, bevor sie sich umdrehte: »Die Möbel sind herrlich. Genau das, wonach wir suchen. Schade, dass keine Preise dran stehen. Aber vielleicht können Sie uns ja Auskunft geben?!«

»Kommen Sie sofort her. Wir sind ein Großhandel und verkaufen nicht an Endkunden!«

»Könnten Sie denn nicht einmal eine Ausnahme machen, wo wir doch extra ...«

»Ich sage es nicht noch einmal! Verlassen Sie auf der Stelle das Gelände! Sie können hier nichts kaufen!«

Der Mann war inzwischen zu ihnen gekommen, trat dicht an sie heran. Er war groß und muskulös, trug eine schwarze Jeans und ein enges T-Shirt, unter dem sich pralle Muskeln abzeichneten.

Claudia strich sich in einer etwas hilflosen Geste eine Strähne ihrer Locken hinter das Ohr und intensivierte ihr Lächeln: »Können Sie nicht doch eine Ausnahme machen? Die Kommode dort vorne ist genau das, was wir suchen.«

Das Gesicht des Mannes, er war vielleicht Mitte zwanzig und trug die Haare militärisch kurzgeschnitten, blieb regungslos. »Ich sage zum letzten Mal, dass Sie gehen sollen.«

»Schade. Wo werden Ihre Möbel denn vertrieben? Dann könnten wir ja dort noch einmal schauen.«

»Ich verstehe nicht, was Sie meinen.«

»Es muss doch in Hamburg einen Laden geben, an den Sie die guten Stücke liefern?«

»Ich weiß es nicht. Ich müsste den Chef fragen, aber der ist nicht da. Jetzt verschwinden Sie.«

Stimmlage und Körpersprache des Russen ließen keinen Zweifel aufkommen, dass er kurz davor war, handgreiflich zu werden. Aus den Augenwinkeln sah Claudia, dass Takeda wieder diese seltsame, entspannte Körperhaltung eingenommen hatte, die eine unterschwellige Gefährlichkeit ausstrahlte.

Doch bevor es wirklich zu Handgreiflichkeiten kam, hakte sie sich kurzerhand wieder bei Takeda ein und sagte in Richtung des Russen: »Jetzt mal nicht so unfreundlich, ja? Dann geben wir unser Geld halt bei Ikea aus. Gefällt mir sowieso besser.« Und zu Takeda gewandt, sagte sie: »Komm, Schatz. Wir gehen. Hier sind wir offensichtlich unerwünscht.«

Der Russe trat zur Seite und ließ sie passieren, folgte ihnen dann in geringem Abstand bis zur Tür der Lagerhalle. Dort blieb er stehen und sah Takeda und Claudia nach, bis sie das Grundstück verlassen hatten. Dann verschwand er wieder im Inneren der Halle und zog hinter sich krachend die Tür zu.

Erst als sie wieder vorne an der Straße vor ihrem Auto standen, löste sich Claudias Anspannung. Sie sagte: »Wissen Sie, was das Praktische an russischen Mafiosi ist? Sie geben sich wirklich keine Mühe, unauffällig zu sein. Der gerade eben war das beste Beispiel, finden Sie nicht?«

»Ich bin mir nicht sicher«, sagte Takeda.

»Dann vertrauen Sie mir einfach. Die Autos vor der Tür, die Tonlage des Typen, die Tatsache, dass er nicht einmal wusste, wo die Sachen verkauft werden. Das ist ziemlich eindeutig.«

Takeda gab ein nachdenkliches Brummgeräusch von sich. Er wollte gerade antworten, als er Claudia in einer jähen Bewegung in den Schatten eines geparkten Lkw zog.

»Was ist los?«, fragte Claudia überrascht. »Ziehen Sie mich in eine dunkle Ecke, um die ehelichen Pflichten einzufordern? Jetzt, wo wir verheiratet sind?«

Takeda schaffte ein mühsames Lächeln. Er deutete mit dem Kinn auf die Straße. »Dort. Sehen Sie.«

Keine zwanzig Meter von ihnen entfernt steuerte ein Wagen auf die Einfahrt der Northern Decor zu, bog dann, ohne zu blinken und mit hoher Geschwindigkeit, auf das Grundstück ein. Am Steuer saß – ganz unverkennbar – Pawel Kowaljow.

## 28.

Eine gute Woche später rückten in den frühen Morgenstunden insgesamt sechzig Polizisten, darunter zwei Gruppen des Mobilen Einsatzkommandos, sowie weitere Beamte der Zollfahndung zu einem koordinierten Einsatz aus. Unter Leitung von Kriminalhauptkommissarin Claudia Harms, unterstützt von Heiner Cordes von der Drogenfahndung und Torsten Keller vom Zollfahndungsamt, verteilten sich die Beamten auf insgesamt sieben Ziele im Hamburger Stadtgebiet: die *DMH* im Schanzenviertel, das Büro der Baltic Sea Logistics im Hafen, die Lagerhalle der Northern Decor in Billbrook sowie die Privatwohnungen von Armin von Suttner, Pawel Kowaljow, Elja Baranova und Artur Eiler. Letzterer war Russlanddeutscher und Inhaber der Northern Decor. Zeitgleich führten Einheiten der lettischen Polizei Durchsuchungen in Riga und Ventspils durch, nachdem sie von den Hamburger Kollegen Hinweise auf die neue Drogenroute erhalten hatten.

Vorausgegangen waren sieben Tage intensiver Ermittlungen, während der Inspektor Takeda sich an japanische Arbeitsbedingungen erinnert fühlte: kaum Schlaf, unendliche Stunden am Schreibtisch, hektische Telefonate und Meetings, Kollegen, die sich rennend durch die Flure des Präsidiums bewegten, schreiende Vorgesetzte, blankliegende Nerven.

Was leider fehlte, waren die kleinen Entschädigungen, die in Japan die Laune der Mitarbeiter aufrecht hielten. Gelegentlich eine Schüssel frische *Ramen*-Nudeln, ein Teller Sushi, ein kurzes Nickerchen am Schreibtisch oder auch eine freundschaftliche, gegenseitige Schultermassage mit einer der jüngeren Kolleginnen im *Keishichō*.

Obwohl, Letztere erhielt Takeda dann doch, nachdem er sich seinerseits hinter Claudias Schreibtischstuhl gestellt und ihren Nacken und ihre Schultern einer kurzen *Shiatsu*-Behandlung unterzogen hatte. Claudia war im ersten Moment zusammengezuckt, hatte sich dann aber Takedas fachkundigen Berührungen hingegeben und dazu wohlig gestöhnt – ein wenig zu laut, wie der Inspektor fand. Sie hatte sich anschließend revanchiert, was auch er als ausgesprochen angenehm empfunden hatte.

Schon kurz nach ihrem Besuch bei der Northern Decor fügten sich die Teile des Puzzles zu einem stimmigen Bild. Es war ein wenig verschwommen, aber die Konturen wurden nach und nach erkennbar. Es wurde immer deutlicher, dass Takeda mit seiner Theorie der Wahrheit ziemlich nahe gekommen war, auch wenn manche Zusammenhänge die von ihm vermutete Dimension bei weitem übertrafen.

Eine Nachfrage bei den Kollegen von der Abteilung für Organisierte Kriminalität ergab zum Beispiel, dass die Northern Decor und deren Chef, Artur Eiler, keine Unbekannten waren. Dasselbe galt für den jungen Mann, der Takeda und Claudia in der Firmenhalle so unhöflich hinauskomplimentiert hatte. Er hieß Denis Nurislamow und ließ sich genau wie die Firma an sich und auch sämtliche ihrer Angestellten dem Netzwerk von Jegor Lukjanenkow zuordnen, einem Paten der Russenmafia. Lukjanenkow spann seine Fäden von St. Petersburg aus über Nordeuropa und handelte – soweit bekannt – mit Waffen, Zigaretten und Frauen. Er nutzte die baltischen Staaten und ihre engen Verbindungen nach Russland als Einfallstor in die EU. Bisher waren die Kollegen von der OK davon ausgegangen, dass die Northern Decor – eine reine Scheinfirma, nicht ein Möbelstück gelangte jemals in den Endverkauf – der Geldwäsche diente. Dass es um Drogenhandel ging, war den Kollegen neu. Der Grund dafür war der, dass Lukjanenkow das Geschäftsfeld tatsächlich erst in den zurückliegenden Monaten aufgebaut hatte.

Der Container, der im Hafen sichergestellt worden war, war zwar nicht von der Baltic Sea Logistics verschifft worden, sondern von einer Firma namens Lattvia Intersea, wie Claudia und Tekada bereits bei ihrem Besuch im Hafen erfahren hatten. Ein Blick ins Handelsregister sowie eine Nachfrage in Riga ergaben aber, dass beide Firmen derselben russischen Holding gehörten, hinter der ein Mann namens Valentin Fjodorow steckte, der ebenfalls dem Umfeld von Jegor Lukjanenkow zugeordnet werden konnte.

Eine zufällige Beobachtung eines beteiligten Beamten ergab schließlich, dass beide Firmen, die Baltic Sea Logistics und die Lattvia Intersea, im selben Gebäude in Hamburg residierten, auch wenn sie verschiedene Postanschriften hatten. Der Bürobau befand sich auf einem Eckgrundstück in Neuhof und verfügte über zwei verschiedene Eingänge, ein eher dilettantischer Verschleierungsversuch. Damit geriet Elja Baranova in den Fokus der Ermittlungen. Sie war offenbar das Verbindungsglied zwischen der Organisation von Jegor Lukjanenkow und Markus Sassnitz sowie der *DMH* in Hamburg. Ob und welche Rolle Armin von Suttner spielte, war zunächst noch nicht klar.

Ein weiteres und vielleicht entscheidendes Puzzlestück konnte Ken Takeda beisteuern. Er forderte Claudia an einem Nachmittag auf, ihn zu den Kollegen von der Cybercrime-Abteilung zu folgen. Sie fuhren mit dem Fahrstuhl hinab in den ersten Stock des Präsidiums, wo sie das große Büro betraten. In den Räumen herrschte wegen der abgedunkelten Fenster tags wie nachts ein trübes Licht wie in einem Automaten-Casino. Acht oder neun Kollegen saßen mit glasigen Augen vor ihren Rechnern und analysierten Internetseiten, die die meisten Menschen mit Alpträumen erfüllen würden: Snuff-Videos, Kinderpornographie, Kriegs- und Folterszenen, Grooming-Foren und dazu eine bunte Palette von Darknet-Shops, in denen man Waffen, Drogen, Frauen, Kinder und andere illegale und zugleich heißbegehrte Waren kaufen konnte. Auf einen solchen Darknet-Shop hatte es auch Takeda abgesehen. Er bat den Kollegen am Rechner, nach einem Anbieter zu suchen, der sich *Dusk til Dawn* oder kurz *DTD* nannte. Tatsächlich wurden sie schnell fündig und stießen auf eine Seite, die für Darknet-Verhältnisse erstaunlich professionell gemacht war. Ansprechende Bilder, gute Funktionalität, ausgefeiltes Design. Die einzige Ware im Angebot: Crystal Meth, und zwar von Kleinstmengen für den Endverbraucher bis hin zu Großhandelspaketen für den aufstrebenden Dealer. Claudia und die Kollegen vom Cybercrime staunten nicht schlecht. Natürlich wollten sie wissen, wie Takeda auf den Shop gestoßen war. Der Inspektor verbeugte sich und sagte: »Ein Freund hat mich darauf aufmerksam gemacht.«

»Dürfen wir den Freund mal kennenlernen?«, fragte der Kollege vom Cybercrime.

»Selbstverständlich. Sobald sich eine gute Gelegenheit ergibt.«

Claudia lachte und erläuterte dem Beamten: »Das ist japanische Höflichkeit und bedeutet, dass er gar nicht daran denkt, seine Quelle preiszugeben. Vergiss es also.«

Im Stillen hoffte Claudia, dass Takeda sich wenigstens ihr gegenüber erklären würde. Aber sogar da war sie sich nicht sicher. Takeda steckte immer wieder voller Überraschungen. Der Inspektor wiederum war durchaus bereit, Claudia von Janusz Walasek zu erzählen, der ihm den entscheidenden Tipp gegeben hatte. Aber wie er gesagt hatte, es musste sich eine Gelegenheit ergeben.

Die Fortschritte in der Ermittlungsarbeit waren atemberaubend, Holger Sauer, Werner Lorentz, der Polizeipräsident, und sogar der inzwischen eingeweihte Innensenator zeigten sich äußerst zufrieden. Der Schlag gegen das Netzwerk von Jegor Lukjanenkow war ein Erfolg, wie es ihn in dieser Dimension seit Jahren nicht gegeben hatte.

Ein entscheidender Durchbruch in den Ermittlungen gelang schließlich, als Claudia und Takeda Alexander Marbach, den jungen Mitarbeiter der *DMH,* in seiner Wohnung besuchten und zu einer Aussage überreden konnten. Endlich hatten sie jemanden, der all das, was sie bisher mehr vermuteten, als dass sie es beweisen konnten, bezeugte! Marbach sträubte sich zwar zunächst, auch weil er offensichtlich Angst hatte. Schließlich aber gab er ihrem Drängen nach, weil Takeda in Aussicht stellte, dass auch Nicolai Meissner zur Kooperation bereit sei, Marbach also keinesfalls die Last einer späteren Aussage vor Gericht alleine tragen müsste. Nachdem Marbach einmal nachgegeben hatte, redete er lange und bereitwillig. Er bestätigte mehr oder weniger alle Vermutungen, die Claudia und Takeda in der Zwischenzeit entwickelt hatten. Markus Sassnitz war gemeinsam mit Pawel Kowaljow in die *DMH* eingestiegen, um an eine legale Fassade für ihre Drogengeschäfte zu kommen. Oder besser gesagt für die Geschäfte von Jegor Lukjanenkow, der letztlich dahintersteckte. Ziel des Duos Sassnitz/Kowaljow war es, den Drogenhandel im Internet auf eine neue Stufe zu heben. Getarnt unter den offiziellen Aktivitäten der *DMH* – Digitale Mobilität und die Vermittlung von Fahrern – wollten sie der App der Firma eine zweite, unsichtbare Ebene einziehen. Letztlich sollte es den Konsumenten möglich sein, per Smartphone Drogen zu bestellen – ein Millionengeschäft, ein Milliardengeschäft.

So gesehen blieb Markus Sassnitz sich treu, dachte Claudia. Er war rücksichtslos. Und in gewisser Weise auch visionär.

Allerdings hatte sich in der Zwischenzeit auch bestätigt, dass Sassnitz von einem weiteren Motiv angetrieben wurde. Der einstmals so bewunderte Internetunternehmer hatte es in den zurückliegenden Jahren tatsächlich fertiggebracht, mehr oder weniger den gesamten Erlös aus dem Verkauf von *Net Germany* wieder zu verspielen. Dieses Puzzlestück wurde in erster Linie von Dieter Vollmer beigesteuert, dem auf Finanzdinge spezialisierten Kollegen aus dem Präsidium. Vollmer hatte sich in den zurückliegenden zwei Wochen in die Finanzunterlagen von Sassnitz eingearbeitet und festgestellt, dass Sassnitz' Geld auf ein unübersichtliches Netzwerk von Firmen, Beteiligungen und Fonds verteilt war, so dass es fast nicht möglich war, seine wahren Vermögensverhältnisse zu klären. Vollmer aber mit seiner bis zur Spleenigkeit reichenden Akribie ließ nicht locker und verbrachte ganze Nächte über den Unterlagen von Sassnitz. Am Ende stand fest, dass der gefeierte Internetunternehmer durch leichtsinnige Investments in amerikanische Start-ups, vor allem aber in Biotech-Firmen aus Singapur sein Vermögen verloren hatte.

Dem Mann stand das Wasser bis zum Hals. Die Drogengeschäfte waren offenbar seine letzte Rettung – ganz so, wie Takeda es vermutet hatte.

Vor allem dank der Aussage von Alex Marbach konnten alle Zusammenhänge offengelegt werden. In einer letzten Sitzung aller beteiligten Führungskräfte von Polizei und Zoll wurde beschlossen, zuzuschlagen, nicht zuletzt um die sich rasant ausbreitende Crystal-Epidemie in Hamburg einzudämmen.

Der Einsatz begann in den frühen Morgenstunden gegen sechs Uhr und lief weitgehend nach Plan. Elja Baranova und Pawel Kowaljow ließen sich unter lautem Protest, aber ohne Widerstand festnehmen. Armin von Suttner wurde in seiner Privatwohnung nicht angetroffen, so dass sich die Beamten mit Hilfe eines Nachbarn Zutritt verschafften. Gegen ihn lag zwar kein Haftbefehl vor – es musste erst noch geklärt werden, ob er nun Mittäter oder ahnungsloses Opfer war –, doch um eine Wohnungsdurchsuchung kam auch er nicht herum. In der Wohnung wurde umfangreiches Aktenmaterial sichergestellt. In den Geschäftsräumen der Baltic Sea Logistics wie auch der benachbarten Lattvia Intersea kam es zu kleineren Rangeleien. Zur Überraschung der Beamten trafen sie in den Büros auf eine Gruppe lettischer Matrosen, die dort übernachtet hatten. Verschlafen und immer noch unter dem Einfluss von reichlich Wodka ließen sie jeden Respekt vor der deutschen Polizei vermissen. Die ungleich robusteren Beamten des MEK, die zur Verstärkung gerufen wurden, brachten die Matrosen dazu, ihre Meinung zu ändern.

Nennenswerten Widerstand gab es ausschließlich in den Räumen der Northern Decor. Dort kam es sogar zum Gebrauch von Schusswaffen. Zum Glück waren die Angehörigen des MEK hier von Anfang an an dem Einsatz beteiligt. Die Lagerhalle in Billbrook war während der zurückliegenden Tage observiert worden. Die Beamten wussten, dass sowohl Artur Eiler als auch Denis Nurislamow und die übrigen Mitarbeiter der Northern Decor sich sogar in den Räumen der Firma nie ohne Waffe bewegten. Sie alle, außer Eiler, der in Deutschland geboren und aufgewachsen war, waren als ehemalige Mitglieder von Spezialeinheiten der russischen Armee identifiziert worden, hoch dekoriert für Einsätze in Tschetschenien und im Anti-Terror-Kampf.

Das MEK stürmte die Möbelhalle mit schwerer Bewaffnung und unter Einsatz von Blendgranaten. Artur Eiler, obwohl übergewichtig und unsportlich, zog ohne Zögern seine Makarow und schoss auf die anstürmenden Beamten. Die gingen rechtzeitig in Deckung und erwiderten das Feuer. Eiler ergab sich. Ein anderes Bandenmitglied, das später als Pjotr Sorokin identifiziert wurde, wurde von einer Kugel im Oberschenkel getroffen und gab nach gutem Zureden ebenfalls auf, nicht ohne die deutschen Beamten an seinem reichen Schatz russischer Schimpfwörter teilhaben zu lassen.

Brisanter wurde es beim Zugriff auf Denis Nurislamow, der sich beim Eintreffen des MEK zwischen den im Lagerbereich der Halle aufgestellten Möbeln verschanzte und zunächst unentdeckt blieb. Während die meisten Beamten des MEK die an die Halle angrenzenden Büroräume durchkämmten, ließen sie nur zwei Kollegen zur Sicherung im Erdgeschoss zurück. Hier befand sich auch Takeda, der den Einsatz begleitete. Da die MEKler vor dem Zugriff den Strom unterbrochen hatten, herrschte in der Halle dämmriges Zwielicht. Durch ein Geräusch aufmerksam geworden, durchstreifte Takeda die schmalen Gänge zwischen den Möbeln. Er lauschte in die Dunkelheit, und obwohl sich das Geräusch nicht wiederholte, war er sich sicher, dass sich jemand zwischen den Möbelstücken versteckte. Da bisher Nurislamow als einziges Bandenmitglied nicht verhaftet worden war, rechnete Takeda damit, dass er es mit ihm zu tun haben könnte. Er kannte Nurislamow von seinem ersten Besuch in der Halle und wusste um dessen Gefährlichkeit.

Inzwischen waren auch die beiden zur Sicherung in der Halle zurückgebliebenen MEKler aufmerksam geworden. Nach kurzem Funkkontakt mit ihrem Gruppenleiter drangen sie ebenfalls mit vorgehaltenen Waffen in die Gänge zwischen den Möbeln ein. Nurislamow, der sich in die Enge getrieben sah, gab sein Versteck auf und sprang unmittelbar hinter Takeda zwischen zwei Schränken hervor, richtete seine Waffe auf den Inspektor. Die beiden MEKler hörten, dass etwas vor sich ging, hatten aber keinen Sichtkontakt. Ihre Stimmen drangen knisternd aus Takedas Funkgerät, das in seiner Tasche steckte: »Inspektor Takeda? Was ist los? Geben Sie Bericht.«

Takeda konnte nicht antworten. Er hielt seine Hände in die Höhe, nachdem Nurislamow ihn mit einem Wink mit der Waffe stumm dazu aufgefordert hatte. Dann griff der Russe, auch an diesem Tag vollständig in Schwarz gekleidet, nach dem Funkgerät, zog es aus Takedas Jacketttasche und drückte auf die Sprechtaste. »Hört zu, Bullen, ich habe den Chinesen. Ich will freies Geleit, sonst ist er tot, verstanden?!«

»Verzeihung, aber ich bin Japaner«, sagte Takeda.

»Fresse.«

»Selbstverständlich.«

Die Beamten redeten durch das Funkgerät auf Nurislamow ein und forderten ihn auf, nichts Unüberlegtes zu tun. Seine Verhaftung sei unausweichlich, jeder Widerstand werde seine Aussichten nur weiter verschlechtern. Nurislamow ließ daraufhin das Funkgerät fallen und trat mit seinen Nike-Turnschuhen darauf. Er drückte dem Inspektor den Pistolenlauf in den Rücken und stieß ihn vorwärts in Richtung des großen Rolltores am Ausgang der Halle. Der Inspektor ging mit erhobenen Händen voran, Nurislamow, zwei Köpfe größer als er und mit doppelt so breiten Schultern, folgte.

Sie waren gerade aus dem Gang zwischen den Möbeln hinausgetreten, als die beiden MEK-Beamten ebenfalls aus ihrer Deckung heraustraten und auf Nurislamow anlegten. Der eine Beamte schrie: »Legen Sie die Waffe nieder, und geben Sie den Kollegen frei. Sie haben keine Chance zu entkommen.«

Nurislamow gab ein heiseres Lachen von sich. »Wenn ihr wollt, dass der Japaner lebt, legt selbst die Waffen auf den Boden.«

»Hören Sie mit dem Unsinn auf, Nurislamow. Es ist die letzte Warnung. Sichern Sie Ihre Waffe, und geben Sie auf.«

»Und wenn nicht? Schießt ihr dann? Glaube ich nicht.«

Wieder lachte der Russe. Inzwischen waren auch die übrigen MEKler in die Halle zurückgekehrt, standen hinter Möbeln oder hockten ohne Deckung auf dem Boden und legten mit ihren vollautomatischen Waffen auf Nurislamow an. Schüsse fielen nicht. Das Risiko, Takeda zu treffen, war zu hoch.

Mit kleinen Schritten ging Nurislamow auf die in das Rolltor eingelassene Tür zu, schubste Takeda vor sich her. Dann forderte er den Inspektor auf, die Tür zu öffnen.

»Dazu muss ich die Hände herunternehmen.«

»Natürlich, Idiot.«

»Wie Sie wünschen.«

Takeda senkte die Arme, griff scheinbar nach der Klinke, drehte sich dann aber blitzartig herum. In einer fließenden Bewegung griff er nach Nurislamows Waffe, wirbelte im gleichen Moment um ihn herum, so dass die Waffe ins Nichts zielte. Ein Schuss löste sich, durchschlug mit einem scheppernden Geräusch das Rolltor. Gleichzeitig brachte Takeda den hünenhaften Russen zu Fall, ließ aber, anders als er es im Training mit einem Übungspartner getan hätte, dessen Arm nicht los. Das Geräusch splitternder Knochen war zu hören, dazu das dumpfe Knacken eines auskugelnden Schultergelenks. Nurislamow schrie auf. Die Waffe fiel zu Boden. Takeda drückte dem Russen zwei Finger auf die Halsschlagader und sagte: »In Ihrem eigenen Interesse darf ich Sie höflich bitten, sich nicht zu bewegen.«

Sekunden später übernahmen die MEKler. Handschellen klickten, Nurislamow wurde unter Schmerzensschreien abgeführt. Einige der jungen Beamten klopften Takeda auf die Schulter. Sie kannten ihn von morgendlichen Trainingseinheiten im Dojo des Polizeisportvereins in Alsterdorf, wo er sie bereits von der Effektivität der alten japanischen Kampfkünste überzeugt hatte. »So sieht es also aus, wenn Sie ernst machen, Sensei«, sagte einer der jüngeren Beamten.

»Ja, so sieht es aus«, sagte Takeda und verbeugte sich.

Der Gruppenleiter des MEK hatte weniger Verständnis. Er hieß Norbert Harder und brüllte den Inspektor an: »Warum, verdammt noch mal, tragen Sie Ihre Dienstwaffe nicht, Takeda? Das hier hätte auch anders ausgehen können.«

Takeda nickte. »Sicher. Würde ich eine Waffe tragen, hätten wir vermutlich einen Toten zu beklagen. So müssen wir uns nur um einen gebrochenen Arm kümmern.«

»Ach, Scheiße, machen Sie doch, was Sie wollen.«

Takeda sparte sich jeden weiteren Kommentar. Auch seine Vorgesetzten in Japan hatten ihn bereits für seine Weigerung gerügt, eine Waffe zu tragen. Diejenigen, die ihn besser kannten, wussten um den Grund. Das Ehepaar Ono und das Kinderbordell von Edogawa. Gegenüber allen anderen gelobte er Besserung, die aber niemals eintreten würde. Er würde keine Waffe mehr tragen. Nie mehr. Auch wenn es ihn das Leben kostete.

Claudia führte zur selben Zeit den Einsatz in den Räumen der *DMH* im Schanzenviertel an. Da hier nicht mit gewaltsamem Widerstand gerechnet wurde, hatte Claudia lediglich vier Polizeikollegen und zwei Zollfahnder hinzugezogen. Es war kurz vor halb neun. Claudia wusste, dass der Einsatz in Billbrook bereits in vollem Gange war. Sie blieb unmittelbar hinter den Fahrstuhltüren stehen und verschaffte sich zunächst einen Überblick. Soweit sie es sehen konnte, war erst eine Handvoll Angestellte anwesend. Sie hatte von den Kollegen, die von Suttners Privaträume durchsucht hatten, erfahren, dass er auf dem Weg zur *DMH* war. Die Begegnung dürfte nicht erfreulich werden. Sie gab den uniformierten Beamten mit einer stummen Handbewegung das Zeichen loszulegen. Während sie selbst den richterlichen Durchsuchungsbeschluss in die Höhe hielt, rückten die Kollegen in die hinteren Teile der buntgestalteten Firmenräume vor. Mit lauter Stimme sagte sie: »Meine Damen und Herren, wie einige von Ihnen bereits wissen, ist mein Name Claudia Harms, Mordkommission Hamburg. Ich habe einen Durchsuchungsbeschluss für sämtliche Räumlichkeiten. Ich fordere Sie hiermit auf, Ihre Tätigkeiten ohne jede Verzögerung einzustellen. Wer von Ihnen jetzt noch auf eine Taste seines Rechners drückt, macht sich strafbar. Fassen Sie nichts mehr an, packen Sie nichts ein, und machen Sie auch sonst nichts, das zu Missverständnissen führen könnte. Am besten verhalten Sie sich kooperativ und unterstützen meine Kollegen, dann geht alles schnell und reibungslos über die Bühne. Freuen Sie sich einfach, denn Sie können anschließend bestimmt einen freien Tag genießen. Oder auch mehrere. Vielen Dank für Ihre Kooperation.«

Claudia rechnete natürlich damit, dass trotz ihres Appells eben nicht alles reibungslos gehen würde. Sie sollte recht behalten, und es ging sogar noch viel schneller als erwartet. Es waren keine fünf Minuten vergangen, als die Fahrstuhltüren aufgingen und ein blasser Armin von Suttner vor ihr stand. Er blickte sie mit wutverzerrtem Gesicht an und sagte: »Was hat das zu bedeuten, Frau Harms? Das ist doch absurd. Ich habe Ihnen alles gesagt, was ich weiß. Ich war kooperativ, oder nicht?«

»Klar. Aber es ändert nichts daran, dass ich einen Durchsuchungsbeschluss habe. Es tut mir leid, aber es geht nicht anders.«

»Verdammt, ich verstehe das nicht. Ich hab mit Markus' Tod nichts zu tun!«

Claudia zuckte mit den Schultern. »Das glaube ich Ihnen sogar, Herr von Suttner. Aber ich muss Ihnen leider auch sagen, dass Sie offenbar keine Ahnung haben, was in Ihrer eigenen Firma eigentlich vor sich geht.«

»Aber ...«

»Tut mir leid, ich habe jetzt leider keine Zeit für weitere Erklärungen. Wir werden sämtliche Unterlagen wie auch Rechner und Server beschlagnahmen.«

Von Suttner starrte Claudia an, die Wut schien aus seinem Gesicht zu schwinden. Na also, siehst du es endlich ein, dachte Claudia erleichtert.

Dann merkte sie, dass von Suttner schwankte, nach der Wand tastete, um sich abzustützen. Mit schwacher Stimme sagte er: »Wenn Sie die Rechner mitnehmen, ist meine Firma tot. Ist Ihnen das klar?«

»Selbst wenn es so sein sollte – ich habe einen Mordfall aufzuklären. Und das ist leider bei weitem nicht alles.«

Irgendwo weiter hinten war Geschrei zu hören. Einige der Mitarbeiter weigerten sich, ihre mobilen Geräte auszuhändigen. Claudia hatte die Kollegen instruiert, sich auf keine Diskussionen einzulassen, und genau so geschah es auch. Claudia wollte gerade nach hinten gehen, als sie sah, wie von Suttner an der Wand nach unten rutschte. Er hatte Schweiß auf der Stirn, und seine ohnehin blasse Gesichtsfarbe verwandelte sich in ein blutleeres Schneeweiß.

Claudia schrie laut auf: »Holt sofort einen Krankenwagen! Wir haben hier einen Schwächeanfall oder vielleicht auch Schlimmeres.«

Eine junge Mitarbeiterin der *DMH* rannte herbei und brachte ein Glas Wasser. Claudia nahm es in die Hand, hockte sich vor von Suttner und wollte es ihm an die Lippen führen.

Er fegte ihr das Glas aus der Hand und sagte: »Nicht von Ihnen ... und wenn ich dabei krepiere.«

Kurz darauf war eine Sirene unten auf der Straße zu hören. Zwei Sanitäter betraten die Räume der *DMH*, leisteten erste Hilfe, betteten von Suttner dann auf eine Rollbahre. Immerhin gingen sie nur von Kreislaufversagen aus, nicht von einem Herzinfarkt.

Claudia blickte der Bahre hinterher, bis sich die Fahrstuhltüren schlossen.

Scheiße.

Sie nahm ihr Handy und wählte nacheinander die Nummern der Beamten, die die Einsätze an den übrigen Orten leiteten. Alles war glattgegangen. Elja Baranova und Pawel Kowaljow befanden sich bereits auf dem Präsidium. Die einzige Panne hatte sich bei der Northern Decor zugetragen. Der Leiter des MEK berichtete Claudia von dem Zwischenfall mit Denis Nurislamow und der kurzen Geiselnahme, in die Takeda verwickelt war.

»Ist dem Inspektor etwas passiert?«

»Ihm nicht. Aber er hat Nurislamow den Arm gebrochen.«

Claudia lachte erleichtert. »Ja, so etwas kann er, obwohl man es ihm nicht zutraut.«

»Finde ich nicht zum Lachen, werte Kollegin. Ihr Herr Takeda weigert sich, eine Waffe zu tragen. Ziemlich leichtsinnig, wenn Sie mich fragen.«

»Er ist nicht mein Herr Takeda. Und glauben Sie mir, er hat seine Gründe.«

Claudia beendete das Gespräch. Erst jetzt lachte sie wirklich. Sie freute sich darauf, Takeda später im Präsidium zu sehen.

## 29.

Am Abend desselben Tages hatte Takeda es gleich mit drei Angreifern zu tun, und diesmal kamen sie aus verschiedenen Richtungen. Der Inspektor reagierte instinktiv. Er wirbelte um die eigene Achse, wich mit der Eleganz eines Tänzers aus, reagierte nicht starr und verängstigt, sondern weich und geschmeidig. *Biegsam wie eine Weide, fließend wie das Wasser*, wie *Ōsensei* Ueshiba, der Gründer des Aikido, es ausgedrückt hatte. Takeda bot einfach kein Ziel und schaffte es so, mit einer fast unmenschlich anmutenden Präzision, nicht getroffen zu werden – dann hatte er es endlich über den Fahrradweg geschafft und war in Sicherheit. Er atmete erleichtert auf.

Kopschüttelnd, aber auch lächelnd sah er eine Weile dabei zu, wie die Fahrradfahrer in beiden Richtungen an ihm vorbeischossen, dabei andere Fußgänger ins Visier nahmen und sie klingelnd und schimpfend von ihrem Weg verscheuchten.

Die Vehemenz, ja Feindseligkeit, mit der die Radler in Deutschland ihre Wege verteidigten, faszinierte den Inspektor. Sie erschien ihm ein wenig übertrieben. Andererseits konnte er die Radfahrer verstehen. Ohne ihre Starrköpfigkeit würden sie im Meer der Autofahrer, Taxen, Busse auf der einen Seite, den

Fußgängern, Kinderwagen schiebenden Müttern, unaufmerksamen Hundebesitzern auf der anderen Seite untergehen.

Außerdem hatte der Inspektor dank der fluchenden Fahrradfahrer seinen Schatz an deutschen Schimpfwörtern um einige erstaunliche Begriffe erweitern können. Auch heute wieder. Mach den Weg frei, du Blindfisch, du Penner, du Kackbratze!

Was Letzteres bedeutete, war Takeda nicht ganz klar. Er würde Claudia morgen danach fragen.

Es ging auf halb acht am Abend zu, und der Inspektor hatte das Präsidium vor einer guten halben Stunde verlassen. Er war zu Fuß unterwegs zu seiner Wohnung in Winterhude, da ihn am Morgen ein Kollege mit einem Einsatzfahrzeug abgeholt hatte. Er hätte auch zwei Stationen mit der U-Bahn fahren können, war aber dankbar für die Bewegung. Sie half ihm, zur Ruhe zu kommen und die Ereignisse des Tages Revue passieren zu lassen.

Nachdem der koordinierte Einsatz am Vormittag beendet worden war – ohne nennenswerte Vorkommnisse, sah man einmal von der Schießerei und dem Kampf in den Räumen der Northern Decor ab –, waren alle Beteiligten im Präsidium zusammengekommen, darunter er selbst und Claudia, zwei Staatsanwälte, Holger Sauer und der Polizeipräsident, Werner Lorentz. Lorentz gab Claudia und Takeda die Hand, beglückwünschte sie zu dem Erfolg und bestellte ausdrückliche Grüße von Bürgermeister Holger Storck. »Erster Bürgermeister«, korrigierte Takeda lächelnd. Titel mussten bitte möglichst korrekt wiedergegeben werden.

Anschließend mussten Claudia und er, gemeinsam mit Lorentz und Sauer sowie Torsten Keller von der Zollfahndung, vor die Presse treten, wo sie umfassende Einblicke in die Ermittlungsarbeit der zurückliegenden Tage gaben. Lorentz und Sauer betonten immer wieder, dass es in erster Linie der unermütlichen Ermittlungsarbeit von Hauptkommissarin Claudia Harms und Inspektor Kenjiro Takeda zu verdanken sei, dass ein wichtiger

Schlag gegen den Drogenhandel und das Organisierte Verbrechen in Hamburg gelungen sei.

Lorentz fügte hinzu, dass er hoffe, nun auch die letzten Zweifler von der Sinnhaftigkeit des Austauschprogramms mit der japanischen Polizei überzeugt zu haben. Ja, mehr noch, wenn alle japanischen Polizisten von Takedas Kaliber wären, dann wünschte er sich noch viel mehr Inspektoren aus dem fernen Osten ... Zu Takedas Erstaunen ließen es sich die anwesenden Journalisten nicht nehmen, aufzustehen und ihm zu applaudieren. Aber gut, die Begeisterung könnte auch daran liegen, dass Takeda mit vielen der Pressevertreter in den zurückliegenden Wochen die eine oder andere Flasche Whisky geleert hatte. So etwas kannten die Journalisten von den deutschen Kriminalern nicht. Für Takeda war es eine Selbstverständlichkeit. Man pflegte seine Kontakte. Wer wusste schon, wofür sie noch nützen konnten.

Die Stunden, die folgten, waren weniger angenehm. Schließlich ging es Claudia und Takeda eigentlich nicht um Drogenhandel und auch nicht um die russische Mafia. Sie suchten einen Mörder. Nur darum waren sie an der weiteren Aufarbeitung der Razzia überhaupt beteiligt. Ihre eigentliche Arbeit lag noch vor ihnen.

Wie schwierig das Ganze würde, stellte sich schnell heraus. Genau wie Claudia es prophezeit hatte, belagerte schon bald nach den Verhaftungen eine ganze Armada von Hamburgs besten und auch teuersten Rechtsanwälten das Präsidium.

Es waren Typen mit Rolexuhren und Armanianzügen, die so penetrant nach Koks, Wodka und russischen Edelnutten rochen, dass Claudia schlecht wurde – auch wenn sie sich den Gestank vermutlich nur einbildete.

Wie eine Meute scharfgemachter Kampfhunde stapften die Anwälte durch die Korridore und bauten sich vor den Büros der zuständigen Ermittler auf. Lautstark riefen sie nach Vorgesetzten, legten Widerspruch ein, leierten Paragraphenzahlen herunter und drohten mit Dienstaufsichtsbeschwerden. Besonders

Takeda setzten sie unter Druck und prophezeiten ihm die baldige Ausweisung aus Deutschland – wegen grober Dienstvergehen, Rechtsbeugung, Übertretung seiner Amtsbefugnisse.

Der Inspektor war verunsichert. Claudia hingegen blieb gelassen. Ihr war klar, dass die Juristen allesamt von Jegor Lukjanenkow, dem Paten aus St. Petersburg, beauftragt worden waren, direkt oder indirekt. Sie legte die Füße auf ihren Schreibtisch, schenkte den Anwälten in ihren Fünftausend-Euro-Anzügen einen selbstbewussten Blick und sagte: »Warum sollte man uns suspendieren? Von Entlassung und Ausweisung gar nicht zu sprechen? Nennen Sie mir nur einen Grund.«

»Zum Beispiel, weil Sie nichts von dem, was Sie unseren Mandanten vorwerfen, beweisen können. Es ist reine Schikane gegenüber unbescholtenen Bürgern.«

»Unbescholtene Bürger?« Claudia schnaubte verächtlich.

»Es gilt immer noch die Unschuldsvermutung, Frau Kommissarin.«

»Richtig. Genau darum werden wir Ihren Mandaten ihre Vergehen lückenlos nachweisen. Immerhin haben wir fast einhundert Kilo Drogen sichergestellt. Unerlaubter Waffenbesitz und Widerstand gegen die Staatsgewalt kommen hinzu, und ich bin mir sicher, dass wir noch einiges mehr finden werden.«

Claudia verwies auf die Berge von Kartons mit sichergestelltem Material, die sich in den verschiedenen Korridoren des Präsidiums stapelten. Hinzu kamen die Rechner, Mobilgeräte und Festplatten aus der Reederei, der Northern Decor, der *DMH*. Die waren bereits bei der KTU und würden minutiös ausgewertet werden. »Sie sollten sich lieber realistische Ziele stecken, meine Herren«, sagte Claudia. »Sie könnten sich zum Beispiel überlegen, wie Sie verhindern, dass Ihre Mandanten für den Rest ihres Lebens in den Knast wandern. Wegen Drogengeschäften. Und wegen Mordes.«

»Mord? Das ist doch lächerlich.«

»Das werden wir ja sehen. Ich empfehle Ihnen jedenfalls, Ihre

Mandanten zu einem Geständnis zu bewegen. Könnte sich vor Gericht als nützlich erweisen.«

Es ging eine Weile giftig hin und her, bis die Anwälte verlangten, mit Claudias Vorgesetzten zu sprechen. »Bitte, meine Herren, mit dem größten Vergnügen. Sie finden Sauers Büro am Ende des Flurs. Sie müssen übrigens nicht klopfen, gehen Sie einfach so hinein.«

Anschließend folgte die erste Runde der Verhöre, und Claudias Gelassenheit begann zu bröckeln. Artur Eiler, Denis Nurislamow, die übrigen Mitarbeiter der Northern Decor, der Baltic Sea Logstics, der Lattvia Intersea. Es war jedes Mal dasselbe. Sie saß vor vierschrötigen Typen mit tätowierten Armen und Hälsen, die ihre Namen nannten, ihr Alter, ihren offiziellen Beruf. Und die ansonsten eisern schwiegen.

Das Einzige, womit sie kommunizierten, waren ihre Blicke. Die waren verächtlich.

Nur bei Elja Baranova und Pawel Kowaljow war es anders. Beide redeten, lang, ausführlich und stinkwütend. Beide bezeichneten sämtliche Vorwürfe als lächerlich, es seien Produkte von Claudias und Takedas Phantasie, aberwitzig, absurd, dazu ehrenrührig.

Besonders Elja Baranova schaffte es, Claudia zu treffen. Sie sagte: »Ich hätte es mir fast denken können, Frau Kommissarin. Wenn Sie mich schon nicht für eine Nutte halten, dann muss ich wohl zur Mafia gehören, aber beides stimmt nicht.«

Claudia versuchte, Haltung zu waren. In Wahrheit nahm es sie ziemlich mit. Aber warum eigentlich? Die Beweislast gegen Elja Baranova war erdrückend.

Hinterher meinte sie zu Takeda, dass sie mit dieser Strategie gerechnet habe. Die Verdächtigen würden entweder schweigen oder alles leugnen. Aber das werde sich im Laufe der kommenden Tage schon noch ändern.

Was Claudia in Wahrheit irritierte, war etwas anderes. Keiner der Anwälte – und es waren immerhin neun an der Zahl – erklärte sich für Baranova oder Kowaljow zuständig. Die mussten sich selbst einen Rechtsbeistand suchen, der dann auch erschien und sehr viel leiser und vernünftiger auftrat als die Meute der von Lukjanenkow bestellten Rechtsvertreter.

Claudia ließ sich kurz verunsichern, dann durchschaute sie die perfide Strategie. Die Verbindung zwischen Kowaljow und der Northern Decor, genau wie die zwischen Elja Baranova und der Lattvia Intersea und damit den Drogen ließen sich kaum wegverhandeln. Die beiden sollten also zu Bauernopfern gemacht werden. Elja Baranova und Kowaljow wurden der Polizei zum Fraß vorgeworfen, um die übrigen Figuren zu retten. Hätte sie auch gleich drauf kommen können.

Es war fast sieben Uhr am Abend, als Claudia und Takeda beschlossen, Feierabend zu machen. Den hatten sie sich redlich verdient.

Als sie gemeinsam das Büro verließen, sagte Claudia: »Eigentlich müssen wir feiern, Ken. Was meinen Sie? Auch wenn wir total kaputt sind, ich fände es nicht übertrieben.«

»Allerdings«, stimmte er zu.

»Mein Vorschlag wäre folgender: Wir essen einen Riesenberg Sushi, betrinken uns mit Whisky und singen anschließend Karaoke. Wäre das nach Ihrem Geschmack?«

Takeda blickte zu Boden. »Das klingt sehr verlockend. Aber ich muss bekennen, dass der Tag sehr anstrengend für mich war. Ich bin erschöpft.«

Claudia, die so etwas von Takeda nicht kannte, sah ihn verwundert an. Dann fiel der Groschen. »Ja, klar. Die Geiselnahme … kann ich verstehen, so etwas kostet Kraft. Ich glaube, dann würde ich auch nur noch ins Bett wollen.«

Takeda deutete eine Verbeugung an. »So ist es.«

Er verabschiedete sich und versprach Claudia, den gemeinsamen Abend bald nachzuholen.

Kurz darauf vertröstete er auch Sachiko, die er auf dem Handy anrief. Sie war enttäuscht, da Takeda sie bereits seit einer Woche immer wieder vertröstet hatte. Mit weinerlicher Stimme fragte sie, ob sie ihn nicht doch besuchen solle. Aber Takeda lehnte ab. Heute nicht, er habe viele Nächte durchgearbeitet und müsse jetzt schlafen, er sei am Ende seiner Kräfte. So sei nun einmal das Leben eines Polizisten.

Sachiko beendete das Gespräch grußlos. Sie war wütend und gekränkt.

Zu Recht.

Takeda erreichte seine Wohnung und löste schon auf der Treppe seine Krawatte. Er duschte, aß eine Schale Reis, über die er ein rohes Ei schlug und Sojasauce träufelte. Dazu trank er ein Bier. Er war wirklich erschöpft.

Dann aber legte er sich keineswegs ins Bett. Er zog sich wieder an – für seine Verhältnisse erstaunlich leger mit Jeans und einem farbigen Yoshio-Kubo-Hemd – und machte sich erneut auf den Weg. Diesmal nahm er den BMW.

Es war fast zehn Uhr abends, als er den Wagen in der ruhigen, von hohen Bäumen überschatteten Straße in Nienstedten parkte. Er stieg aus, blickte mit schwer zu deutendem Gesichtsausdruck zu dem stilvollen Bungalow mit der Sechziger-Jahre-Anmutung. Lächelte er? Sicher.

Eine weitere Nacht. Eine weitere Nacht mit der Frau, die ihn so sehr faszinierte wie seit langer Zeit keine andere. Die Frau, die neben all der Arbeit dafür verantwortlich war, dass er in den zurückliegenden Tagen kaum oder auch gar nicht geschlafen hatte.

Susanne empfing ihn an der Haustür. Sie trug eine bequeme Haushose, ein weiße Bluse, war barfuß. Sie lächelte ihm entgegen. So wie gestern, so wie an jedem Abend der zurückliegenden Woche.

»Hallo, Ken. Schön, dass du da bist«, sagte sie mit ihrer weichen, sonoren Stimme.

»Es ist schön, dich zu sehen.«

Sie ließ ihn an sich vorbei ins Haus treten, blickte noch einmal nach rechts und links, schloss die Tür. Dann erst legte sie die

Arme um seinen Hals. Sie blickten sich in die Augen. Ihre Lippen fanden sich.

Es blieb nicht bei einem Kuss. Obwohl sie es gar nicht wollten, zumindest nicht so schnell, schienen sie keine Wahl zu haben. Sie bewegten sich wie in einem Kampf durch die Räume des Hauses, schoben sich, drängten, zerrten aneinander. Er öffnete die Knöpfe ihrer Bluse, sie den Gürtel seiner Hose. Stolpernd und fallend versuchten sie, das Schlafzimmer zu erreichen, schafften es nicht. Susannes Finger krallten sich in seinen Rücken. Ken zerrte ihr die Kleider vom Leib. Ihr Schmerz, seine Erinnerungen. Seine Verlorenheit, ihre Einsamkeit. Weggewischt durch die Leidenschaft.

Mitten in der Nacht saßen sie im Wohnzimmer, eingehüllt in weiße Morgenmäntel, und tranken eiskalten Chablis. Die Funakoshi-Figuren standen wie stumme Zeugen um sie herum.

Im Hintergrund lief Musik von Jan Garbarek. Sphärische Klänge, der Rhythmus von Manu Katché, das Piano von Rainer Brüninghaus. Garbarek am Saxophon, der sich viel Zeit nahm, um seine Geschichten zu erzählen.

Takeda überlegte, ob Susanne ihn durch diese Musik überzeugt hatte. Jeden Abend hatte sie Jan Garbarek aufgelegt. Er verehrte den schwedischen Saxophonisten mit polnischen Wurzeln. Nicht so wie Coltrane oder Parker. Aber doch als einen der Großen.

Ja, die Musik hatte eine Rolle gespielt. Und ihre Haut, die nach Sandelholz roch.

Er stellte sein Weinglas auf den Tisch, sie das ihre. Ihre Finger berührten sich. Sehr vorsichtig. Die Bitterkeit nach dem Sex, die Ernüchterung nach der Leidenschaft. Vielleicht dachte sie an Markus. Vielleicht dachte er an Makiko.

Oder an Claudia?

Vorhin hatten Takeda und Susanne sich zum ersten Mal gestritten. Laut und nicht weniger leidenschaftlich, als sie sich davor geliebt hatten. Sie hatten seit der ersten Nacht nicht mehr über Susannes toten Mann gesprochen, auch nicht über Takedas Ermittlungen. Jetzt aber gab es keinen Grund mehr zu schweigen. Er erzählte ihr von den Durchsuchungen, den Verhaftungen. »Dein Mann war pleite, er war verzweifelt, er war skrupellos. Er hat mit Drogen gehandelt, es war wohl sein letzter Versuch, das Ruder herumzureißen. Er hat sich mit Menschen eingelassen, für die ein Leben nichts wert ist. Es ist ihm zum Verhängnis geworden.«

Susanne hatte ihn angestarrt. Sie hatte ungläubig gelacht. »Du lügst, Ken. Oder du bist verrückt. Ich glaube dir nicht. So war er nicht.«

»Doch«, entgegnete Takeda leise, »so war er. Die Beweise sind erdrückend.«

»Und wer hat ihn umgebracht?«

»Das werden wir hoffentlich bald wissen.«

»Was ist mit Armin von Suttner?«

»Das wissen wir noch nicht genau. Vielleicht steckt er mit drin, vielleicht lieferte er auch nur die Fassade, ohne etwas zu ahnen.«

Susannes Wut und ihrem Unglauben folgten Tränen. Sie kam zu Takeda und legte ihren Kopf an seine Brust. Er hielt sie wie ein Kind. Sie ließ sich von ihm schützen, sie weinten beide.

Der Chablis war leer, die CD zu Ende. Die Müdigkeit überkam sie, sie gingen ins Schlafzimmer und legten sich ins Bett. Es waren nur noch kurze Stunden, bis der nächste Tag begann. Sie versuchten zu schlafen, nackt und aneinandergeschmiegt.

Natürlich ging es nicht. Ihre Hände erwachten zum Leben. Ihre Finger an seinem Hintern, seine Hände auf ihrer Brust. Sie zog ihn auf sich, er drang in sie ein. Ihre weiße Haut, sein langes, schwarzes Haar. Ihre Finger strichen über die Narbe, die eine Kugel vor vielen Jahren an seiner Schulter hinterlassen hatte. Er bewegte sich langsam. Susannes Körper, gerade noch weich und müde, füllte sich mit lustvoller Spannung. Sie suchte seinen Blick. Aber Takeda hatte die Augen geschlossen.

## 30.

Vier Tage waren vergangen, und Claudia musste an diese alten Vexierbilder denken.

Eine Landschaft war zugleich ein Männerkopf, eine junge Frau war eine alte Hexe, ein Gesicht mit Brille verwandelte sich in ein nacktes Mädchen.

Man konnte nicht sagen, was man wirklich sah. Es war beides, es war nichts.

So viele Beobachter, so viele Wahrheiten.

Claudia stand alleine im großen Besprechungsraum und starrte auf die Stellwand aus Plexiglas, an der mehr als hundert Zettel hingen. Darauf waren Namen und Sachverhalte notiert, Täter und Opfer, Orte und Fundstücke. Hinzu kamen Fotos, Skizzen, Karten. Bunte, mit Filzschreibern aufgetragene Pfeile zeigten die Verknüpfungen zwischen den einzelnen Bausteinen. Blau für zeitliche Abläufe, grün für das menschliche Beziehungsgeflecht, rot für Taten und Motive. Durchgehende Linien standen für bewiesene Fakten, gestrichelte Linien für Vermutungen.

Das Problem war, dass die gestrichelten Linien immer noch überwogen.

Bei weitem.

Claudia spürte Übelkeit in sich aufsteigen. Sie drängte sie zurück. Genauso schob sie die aufkeimende Ahnung zur Seite, dass sie und Takeda einen gewaltigen Fehler gemacht haben könnten.

Zum hundertsten Mal wanderten ihre Augen über die einzelnen Abschnitte des Puzzles, das da vor ihr an der Wand hing. Schließlich blickte sie auf das Foto in der Mitte des Wustes. Es zeigte den toten Markus Sassnitz, der auf der Straße vor seiner Wohnung in der HafenCity lag. Erst überfahren, dann nackt ausgezogen, dann erstickt. Schließlich in seinem eigenen Blut liegengelassen.

Alle Linien, die zu ihm führten, waren gestrichelt.

Alle.

Was also sah sie hier? Ein russisch-lettisches Syndikat, das einen Hamburger Internet-Unternehmer erst für seine Zwecke eingespannt und dann ermordet hatte?

Oder eine Ansammlung von Zufälligkeiten, hinter denen sie und Takeda fälschlicherweise Zusammenhänge gesehen hatten, die es in Wahrheit gar nicht gab?

Okay, eine ganze Reihe von Dingen konnten sie gerichtsfest beweisen. Der Container mit dem Crystal war von der Lattvia Intersea transportiert worden, die wiederum die Northern Decor damit beliefert hatte. Artur Eiler, Denis Nurislamow und eine ganze Reihe ihrer Kumpane hingen am Haken und würden sich daraus nicht mehr befreien können.

Auf sie warteten lange Jahre Gefängnis.

So weit war die Aktion ein Riesenerfolg gewesen.

Das Problem war, dass sich darüber in erster Linie die Kollegen von den Drogen und vom OK freuen durften. Sie und Takeda hatten für sie die meiste Arbeit erledigt. Aber es war eigentlich gar nicht ihre Aufgabe.

Sie waren hinter einem Mörder her.

Und da wurde es schwammig.

Wie hing die Drogengeschichte mit dem Mord an Sassnitz zusammen? Hing sie überhaupt damit zusammen?

Claudia gab ein trotziges Schnaufen von sich, schlürfte dann übertrieben laut von ihrem Kaffee, den sie in der Hand hielt. Es war die elfte Tasse heute. Ungefähr dieselbe Zahl wie gestern, vorgestern und an allen Tagen der zurückliegenden Woche. Sie hatte sich so sehr an das Wummern ihres koffeinübersättigten Herzens gewöhnt, dass sie es kaum noch bemerkte.

Also gut, noch einmal von vorne.

Ihrer Hypothese zufolge bestand das Verbindungsglied zwischen dem Syndikat von Jegor Lukjanenkow und Markus Sassnitz in der Person von Pawel Kowaljow. Der arbeitete nachweislich für Sassnitz und die *DMH* und auch für die Northern Decor – auch wenn er bis heute stocksteif behauptete, bei der Firma lediglich EDV-Arbeiten durchgeführt zu haben. Über ihre Verwicklungen in den Drogenhandel wisse er nichts.

Kowaljow – und möglicherweise mit ihm Elja Baranova – könnten Markus Sassnitz überzeugt haben, überhaupt ins Drogengeschäft einzusteigen. Allzu viele Überredungskünste dürfte er nicht gebraucht haben. Sassnitz war erstens pleite, und zweitens konsumierte er erwiesenermaßen selbst seit langem Drogen. Nach allem, was sie über seinen Charakter wussten, dürfte er keine moralischen Skrupel gehabt haben, in großem Maßstab zu dealen.

Einmal von der Sache überzeugt, machte Sassnitz das, was er am besten konnte: Er digitalisierte das Geschäft mit dem Crystal. Versuche in der Richtung gab es ja längst, das Darknet war als Umschlagsplatz für Drogen aller Art etabliert. Sassnitz baute also mit Kowaljows Hilfe die Darknet-Seite auf, die sie bereits kannten. *Dusk til Dawn*. Er ging aber noch einen Schritt weiter und wollte ins *Mobile Business* expandieren! Schließlich besaß jeder noch so kaputte Junkie inzwischen ein Smartphone – alles, was fehlte, war eine entsprechende App. Damit das Ganze nicht aufflog, erledigten das Team Sassnitz/Kowaljow all diese Dinge unter dem Deckmantel einer legalen Fassade. Dafür stiegen sie unter falschen Versprechungen in die *DMH* ein, die Firma von Armin von Suttner.

Klang alles gut. War schlüssig, logisch, plausibel, passte zum Charakter der Beteiligten.

Es hatte nur einen Schönheitsfehler: Sie konnten nichts davon beweisen.

Da war zum einen die technische Seite, die sich bisher als Fehlschlag erwiesen hatte. Auf keiner der beschlagnahmten Festplatten, Server, Mobilgeräte aus Sassnitz' Büro und der *DMH* hatten Christine Meltendorf und ihr Team verdächtige Spuren finden können. Keine geheimen Programme, keine verschlüsselten Metaebenen, keine versteckten Server – nichts, was auf eine Verbindung zu *Dusk til Dawn* hinwies, die Seite, über die das Crystal vertrieben wurde.

Zum anderen aber – und da wurde es wirklich haarig – erwies sich ihr Hauptbelastungszeuge, Alexander Marbach, als Schwachstelle. Seine Glaubwürdigkeit war inzwischen schwer erschüttert. Eine Katastrophe, deren Dimension sich Claudia gar nicht ausmalen wollte.

Bei seiner ersten Befragung, also noch vor der Razzia, hatte Marbach klare Aussagen über Sassnitz und Kowaljow und deren Treiben bei der *DMH* gemacht. Inzwischen war er sich seiner Sache angeblich nicht mehr so sicher, sprach nur noch von Vermutungen, Eindrücken, Geraune. Er hätte halt das vage Gefühl gehabt, dass Sassnitz etwas Geheimes am Laufen hatte und Kowaljow ihm dabei half. »Aber mal ehrlich, Frau Kommissarin, dass es dabei um Drogen geht, das haben doch Sie und der Japaner behauptet, nicht ich. Und dass Kowaljow Verbindungen zur Russenmafia hat, war auch Ihre Idee. Sie haben mich gefragt, ob ich es für möglich halte. Habe ich bejaht, stimmt ja auch, ich halte es für möglich. Aber ob es wirklich stimmt? Das kann ich Ihnen doch nicht sagen.«

War Marbach eingeschüchtert worden? Möglich.

Oder er hatte von Anfang an gelogen, übertrieben, phantasiert. Zum Beispiel, weil er sich an seinem ungeliebten Vorgesetzten Pawel Kowaljow rächen wollte.

Der war inzwischen übrigens – genau wie Elja Baranova – wieder auf freiem Fuß. Denn auch die Baranova behauptete stocksteif, nichts mit den Machenschaften von Jegor Lukjanenkow zu tun zu haben. Sie beharrte darauf, dass die Tätigkeiten der Baltic Sea Logistics und der Lattvia Intersea getrennt voneinander abliefen, auch wenn sie zur selben Holding gehörten. Wenn die Intersea in ihren Containern Drogen transportiert haben sollte, habe sie jedenfalls nichts davon gewusst.

Eine Untersuchungshaft erschien Staatsanwaltschaft und Gericht nicht gerechtfertigt – inklusive eines gewaltigen Rüffels für sie und Takeda.

Bei dem Gedanken an Marbach wurde Claudia so wütend, dass sie mit der Faust gegen die Plexiglasscheibe der Stellwand schlug.

Das wiederum führte dazu, dass ihr Kaffee, den sie in der anderen Hand hielt, überschwappte und braune Flecken auf ihrer Jeans hinterließ.

Auch das noch!

Claudia verließ den Raum und besorgte sich einen neuen Kaffee. Als sie zurückkehrte, ließ sie die Tür krachend ins Schloss fallen. Sie trat an die Stellwand heran und nahm mit wütenden Bewegungen sämtliche Zettel, Bilder, Skizzen ab. Danach wischte sie mit einem Schwamm alle Pfeile weg, ob nun gestrichelt oder undurchbrochen.

Schließlich begann sie, das ganze Material in einer neuen Anordnung wieder aufzuhängen.

Was am Ende blieb, war der gesamte Komplex mit dem Crystal und der Verbindung nach Lettland. Lukjanenkow, Nurislamow, das Drogenlabor in Ventspils, die Lattvia Intersea, die Northern Decor und Hamburg als Zielort der Drogen. Markus Sassnitz war nur ein zufälliger Abnehmer und Konsument.

Es war logisch.

Es war komplett.

Alle weiteren Teile und Figuren – Elja Baranova, Pawel Kowaljow, Armin von Suttner, Susanne Sassnitz, Nicolai Meissner, die *DMH,* das Tatfahrzeug, vor allem aber das Bild des toten Markus Sassnitz – hängte sie nun auf die rechte Seite der Stellwand.

Es gab keine Verbindungen zwischen den beiden Seiten der Tafel. Nicht die geringste.

Sie waren in die falsche Richtung gerannt. Sie hatten sich lächerlich gemacht.

Warum eigentlich?

Weil Takeda nichts von ihrem Verdacht gegen Susanne Sassnitz wissen wollte. Weil er vollständig auf die Mafia-Theorie gesetzt hatte. Und weil sie ihm geglaubt hatte.

Verdammt.

Claudia hatte sich gerade mit einem erschöpften Seufzen auf einen Stuhl fallen lassen, als die Tür geöffnet wurde. Takeda kam herein.

»Ist alles in Ordnung?«, fragte der Inspektor.

»Sehe ich so aus?«

»Nein.«

»Eben.«

Claudia warf Takeda einen müden Blick zu und sagte: »Ich hätte mich mehr wehren müssen.«

»Wogegen?«

»Gegen Sie.«

»Ich verstehe nicht.«

»Dann erkläre ich es Ihnen gerne, Ken. Und verstehen Sie mich nicht falsch, ich gebe Ihnen nicht alleine die Schuld. Ich bin ja selbst auf die Schiene eingeschwenkt. Es schien ja alles zu stimmen. Es ging perfekt auf. Aber am Ende war es wohl doch nur eine optische Täuschung.«

»Eine optische Täuschung?«

»Wenn es regnet, wird die Straße nass. Aber nur weil die Straße nass ist, kann man nicht sagen, dass es regnet. Es kann viele Gründe haben.«

Takeda ließ sich neben sie auf einen Stuhl sinken. Er sah ebenfalls müde und erschöpft aus. Er merkte, dass Claudia sich sehr zusammenriss, und dennoch spürte er ihre unbändige Wut gegen ihn.

Mit bemüht ruhiger Stimme sagte er: »Ich ahne, worauf Sie hinauswollen.«

»Wir haben bei Sassnitz einen Haufen Drogen gefunden und sind dann im Laufe unserer Ermittlungen auf das Drogennetzwerk von Jegor Lukjanenkow gestoßen. Das konnte doch kein

Zufall sein, die Dinge mussten einfach zusammenhängen. Alles sprach dafür ... aber vielleicht ist es gar nicht so.«

»Vielleicht aber doch.«

Claudia schüttelte den Kopf. »Hören Sie auf, Ken. Wir haben einen Anfängerfehler begangen. Wir hatten eine fixe Idee und haben nach Dingen gesucht, die sie bestätigen. Nur nach solchen Dingen. Darum haben wir Alex Marbach auch bereitwillig geglaubt. Was ist mit den ganzen anderen Spuren? Mit dem Streit zwischen Sassnitz und von Suttner, den ganzen Lügen von Susanne Sassnitz? Vor allem mit denen! Wir haben uns einfach nicht mehr darum gekümmert, weil wir unserer Sache zu sicher waren.«

Takeda sah Claudia verunsichert an. »Finden Sie wirklich, dass es ein Fehler war?«

Claudia stieß ein bitteres Lachen aus. »Sie nicht?«

»Wir haben viele Leute verhaftet, die für lange Jahre ins Gefängnis gehen werden. Leute, die mit Drogen handeln, Leute, die Menschenleben auf dem Gewissen haben.«

»Klar, das war ein Erfolg. Dafür wurden wir belobigt. Aber in erster Linie ist das ein Sieg für die Kollegen vom Zoll und vom OK. Die freuen sich wie Hulle, und das sollen sie auch. Aber Dealer und Mafiosi zu verhaften ist nicht unser Job. Schon vergessen? Wir sind die, die einen Mörder fangen sollen.«

Takeda brummte nachdenklich, sah sie dann an und sagte: »Sie haben recht. Es war eine optische Täuschung.«

Claudia seufzte. Noch vor kurzem hätte sie jetzt ihren Kopf auf Takedas Schulter gelegt, hätte die Augen geschlossen, hätte Ruhe gefunden und sich geborgen gefühlt. Sie hatten einen Fehler gemacht, aber sie standen wenigstens nicht alleine da.

Aber stimmte das noch? Waren sie und Takeda noch ein Team? Claudia war sich nicht sicher.

Irgendetwas stimmte nicht mit dem Inspektor, schon seit Tagen, ja seit Wochen nicht. Etwas bedrückte ihn. Und er sah müde aus. So müde, dass es nicht allein durch die langen Arbeitsstunden zu erklären war.

Ob Takeda Heimweh hatte? Oder war er vielleicht krank? Vor ein paar Tagen hatte er Claudia erzählt, dass seine Exfrau, von der er sich vor zwei Jahren getrennt hatte, ein zweites Mal heiraten würde. Es war offensichtlich, dass es ihm naheging. War das die Erklärung für seinen schlechten Zustand?

Claudia kehrte in die Gegenwart zurück. Seufzend sagte sie: »Es hilft nichts, Ken. Wir müssen ganz von vorne anfangen. Wir vergessen den ganzen Drogenkomplex und tun einfach so, als hätten wir nie etwas davon erfahren. Und dann überlegen wir ganz neu, warum Markus Sassnitz sterben musste.«

Takeda war durcheinander. Er spürte, dass Claudia wütend war, und ihm war klar, dass sie jeden Grund dazu hatte. Er erlebte das nicht zum ersten Mal. Auch bei ihrem ersten Fall hatte sie ihm einen Ermittlungsfehler unterstellt. Damals war sie völlig aus der Haut gefahren, hatte ihn angeschrien und beschimpft.

Im Vergleich zu damals war sie jetzt sehr gefasst. Sie blieb solidarisch mit ihm. Dabei hatte sie in Wahrheit noch viel mehr Grund, wirklich sauer auf ihn zu sein. Aber darüber konnte er unmöglich mit ihr reden.

Mit erschöpfter Stimme sagte Takeda: »Einverstanden. Fangen wir noch einmal ganz von vorne an.«

Claudia knuffte ihn aufmunternd. Sie war sauer auf Takeda, das schon, aber sie wollte sich nicht mit ihm streiten. Schuldzuweisungen brachten sie nicht weiter, hielten sie nur auf. Und das konnten sie sich beim besten Willen nicht leisten.

»Erinnern Sie sich daran, was wir besprochen haben, als wir zum ersten Mal vor Sassnitz' Leiche in der HafenCity standen? Noch bevor die Drogen in seiner Wohnung auftauchten?«

Takeda nickte. »Wir haben uns gefragt, warum Sassnitz' Leiche nackt ist. Und wir waren uns einig, dass es auf ein privates Motiv hindeutet. Jemand hatte sich an ihm rächen wollen. Demütigung war das Stichwort.«

»So ist es. Die Spur wegen der Drogen war vielleicht von Anfang an falsch. Wir hätten unserem ersten Eindruck folgen müssen. Aber dafür ist es nicht zu spät, finde ich. Und ich sage Ihnen auch, mit wem wir als Erstes noch einmal sprechen müssen.«

»Mit Susanne Sassnitz«, sagte Takeda leise.

»So ist es.«

Takeda schloss die Augen, schien ein paar Sekunden völlig in Gedanken versunken zu sein. Dann räusperte er sich, sah Claudia an und sagte mit leiser Stimme: »Es gibt da etwas, dass ich Ihnen sagen muss. Es ist so, dass ich …«

Takeda wurde unterbrochen, als im nächsten Moment die Tür zum Besprechungszimmer aufgerissen wurde. Einer der Abteilungsassistenten kam herein. Er machte eine unheilverkündende Geste mit der Hand und sagte: »Sauer will mit euch sprechen. Und zwar auf der Stelle. Er tobt, aber so richtig.«

»Das tut er doch eigentlich immer, oder?«, entgegnete Claudia, um Gelassenheit bemüht.

»Es gibt Steigerungen. Ich würde ihn ausnahmsweise nicht warten lassen.«

»Hat er gesagt, worum es geht? Ist es wegen Sassnitz?«

Der Assistent schüttelte den Kopf. »Nein. Es geht um den Fall Pascal. Der kleine Junge, der vom Balkon geworfen wurde. Wie es aussieht, habt ihr da richtig Mist gebaut. Ich würde nicht ausschließen, dass Sauer euch vom Dienst suspendiert. Alle beide.«

Claudia sah den Kollegen ungläubig an. Dann gab sie einen gepressten Aufschrei von sich, halb Entsetzen, halb Wut. Das durfte doch wohl nicht wahr sein!

Reichte es nicht, dass sie im Fall Sassnitz danebengehauen hatten? Musste das jetzt wirklich auch noch sein?

## 31.

Keine halbe Stunde später saßen Claudia und Takeda im Wagen und waren auf dem Weg zum Untersuchungsgefängnis im Karolinenviertel.

Keine Musik, kein Gespräch, nur brütendes Schweigen.

Die Situation vorhin in Sauers Büro saß beiden noch in den Knochen. Es war eine Katastrophe gewesen. Normalerweise ließ Claudia die Angriffe ihres Vorgesetzten ja einfach an sich abperlen. Oder sie schlug zurück, da kannte sie nichts.

Aber diesmal hatte sie keine Kraft gefunden, sich gegen Sauers Vorwürfe zu wehren. Nicht einmal gegen die Bemerkungen, die eindeutig unter die Gürtellinie gingen.

Warum? Weil er recht hatte.

Sie und Takeda hatten offenbar auch im Fall Pascal schlecht gearbeitet. Jeder Versuch einer Verteidigung wäre vermessen gewesen, hätte Sauers Zorn und ihr Elend nur gesteigert.

Folgendes war geschehen: Etwa eine Stunde, bevor Sauer sie in sein Büro zitierte, hatte der für den Fall Pascal zuständige Staatsanwalt angerufen und mitgeteilt, dass Marco Niemann, der Hauptverdächtige, überraschend sein Geständnis widerrufen hatte. Während der letzten Wochen in Untersuchungshaft hatte Niemann wohl erfolgreich entgiftet, wodurch nach und nach sein Erinnerungsvermögen wiedergekehrt war. Seit einigen Tagen nun konnte er sich auch wieder an die Nacht erinnern, in der Pascal gestorben war. Und nun behauptete er, gar nicht der Täter zu sein, auch wenn er das selbst die ganze Zeit geglaubt hatte. Das aber habe auch damit zu tun, so gab es der Staatsanwalt wieder, dass er in der Tatnacht und auch danach von den ermittelnden Beamten, also diesem Japsen und dieser Bitch, wie Niemann sich ausgedrückt habe, unter Druck gesetzt worden sei. Daraufhin habe ihn der Anstaltsleiter gefragt: »Sie meinen Inspektor Takeda und Kommissarin Harms?«

»Wenn die so heißen …«

Der Staatsanwalt hatte Sauer ziemlich zusammengefaltet, woraufhin der dann dasselbe mit Claudia und Takeda machte. Diesmal nahm er übrigens nicht einmal auf Takeda Rücksicht, der bekam es genauso ab wie Claudia.

Nachdem Sauer seine Wut in einer ziemlich unsachlichen Tirade abgebaut hatte, kam er aufs Inhaltliche zu sprechen. Das tat sogar noch mehr weh. Der Leiter der Mordkommission wollte wissen, was Claudia und Takeda außer dem Geständnis gegen Niemann ermittelt und aktenfest gemacht hätten. Beweise, Zeugen, Indizien. Das war der Punkt ihrer eigentlichen Niederlage gewesen, der Punkt, an dem Claudia einen ermittlungstechnischen Offenbarungseid leisten musste. Takeda genauso, der allerdings nur stumm neben ihr saß. Sie hatten nichts. Es gab die Zeugenaussage des Nachbarn, der Niemanns Stimme gehört und später auch noch einmal identifiziert hatte. Aber die taugte leider nur als Ergänzung zu einem Geständnis und keinesfalls als alleiniges Indiz zur Überführung des Täters. Niemanns Anwalt hatte daher auch folgerichtig die sofortige Freilassung seines Mandanten beantragt. An dieser Stelle des Gesprächs war Sauer wieder laut geworden. Er stand auf, stützte sich mit den Händen auf seine Schreibtischplatte und donnerte los: »Ist Ihnen verdammt noch mal klar, was das bedeutet? Wir haben einen toten Einjährigen und nicht die blasseste Ahnung, wer der Mörder ist. Unser Hauptverdächtiger wird morgen früh aus dem Gefängnis hinausspazieren, falls wir ihm bis dahin nicht irgendwie nachweisen, dass er es eben doch getan hat. Das würde bedeuten, dass wir wochenlang den Falschen eingesperrt haben und dass der wahre Täter immer noch frei da draußen herumläuft. Ein Kindsmörder … Ich will mir gar nicht ausmalen, was die Presse mit uns macht, wenn das rauskommt. Die werden uns schlachten. Das kann uns alle den Job kosten!«

Sauers Stimme war die reinste Salzsäure. Claudia wurde es dann doch zu viel, und sie wollte eine nicht weniger ätzende Anwort geben. Takeda aber, der das offenbar spürte, sprang plötzlich von seinem Stuhl auf, nahm eine militärisch anmutende Körperhaltung ein und verbeugte sich dann so tief, dass sein Oberkörper waagerecht nach vorne geneigt war. Dazu rief er mit einer nach Fahnenappell klingenden Stimme: »Wir haben verstanden, Herr Sauer! Klar und deutlich! Wir haben einen Fehler begangen und werden die Dinge in Ordnung bringen! Bitte, vergeben Sie uns! Und schenken Sie uns noch einmal Ihr Vertrauen! Wir geloben Besserung! Wir tun alles, um die Dinge in Ordnung zu bringen. Das schwören wir!«

Claudia konnte sich gerade noch zusammenreißen, um nicht laut herauszulachen. Sauer war völlig perplex über Takedas Einlage. Er setzte sich verstört in seinem Stuhl und sagte: »Äh ... Ja, also ... Ich bin sicher, dass Sie das in Ordnung bringen werden. Und die Sache mit Sassnitz, die überlassen Sie erst einmal den Kollegen Preuß und Surbach. Sie beide konzentrieren sich ausschließlich auf Pascal. Haben wir uns verstanden? Gut. Also, viel Glück. Und halten Sie sich ran!«

»Wir sind also nicht suspendiert, Chef?«, fragte Claudia.

»Raus!«

Sie hatten das Untersuchungsgefängnis fast erreicht, als Claudia noch einmal auf die Situation zu sprechen kam. »Sagen Sie mal, Ken. Das vorhin bei Sauer im Zimmer, fanden Sie das nicht ein wenig übertrieben? Ich hatte wirklich Angst, dass Sie gleich ein Messer ziehen und Harakiri begehen.«

»Ich hatte es in Erwägung gezogen.«

»O Gott!«

Takeda lächelte. »Das war ein Scherz, Claudia. Ich wollte eigentlich nur verhindern, dass Sie und Sauer sich wieder streiten. Ich befürchtete nämlich, in dem Fall hätte er uns wirklich suspendiert.«

Claudia seufzte. »Dann muss ich mich wohl bei Ihnen bedanken, was?«

»Ja, das wäre möglicherweise nicht völlig außerhalb dessen, was sich nach eingehender Betrachtung der Umstände in Erwägung ziehen ließe.«

»Danke, Takeda-San. Oder nein, noch besser. *Dōmo arigatō gozaimashita.*«

Takeda, der auf dem Beifahrersitz saß, deutete instinktiv eine Verbeugung an. »*Doitashimashite.*« Gern geschehen.

## 32.

Eine halbe Stunde später saßen Claudia und Takeda im Vernehmungszimmer des Untersuchungsgefängnisses und blickten in das selbstgefällige Gesicht von Bernd Gladiger, dem Pflichtverteidiger von Marco Niemann.

Niemann selbst wurde gerade von einem Justizbeamten aus seiner Zelle geholt.

Gladiger, in Cordhosen und altmodischer Weste – es fehlte eigentlich nur der Anti-AKW-Button, und die Achtziger-Jahre-Montur wäre perfekt gewesen –, lächelte giftig und sagte: »Ich hoffe, Sie haben sorgfältiger gearbeitet, als es mir der Richter vorhin am Telefon angedeutet hat. Wenn Sie nämlich wirklich nichts außer dem Geständnis meines Mandanten in der Hand haben, dann können Sie das Ganze hier knicken. Dann bestehe ich darauf, dass der Untersuchungshaftbefehl umgehend ausgesetzt wird.«

Claudia stieß ein müdes Lachen aus. Dieser Gladiger war zwar immer noch angenehmer als die Anwälte, die für Denis Nurislamow und Artur Eiler in den Ring gestiegen waren. Aber das machte es auch nicht wirklich besser.

So oder so, Gespräche mit Anwälten waren Pokerpartien. Bluffen gehörte zum Handwerk. Claudia gab sich daher unbeeindruckt und sagte: »Immer langsam mit den jungen Pferden, Herr Gladiger. In der Wohnung am Osdorfer Born waren zur Tatzeit nur Marco Niemann und die Kindsmutter, Melanie Rüthers, anwesend. Wenn Herr Niemann also allen Ernstes behauptet, dass er den Jungen nicht getötet hat, beschuldigt er damit automatisch seine Lebensgefährtin. Ich hoffe, das haben Sie ihm erklärt. Vielleicht denkt er doch noch einmal darüber nach, was er gerade zu veranstalten gedenkt.«

Gladigers Lächeln blieb zuckersüß. »Es war wohl die richtige Entscheidung, dass Sie damals eine Laufbahn als Juristin ausgeschlagen haben, Frau Harms. Sie sind ganz offensichtlich nicht geeignet.«

»Wollen Sie wirklich so persönlich werden?«

»Das ist nicht persönlich, das ist objektiv. Sonst wüssten Sie nämlich, dass jeder Mensch das Recht hat, sich selbst für unschuldig zu befinden. Damit beschuldigt er in keiner Weise jemand anderes. Den Nachweis über die Täterschaft einer anderen Person zu führen ist ganz allein Ihre Aufgabe, und wenn Sie die nicht erledigen, kann ich Ihnen nicht helfen. So einfach ist das.«

Arschloch, dachte Claudia. Aber leider ein Arschloch, das recht hatte.

Zum Glück sprang Takeda ein. Er deutete in Gladigers Richtung eine Verbeugung an und sagte: »Es ist interessant, dass Juristen überall auf der Welt die gleiche Fähigkeit zu besitzen glauben. Sie meinen, mit Hilfe von Argumenten die Logik aushebeln zu können. Aber das ist eine vergebliche Anstrengung, Herr Anwalt. Logik folgt nicht Argumenten, sondern Gesetzen. Mit dem Widerruf des Geständnisses von Herrn Niemann würde die Täterschaft selbstverständlich auf Melanie Rüthers fallen. Ich hoffe, Sie stimmen mit mir überein.«

Es war, als wedele Takeda ihr frischen Wind zu. Claudia erholte sich. Sie lächelte.

Gladiger war weniger beeindruckt. Er hob die Augenbrauen und sagte: »Sie sollten nicht über Logik philosophieren, bevor Sie die Fakten kennen, Herr Takeda. Das gilt auch auf der ganzen Welt, oder täusche ich mich? Sprechen Sie lieber erst mit meinem Mandanten, bevor Sie sich noch weiter verrennen.«

Kurz darauf führte ein uniformierter Wachtmeister Niemann in den Raum. Er nahm ihm die Handschellen ab und wies ihm einen Stuhl zu. Niemann setzte sich und lächelte Claudia und Takeda an. Durchaus freundlich.

Der Mann wirkte wie ausgetauscht im Vergleich zu der Nacht am Osdorfer Born vor rund einem Monat. Sein damals blasses, verpickeltes Gesicht hatte eine einigermaßen gesunde Farbe angenommen, das fettige Haar war gewaschen und ordentlich geschnitten, die zuvor bekotzte, stinkende Kleidung war sauber. Vor ihnen saß ein normaler, fast schon attraktiver Zweiunddreißiger, der ernsthaft und besorgt wirkte. Kein Vergleich zu dem Crystal-Geist, den sie damals verhaftet hatten und dem man kaum mehr als ein paar Wochen Lebensspanne einräumen wollte.

»Dann erzählen Sie mal, was los ist, Herr Niemann«, forderte Claudia ihn auf.

Niemann begann leise zu sprechen, wobei seine Worte klangen, als hätte er sie auswendig gelernt. »Ich habe große Fehler begangen. Ich meine, Pascal, der war mein Ein und Alles. Er war zwar nicht mein Sohn, aber das war ganz egal. Ich habe den Kleinen geliebt. Aber da waren auch die Drogen. Beides zusammen geht halt nicht, Kind und Scheißdrogen. Das habe ich jetzt kapiert. Darum weiß ich, dass ich Schuld an dem Ganzen habe. Echt, das ist mir klar. Aber ich habe es trotzdem nicht getan, das schwöre ich.«

»Sie verstehen bestimmt, dass Ihre Aussage zum jetzigen Zeitpunkt ziemlich überraschend ist.«

»Klar. Aber ich dachte wirklich, dass ich es war. Dass ich es getan habe. Ich konnte mich an nichts erinnern, und Pascal war tot. Melanie würde so etwas niemals tun, er war doch ihr Kind, ihr Kleiner. Also musste ich es gewesen sein. Konnte ja gar nicht anders sein. Das haben alle gesagt. Sie auch. Und der Japaner auch.«

Claudia entging nicht, dass es Gladiger an der Stelle nur mühsam gelang, nicht wieder zu lächeln. Niemanns Insistieren auf ihre und Takedas Rolle bei seiner Aussagen war einstudiert und zielte eindeutig auf den Vorwurf eines erzwungenen Geständnisses.

Es war erneut Takeda, der reagierte. Er sagte: »Wir haben Sie damals lediglich gefragt, was geschehen ist, Herr Niemann. Wir haben Ihnen nichts unterstellt. Sie waren derjenige, der gesagt hat, dass Sie den Jungen vom Balkon geworfen haben. Bitte bleiben Sie bei der Wahrheit.«

»Ja, das stimmt. Ich habe es gesagt. Ich habe es ja auch wirklich geglaubt. Aber es stimmt nicht.«

»Und was denken Sie jetzt? Was ist die Wahrheit?«

»Ich wusste doch selbst nicht, was passiert war. Echt nicht. Ich war seit einer Woche auf Droge, hatte nicht geschlafen, nix gegessen, nix getrunken. An dem Abend, als es passiert ist, da war ich am Ende. Ich musste abschalten, runterkommen, landen. Also habe ich gesoffen. Bier, Schnaps, alles, was da war. Ich habe mich richtig zugeknallt. Wenn das Crystal dich in den Orbit geschossen hat, kommst du nur durch Alk wieder zurück auf die Erde. So war ich dann auch drauf an dem Abend. Wenn Sie mich gefragt hätten, ob ich der Sohn von Angela Merkel bin, hätte ich auch ja gesagt.«

Der Inspektor fragte: »Aber jetzt erinnern Sie sich besser an jenen Abend, an dem Pascal gestorben ist?«

»Ja, absolut.«

»Dann erzählen Sie uns, was Ihrer Meinung nach wirklich passiert ist.«

Niemann druckste herum, räusperte sich, starrte auf seine Hände, blieb aber stumm.

Takeda sah zu Claudia, die wiederum zu Gladiger. Der Anwalt beugte sich zu Niemann und flüsterte: »Sagen Sie den Polizisten einfach, was Sie mir gesagt haben. Machen Sie sich keine Sorgen, es kann Ihnen nichts passieren.«

Marco Niemanns Mimik arbeitete, als hätte er eine schwere Last zu tragen. Er räusperte sich, sagte schließlich: »Melanie und ich waren gar nicht allein an dem Abend. Da war noch einer in der Wohnung.«

Claudia blickte zu Takeda, und man musste mit ihm schon einigermaßen vertraut sein, um hinter dem scheinbar unbewegten Gesicht des Inspektors seine Überraschung zu erkennen. Bei Claudia selbst war das einfacher. Sie zog die Augenbrauen zusammen und schüttelte ungläubig den Kopf. »Ach, und das ist Ihnen jetzt auf einmal eingefallen?«

»Ja. Weil ich jetzt wieder klar im Kopf bin. Ich schwöre. Echt jetzt.«

Claudia schnaubte, wollte aus der Haut fahren. Takeda hielt sie mit einer Berührung zurück. Zu Niemann gewandt, sagte er: »Wer war denn die dritte Person in der Wohnung? Und inwieweit hat sie mit den Vorfällen in der Nacht zu tun?«

»Es war der Typ, den sie neulich umgefahren haben. Dieses reiche Schwein, der Internet-Typ.«

Claudia dachte im ersten Augenblick, sie habe sich verhört. Keine Ahnung, von wem Niemann da redete. Von Markus Sassnitz? Unmöglich.

»Können Sie die Person, die Sie meinen, beim Namen nennen?«, fragte Takeda sachlich.

»Sassnitz. Der war in der Wohnung. Und der hat Pascal vom Balkon geworfen.«

## 33.

Claudias Gedanken überschlugen sich, sie rang nach Luft, schüttelte immer wieder ungläubig den Kopf. Markus Sassnitz sollte in der Wohnung von Melanie Rüthers und Marco Niemann gewesen sein und Pascal getötet haben? Das war entweder der größte Blödsinn, den sie je gehört hatte. Oder ein so unfassbarer Zufall, dass sie es kaum glauben konnte.

Und es wäre – auch das begriff sie sofort – eine Art unverhofftes Geschenk, jedenfalls in ermittlungstechnischer Hinsicht.

Eines war ja klar. Wenn Marco Niemann die Wahrheit sagte, dann änderte das nicht nur den Fall Pascal von Grund auf, sondern auch den Fall Sassnitz.

Sie brauchte jetzt erst einmal einen Moment Pause. Sie musste durchatmen, ihre Gedanken ordnen, zur Ruhe kommen.

»Will jemand einen Kaffee?«, fragte sie, und ihre Stimme klang kratzig.

»Klar«, sagte ausgerechnet Marco Niemann.

Takeda und Gladiger nickten ebenfalls.

Claudia drehte sich zu dem Justizbeamten um, sah ihn fragend an. Der sagte: »Ich bin Wachtmeister, kein Kellner.«

»Stimmt. Aber Sie sind nett.«

Er lächelte. »Schon gut. Ich will mal nicht so sein.«

Kurz darauf standen vier dampfende Tassen Kaffee auf dem Tisch. Das Verhör ging in die nächste Runde.

Diesmal baten sie Marco Niemann, möglichst ausführlich zu sein. Der machte daraufhin eine lange, detaillierte Aussage, in der es erst einmal gar nicht um ihn ging, sondern um Melanie Rüthers.

Die hatte vor ungefähr zweieinhalb Jahren auf eine Stellenanzeige im Internet geantwortet. Das war lange, bevor er, Marco Niemann, sie kennenlernte und Pascal auf der Welt war. Eine Firma suchte für ihr Büro in der HafenCity eine Putzkraft für zwei Abende in der Woche. Melanie war zu der Zeit arbeitslos und lebte von Hartz IV. Das Vorstellungsgespräch lief gut. Das Büro war cool, allein schon wegen der Dachterrasse und des Whirlpools. Vor allem aber merkte Melanie sofort, dass Markus Sassnitz, dem die Firma gehörte, die Sorte Mann war, bei dem etwas ging. Der Typ war scharf auf sie, das war vom ersten Augenblick an zu sehen. Aus dem ließ sich etwas rausholen. Putzen? Klar, würde sie auch.

Damals war Melanie noch nicht auf Droge, jedenfalls nicht so krass. Sie sah gut aus. Viele Typen waren hinter ihr her. Meistens nervte es sie. Ab und zu nützte es auch was.

Bei Sassnitz kam noch etwas hinzu. Der war nicht so ein fettgefressenes Arschloch wie die meisten anderen. Der war zum ersten Mal einer, der Stil hatte, Klasse. Und dazu einen Haufen Kohle.

Der war ihr Sechser im Lotto.

Melanie fuhr zweimal in der Woche abends in das Büro in der HafenCity. Nach einigen Wochen erhielt sie sogar einen eigenen Schlüssel. Meistens war Sassnitz gar nicht da, und sie war alleine in dem Büro. Oder besser gesagt in der Wohnung. War irgendwie beides. Aber ab und zu saß er auch am Schreibtisch und arbeitete. Sie wusste nicht so richtig, was er eigentlich tat. Er saß vor dem Computer und telefonierte herum, aber offenbar reichte das, um eine Menge Geld zu machen. Melanie bekam mit, dass er verheiratet war, allerdings tauchte die Frau nie auf. Schon nach kurzer Zeit wusste sie, warum. Schließlich musste sie auch im Schlafzimmer putzen, und mehr als einmal bedeutete es, dass sie leere Champagnerflaschen, gebrauchte Kondome und Toys wegräumen musste. Plastikkram, Handschellen, Leder, so etwas. Einmal stand er im Türrahmen und sah ihr dabei zu, wie sie seinen Fickkram saubermachte. Andere Frauen hätten garantiert die Reißleine gezogen. Aber Melanie wusste, was sie wollte.

Im Laufe der Zeit war Sassnitz immer öfter da, wenn sie zum Putzen kam. Er sah zu, wie sie saubermachte, und grinste. Eines Abends sagte er, sie solle die Putzerei doch einfach mal vergessen und mit ihm einen Prosecco trinken und eine Kleinigkeit essen. Die Kleinigkeit bestand aus Dingen, die Melanie noch nie gesehen hatte. Austern, Kaviar, Trüffel, so etwas. Reichenfraß. Satt wurde man davon nicht. Schmeckte nicht mal besonders. Aber darum ging es nicht. Es war, als würde man Geld fressen. Beim zweiten oder dritten Dinner meinte Sassnitz, dass die Sachen noch viel besser schmeckten, wenn man sie im Whirlpool aß. Aber sie sei hier, um zu arbeiten, und zum Job nehme sie leider keinen Badeanzug mit, sagte Melanie – lächelnd. Er: Kein Problem, schließlich sei das hier sein Büro, und da habe er auch keine Badehose. Lächelte ebenfalls. Warum nicht, dachte Melanie. Es war Zeit, ihn ranzulassen. Sie stiegen in den Pool, tranken Champagner, dann packte er sie, drehte sie um und stieß in sie rein, während er ihren Kopf unter Wasser drückte. Das war bestimmt nicht das, was sie erwartet hatte. Es war brutal, ekelig, richtig beschissen. Aber sie ließ es geschehen. Weil das hier, das war ja ihr Sechser im Lotto.

In dem Umschlag, den Sassnitz ihr beim nächsten Mal gab, war deutlich mehr drin als zuvor.

Sie machte weiter sauber. Er sah ihr dabei zu. Immer öfter kam er zu ihr an, packte sie, riss ihr die Kleider vom Leib, schlug sie, fesselte sie, fickte sie. Wenn sie sich wehrte, umso besser. Sie ging mit blauen Flecken nach Hause. Die Summe im Umschlag, jetzt noch höher, stimmte halt.

Nach einer Weile merkten sie, dass sie beide auf Drogen standen, und ab da wurde es heftig. Es gab immer noch Austern und Champagner, und sie stiegen immer noch in den Whirlpool, aber dazu gab es wahlweise Koks oder Crystal. Er fesselte sie, er holte seine Spielzeuge heraus, sie fickten stundenlang.

Nach ungefähr einem halben Jahr veränderten sich die Dinge. Offenbar hatte Sassnitz Ärger mit seiner Frau, er zog jetzt endgültig in die Wohnung in der HafenCity. Melanie freute sich. Sie dachte, dass es jetzt etwas Ernstes mit ihnen werden könnte. Es ging nicht mehr nur ums Geld. Sie mochte ihn. Das war merkwürdig, aber es war so. Sie stand auf ihn. Vermutlich weil es ihm egal war, dass er ein reicher Sack war und sie eine aus der Vorstadt. Sie hatten Spaß miteinander. Und keine Geheimnisse. Das war doch was. Und jetzt spielte seine Frau auch keine Rolle mehr.

Es kam anders. Sassnitz wurde nach der Trennung kühler zu ihr, er nahm ihr den Schlüssel ab, beschwerte sich plötzlich, dass sie nicht mehr ordentlich putze. Dann bekam sie mit, dass Sassnitz eine neue Freundin hatte, eine Russin. Mehr als einmal musste Melanie dabei zusehen, wie er sie im Whirlpool bumste, während sie selbst die dreckigen Teller vom Tisch räumte. Mit der Russin blieb der Sex sauber. Melanie holte er nur noch in sein Schlafzimmer, wenn er es nicht mehr aushielt. Wenn er mal wieder eine goldene Dusche brauchte und einer Frau weh tun musste.

In dieser Zeit beging Melanie den einzigen echten Fehler. Sie sagte Sassnitz, dass sie es schade finde. Sie hätten doch eine gute

Zeit gehabt und könnten sie auch weiterhin haben, sie würde es nicht stören, wenn er eine Freundin hätte. Er schrie sie an und schlug sie ins Gesicht. Das hatte nichts mit Sex zu tun, das war blinde Wut.

Kurz darauf warf er sie raus. Es war vorbei.

Melanie heulte und kurierte ihre blauen Flecke aus. Sie fand sich damit ab. War halt wie immer. Sie wollte ein Stück vom Kuchen, aber am Ende bekam sie nur einen Schlag in die Fresse.

Melanie war sich nicht sicher, was sie mehr fertigmachte, die Art, wie er sie gedemütigt hatte, oder die Tatsache, dass sie ab sofort wieder von der Stütze leben musste. Sie könnte es ihm heimzahlen, wenn sie wollte. Sie könnte ja mit Sassnitz' neuer Freundin reden, ihr von seinen Vorlieben erzählen. Aber sie ließ es bleiben. Sie tat nicht alles für Geld.

In der folgenden Zeit fiel Melanie in ein Loch. Sie versuchte zu vergessen, was passiert war. Viel Alkohol, viel Drogen. Das Geld, das sie in dem Jahr bei Sassnitz gespart hatte, war schnell weg. Sie ließ sich auf Männer ein, aber wieder die Arschloch-Sorte. Die, die sie schon anekelten, wenn es gerade erst anfing.

Viel zu spät merkte sie, dass sie schwanger war. Keine Ahnung, wie ihr das hatte passieren können. Sie war im fünften Monat. Sie hatte fünf Monate lang Scheiß in sich reingedröhnt, obwohl da ein Kind in ihr heranwuchs. Sie wusste nicht einmal, wer der Vater war. Wahrscheinlich Sassnitz. Aber sicher war sie sich nicht.

Sie ließ die Finger von den Drogen, hörte auf zu trinken, hörte überhaupt auf, sich fertigzumachen. Und sie lernte Marco kennen. Im Waschsalon am Osdorfer Born. Marco war es egal, dass sie schwanger von einem anderen war. Er mochte sie, auch weil sie sich ähnlich waren. Viel Scheiß erlebt, aber trotzdem war da noch ein bisschen Hoffnung. Er hatte es auch mit den Drogen, ließ es aber ebenfalls sein, als sie sich kennenlernten. Auch wegen des Kindes. Wir sind dann eine echte Familie, Melanie. Wir schaffen das. Wenn der Kleine da ist, wird alles anders.

Melanie brauchte eine Zeit, um es zu glauben. Aber dann war es in Ordnung. Sie probierten es, erst zu zweit, dann zu dritt.

Als Pascal geboren wurde, wurde schnell klar, dass er ein schwieriges Kind war. Laut, nervig, unruhig. Ständig krank. Lag vermutlich an den Drogen. Ein Meth-Baby. Weil sie doch nicht gewusst hatte, dass sie schwanger war. Der Kleine war außer Rand und Band, dann wieder schlapp und still. Melanie flippte selbst aus, war aggressiv, hatte zugleich ein schlechtes Gewissen. Marco versuchte lange, die Sache zu retten. Ging aber nicht. Er tickte aus, fing an zu trinken, war wütend, hatte Aussetzer. Wenn Pascal schrie, kam er halt auf den Balkon. Oder er bekam Alk ins Fläschchen, dann schlief er wenigstens. Ein zerbrochener Traum tut mehr weh, als wenn du nie einen gehabt hast. Sie fingen beide wieder mit den Drogen an. Es fehlte ständig an Geld, an allem. Ärger mit der Mutter, Ärger mit dem Jugendamt, Ärger mit allem. Gutes Leben? Ein Scheiß.

Irgendwann erzählte Melanie Marco von diesem reichen, perversen Typen, für den sie geputzt hatte, ein Typ mit Porsche und Penthouse und Kohle ohne Ende. Ein Typ, der auf Schweinereien stand. Ob er der Vater von Pascal sei, wollte Marco wissen. Eher nicht, sagte Melanie. Sag doch einfach, dass er es ist. Und dann soll er zahlen. Du hast doch selbst gesagt, dass der Typ andere abzockt. Jetzt zocken wir ihn ab.

Wer von beiden, ob er oder Melanie, nun die eigentliche Idee hatte, wusste Marco nicht mehr. Sie riefen Sassnitz an und erklärten ihm, dass sie ihm ein Foto von Pascal schicken wollten. Und wenn er das nicht haben wollte, dann könnten sie es auch seiner Freundin schicken. Oder seiner Frau, die gebe es ja auch noch. Sonst solle er halt Kohle rüberschieben. Unterhalt fürs Kind, Unterhalt für die Mutter, aber nicht die Sätze, die das Amt vorschreibt. Sondern richtig fett Kohle.

Sassnitz schien anzubeißen. Sie trafen sich. Aber es lief anders als erwartet. Sassnitz lachte sie nur aus. Du blöde Schlampe, du Loser, ihr könnt mich mal. Ihr kriegt keinen Cent von mir. Beweist mir doch erst einmal, dass das Kind von mir ist. Aber wenn du so dringend Geld brauchst, kannst du gerne wieder kommen und putzen, Melanie. Wenn wir ficken, kriegst du ein paar Scheine mehr.

Melanie war wütend, war am Limit. Sie erinnerte sich an alles. Wie er beim ersten Mal ihren Kopf unter Wasser gedrückt hatte, wie er mit seinen Spielchen begann und immer mehr Grenzen überschritt. Wie sie alles mitmachte. Warum eigentlich? Weil sie ihn wirklich geliebt hatte? Vielleicht. Aber das war jetzt vorbei. Jetzt sollte er bluten.

Nach ein paar Wochen rief Melanie ihn wieder an. Und sie erzählte ihm, dass sie einen Test gemacht hätte. Ja, sie habe ihm beim letzten Treffen ein paar Haare ausgerissen. Sie sei nämlich nicht so bescheuert, wie er vielleicht dachte. Entweder er zahle, oder sie werde jedem erzählen, dass der Kleine von ihm sei.

Diesmal funktionierte es, Sassnitz sprang drauf an. Melanies Gefühl hatte sie nicht getrogen. Was das Kind anging, da war er empfindlich. Er wollte sie wieder treffen. Wo? Bei ihr und Marco zu Hause. Keine Ahnung, warum sie sich darauf einließen. Vermutlich, weil sie einfach dumm waren. Das heißt, Melanie ist eigentlich nicht dumm, aber sie wollte den Typen fertigmachen. Dafür war sie bereit, einiges zu riskieren.

Sassnitz kam zum Osdorfer Born. Er parkte den Porsche unten auf der Straße und stieg die ganzen Treppen bis zum vierzehnten Stockwerk hoch, weil der Fahrstuhl mal wieder kaputt war. Nein, das war nicht die Nacht, in der Pascal gestorben ist, das war vorher. Auch dieses Treffen lief wieder anders als geplant. Sassnitz hatte nicht den Hauch von Angst. Es war auch nicht klar, warum er eigentlich gekommen war. Es schien ihm Spaß zu machen. Es war wie ein Spiel für ihn. Er setzte sich aufs Sofa und redete mit ihnen, als wären sie Freunde. Er sagte ihnen, dass er grundsätzlich kein Geld an Erpresser zahle, das hätten schon ganz andere bei ihm versucht. Und die hätten weiß Gott mehr in der Hand gegen ihn. Aber von zwei kleinen Spinnern wie ihnen würde er sich bestimmt nichts aus der Tasche ziehen lassen. Aber das Kind, das wolle er schon einmal sehen. Dann bekam er mit, dass mit dem Kleinen was nicht stimmte. Er hatte Pascal gerade eben noch im Arm gehalten, aber ganz plötzlich warf er ihn regelrecht von sich. Er stand auf, wollte nur noch weg. Bevor er ging, griff er in die Tasche und legte ein paar Scheine und einen Beutel Crystal auf den Tisch. Kleines Andenken, macht euch eine schöne Zeit. Dann war er weg.

Melanie tobte. Sie war krank vor Wut, und vielleicht war sie auch immer noch in Sassnitz verliebt. Marco blickte nicht mehr durch. Alles versank im Chaos. Sie nahmen das Crystal, es war eine ordentliche Portion. Sie waren tagelang verstrahlt. Melanie ging raus und traf sich mit anderen Männern. Marco war sauer. Warum sollte er sich um den Kleinen kümmern, wenn Melanie mit anderen Typen rummachte? Also kümmerte sich keiner mehr um Pascal. Sassnitz tauchte noch zwei-, dreimal auf und versorgte sie mit Drogen. Und jedes Mal guckte er sich den Kleinen an. Keine Ahnung, was er eigentlich wollte. Vielleicht dachte er, das Kind wäre wirklich von ihm, und er kam, um es zu sehen. Er ließ auch Geld da, aber nicht mehr so viel. Hundert Euro, zweihundert. Er behauptete, dass er nicht mehr habe, dass er pleite sei. Ein Typ, der mit Drogen um sich warf und einen Porsche fuhr, der sollte pleite sein? Ein Witz.

Melanie probierte es ein letztes Mal. Sie rief ihn an und sagte, dass sie ihn beobachtet habe. Das stimmte wirklich. Sie wisse, wo seine Freundin arbeitete und wo seine Frau lebte, und sie werde beiden Frauen von dem Kind erzählen, wenn er nicht endlich richtig Geld ablieferte. Es schien zu funktionieren. Sassnitz sagte, dass er darüber nachdenken müsse und Zeit brauche. An dem Abend, an dem Pascal starb, stand er wieder vor der Tür. Marco war zu dem Zeitpunkt fertig, war tagelang auf Droge gewesen. Er hatte angefangen zu trinken, um runterzukommen. Er konnte kaum noch auf den Beinen stehen, war mehr oder weniger im Koma, wusste nicht mehr, was gestern und was heute war, was

Traum, was Wirklichkeit. Darum konnte er sich danach auch an nichts mehr erinnern. Aber jetzt wisse er es wieder. Sassnitz kam in die Wohnung, aber diesmal war er sauer. Er schrie herum und wollte den Test sehen, von dem Baby. Melanie tat so, als suchte sie das Papier, meinte, dass sie es nicht finden könne. Sassnitz lachte. Marco hing auf dem Sofa, mehr tot als lebendig. Und die ganze Zeit schrie der Junge, schrie immer lauter. Marco konnte es nicht mehr ertragen, er wollte seine Ruhe haben, nur noch seine Ruhe.

Marco Niemann machte eine Pause, wischte sich wieder über die Nase, räusperte sich. Dann sagte er leise: »Das Nächste, woran ich mich erinnern konnte, war, dass ihr Bullen in der Wohnung wart. Zuerst habe ich gar nichts gecheckt. Sie meinten, dass jemand Pascal vom Balkon geworfen hat. Melanie hat mich angesehen und gefragt, wie ich so etwas tun konnte. Ich wusste nicht, was sie meinte. Dann ist sie auf mich losgegangen. Ich erinnerte mich dran, dass der Junge gebrüllt und dass ich ihn raus auf den Balkon gesperrt hatte, dass ich ihn angeschrien hatte. Also habe ich geglaubt, dass ich es getan habe. Sie waren doch dabei. Ich war fertig, wollte selbst runterspringen. Hat aber nicht geklappt. Dann war ich im Knast. Und ich hab's immer noch geglaubt, die ganze Zeit. Aber dann, vor ein paar Tagen, als Aufschluss war, habe ich eine Zeitung in die Hand bekommen. Da stand was von dem Sassnitz drin und dass er mit den Russen Drogengeschäfte gemacht hat. Da ist mir alles wieder eingefallen. So war das. Jetzt wissen Sie alles.«

Marco Niemann sackte in sich zusammen, vergrub das Gesicht in den Händen und fing an zu schluchzen.

## 34.

Als Claudia aus dem Gebäude des Untersuchungsgefängnisses ins Freie trat, blinzelte sie mit den Augen. Die Helligkeit des Sommertages blendete sie.

Sie sah zu Takeda, der neben ihr stand. Er wirkte nachdenklich und verschlossen. Aber wen wunderte es? Er kam nach Deutschland, ein Land, das von den Japanern über lange Zeiten hinweg bewundert und als Vorbild betrachtet worden war. Goethe, Schiller, Thomas Mann. Luther, Marx, Einstein. Jeder Japaner kannte diese Namen.

Und heute?

Russenmafia, Drogen, Sexspiele, Mord, Erpressung.

Claudia sagte: »Ich habe eine Idee, Ken. Etwas, das uns beiden guttun wird.« Ihr gelang ein Lächeln.

Takeda nickte, und auch er lächelte. »Ich bin gespannt.«

Vom Karolinenviertel war es nicht allzu weit bis zur Elbe. Sie fuhren in Richtung St. Pauli, dann nach Altona und die Kaistraße hinunter in Richtung Övelgönne.

Claudia parkte den Wagen in der Busschleife beim Augustinum. Es war gar nicht so lange her, dass sie hier gewesen war. Damals hatte sie sich mit Leyla Yelek getroffen, der Schwester ihres Hauptverdächtigen im Fall Haubach. Schon damals hatte sie mit Takeda herkommen wollen, weil sie sicher war, dass es ihm gefallen würde.

Sie zeigte Takeda den gepflasterten Spazierweg, der entlang den alten Lotsenhäusern führte. Es waren kleine, farbenfroh gestrichene Gebäude, die sich pittoresk in den Schatten des Elbhangs duckten. Sie aber führte ihn in die andere Richtung und erklärte: »Da vorne bei den Häusern ist der Weg für Anfänger. Wir nehmen den für Fortgeschrittene. Los, ziehen Sie die Schuhe aus.«

»Wie bitte?«

»Schuhe ausziehen. Wir gehen am Strand entlang. Glauben Sie mir, es gibt nichts Besseres. Ist wie ein Urlaub im Schnelldurchlauf.«

Claudia ging nicht davon aus, dass sie ihm etwas zumutete. Takeda zog nämlich ständig die Schuhe aus, zum Beispiel, wenn sie die Wohnung eines Verdächtigen betraten. Oder auch wenn er im Präsidium am Schreibtisch saß. Doch zugegeben, barfuß über den Elbstrand spazieren zu gehen war etwas anderes.

Takeda aber schlüpfte bereitwillig aus seinen edlen Lederschuhen, zog die Socken aus, krempelte die Hosenbeine seines Anzugs hoch und trat in den hellen, weißen Sand. Dort schloss er die Augen, stieß ein wohliges Seufzen aus und sagte: »*Kimochi ī!*«

»Was heißt das?«, fragte Claudia.

»Es fühlt sich gut an. Es tut der Seele gut. Es ist einfach perfekt.«

Claudia schlüpfte aus ihren Pumps, trat ebenfalls in den Sand und wiederholte ein wenig unbeholfen: »*Kimochi ī.*«

Sie spazierten zum Ufer hinunter. Sonne, Möwengeschrei, das sanfte Plätschern der Wellen, die Geräusche des Hafens drüben am anderen Ufer. Von Westen her näherte sich einer dieser neuen Containergiganten, groß wie ein Hochhaus, beladen mit genug Material, um eine ganze Stadt zu bauen. Der Frachter zog vorüber, die Wellen wurden größer. Claudia und Takeda mussten rennen, um nicht nass zu werden.

»Das Beste kommt aber noch, glauben Sie mir. Wir müssen nur noch ein paar Schritte gehen. Und Sie müssen die Augen schließen«, erklärte Claudia.

Sie nahm ihn an der Hand und führte ihn ein paar Meter elbabwärts. Der Strand beschrieb eine leichte Einbuchtung. Claudia blieb mit Takeda direkt an der Wasserlinie stehen und fragte: »Hören Sie es?«

»Was meinen Sie? Die Wellen? Die Schiffe?«

»Nein, es ist leiser. Wie Musik. Sehr zart.«

Takedas gerade noch angestrengter Gesichtsausdruck entspannte sich. »Jetzt höre ich es. Es ist schön.«

»Das Schönste überhaupt.«

Claudia hielt Takeda immer noch an der Hand. Auch sie schloss die Augen, konzentrierte sich ganz aufs Hören. Mit jeder Welle, die ans Ufer schlug, wurden Tausende und Abertausende von kleinen, vom Wasser rundgeschliffenen Glasscherben durcheinandergewirbelt. Es gab ein silbernes Geräusch wie von tausend kleinen Glocken.

Claudia liebte dieses Geräusch. Es weckte Kindheitserinnerungen, es erfüllte sie mit Frieden.

Sie war noch nie mit einem Mann hierhergekommen. Weil dieser Ort und dieses Geräusch zu kostbar war, um es mit dem Falschen zu teilen.

Keine Ahnung, warum sie es mit Takeda tat. Vermutlich weil er außer Konkurrenz war. Nicht, dass er kein Mann gewesen wäre, im Gegenteil. Aber er war eben anders.

Sie blieben einige Minuten so stehen und lauschten. Dann öffneten sie die Augen.

»Jetzt kommt Teil zwei unseres Kurzurlaubs. Sie werden sehen, der ist auch nicht von schlechten Eltern«, erklärte Claudia.

Sie führte Takeda zur Strandperle, einem Ausflugslokal auf halbem Weg nach Teufelsbrück. Es war winzig klein, bot kaum Plätze für seine Gäste. Aber das musste auch gar nicht sein. Man besorgte sich etwas zu trinken und setzte sich einfach an den Elbstrand. Jetzt zur Mittagszeit waren sie die einzigen Gäste. Heute Abend würden hier Hunderte sitzen, obwohl der Sommer ja eigentlich schon vorüber war.

Claudia besorgte zwei Flaschen Astrabier – Knollen, wie man in Hamburg sagte. Sie drückte Takeda eine in die Hand. Sie setzten sich hin, stießen miteinander an.

Der Elbstrand, das Hafenpanorama, das strahlende Spätsommerwetter. So konnte man überleben, sogar als Bulle, der sein Geld damit verdiente, die Scheiße dieser Welt wegzuschaufeln.

»Glauben Sie Niemanns Geschichte?«, fragte Claudia.

»Ja.«

»Ich auch.« Claudia stieß ein Schnauben aus. »Ich muss die ganze Zeit daran denken, was Melanie Rüthers damals in einem unserer Gespräche zu mir gesagt hat. Sie meinte, dass sie ihn, wenn sie die Gelegenheit bekäme, umbringen würde. Ich dachte natürlich, dass sie Niemann meint. Aber in Wahrheit hat sie damals schon an Sassnitz gedacht.«

»Sie glauben, sie hat ihn ermordet?«

»Sie nicht?«

»Vieles spricht dafür, das muss ich zugeben.«

»Eben.«

»Allerdings ... wäre Melanie Rüthers in der Lage, das mit dem Elektroauto zu bewerkstelligen? Sie haben mir selbst erzählt, dass der Wagen gehackt worden ist. Könnte sie so etwas?«

»Keine Ahnung. Vielleicht hatte sie Helfer. Wir werden es herausfinden.«

Takeda nickte nachdenklich. »Sie haben recht. Alles spricht dafür, dass sie die Täterin ist.«

Claudia ließ eine Pause verstreichen, sagte dann: »Um ehrlich zu sein, kann ich sie sogar verstehen.«

Takeda nickte erneut. »Markus Sassnitz hat ihren kleinen Sohn umgebracht. Eine grausame Tat. Andererseits hat sie versucht, ihn mit dem Kind zu erpressen.«

»Die beiden scheinen aus dem gleichen Holz geschnitzt zu sein. Er ganz oben, sie ganz unten. Aber beide rücksichtslos. Sie wollte ihr Stück vom Kuchen abhaben, das hat Niemann ja auch gesagt. Sassnitz hat es ihr in Aussicht gestellt, aber dann hat er sie doch nur ausgenutzt und am Ende zurück in den Dreck geworfen. Das ist doch genau das, wonach wir gesucht haben. Demütigung.«

»Sie haben recht«, bestätigte Takeda.

»Dieser Sassnitz wird mir mit jedem bisschen, das wir über ihn erfahren, unsympathischer. Da ist es fast schon egal, ob er nun auch noch zusammen mit den Russen Drogen verkauft hat oder nicht. Eines finde ich allerdings kurios. Sassnitz war klar, dass seine Exfrau von seinen perversen Neigungen weiß, das hat sie uns ja erzählt. Aber als es um ein uneheliches Kind geht, durfte sie das nicht erfahren. Da flippt er aus.«

Takeda schloss die Augen, sagte mit leiser Stimme: »Ich vermute, es hat etwas mit der Geschichte des Paares zu tun. Susanne Sassnitz hat sich immer Kinder gewünscht, aber ihr Mann hat sich widersetzt. Er war auf seinen Beruf fixiert und wollte keine Kinder. Es hätte sie sehr getroffen, zu erfahren, dass er nun doch einen Sohn hatte.«

»Wie kommen Sie darauf? Haben Sie mal mit ihr darüber gesprochen?«

Takeda räusperte sich, mied Claudias Blick. Erst mit Verzögerung sagte er: »Nein, nein. Es ist eine reine Vermutung. Erinnern Sie sich an die Skulpturen in der Wohnung? Sie umgibt sich mit einer Familie, die sie in Wahrheit nicht hat.«

»Seltsame Familie. Aber schätzungsweise haben Sie recht.«

Ein paar schweigsame Momente vergingen, beide hingen ihren Gedanken nach. Dann sagte Takeda: »Es bleibt die Frage, warum Melanie Rüthers zugelassen hat, dass wir Marco Niemann verhaften. Sie dürfte ja gewusst haben, dass er unschuldig ist.«

»Vielleicht muss man eine Frau sein, um das zu verstehen. Als ihr in der Nacht klar wurde, dass Pascal tot ist, hat sie sofort verstanden, was passiert ist und wer der Täter ist. Sassnitz hatte ihr viel angetan, und sie hatte es ertragen. Den Mord an ihrem Sohn aber konnte sie nicht ertragen. Sie wollte sich rächen. Wenn sie uns die Wahrheit gesagt hätte, dann, das war ihr klar, hätten wir Sassnitz verhaftet, und sie wäre nie wieder an ihn herangekommen. Also hat sie Niemann im falschen Glauben gelassen, Pascals Mörder zu sein, und hatte so freie Bahn, Sassnitz zu töten.«

Takeda sah sie an, nickte versonnen. »Natürlich. So könnte es gewesen sein.«

Claudia hob einen Stein auf, warf ihn in Richtung Elbe, wo er plumpsend im Wasser versank. Sie seufzte, nahm das nächste Steinchen, warf es wieder ins Wasser. »Eigentlich müssten wir uns jetzt freuen. Der Fall Pascal ist gelöst. Und der Fall Sassnitz vermutlich auch. Aber können wir uns freuen? Ich nicht.

Ich suche nach der Wahrheit, und wenn ich sie gefunden haben, möchte ich nur noch kotzen ...«

Takeda nickte nachdenklich. »Die Wahrheit ...«

## 35.

Melanie Rüthers wurde drei Tage später im Haus ihrer Mutter im Stadtteil Farmsen wegen des Verdachtes verhaftet, Markus Sassnitz überfahren zu haben.

Zielfahnder hatten das zweistöckige Reihenhaus während der zurückliegenden achtundvierzig Stunden beobachtet und diskrete Auskünfte bei den Nachbarn eingeholt. Melanie Rüthers hatte ihre Wohnung am Osdorfer Born seit dem Tod ihres Sohnes kaum noch betreten und wohnte mehr oder weniger bei ihrer Mutter.

Ein in Zivil gekleideter Fahnder klingelte an der Tür, erkundigte sich nach Melanie. Die Mutter behauptete, ihre Tochter sei nicht da, sie habe sie seit Wochen nicht gesehen. Noch während sie miteinander sprachen, hörte der Fahnder im Obergeschoss des zweistöckigen Reihenhauses ein verdächtiges Geräusch. Er alarmierte die wartenden Kollegen, drang selbst ins Haus ein und stürmte die Treppe hinauf. Oben wurde eine Tür verschlossen, dann ein Fenster geöffnet. Der Beamte rief nach Melanie und forderte sie auf, sich ihrer Verhaftung nicht zu widersetzen. Die aber fluchte nur laut und kletterte aus dem Fenster, versuchte, an einer Regenrinne in das Gärtchen hinabzuklettern. Andere Beamte warteten dort bereits auf sie. Melanie Rüthers saß in der Falle. Sie klammerte sich in einigen Metern Höhe an die Regenrinne, schrie und stieß wilde Verwünschungen aus. Sie habe nichts Unrechtes getan.

»Dann gibt es auch keinen Grund abzuhauen«, erwiderte einer der Beamten.

»Fickt euch!«

»Bitte, Frau Rüthers, klettern Sie zurück ins Haus.«

»Ich gehe nicht in den Knast.«

»Es wird sich alles klären. Tun Sie nichts Unüberlegtes.«

Melanie Rüthers lachte auf und ließ sich fallen.

Die Verzweiflungstat blieb ohne schlimmere Folgen. Die Verdächtige fiel zwar fast vier Meter in die Tiefe, landete aber in einem Rhododendronbusch. Ihr Sturz wurde abgefedert, so dass sie sich lediglich ein paar Kratzer und Prellungen zuzog. Routinemäßig wurde ein Notarzt alarmiert. Er erklärte die Verletzungen für unbedenklich. Melanie Rüthers wurde ins Polizeipräsidium überstellt. Parallel dazu wurde ein Untersuchungshaftbefehl gegen sie erlassen. Ihr Fluchtversuch und alles, was sie dabei gesagt hatte, hatten den Verdacht gegen sie erhärtet.

Claudia übernahm die erste Runde der Befragung. Sie baute auf das, was sie gegenüber Takeda die Frauensicht genannt hatte. Sie erklärte Melanie Rüthers als Erstes, dass der Tatvorwurf zwar schwer wog, aber dass das Gericht angesichts der Umstände sicherlich Verständnis für ihr Verhalten aufbringen würde. Sie jedenfalls täte es. »Wenn Sie jetzt ein Geständnis ablegen, haben Sie gute Chancen, lediglich wegen Totschlags verurteilt zu werden und mit einer milden Strafe davonzukommen.«

Melanie Rüthers hörte ihr mit verzerrtem Gesichtsausdruck zu, begann dann unvermittelt zu schreien. »Du kannst verstehen, was ich getan habe? Träum weiter, blöde Bullenfotze. Du sitzt doch im gemachten Nest, du bist gestopft. Also hör auf mit den Sprüchen und lass mich gehen, das ist doch alles Schwachsinn hier.«

»Hören Sie bitte auf zu schreien, Frau Rüthers.«

»Halt die Fresse!«

Melanie Rüthers sprang jäh von ihrem Stuhl auf, blickte sich gehetzt um und schien tatsächlich wegrennen zu wollen. Es war natürlich unmöglich. Der Raum war gesichert, und selbst wenn sie ihn verlassen hätte, wäre spätestens in einem der Korridore des Präsidiums Schluss mit ihrer Flucht gewesen.

Der uniformierte Polizist, der mit Claudia im Befragungsraum war, machte dennoch einen Satz nach vorne und packte Melanie Rüthers an den Armen. Er sah fragend zu Claudia, warf einen demonstrativen Blick auf die Handschellen, die an seinem Gürtel befestigt waren. Claudia schüttelte den Kopf.

Keine Handschellen. Aber einfach so weitermachen ging natürlich auch nicht.

Claudia räusperte sich, schrie dann ihrerseits los: »Hören Sie auf mit dem Theater! Setzen Sie sich hin, und reißen Sie sich zusammen! Sonst wandern Sie sofort in die Zelle! Da haben Sie dann Zeit genug, sich zu beruhigen.« Leiser fuhr sie fort: »Ob Sie es glauben oder nicht, ich will Ihnen wirklich helfen!«

Melanie Rüthers zitterte am ganzen Körper. Sie sah Claudia mit einem schwer zu deutenden Gesichtsausdruck an, halb gehetzt, halb dankbar. In erster Linie erschöpft. Ihre Schultern hoben und senkten sich im Rhythmus ihres schnellen Atems.

»Sie wollen mir helfen?«, wiederholte sie dann, ihre Stimme voll ätzender Ironie. »Das ist doch ein Witz, oder? Wieso sollten Sie das tun?«

Claudia ließ sich Zeit. Sie schenkte sich ein Glas Wasser ein, bot auch Melanie Rüthers eines an.

»Ich glaube, dass Sie sich in eine seelische Notlage hineinmanövriert haben. Aber wer will Ihnen das verdenken? Ihr Kind ist ermordet worden. Jede Mutter würde in Ihrer Lage am liebsten das tun, was Sie getan haben. Nur dass die meisten Frauen nicht den Mut dazu aufbringen würden. Aber machen Sie es sich jetzt nicht unnötig schwer. Erzählen Sie mir, was passiert ist.«

Die Kraft wich schlagartig aus Melanie Rüthers Körper. Sie ließ sich tiefer in ihren Stuhl sinken, ihr Atem beruhigte sich. Sie war plötzlich in sich gekehrt, nachdenklich, legte die Stirn in Falten, murmelte vor sich hin.

Claudia nickte in Richtung der nur einseitig transparenten Glasscheibe, hinter der sie Takeda vermutete. Sauer war wahrscheinlich auch da, falls er nicht schon wieder in sein Zimmer zurückgekehrt war.

»Sprechen Sie, Frau Rüthers. Es ist in Ihrem eigenen Sinne, wenn Sie jetzt die Karten auf den Tisch legen.«

Melanie Rüthers hob erst jetzt wieder den Kopf. Zu Claudias Erstaunen spielte ein schadenfrohes Lächeln um ihren Mund. »Ich habe Sassnitz nicht umgebracht, obwohl ich weiß Gott Grund genug dazu hatte. Lassen Sie mich frei, und erledigen Sie Ihre Arbeit. Das hier ist Zeitverschwendung.«

»Es ist nicht so einfach, wie Sie denken. Überlegen Sie mal selbst. Sie haben es zugelassen, dass wir Ihren Freund verhaftet haben, obwohl Sie wussten, dass er Ihren Sohn nicht getötet hat.«

»Und?«

»Ich denke, dass Sie geschwiegen haben, weil Sie da schon wussten, dass Sie sich rächen wollten. Und das wäre nicht gegangen, wenn wir Sassnitz verhaftet hätten.«

»Glauben Sie doch, was Sie wollen.«

»Warum haben Sie sich gestern Ihrer Verhaftung widersetzt?«

»Weil ich dachte, dass Einbrecher im Haus sind.«

»Reden Sie keinen Unsinn.«

»Der Bulle kam die Treppe hochgerannt. Meine Mutter hat etwas gerufen, das ich nicht verstanden habe. Ich dachte, da ist einer hinter mir her.«

»Meine Kollegen haben sich ordnungsgemäß ausgewiesen. Sie wussten, worum es ging.«

»Blödsinn. Ich hatte Angst.«

»Als Sie aus dem Fenster geklettert sind, haben Sie gesagt, dass Sie nicht ins Gefängnis möchten. Dann haben Sie sich sogar fallen gelassen. Was sollte das, wenn Sie gar nichts getan haben?«

»Ich war in Panik. Da stand ein fremder Typ im Haus. Ich dachte, es ist ein Vergewaltiger.«

Claudia legte die Hände zusammen. Es sah aus, als würde sie beten. Sie sammelte sich, dachte nach, konzentrierte sich, blickte Melanie Rüthers an. »Marco Niemann hat uns erzählt, was in der Nacht, in der Ihr Sohn gestorben ist, in Wahrheit passiert ist. Auch was in den zwei Jahren zuvor geschehen ist. Wir wissen also, wie Markus Sassnitz Sie behandelt hat, was er Ihnen zugemutet hat. All das spricht zu Ihren Gunsten. Aber sagen Sie jetzt die Wahrheit.«

Melanie Rüthers lachte. Sie sah Claudia in die Augen. »Wann ist Markus gestorben? In der Sonntagnacht vor vier Wochen?«

»Das ist richtig.«

»Zu der Zeit war ich in einer Klinik und randvoll mit Beruhigungsmitteln. Ich war verletzt, wegen Marco, wegen der Flasche. Außerdem war ich fertig nach Pascals Tod, die hatten alle Angst, dass ich mir was antue. Wenn Sie mir nicht glauben, fragen Sie meine Mutter. Und jetzt lassen Sie mich mit Ihrem Scheiß in Ruhe. Markus Sassnitz war ein mieses Schwein. Aber ich habe ihn nicht umgebracht.«

## 36.

An diesem Punkt übernahm Takeda die Befragung. Claudia war froh, als sie den Raum verlassen konnte. Lagen sie wirklich mit ihrer Vermutung daneben und die Rüthers war unschuldig? Ihr Alibi würde sich schnell überprüfen lassen.

Aber erst einmal raus, Kaffee trinken, durchatmen.

Und natürlich ihr Ritual. Mit aller Kraft gegen den Mülleimer im Präsidiumsflur treten, dass es bis runter ins Erdgeschoss donnerte.

Danach taten ihr wie üblich die Zehen weh. Und die Kollegen sahen sie schräg an.

War ihr egal. Es tat gut.

Danach nahm sie ihrerseits hinter der verspiegelten Scheibe

Platz und hörte über den Lautsprecher, wie Takeda die Befragung fortsetzte.

Das allerdings führte sofort dazu, dass Claudias Adrenalinpegel wieder anstieg.

Takeda tat es nämlich. Wieder einmal.

Er verhörte die Verdächtige nicht. Er plauderte mit ihr.

Er fragte Melanie Rüthers nach ihrer Schulzeit, ihrem Musikgeschmack, den Urlauben, die sie gemacht hatte.

Nach allem Möglichen. Nur nicht nach dem Mord.

Es dauerte nicht lange, und der Verdächtigen ging es nicht viel anders als Claudia. Sie war kurz vor dem Ausrasten.

»Wollen Sie mich verarschen?! Sind Sie überhaupt Polizist? Oder machen Sie irgendwelche Psychospielchen mit mir, um herauszufinden, ob ich lüge?«

Takeda blieb gelassen. Er verbeugte sich und fragte: »Wenn ich das wissen wollte, würde ich Sie danach fragen. Das geht natürlich auch. Also, lügen Sie?«

Melanie Rüthers stieß ein Schnauben aus. »Sie sind doch verrückt.«

Claudia musste lachen. Ehrlicherweise fragte sie sich dasselbe. War Takeda verrückt? Wollte er die Frau vielleicht wirklich verarschen? Oder war diese Art, jemanden zu verhören, so ein japanisches Ding?

Takeda hatte ihr einmal erklärt, dass die Deutschen in Gesprächen oft so schrecklich unsensibel seien und immer gleich zur Sache kommen wollten. Erst die Arbeit, dann das Vergnügen, das sei ihr Motto. In Japan seien die Dinge umgekehrt. Am Anfang einer Unterhaltung verwendete man viel Mühe darauf, eine Atmosphäre des Wohlbefindens zu schaffen. Das könne mitunter den größten Teil der Zeit in Anspruch nehmen, sogar wenn es um ernste Angelegenheiten gehe. Anschließend ließen sich die Dinge, die man eigentlich besprechen wolle, in kürzester Zeit abhandeln, schließlich fühle man sich wohl miteinander und wisse, dass man sich vertrauen könne. Als Claudia wissen wollte, ob in Japan auch Verhöre nach dieser Methode geführt würden, musste Takeda lachen. Nein, im Gegenteil, Verhöre seien in Japan viel härter als in Deutschland. Aber er persönlich, er mache es eben anders.

Claudia überließ Takeda die weitere Befragung und machte sich auf den Weg.

Zuerst fuhr sie zur Mutter der Beschuldigten, die die Angaben ihrer Tochter allerdings sofort bestätigte. Ja, Melanie sei zum fraglichen Zeitpunkt in stationärer Behandlung im psychiatrischen Klinikum Ochsenzoll gewesen. Die Drogen und der Schock wegen Pascals Tod hätten Spuren hinterlassen. Sie sei dort etwa zehn Tage geblieben.

Claudia bedankte sich und fuhr nach Ochsenzoll, um die Angaben zu überprüfen. Da es ja nur um eine rein formelle Frage ging, nämlich um den Behandlungszeitraum einer Patientin, würde wohl kaum die ärztliche Schweigepflicht greifen. Sie täuschte sich nicht, und man bestätigte ihr, dass Melanie Rüthers an dem Tag, an dem Markus Sassnitz getötet worden war, tatsächlich in stationärer Behandlung war. Da die Patienten die entsprechende Abteilung auch nicht ohne weiteres verlassen könnten, war auszuschließen, dass sie in der betreffenden Nacht in Hamburg unterwegs gewesen war.

Gut für Melanie Rüthers.

Schlecht für sie und Takeda.

Damit war auch diese Verdächtige im Mordfall Sassnitz vom Haken.

Allerdings erschien Melanie Rüthers Verhalten nun noch rätselhafter. Die Frau hatte ein hieb- und stichfestes Alibi für die Tatzeit. Warum sagte sie das nicht sofort? Und was sollte überhaupt das ganze Theater, das sie anstellte?

Einer Eingebung folgend, lenkte Claudia ihren Wagen nicht zurück in Richtung Präsidium, sondern nach Nienstedten.

Sie hatte Glück, Susanne Sassnitz war zu Hause. Sie reagierte zunächst zögerlich, wollte Claudia nicht ins Haus lassen. Erst als sie ihr erklärte, dass es um ein vermutlich entscheidendes Detail bei der Aufklärung des Mordes an ihrem Mann ging, gab sie die Tür frei.

Was Claudia dann in dem anschließenden Gespräch erfuhr, erschütterte sie. Wieder einmal schien ihr ganzer Fall völlig neu bewertet werden zu müssen.

Während sie Susanne Sassnitz noch zuhörte, ließ sie ihren Blick durch das Zimmer mit den Funakoshi-Skulpturen wandern. Ihre Augen stolperten über einen kleinen Gegenstand, und sie musste gleich noch einmal um ihre Fassung ringen.

## 37.

Inspektor Takeda hatte einen Vorteil. Er war Japaner.

Es war ihm zu Beginn seines Aufenthalts nicht klar gewesen, dass sich das auch zu seinen Gunsten auswirken könnte. Denn zunächst war es ihm immer wieder anmaßend und unrealistisch erschienen, dass er, ein Fremder im Land, als Polizist arbeiten und ermitteln sollte. Die Menschen, die Orte, die ganze Kultur waren ihm fremd und rätselhaft. Immer wieder musste er sich wegen Selbstverständlichkeiten erkundigen, die für seine Kollegen keiner Erwähnung wert waren. Er war ein Blinder unter Sehenden, ein Nichtschwimmer inmitten eines Ozeans, ein Fischer ohne Netz.

Dann aber merkte er, dass seine vermeintliche Schwäche zugleich eine Stärke war. Es stimmte, nichts war für ihn selbstverständlich. Aber genau darum bemerkte er Dinge, die für seine deutschen Kollegen unsichtbar waren, eingehüllt in ein Tarnkleid der völligen Vertrautheit. Nicht er, Takeda, war der Blinde, in vielen Fällen waren es die deutschen Kollegen.

Takeda saß im Verhörraum und befragte Melanie Rüthers. Ihre Gestik, ihre Mimik, die Art, wie sie sprach, was sie sagte oder auch nicht sagte, worüber sie sich aufregte und was sie schulterzuckend hinnahm, ja ihr ganzes Wesen war für ihn neu und bemerkenswert. Aber er ließ sich nicht beirren, stellte weiter seine Fragen, wie es so seine Art war, erkundigte sich nach allen möglichen Dingen, von denen weder ihr noch ihm selbst klar war, ob sie etwas mit dem Fall zu tun hatten oder nicht. Aber er hatte nun einmal keine Wahl. Er musste ein Bild gewinnen, und dafür war jedes noch so kleine Detail wichtig. Es gab keine Selbstverständlichkeiten, und darum gab es nichts, dem er keine Beachtung schenkte.

Und nun, nachdem er bereits seit über zwei Stunden in dem Verhörzimmer gewesen war, keimte in Takeda eine Ahnung auf. Sie war nur vage und unbestimmt, er konnte sie selbst noch nicht recht fassen. Aber nach und nach gewann sie Konturen.

»Was genau mochten Sie eigentlich an Markus Sassnitz? Denn ursprünglich haben Sie ihn doch mal gemocht, oder?«, fragte er.

»Schon.«

»Also? Was gefiel Ihnen an ihm?«

»Vieles.«

»Vieles ist dasselbe wie nichts. Bitte, werden Sie konkreter.«

Melanie Rüthers lächelte. Sie hatte ihren Widerstand längst aufgegeben, vielleicht aus Erschöpfung oder weil sie aus dem Japaner einfach nicht schlau wurde. Vielleicht vertraute sie ihm aber auch auf eine überraschende Art, zu der sie bei einem normalen deutschen Polizisten niemals in der Lage gewesen wäre.

Sie dachte nach und sagte: »Wir waren uns ähnlich, Markus und ich. Ich glaube, das ist es. Es war uns beiden klar. Mir vielleicht mehr als ihm.«

»In welcher Hinsicht waren Sie sich ähnlich?«

»Wir waren nicht bereit, uns mit dem zufriedenzugeben, was die anderen uns geben wollten. Das Leben ... Sie wissen schon. Wer ein Stück vom Kuchen haben will, muss es sich nehmen.«

»Sie wollten ein großes Stück, nicht wahr? Und Markus Sassnitz auch?«

»Klar. Wer nicht?«

Sie verschränkte trotzig die Arme vor der Brust.

Takeda zuckte mit den Schultern. »Ich habe ein interessantes Video von Herrn Sassnitz gesehen, in dem er über die Rücksichtslosigkeit philosophiert. Für ihn war es etwas Gutes. Wie sehen Sie das?«

»Keine Ahnung, ich bin keine Philosophin.«

»Glauben Sie nicht, dass es zu Schwierigkeiten kommt, wenn zwei Menschen, die beide viel vom Kuchen wollen, aufeinandertreffen?«

»Nicht, wenn sie sich zusammentun. Wenn sie gegeneinanderarbeiten, schon.«

»Wie war das bei Ihnen und Herrn Sassnitz? Haben Sie sich zusammengetan?«

»Ich hatte es gehofft. Aber am Ende ist es nicht dazu gekommen.«

»Sie wollten etwas von ihm, was er Ihnen nicht geben wollte. Ist das richtig?«

»Ich wollte, was mir zustand.«

»Geld?«

»Ja. Für mich und meinen Jungen. Nach allem, was passiert war, war das mein gutes Recht. Finden Sie nicht?«

»War Markus Sassnitz der Vater des kleinen Pascal?«

Melanie Rüthers schnaubte nur, antwortete aber nicht.

Takeda wollte die Befragung gerade fortsetzen, als die Tür des Vernehmungszimmers geöffnet wurde. Claudia trat herein, blickte zu Melanie Rüthers, dann lange und nachdenklich zu Takeda. »Kommen Sie bitte kurz heraus, Ken. Ich habe interessante Neuigkeiten. Wir müssen reden.«

Takeda folgte Claudia hinaus in den Vorraum. Sie setzten sich hin, und Claudia sagte: »Ich war bei Susanne Sassnitz. Sie werden nicht glauben, was Sie mir erzählt hat. Ein Glückstreffer. Wir haben nämlich etwas übersehen. Der Abend, an dem Pascal gestorben ist, war derselbe Abend, an dem Markus Sassnitz zum letzten Mal bei seiner Frau war. Sie sagt, dass er erst spät zu ihr gekommen ist, gegen dreiundzwanzig Uhr, und dass er bis mindestens ein Uhr, eher halb zwei geblieben ist. Ich hatte nicht das Gefühl, dass sie lügt. Mit anderen Worten, Sassnitz kann nicht der Mörder von Pascal sein. Er war zwar in der Wohnung am Osdorfer Born, aber nicht zur Tatzeit, sondern vermutlich deutlich früher. Der Junge ist gegen ein Uhr früh gestorben. Sassnitz hat für die Uhrzeit ein Alibi.«

Takeda war weniger überrascht, als Claudia erwartet hatte. Ruhig sagte er: »Das habe ich mir schon gedacht.«

»Ach ja?«

Takeda nickte, fragte dann: »Was haben Sie noch herausgefunden?«

»Ich war bei Frau Rüthers, Melanies Mutter, und in der Klinik. Sie wiederum hat wirklich ein Alibi für die Nacht, in der Sassnitz getötet wurde. Haben Sie sich das auch bereits gedacht?«

»Ja, das habe ich.«

»Scheiße, Ken. Wieso lässt Sie das so kalt? Es bedeutet, dass wir wieder falschliegen. Sassnitz hat nicht den kleinen Pascal getötet und Melanie Rüthers wiederum nicht Sassnitz.«

»Trotzdem ist sie eine Mörderin. Sie ist diejenige, die ihren Sohn ermordet hat. Sie hat Pascal vom Balkon geworfen.«

»Was? Ich ...« Claudia rang um Fassung. Sie starrte Takeda an, räusperte sich, fragte dann: »Hat sie das gesagt? Hat sie gestanden?«

»Noch nicht. Aber das wird sie. Ich bin mir ganz sicher.«

## 38.

Deutsche sind nach außen hart, aber im Inneren weich. Bei Japanern ist es umgekehrt.

Claudia hatte lange nicht verstanden, was Takeda meinte, als er ihr das einmal so gesagt hatte. In den folgenden Stunden bekam sie eine Ahnung davon. Als Takeda die Befragung von Melanie Rüthers fortsetzte, stellte er keine allgemeinen, weitschweifigen Fragen mehr. Er zielte direkt auf die Geschehnisse an dem Abend, an dem Pascal gestorben war. Immer wieder ließ er sich beschreiben, was passiert war und wann genau. Er fragte nach, ließ Melanie Rüthers Dinge wiederholen, wollte Details wissen. Wenn sie behauptete, sich wegen ihres Drogenkonsums nicht erinnern zu können, schlug Takeda mit der Faust auf den Tisch. Er schrie sie an, packte sie an den Haaren und blickte ihr kalt in die Augen. Er ließ seinen japanischen Kern durchscheinen. Er wurde hart.

Melanie Rüthers aber war zäh. »Was wollen Sie überhaupt von mir? Ich dachte, es geht hier um Markus Sassnitz. Lassen Sie mich in Ruhe.«

»Wir wissen beide, dass es nicht so ist.«

»Sie spinnen doch.«

Er packte sie wieder an ihren Haaren, und Claudia hatte schon Angst, dass er sie mit dem Gesicht auf den Tisch knallen würde. Das tat er nicht. Es blieb bei der Drohung. Aber immerhin.

Für Claudia war es irritierend. Sie kannte Takeda ganz anders. Normalerweise war er ruhig und ausgeglichen, schien sich über nichts aufzuregen, sondern alles immer nur interessant zu finden.

Aber sie hatte sich in ihm getäuscht. In mehr als einer Hinsicht. Japaner halt. Bei denen weißt du nie, woran du bist. Die lächeln dich an und stoßen dir gleichzeitig einen Dolch ins Herz ... Verdammte Scheiße!

Claudia spürte einen unbändigen Zorn in sich aufsteigen. War das übertrieben? Und wenn schon. Sie konnte auch hart sein. Vor allem, wenn sie sich hintergangen fühlte. Und so war es bei Takeda.

Claudia ging hinaus in den Flur und trat erneut mit aller Macht gegen den Mülleimer. Einmal, zweimal, dreimal. Bis ihr vor Schmerz Tränen in die Augen stiegen. Es tat gut. Das war die Sorte Schmerz, mit der sie umgehen konnte.

Dann setzte sie sich auf die Bank im Flur, auf der sonst die vorgeladenen Zeugen warten mussten. Sie starrte ins Nichts. Ihre Gedanken beruhigten sich. Und ihre Gefühle auch. Wenigstens ein bisschen.

Die Sache, die sie so aufwühlte, musste ohnehin warten. Weil sie nichts mit dem Fall zu tun hatte, sondern persönlich war. Das heißt, nein, sie war beides, persönlich und mit dem Fall verbunden. Was es noch viel schlimmer machte.

Sie würde später mit Takeda reden. Nein, sie würde ihn sich später vorknöpfen.

Erst einmal aber musste die Sache mit Melanie Rüthers zum Abschluss gebracht werden. Zu viel stand auf dem Spiel. Dann kam alles andere.

Während Takeda die Verdächtige weiter bearbeitete, fuhr Claudia ins Untersuchungsgefängnis und redete noch einmal mit Marco Niemann. Der reagierte ungläubig, wütend, verstört. Aber wirklich überrascht war er nicht. Vermutlich hatte er es sogar die ganze Zeit gewusst, es sich aber nicht eingestanden. Jetzt aber lüfteten sich auch die letzten Schleier über seinem drogenvernebelten Gedächtnis.

»Ich brauche eine Aussage von Ihnen, Herr Niemann«, drängte Claudia.

»Was soll ich denn sagen?«

»Die Wahrheit, verdammt! Als Pascal gestorben ist, wer war da noch in der Wohnung?«

»Ich hab's Ihnen doch gesagt.«

»Ja, aber das war Quatsch. Markus Sassnitz war zwar in Ihrer Wohnung, aber das war viel früher an dem Abend, vor elf Uhr. Pascal ist erst gegen ein Uhr morgens gestorben. Markus Sassnitz hat für diesen Zeitpunkt ein Alibi. Sagen Sie mir also, was wirklich passiert ist. Sie wissen es doch, oder?«

Es dauerte fast zwei Stunden. Claudia war sich nicht sicher, ob Niemann mit seinem Gedächtnis oder mit Skrupeln kämpfte. Ihm war zweifellos klar, welche Folgen seine Aussage haben würde.

Schließlich knickte er ein. Er erzählte ihr, was passiert war, und offenbar erinnerte er sich ziemlich gut daran.

Mit der Aussage kehrte Claudia ins Präsidium zurück. Sie informierte erst Takeda, dann auch Holger Sauer.

Sie setzten die Befragung zu zweit fort.

Nachdem Melanie Rüthers eingesehen hatte, dass sie keine Chance mehr hatte, ließ sie ihre Maske fallen. Zum Vorschein kam eine erschreckend kalte, auf ihren Vorteil bedachte Frau.

Es war alles Berechnung gewesen, von Anfang an. Als sie Markus Sassnitz kennenlernte, wusste sie, dass er die eine große Chance für sie war, um dem Sumpf zu entkommen. Am Anfang schien es auch zu funktionieren. Sassnitz war scharf auf sie, und an irgendeinem Punkt hatte er sich sogar in sie verliebt. Dass er auf ein paar Perversitäten stand, war ihr egal. Sie wusste, was sie wollte. Als Sassnitz sich von seiner Frau trennte und ins Büro zog, schien die Sache klar zu sein. Sie und er würden ein Paar. Aber dann tauchte Elja Baranova auf, und Sassnitz servierte Melanie eiskalt ab. Denn anders als seine Ehefrau duldete die Baranova keine Nebenbuhlerinnen, keine Geliebten, keine Seitensprünge. Melanies letzte Chance war, schwanger zu werden. Sie hörte auf zu verhüten. Aber auch das haute nicht hin. Sassnitz warf sie hinaus, und sie begriff, dass ihr Plan fehlgeschlagen war. Als sie ein paar Monate später merkte, dass sie doch schwanger war, witterte sie eine neue Chance. Marco, mit dem sie inzwischen zusammen war, war ein lieber Kerl, aber auch ein Idiot. Immerhin, er half ihr bei ihrem Plan, Sassnitz zu erpressen. Sie selbst glaubte nie daran, dass das Kind von Sassnitz war, doch ausschließen konnte sie es auch nicht. War aber auch egal. Sie versuchte ihr Glück und behauptete es einfach. Leider ging es erneut schief. Weil Sassnitz pleite war. Sie war fassungslos, als er ihr es offenbarte, wollte es auch gar nicht glauben. Aber es stimmte.

Das war's mit ihrem Sechser im Lotto. In Wahrheit hatte sie eine Niete gezogen.

Und Pascal, ihr Sohn? Na, was schon? Den hatte sie nie geliebt. Nie. Und jetzt war er nicht einmal mehr zu etwas nütze. Er musste weg. Marco war ganz vernarrt in den Jungen, aber er hatte ihn auch oft genug schlecht behandelt. Überhaupt Marco. Der lag im Koma auf dem Sofa. Kurz vorher war er mit dem Jungen auf dem Balkon gewesen, hatte den Kleinen angeschrien und sogar damit gedroht, ihn runterzuwerfen. In diesem Zustand würde er sich an nichts erinnern. Wenn sie behauptete, er hätte es getan, dann würde er das selbst glauben. Und notfalls würden sie die Tat Sassnitz in die Schuhe schieben, auch wenn der in Wahrheit ja schon längst wieder weg war. Damit wars entschieden. Melanie nahm den Jungen und trat auf den Balkon hinaus. Es tat ihr sogar leid, doch, ehrlich. Sie drückte dem Kleinen einen Kuss auf die Stirn, beugte sich über das Geländer und ließ ihn fallen.

## 39.

Inspektor Takeda hatte bei seiner Ankunft in Hamburg nicht gewusst, dass in Deutschland Whisky hergestellt wurde, geschweige denn Single Malt. Und als er davon hörte, hielt sich seine Neugier in Grenzen. Was konnte man berechtigterweise erwarten? Deutscher Whisky? Erde, Getreide, Wald. Vielleicht das Salz der Ostsee, vielleicht das Wasser der Alpen. Takeda hatte einen Whisky in Basstönen vermutet, dunkle Farben, schwere Geschichten.

Er hatte sich getäuscht, wie er an diesem Abend feststellte. Takeda saß seit einigen Stunden in der hintersten Ecke des Bird's, seinem angestammten Jazzclub, und trank einen Baltach, einen Single Malt aus Wismar.

Der Whisky überraschte ihn mit seiner Leichtigkeit, er tanzte auf der Zunge, war verspielt und lebendig. Er war kein Panzer, er war ein Schmetterling, schon in der Nase, dann am Gaumen. Sehr fruchtig, sehr vielfältig. Töne von Karamell, Mango, Heu. Voller Überraschungen, voller Widersprüche. Ein Karneval der Kulturen … und das war sehr deutsch, wie Takeda inzwischen wusste.

Sicher, Kritiker könnten dem Baltach Unentschlossenheit vorwerfen. Dem Tropfen gingen die Ruhe und tiefe Besinnlichkeit eines Yamazaki, seiner bevorzugten japanischen Whisky-Marke, völlig ab. Auch die raue Herzlichkeit der schottischen Marken war ihm fremd, ihre Verachtung, ihre Arroganz, die erst nach vielen Flaschen nachließen. Der Baltach war offenherzig, ein wenig kindlich, unreif. Aber man durfte sich nicht täuschen lassen. Es dauerte ein wenig, und der Tropfen entfaltete ein überraschendes zweites Leben, viel ernsthafter, schärfer, bedächtiger. Eben doch deutsch, auf die altmodische Art. Ja, dachte Takeda, die Deutschen sind ein Volk, aus dem man nicht so schnell schlau wurde.

Im Bird's ging es heute ruhig zu. Es wurde kein Live-Programm geboten, und es waren auch kaum Gäste da, wofür Takeda dankbar war.

Er wollte seine Ruhe haben. Er wollte nachdenken. Er wollte trinken.

Der Barkeeper, der ihm den Baltach empfohlen hatte, hatte ihm zunächst ein Glas serviert. Takeda hatte seine Bestellung augenblicklich präzisiert. »Kein Glas. Die ganze Flasche, bitte.«

Die war inzwischen halbleer, Takeda dafür ziemlich voll. Obwohl, eigentlich war er angesichts der Menge erstaunlich nüchtern. Er kannte solche Zustände, wenn der Alkohol ihn nicht umnebelte, sondern geradezu erleuchtete, ihn zu messerscharfen Gedanken führte.

Ob es ihm dabei half, das Chaos seines Lebens ein wenig zu ordnen?

Der Streit mit Claudia vorhin hatte ihn zutiefst erschüttert. Sie hatte ihn beschimpft, hatte ihn fertiggemacht. Er hatte wenig zu seiner Verteidigung vorbringen können.

Dass Claudia Bescheid wusste, war ihm schon klar gewesen,

als sie von ihren Recherchen ins Präsidium zurückgekehrt war und ihm erzählte, dass sie bei Susanne in Nienstedten gewesen war. Da sie zunächst aber nichts sagte, schöpfte er Hoffnung. Die erlosch, als er nach dem Verhör in ihr gemeinsames Dienstzimmer zurückkehrte.

Claudia saß am Schreibtisch, die Schuhe auf dem Tisch, fragte ihn, ohne ihn anzusehen: »Haben Sie mal eine Zigarette für mich?«

»Ich dachte, wir rauchen hier nicht?«

»Es gibt Ausnahmen.«

»Natürlich.«

Er reichte ihr eine Mild Seven, gab ihr Feuer, zündete sich selbst eine an und ahnte, was kommen würde.

So war es dann auch. Claudia nahm einen tiefen Lungenzug, fragte: »Sie schlafen mit ihr, oder?«

»Hat sie es Ihnen gesagt?«

»Das musste sie nicht. Ich war bei ihr. Auf dem Tisch stand die kleine Lackdose, die bis letzte Woche noch hier im Zimmer in dem kleinen Kistchen war. Sie bewahren den *Matcha*-Tee darin auf. Wie heißt das Ding noch einmal?«

»*Natsume.*«

»Ja, genau, *Natsume* ...«, wiederholte Claudia. »Ich dachte, Sie hätten sie mit nach Hause genommen, vielleicht weil Sie Angst hatten, dass sie hier im Chaos kaputtgeht. Als ich sie bei der Sassnitz auf dem Couchtisch stehen sah, war mir sofort alles klar. Eigentlich habe ich es die ganze Zeit schon geahnt. Ich habe die Augen davor verschlossen. Ich hätte Ihnen so etwas einfach nicht zugetraut.«

Takedas senkte den Kopf, sagte nichts.

»Ich kann Sie verstehen, Ken. Susanne Sassnitz ist attraktiv, interessant, wohnt in einem tollen Haus. Sie war schon in Japan. Dazu diese bescheuerten Skulpturen, die Sie beide so toll finden ...«

»Ich werde es beenden, Claudia. Das verspreche ich Ihnen.«

»Aber warum denn, Ken? Etwa weil die Frau immer noch als Verdächtige gelten muss? Weil wir ganz zufällig immer noch nicht wissen, wer ihren Mann auf dem Gewissen hat, und sie durchaus dafür in Frage kommt? Lassen Sie sich doch davon nicht abhalten! Ficken Sie sie ruhig weiter. Ich kann ja die Verhaftung vornehmen, wenn es dazu kommen sollte ...«

Claudia schrie nicht, sie war giftig. Voller Wut, voller Enttäuschung, voller ... Verzweiflung. Sie starrte Takeda an, und es schien, als ob ihr Tränen in die Augen stiegen. Die Verletztheit verschwand jedoch sofort wieder, überließ das Feld erneut der Wut. Claudia stand auf, trat an das Regal heran, in dem Takeda seine Tee-Utensilien aufbewahrte. Sie nahm die Teeschale, eine *Chawan* mit *Raku*-Glasur, und erklärte: »Die hätten Sie besser auch mit zu der Sassnitz nehmen sollen! Wissen Sie warum? Darum!«

Sie nahm die Schale und warf sie wutentbrannt auf den Boden, wo sie in Scherben zersprang. Dann rannte Claudia türenknallend aus dem Zimmer.

Takeda schraubte die Baltach-Flasche auf, schenkte sich nach, leerte sein Glas in einem Zug, schenkte erneut nach.

Claudia hatte recht, mit allem. Er hatte sich leichtsinnigerweise auf eine Affäre eingelassen, die er nicht hätte eingehen dürfen. Es war eine Dummheit, zumindest zum jetzigen Zeitpunkt.

Warum hatte er es getan?

Takeda trank und schenkte nach.

Er ahnte den Grund.

Es ging um etwas sehr Fundamentales. Zum Beispiel um die Frage, ob man das eigene Leben eigentlich lenken konnte. Ob man etwas entscheiden konnte. Ob man wirklich frei war.

Die Deutschen gingen davon aus. Alle redeten ständig von Autonomie und Selbstverantwortung, von Plänen, Lebensentwürfen und dem inneren Kompass.

Solche Vokabeln gab es in Japan auch. Aber im tiefen Inneren waren seine Landsleute überzeugt, dass sie wie Holzstücke auf einem Fluss dahintrieben. Nicht sie selbst, sondern andere Mächte entschieden über das, was mit ihrem Leben geschah.

Takeda war sich nicht sicher, wofür das Bild des Flusses stand, wer diese anderen Mächte waren. Verbarg sich dahinter der Buddha, die *Shintō*-Götter, der Kreislauf aus Leben, Tod und Wiedergeburt? Oder war es einfach die Gesellschaft in all ihren Facetten, Eltern, Schule, Universität, Arbeitgeber. Sie alle gemeinsam gaben den Menschen das Gefühl, dass ihr Leben ohnehin nicht den eigenen Wünschen und Vorstellungen gehorchte. Der richtige Platz im Leben wurde einem zugewiesen. Es war am besten, sich einfach zu fügen und die Dinge laufen zu lassen.

Das war nicht einmal etwas Schlechtes. Der Einzelne war ein Teil des großen Ganzen. Wie könnte er es sich anmaßen, selbst über sich entscheiden zu wollen, vielleicht sogar gegen den Willen der anderen?

Aber es gab einen Punkt im Leben – auch im Leben eines Japaners –, an dem er vielleicht merkte, dass es nicht genügte, sich einfach treiben zu lassen.

Er, Takeda, hatte das schon viel zu lange getan, er hatte nie überhaupt etwas anderes in Erwägung gezogen. Sein Vater hatte ihm den Beruf vorgegeben, seine Mutter die Ehe mit Makiko, seine Vorgesetzten bestimmten seinen Alltag, die Kollegen das Privatleben. Er hatte sich gefügt, hatte sich höchstens mit seinen kleinen Fluchten getröstet. Der Jazz, die Affäre mit Yuri, der Alkohol.

Aber war er jemals auf die Idee gekommen, die Dinge wirklich in die Hand zu nehmen? Wirklich zu entscheiden, wirklich Ich zu sagen …

War es jetzt an der Zeit, das zu tun?

Recht betrachtet, hatte er bereits damit begonnen. Vorhin hatte er sich mit Sachiko zum Abendessen getroffen und ihr mitgeteilt, dass sie sich nicht weiter sehen könnten. Es habe keinen Sinn, keine Zukunft, sei nicht förderlich, für keinen von ihnen.

Sachiko hatte gelächelt und ihn verständnislos angesehen. Dann meinte sie, dass es natürlich sehr traurig sei, aber auch in Ordnung. Und schon kurz darauf hatte sie über die Pasta gesprochen, die serviert worden war und die wirklich vorzüglich sei.

Nachdem sie sich verabschiedet hatten, hatte Takeda ihr nachgesehen. Sachiko ging mit kleinen Schritten die Straße hinunter. Ein Holzstück, das im Strom des Lebens weitertrieb. Er hatte Neid empfunden, denn Holzstücke waren nicht unglücklich. Sie waren ein Teil des großen Ganzen.

Er hingegen? Wozu gehörte er?

Takeda stand auf, zog seinen Trench über und steckte die Whiskyflasche in die Manteltasche. Er nahm seinen Saxophonkoffer, den er sicherheitshalber mitgebracht hatte, und verließ das Bird's.

Er wusste, dass er heute Nacht spielen musste. Nicht für ein Publikum, sondern nur für sich.

## 40.

Kriminalhauptkommissarin Claudia Harms legte den fünften Gang ein und trat das Gaspedal durch. Die Nadel des Tachometers wanderte nach rechts, überschritt die hundert, die hundertzwanzig, die hundertvierzig. Gleichzeitig hoben sich Claudias Mundwinkel ein wenig. Jetzt der sechste Gang, der Wagen hatte ein Sportgetriebe. Bei hundertachtzig lachte sie, bei zweihundert schrie sie laut und übermütig heraus.

Sie hatte den Maserati im Fuhrpark der Polizei ausgeliehen. Er war bei einer Razzia konfisziert worden und wartete drauf, zwangsversteigert zu werden. Klar war es verboten, mit so einem Auto durch die Gegend zu fahren. Aber der Kollege, der die Wagen betreute, freute sich über den Zwanziger, und sie freute sich über den Maserati.

Sie brauchte heute Abend so einen Wagen, für sich, ihre Stimmung, ihr Gleichgewicht. Sie brauchte ihn, um sich auszutoben. Takeda hatte sein Saxophon, sie hatte schnelle Autos. Im Prinzip lief es auf dasselbe hinaus. Eins werden mit den Dingen. Der Welt zeigen, dass man da war.

Was für ein Geschenk, in einem Land zu leben, in dem es Autobahnen ohne Geschwindigkeitsbegrenzungen gab! Die A7 nördlich von Hamburg gehörte dazu, jedenfalls streckenweise. Wie ungewöhnlich das war, darauf hatte erst Takeda sie gebracht. Lächelnd hatte er gemeint, dass neben Goethe, Schiller, dem guten Bier, dem guten Brot und dem bösen Hitler die Autobahnen das Berühmteste an Deutschland seien. Woraufhin Claudia ihn lachend ermahnte, Hitler und Autobahnen möglichst nicht in einem Satz zu erwähnen. Warum nicht? Lassen Sie es einfach.

Das Gespräch hatte in ausgelasseneren Zeiten stattgefunden. Zeiten, in denen sie mit Takeda abends nach Dienstschluss essen ging und über alles Mögliche plauderte. Ihren Job, Urlaube, das Leben. Zeiten, in denen sie miteinander lachen konnten.

Ob es die je wieder geben würde?

Claudia blendete auf und verscheuchte einen Polo-Fahrer von der linken Spur. Hau ab, Kriecher, du nervst!

Sie schaltete runter, beschleunigte und genoss den satten Sound des V8-Motors, spürte sein Vibrieren, das ihr durch den Körper fuhr.

Ach, verdammt! Das Problem war gar nicht Takeda. Das Problem war sie selbst.

Sie war doch auch nicht besser. Sie ließ sich auch auf sinnlose Affären ein, brachte sich damit in heikle Situationen. Und wurde nicht einmal glücklich dabei.

Natürlich, Takedas Affäre mit Susanne Sassnitz war eine ganz besondere Idiotie. Wenn die Sache bekannt würde, könnte der Inspektor seine Koffer packen und nach Japan zurückfahren. Sauer würde ihm das niemals durchgehen lassen, und zwar zu Recht nicht. Susanne Sassnitz hatte ihn in der Hand. Sie könnte die gesamten Ermittlungen platzen lassen.

Trotzdem konnte sie es Takeda nicht ankreiden. Nicht wirklich. Weil sie in früheren Fällen auch schon so etwas getan hatte. Überhaupt ihre Einstellung zu Männern ...

Ach ja, und da war der Chagall. Liebende in Rot und Blau. Es war ein Original, das ursprünglich in Sassnitz' Büro in der HafenCity gehangen hatte. Jetzt war es in ihre Wohnung in Groß Borstel gewandert ... Sie war im Grunde nicht besser als Takeda.

Zum Glück gab es ja auch noch den siebten Gang. Claudia trat das Gaspedal durch. Dass in diesem Bereich der Autobahn gerade ein Tempolimit von Hundertzwanzig galt, war ihr egal. Sollten die Kollegen sie doch anhalten. Die würden was zu hören kriegen!

Irgendwo bei Rendsburg steuerte Claudia einen Autohof an und trank eine Tasse Kaffee. Es war nach Mitternacht. Sie fühlte sich schon besser. So ein Sportwagen bräuchte eigentlich einen Beipackzettel. War ja schließlich Medizin. Hochwirksam und gut.

Claudia holte sich zum Kaffee ein Teilchen mit Zuckerguss und Puddingfüllung. Ekelhaft schön. Sie saß in der fast verlassenen Raststätte und sah einem Fernfahrer dabei zu, wie er Münzen in einen Spielautomaten steckte.

Warum war ihr Leben nur so verdammt kompliziert? Warum gab es niemanden, der ihr sagte, was richtig und was falsch war? Warum gab es niemanden, der sie an die Hand nahm und ihr zeigte, wo es langging?

Wäre das nicht viel besser? Für sie? Für alle?

Warum musste Freiheit so beschissen anstrengend sein?

Claudia stand auf und holte sich einen Teller mit Currywurst und Pommes, trank dazu eine Sprite.

Freiheit konnte auch verdammt lecker sein.

Na ja, danach war einem übel.

Selbst schuld.

Der Fernfahrer bemerkte ihre Blicke. Er schlurfte heran, fragte, ob er sich dazusetzen dürfe. Claudia nickte. Er war der väterliche Typ. Dickbäuchig, schnauzbärtig, herzensgut. Er fragte sie als Erstes, ob sie nicht mit in sein Führerhäuschen kommen wolle, sei echt bequem da. Claudia lachte laut heraus. War doch nur 'ne Frage, meinte er. Er entschuldigte sich, und damit war das Thema erledigt. Sie unterhielten sich. Der Brummifahrer hörte Claudias Selbstzweifeln zu und meinte: »Du denkst einfach zu viel nach, Mädchen, das ist dein Problem.«

»Wenn ich nicht nachdenke, wird's auch nicht besser.«

Er zuckte mit den Schultern. »Ich würde dir gerne was Schlaues sagen, kann ich aber nicht. Ich blick doch selbst nicht durch. Versuch, den Kopf über Wasser zu halten, das ist das Wichtigste.«

Claudia drückte ihm zum Abschied einen Kuss auf die Wange. Sie fuhr mit zweihundert zurück in die Stadt.

Dort steuerte sie den Fischmarkt an, parkte, stieg aus. Lief in Richtung St-Pauli-Fähranleger. Es war zwei Uhr morgens.

Wenn er da wäre, würde sie sich bei ihm entschuldigen. Für ihre Vorwürfe, für die Teeschale, für alles.

Wenn nicht, konnte sie es auch nicht ändern. Sie würde sich auf den Anleger setzen und auf die Elbe gucken, auf die Docks, den Hafen, auf ihre Stadt.

Noch bevor Claudia den Anleger erreichte, hörte sie das Saxophon. Leise, melancholisch. Ein Stück von John Coltrane, von den *Ballads*, dieser überraschend süßen, melodiösen Scheibe. Hätte sie vor zwei Monaten noch nicht erkannt. Inzwischen kannte sie sich ein bisschen mit Jazz aus.

Dann sah sie ihn. Takeda. Er stand im Licht einer Straßenlaterne, die Augen geschlossen, den Körper nach hinten gebogen, das Saxophon an den Lippen. Seine langen Haare flatterten im Wind.

Claudia setzte sich still auf eine Bank in seiner Nähe und hörte ihm zu. Als er die Augen öffnete und sie entdeckte, nickte er ihr zu. Sie nickte zurück. Er spielte ein weiteres Stück, legte dann das Saxophon ab und setzte sich neben sie.

# 41.

Bei der großen Lagebesprechung am nächsten Morgen herrschte eine arbeitsame Atmosphäre. Kein Geplauder über Erlebnisse beim Angeln, keine zotigen Bemerkungen, keine Fachsimpeleien über Fußball.

Alle wussten, was auf dem Spiel stand. Der Fall Sassnitz musste zum Abschluss gebracht werden. Und nach den Erkenntnissen der zurückliegenden Tage standen die Chancen dafür gar nicht schlecht.

Takeda saß aufrecht auf seinem Stuhl und hatte die Augen wie so oft geschlossen. Die deutschen Kollegen blinzelten voller Bewunderung in seine Richtung. Diese würdevolle Körperhaltung! Diese Ausstrahlung! Sehr japanisch! Beeindruckend! Takeda war halt Nachfahre von Samurais, der meditierte über den Fall, der war hundertprozentig konzentriert.

Gut, dass niemand in den Inspektor hineinschauen konnte. Es hätte die Bewunderung der deutschen Kollegen ins Wanken gebracht. In Wahrheit konnte von Konzentration und Meditation keine Rede sein. Takeda schlief.

Das war das einzige Japanische an ihm in der Situation. Schlafen konnte er wie die meisten seiner Landsleute in so ziemlich jeder Körperhaltung, auch aufrecht auf einem Stuhl sitzend. Die Nacht war kurz gewesen, er war erst in der Frühe nach Hause gekommen und hatte höchstens für eine Stunde die Augen zugemacht. So etwas war er einfach nicht mehr gewöhnt. Deutschland verweichlichte ihn. Dazu der ganze Whisky. Und nachdem Claudia zu ihm gestoßen war und sie sich versöhnt hatten, waren sie auch noch über den Kiez gezogen. Das Ende ihres Streits musste gefeiert werden. Lüttje Lage – Bier und Schnaps. Nicht einmal, nicht zweimal. Danach war Takeda auch schon nicht mehr in der Lage zu zählen.

Claudia kam als Letzte in den Raum. Sie ging direkt nach vorne und klopfte mit ihrem Stift auf das Glas des Overheadprojektors, sicherte sich so die Aufmerksamkeit der Runde. Sie sah überraschend frisch aus, rotwangig, ausgeschlafen.

Es lag in Wahrheit nur daran, dass sie entgegen ihrer Gewohnheit zentimeterdick Schminke aufgetragen hatte. Sonst würde sie aussehen wie ihre eigene Leiche.

So fühlte sie sich auch.

Claudia räusperte sich. »Guten Morgen, Kollegen. Wie ihr wisst, hat sich seit gestern einiges ereignet. Wir konnten im Fall Pascal einen Erfolg verbuchen. Auch in der Sache Sassnitz stehen wir möglicherweise kurz vor dem Durchbruch. Seit gestern wissen wir nämlich ...« Claudia brach jäh ab. Sie schluckte übertrieben laut, räusperte sich, wollte weitersprechen. Doch ihre Stimme versagte. Gleichzeitig weiteten sich ihre Augen. Sie brabbelte eine kaum verständliche Entschuldigung und stürmte aus dem Raum, begleitet von den verwunderten Blicken der Kollegen.

Kurz darauf hörte man das schnelle Klackern von Claudias Absätzen im Flur, Türenklappern, Fluchen, dann das dumpfe Geräusch einer sich übergebenden Frau.

Allgemeines Grinsen.

Einer der Kollegen meinte: »Na, Frau Hauptkommissarin hat wohl zu tief ins Glas geschaut.«

»Oder ist die schwanger?«, schlug ein anderer vor.

»Wovon denn? Die lässt doch keinen ran«, meinte Ottmar Preuß.

Christine Meltendorf schnalzte abfällig mit der Zunge: »Die lässt nur dich nicht ran, Ottmar. Weil sie dann gleich noch mal kotzen müsste.«

»Du schon wieder, Christine. Dich könnte man mir auf den Bauch schnallen, und ich würde nicht im Traum ...«

Claudia stand, so plötzlich, wie sie verschwunden war, wieder im Raum. »Schlucks runter, Ottmar. Keiner von uns will deinen chauvinistischen Blödsinn hören. Ach so, und hat einer von euch eine Aspirin? Oder auch zwei?«

Ein paar Minuten später fühlte Claudia sich besser. Und Takeda war wach. Die Besprechung konnte beginnen.

Claudia trat an die große Plexiglaswand, wo nur noch die Zettel hingen, die sich unmittelbar auf den Mord an Markus Sassnitz bezogen. Das Material, bei dem es um die Drogen und die Lettland-Verbindung ging, hing inzwischen drüben bei den Kollegen von der OK.

»Noch einmal von vorne«, begann Claudia. »Wie gesagt, der Fall Pascal ist erfolgreich abgeschlossen. Das haben wir in erster Linie dem Kollegen Takeda und seiner Befragungstechnik zu verdanken ...« Claudias Ausführungen wurden durch ein kurzes Klopfkonzert auf den Tischplatten unterbrochen. »Wie ihr ebenfalls wisst, hängen die Fälle Pascal und Sassnitz zusammen. Durch unsere Ermittlungen sind wir nun um einiges schlauer, was Sassnitz' Lebenssituation angeht, besonders in seinen letzten Tagen. Die Beschuldigte im Fall Pascal, Melanie Rüthers, hat uns eine Reihe wichtiger Hinweise gegeben. Damit sollten wir auch diesen Fall abschließen können.«

Claudia deutete mit ihrem Stift auf die Bilder von Susanne Sassnitz und Elja Baranova an der Stellwand. »Die beiden Damen, so viel ist klar geworden, haben uns beide nicht die Wahrheit gesagt. Zum einen wissen wir nun, dass Sassnitz entschlossen war, sich von Elja Baranova zu trennen. Daraus ergibt sich natürlich eine neue Einschätzung der Motivlage. Eine erneute Befragung von Frau Baranova steht ganz oben auf der Prioritätenliste. Dasselbe gilt allerdings für Susanne Sassnitz.« Claudia warf einen Blick in Takedas Richtung und fuhr fort: »Bei ihr sind gleich mehrere neue Erkenntnisse hinzugekommen. Zum einen ist nun klar, dass Susanne Sassnitz von der Verbindung ihres Mannes zu Melanie Rüthers wusste. Er selbst hat ihr davon in der Nacht erzählt, in der Pascal starb. Ich gehe davon aus, dass Frau Sassnitz auch vom Tod des Jungen gehört hat, entweder von ihrem Mann oder durch die Medien. Möglicherweise hat er ihr sogar erzählt, dass er Melanie Rüthers und ihren Lebensgefährten, Marco Niemann, in den zurückliegenden Monaten immer wieder mit Drogen versorgt hat – ein Umstand, der kausal mit dem Tod des Jungen zusammenhängt. Wie gesagt, all das wusste Frau Sassnitz, als ihr Mann ermordet wurde. Die große Frage ist nun, warum sie all das uns gegenüber mit keiner Silbe erwähnt hat. Sie muss sich gedacht haben, dass die Verbindung ihres Mannes zu Melanie Rüthers mit seinem Tod in Verbindung stehen könnte. Trotzdem hat sie geschwiegen. Ich bin sehr gespannt, wie sie uns das erklären wird.« Sie sah erneut zu Takeda. Dessen Gesicht hatte nun wirklich etwas Meditatives. Ihm war nicht anzusehen, was in ihm vorging.

Claudia sprach weiter: »Das in meiner Sicht wirklich entscheidend neue Detail aber führt in eine völlig andere Richtung. Wir wissen nun dank der Aussagen von Niemann und Rüthers, dass Markus Sassnitz noch von jemand anderem erpresst wurde. Und dass er an diesen Erpresser in der Vergangenheit bereits Geld gezahlt hat. Aufgrund seiner finanziellen Umstände aber – das ist fast noch wichtiger – wollte und konnte er am Ende nichts mehr zahlen. Für mich ergeben sich daraus zwei Fragen. Erstens, wer ist dieser Erpresser und womit konnte er Sassnitz unter Druck setzen?« Claudia machte eine Pause, redete dann mit betont leiser Stimme weiter. »Und zweitens, warum sind wir während der bisherigen Ermittlungen nicht auf die kleinste Spur einer Erpressung gestoßen. Irgendeine Erklärung?«

Sie ließ ihren Blick in die Runde schweifen. Horst Kröger, Klaus-Dieter Haferkamp, Marion Zepitsch, Ottmar Preuß, Klaus Dieter Varel, Kati Sussnek. Die Kollegen senkten einer nach dem anderen den Blick. Keiner war stolz darauf. Sie selbst genauso wenig.

»Schwamm drüber. Was nicht ist, kann ja noch werden. Wie auch immer, ich möchte, dass alle von euch euer bisher gesammeltes Material noch einmal ganz genau daraufhin überprüfen, ob sich nicht doch etwas in Richtung Erpressung findet. Für dich, Christine, heißt das, dass du bitte noch einmal sämtliche Verbindungsnachweise von Telefon und Handy durchgehst und guckst, ob wirklich alle Identitäten der Anrufer geklärt sind. Notfalls setzt du Ottmar und Kati dran, die noch einmal jeden abtelefonieren und aufs Zahnfleisch fühlen. Dasselbe gilt für den E-Mail-Verkehr und für sämtliche Unterlagen. Wenn es einen Erpresser gibt, muss es Spuren einer Kontaktaufnahme geben. Anrufe, Mails, SMS, Whatsapp, was auch immer. Vielleicht ja ganz altmodisch, einen Brief, der aus Zeitungsbuchstaben zusammengeklebt wurde. Ich will, dass ihr etwas findet! Nächster Punkt, und das geht jetzt an dich, Dieter.« Claudia wandte sich an Dieter Vollmer. »Wenn Sassnitz seinem Erpresser früher schon einmal Geld gezahlt hat, dann könnte es auch davon Spuren geben. Größere Bargeldabhebungen, Zahlungsnachweise, Reisen an Bankplätze wie Zürich oder Liechtenstein, irgendwie so etwas. Vielleicht hat er sich ja auch von jemandem Geld geliehen. Du kennst dich inzwischen einigermaßen mit Sassnitz' Finanzunterlagen aus. Geh sie noch einmal genau durch, und schau, ob dir etwas auffällt.«

Vollmer hatte Claudia nägelkauend zugehört. Er räusperte sich und sagte: »Habe ich schon getan, Claudia. Wir hatten uns ja gestern bereits darüber unterhalten.«

»Okay, gut zu hören. Und?«

Claudia sah Vollmer abwartend an, aber der Kollege, schüchtern wie er war, sagte nichts.

Claudia konnte sich ein Feixen nicht verkneifen. »Hast du etwas gefunden, Dieter?«

»Ich denke schon. Ich weiß nicht, ob es zu einer Erpressung passt, aber ...«

»Herrgott, jetzt red schon.«

»Entschuldigung, Claudia. Also, ich habe etwas vorbereitet. Soll ich?« Vollmer deutete auf den Overheadprojektor.

Claudia begnügte sich mit einer Geste.

Dieter Vollmer stand von seinem Platz auf, entnahm seiner Tasche einen Hefter mit beschrifteten Folien. Er hielt sie kurz hoch und lächelte in die Runde. Dann trat er ans Kopfende des Tischevierecks, schaltete das Gerät ein und legte eine erste Folie auf, auf der mehrere Zahlenreihen, Kalenderdaten und Firmennamen zu sehen waren. Vollmer zupfte einige Male an der Folie herum, bis sie kantengenau auf der Glasoberfläche des Projektors lag.

Claudias Blutdruck stieg.

Vollmer räusperte sich, strich dann sorgsam seinen Rautenpullunder glatt. Jeder im Raum wusste, dass ihr Kollege nicht gerne vor Publikum redete.

Aber wenn er so weitermachte, würde er erheblich größere Probleme bekommen als nur das. Claudias Mimik war eindeutig.

Vollmer verstand. Er gab sich einen Ruck und begann zu sprechen: »Ich bin gestern Abend oder besser gesagt die gesamte vergangene Nacht noch einmal die wichtigsten Unterlagen durchgegangen. Kontoauszüge, Rechnungen, Quittungen, Bilanzen, alles Mögliche. Das mit der Erpressung wirft ja doch ein neues Licht auf die Dinge. Ich dachte mir, dass sich in Sassnitz' Unterlagen Hinweise auf verdächtige Zahlungen finden müssten.« Vollmer räusperte sich, dann erschien ein verhaltenes Lächeln auf seinem Gesicht. Obwohl er wie ein Nerd rüberkam, wusste er doch auch gut, was er tat. »Die Folie, die ihr seht, zeigt einen Teil von Sassnitz' Kontobewegungen aus dem vergangenen Jahr. Hier links sind die Summen, hier die Daten, ganz hinten die Namen der Empfänger. Das sind alles nur Firmennamen, weil ich die Überweisungen an Privatpersonen gesondert durchgegangen bin. Da habe ich nichts Auffälliges gefunden. Hier schon. Fällt jemandem von euch etwas an den Zahlen auf? Seht mal, ich habe hier, hier und hier etwas unterstrichen. Na? Wer sieht etwas?«

Claudia starrte auf die Leinwand, an die die Zahlenreihen projiziert wurden. Es waren zumeist fünf- oder sechsstellige Summen mit ungeraden Beträgen, dreißig, vierzig Zahlen untereinander. Die Empfängerfirmen hatten exotisch klingende Namen. Caribbian Trade & Technologies, Southeast Asia Tech Invest Ltd., Panama Online Enterprises.

Für sie bewiesen die Zahlen in erster Linie, dass Sassnitz noch im vergangenen Jahr mit beeindruckend hohen Summen jongliert hatte.

Kaum vorstellbar, dass der Mann ein gutes Jahr später pleite sein sollte.

Vollmer blickte sich in der Runde um, rieb sich die Hände. »Keiner sieht etwas? Dann probiere ich es mit den nächsten beiden Folien, die zeigen mehr oder weniger dasselbe, nur aus den beiden Jahren davor. Auch hier habe ich etwas unterstrichen. Wieder nichts? Dann eure letzte Chance. Die Folie zeigt den Zeitraum vor vier Jahren! So schwierig ist es eigentlich nicht ...«

Im Raum herrschte konzentrierte Stille. Alle Kollegen rund um das Tischeviereck starrten nach vorne auf die Leinwand. Der Ausdruck ihrer Gesichter war ebenso angestrengt wie ratlos.

Dann war Takedas leise Stimme zu hören. Der Inspektor sagte: »Es sind die Summen, die ungewöhnlich sind.«

Vollmer lächelte ihn an. »Wenigstens einer! Bitte, Kollege Takeda. Sagen Sie, was Sie sehen.«

»Die Zahlen, die Sie unterstrichen haben, lassen sich für jedes einzelne Jahr zu einem ungewöhnlichen Ergebnis addieren. Vor allem ist es jedes Mal dasselbe Ergebnis.«

Vollmer nickte. »Treffer, Kollege Takeda. Offenbar sind Sie ein lebender Taschenrechner! Ach, diese Japaner ... Schade, dass ich Sie nicht von Anfang bei der Auswertung der Unterlagen dabeihatte. Vielleicht hätten wir dann schon vorher ...«

Claudia ließ eine weitere Aspirin in ihr Wasserglas plumpsen, massierte sich die Schläfen, während die Tablette sich auflöste. Sie sagte: »Wären die Herren vielleicht so nett, auch die mathematisch nicht so Begabten im Raum an ihrer Genialität teilhaben zu lassen?«

»Ja, natürlich. Wollen Sie, Herr Takeda, oder soll ich?« Vollmer sah den Inspektor fragend an.

»Jetzt rede, Dieter, oder du kriegst mein Glas an den Kopf.«

»Schon gut. Also, nehmen wir einfach mal das vorletzte Jahr. Ich habe zwölf Zahlungen unterstrichen, die an acht verschiedene Firmen gingen. Vier Firmen haben zweimal Geld von Sassnitz erhalten. Den Namen nach zu urteilen, waren alle Empfänger Fondsgesellschaften im Technologiesektor. Wohlgemerkt handelt es sich ausschließlich um Auslandsüberweisungen. Hier haben wir knapp hundertsiebzigtausend Euro, da vierunddreißigtausend Euro, da fast eine halbe Million und so weiter. Die zwölf Beträge lassen sich auf exakt zwei Millionen Euro summieren. Das alleine wäre nicht überraschend. Es könnte Zufall sein. Die Sache ist aber die, dass es sich in den Jahren davor und danach genauso verhält. Immer wieder bekommt eine gewisse Anzahl von Firmen – es sind keineswegs immer dieselben – insgesamt zwei Millionen. Die Zahlungen erfolgen allerdings in wirklich sehr unterschiedlichen Stückelungen. Das Ganze beginnt im Jahr 2005. Zufall? Glaube ich kaum.«

»Was war denn im Jahr 2005?«, fragte Claudia.

»In dem Jahr hat Sassnitz seine Firma verkauft, Network Germany. Für rund hundert Millionen Euro.«

»Und seitdem zahlt er Jahr für Jahr zwei Millionen Euro an irgendwelche Firmen?«

Vollmer legte den Kopf schief. »Er zahlt das Geld nicht einfach nur, er verschleiert die Zahlungen. Anders ist die seltsame Stückelung bei der immer gleichen Gesamtsumme nicht zu erklären.«

»Gibt es denn keine Rechnungen oder Unterlagen dazu?«

»Gibt es. Beteiligungszertifikate, Rechnungen, Schuldverschreibungen, Zahlungsbestätigungen, alles Mögliche. Aber die sind ein Witz. Die sind so schlecht gefälscht, dass sie keiner ernsthaften Überprüfung standhalten – außer der eines deutschen Finanzbeamten.«

Wieder einmal erwies sich, dass sich hinter Vollmers seltsamem Auftreten ein messerscharfer Verstand verbarg. Was er im Übrigen auch wusste, denn nun gab er sich keine Mühe mehr, sein stolzes Lächeln zu verbergen.

Claudia hingegen blieb skeptisch. »Woher wissen wir, dass es um Zahlungen an einen Erpresser geht?«

»Wissen wir nicht.«

»Also?«

»Ich sage nur, dass mir das aufgefallen ist. Na ja, und da ist noch etwas. Könnte entscheidend sein. Aber bevor ich dazu komme, wollte ich noch kurz anmerken, dass die Zahlungen vor etwa vier Monaten aufgehört haben. Ich schätze mal, weil Sassnitz kein Geld mehr hatte.«

»Er zahlt seit über zehn Jahren jedes Jahr zwei Millionen Euro. Und dann schlagartig nichts mehr ... Wir müssen rausfinden, wer hinter diesen Firmen steckt.«

»Darauf wollte ich jetzt zu sprechen kommen«, sagte Vollmer trocken. Er blickte sich in der Runde um, fuhr dann fort: »Ihr habt doch schon mal was von den Panama Papers gehört, oder? Ich habe heute Morgen mit jemandem telefoniert, der sich in der Sache ganz gut auskennt und mir einen Gefallen schuldig war. Was ich herausgefunden habe, gilt natürlich nur für den Teil der Firmen, die in Panama eingetragen sind oder Verbindungen dorthin haben. Für die habe ich die Namen der Leute bekommen, die hinter den Firmen stecken. Die Herren heißen Thomas Wesemann und Ralf Liebherr.«

Im Besprechungszimmer herrschte eine betäubende Stille. Wenn der Anschein nicht täuschte, könnte Dieter Vollmer, ihr leicht wunderlicher Kollege, ihnen gerade den entscheidenden Hinweis geliefert haben, um den Mord an Markus Sassnitz aufzuklären.

Claudia fand als Erste ihre Sprache wieder. »Sieht so aus, als hätten wir zwei Namen. Wir müssen also schnellstmöglich herausfinden, wo wir die beiden Herren finden können.«

Dieter Vollmer räusperte sich. »Habe ich schon erledigt. Hier sind die Adressen. Scheinen beide in Hamburg zu wohnen.«

Vollmer entnahm einer Klarsichthülle einen handgeschriebenen Zettel und hielt ihn Claudia entgegen. Die sah Vollmer kopfschüttelnd an und konnte nicht anders, als zu lachen.

## 42.

Thomas Wesemann wohnte in einem frei stehenden Haus in Wellingsbüttel, einem wohlhabenden Stadtteil im Norden von Hamburg. Bevor Claudia auf die Klingel drückte, blickte sie über die Pforte. Das Gebäude war ein zweistöckiger Neubau, der sich inmitten eines großen Gartens befand. Im Carport standen zwei Wagen, ein Mercedes, ein Audi, beides gehobene Mittelklasse. Daneben parkte ein Hänger mit einem abgedeckten Motorboot, vielleicht vier Meter lang, ohne Kabine. Weiter hinten im Garten sah Claudia einen Pool und daneben eines dieser auf Stützen stehenden Trampoline mit einem Netz drum herum. Vermutlich gab es Kinder im Haus.

Durchaus schick. Begütert. Geschmackvoll. Aber nicht unbedingt die Liga, die Claudia bei jemandem erwartete, der jedes Jahr einen beachtlichen Haufen Geld über verschiedene Briefkastenfirmen in der Karibik und in Asien einnahm.

Es sei denn, er wollte nicht unbedingt zeigen, über wie viel Geld er verfügte.

Eine einfache Internetrecherche hatte vor ihrer Abfahrt genügt, um über Wesemann und Ralf Liebherr das Wichtigste herauszufinden. Thomas Wesemann, zweiundfünfzig Jahre alt, war freiberuflicher IT-Berater und bot *complete solutions* für kleine und mittelständische Unternehmen an, was immer das heißen mochte. Liebherr, dreiundvierzig, war freier Journalist, verdiente sein Geld mit Reisereportagen und Fachartikeln zu Freizeitthemen. Auf ihren Internetseiten führten beide allerlei Referenzen für ihre Tätigkeiten auf, ansonsten aber fand sich kaum etwas über sie im Netz.

Ungewöhnlich, meinte Takeda.

Verdächtig, fand Claudia.

Einer Intuition folgend, rief sie Armin von Suttner an und fragte ihn, ob er Näheres über Wesemann und Liebherr wisse.

»Ist die Frage ernst gemeint?«

»Sonst hätte ich nicht angerufen.«

»Warum wollen Sie das wissen?«

»Weil Sie sich in der Branche auskennen und die Namen vielleicht ja schon einmal von Markus Sassnitz gehört haben.«

»Haben die beiden etwas mit seinem Tod zu tun?«

»Beantworten Sie doch bitte meine Fragen, Herr von Suttner, anstatt mir welche zu stellen.«

In der Leitung entstand eine kurze Pause. Dann erklärte ihr von Suttner, was er über Wesemann und Liebherr wusste. Eigentlich war damit alles geklärt.

Eine Frau, schätzungsweise Mitte vierzig, öffnete die Tür und lächelte Claudia freundlich entgegen. »Guten Tag, was kann ich für Sie tun?«

Claudia zog ihren Ausweis aus der Tasche. »Mein Name ist Harms. Kriminalpolizei. Sie sind?«

»Saskia Wesemann. Worum geht's denn?«

»Ich bin von der Mordkommission. Ich ...«

Das Lächeln der Frau wurde nur unbedeutend schwächer. »Sie wollen meinen Mann bestimmt wegen Markus Sassnitz sprechen. Wir kannten ihn beide. Mein Mann hatte geschäftlich mit ihm zu tun. Er war ein paarmal bei uns zum Abendessen, das ist aber Jahre her. Schreckliche Sache. Kommen Sie doch herein.«

Claudia konnte ihre Verwunderung nur mühsam unterdrücken. Die Frau war entweder eine gute Schauspielerin, oder sie hatte keine Ahnung. Vermutlich Letzteres.

Saskia Wesemann führte Claudia in ein geschmackvoll eingerichtetes Wohnzimmer, das auf breiter Front verglast war und einen schönen Blick auf den Garten bot. Ein Mann saß in einem Sessel, der zum Fenster hin ausgerichtet war.

»Thomas? Die Dame ist von der Polizei. Es geht um Markus Sassnitz«, erklärte sie ihrem Mann.

Auch wenn sie Thomas Wesemann nur von hinten sehen konnte, meinte Claudia doch bemerken zu können, wie der Mann erstarrte. Es dauerte auch erstaunlich lange, bis er den Sessel herumschwenkte und ihr entgegensah.

»Mein Name ist Claudia Harms, Mordkommission. Kann ich irgendwo ungestört mit Ihnen reden, Herr Wesemann?«

»Ja, natürlich.«

Er stand auf und legte die Zeitung weg, in der er gelesen hatte. Dann stand er ein paar Sekunden unschlüssig im Raum. Claudia sah ihn an, ihre Blicke begegneten sich. Sie erschrak. Wie im Zeitraffer in einem Hollywoodfilm schien Wesemann innerhalb von wenigen Augenblicken zu altern. Sein Gesicht wurde blass, die Spannung aus seinem Körper wich, sein Blick wurde glasig. Der Händedruck, mit dem er Claudia schließlich begrüßte, war kraftlos. »Ich habe mit Ihrem Besuch gerechnet. Vielleicht gehen wir hinaus in den Garten.«

Saskia Wesemann fragte: »Ist alles in Ordnung, Thomas? Ich wusste gar nicht, dass dir die Sache mit dem Sassnitz so nahegeht.«

Er winkte ab. »Ist schon gut. Vielleicht kannst du uns …« Er wandte sich an Claudia. »Wollen Sie etwas? Tee? Kaffee?«

»Ja, warum nicht. Kaffee, bitte.«

Wesemann schob eine der bodentiefen Glastüren zur Seite, überließ Claudia den Vortritt. Er folgte ihr, zog hinter sich die Tür wieder zu, lächelte seiner Frau durch die Scheibe zu.

Sie gingen ein paar Schritte in den Garten hinaus. Es roch nach Herbst.

»Ihnen geht es nicht gut, Herr Wesemann, oder?«

»Nein.«

»Weil ich da bin?«

Keine Antwort.

»Ich interessiere mich nicht für Geld. Weder, wo es herkommt, noch ob es versteuert wird oder Ähnliches. Ich suche einen Mörder. Ich hoffe, Sie verstehen, was ich damit sagen möchte.«

Sofern das überhaupt noch möglich war, wich noch mehr Kraft aus Wesemanns Körper. Claudia machte sich bereit, ihn aufzufangen, falls er vor ihr kollabierte.

»Dahinten bei der Hecke steht eine Bank. Dort können wir uns setzen«, sagte er.

»Natürlich.«

Sie gingen hinüber. Wesemann nahm Platz, Claudia zögerte kurz, setzte sich dann neben ihn.

»Ich habe seit vier Wochen praktisch nicht mehr geschlafen. Seit Markus tot ist. Meine Frau weiß nichts davon. Sie weiß sowieso nichts. Wir gehen abends ins Bett. Wenn sie eingeschlafen ist, stehe ich wieder auf. Ich setze mich ins Wohnzimmer und starre vor mich hin. Ich kann nicht lesen, nicht fernsehen, nicht mal Musik hören. Wissen Sie warum? Weil meine Gedanken so laut sind, dass ich sowieso nichts mitkriege. Ich bin froh, dass Sie da sind. Es muss endlich aufhören.«

Claudia merkte, dass sie auf die Jammertour keine Lust hatte. Mit harter Stimme sagte sie: »Und? Was denken Sie sich so zusammen? Dass es falsch war, Markus Sassnitz zu töten? Weil er aufgehört hat, Geld an Sie zu zahlen? Geld, das Ihnen aus dem Deal wegen Net Germany zustand?«

Wieder nur Schulterzucken, aber keine Antwort. Trotzdem kam es Claudia fast wie ein Schuldeingeständnis vor.

Sie rief sich in Gedanken, was Armin von Suttner ihr vorhin am Telefon gesagt hatte. Network Germany war damals von der Hanse Media Group gekauft worden, einem der großen Hamburger Medienunternehmen. Zeitungen, Zeitschriften, Anzeigenblätter, bundesweit, auch im Ausland, alles in Millionenauflage. Nur im Online-Business war die Firma damals schlecht aufgestellt. Die Konkurrenten Springer, Gruner und Jahr, Holtzbrinck waren da schon deutlich weiter. Hanse Media wollte nicht zurückbleiben. Man ging auf Einkaufstour und war bereit, so ziemlich jede Summe zu bezahlen. Wachsen oder sterben, digitalisieren oder als Dinosaurier untergehen. So hätte es vermutlich Markus Sassnitz ausgedrückt. Net Germany war damals Deutschlands größtes Social Network, hatte innerhalb von nur zwei Jahren fast zehn Millionen Nutzer gewonnen. Facebook schien ein amerikanisches Ding zu sein, in Deutschland zählte nur *NG*. Als der Gründer und Eigentümer, Markus Sassnitz, verkaufen wollte, setzte ein regelrechter Run ein. Alle hoben den Finger, auch Hanse Media. Man begann zu verhandeln. Für *NG* saß Sassnitz selbst am Tisch, für die Hanse Media Thomas Wesemann, Leiter des Bereichs Digital Business, und sein wichtigster Mitarbeiter, Ralf Liebherr. Man wurde sich schnell einig. Goldgräberstimmung. Niemand achtete auf Kleingeld. Niemand fand die hundert Millionen Euro Kaufpreis überteuert, schließlich bot Springer, bot Gruner und Jahr ebenfalls mit. Die Hanse Media machte das Rennen.

»Erzählen Sie mir, was passiert ist, Herr Wesemann. Von Anfang an. Ich vermute mal, Sie haben mit Sassnitz einen Deal gemacht, richtig? Die Summe, auf die Sie sich geeinigt haben, war zu hoch?«

Wesemann räusperte sich, redete dann so leise, dass er kaum zu verstehen war: »Viel zu hoch. Jedenfalls für das, was Sassnitz zu bieten hatte.«

»Aber die Konkurrenz hat doch damals genauso viel geboten. Wenn Sie weniger gezahlt hätten, wäre Sassnitz zu Springer oder Gruner und Jahr gegangen.«

»Nein, wäre er nicht. Wir hatten die Firma ja geprüft. Es war ein Witz.«

»Was meinen Sie?«

»Sassnitz hat geblufft. Er war ein Hochstapler. Zehn Millionen Nutzer? In Wahrheit waren es nicht einmal halb so viele, ach, nicht einmal ein Viertel. Vielleicht eine Million. Alle anderen waren Phantome, digitale Illusionen. Er dachte wirklich, er kommt damit durch.«

»Wenn ich Sie richtig verstehe, wollte Sassnitz also betrügen?«

»Wie man es sieht. Die eine Million Nutzer, die es wirklich gab, waren auch schon nicht schlecht. Aber die Firma war natürlich nur einen Bruchteil von dem wert, was er haben wollte.«

»Warum haben Sie ihm das nicht gesagt?«

»Das habe ich. Er hat mir und Ralf daraufhin ein Geschäft vorgeschlagen.«

Saskia Wesemann kam mit einem Tablett in den Garten. Sie lächelte ihnen entgegen. »Ach, hier hinten habt ihr euch hingesetzt ... Ist ja auch ein schönes Plätzchen. Haben Sie unseren Apfelbaum gesehen, Frau Kommissarin? Es wird eine tolle Ernte.«

Claudia nickte.

Saskia Wesemann stellte das Tablett zwischen sie auf die Bank. Sie blieb stehen, sah sie abwartend an. Als Claudia und Wesemann schwiegen, sagte sie: »Ich verstehe schon, ich bin unerwünscht. Na ja, geht ja auch um eine ernste Sache. Wenn Sie noch einen Wunsch haben, sagen Sie Bescheid.«

»Danke.«

Claudia wartete, bis die Frau wieder im Haus verschwunden war.

»Sassnitz hat Ihnen also vorgeschlagen, den Betrug zu decken, oder besser gesagt, dabei mitzumachen. Auf Kosten Ihres Arbeitgebers. Und dafür verpflichtete er sich, Ihnen jedes Jahr Geld zu zahlen. War es so?«

Wesemann nickte. »Zwanzig Jahre lang, jedes Jahr eine Millionen Euro für jeden von uns. Es war so unglaublich viel Geld, es war unvorstellbar. Ralf Liebherr und ich haben uns Bedenkzeit erbeten. Dann haben wir eingewilligt.«

»Ich verstehe es trotzdem nicht«, sagte Claudia. »Bei so einem Geschäft müssen doch noch viel mehr Leute beteiligt gewesen sein. Und auch hinterher, nachdem die Hanse Media die Firma übernommen hat, muss es doch aufgefallen sein, dass die Zahlen nicht stimmten.«

»Ist es ja auch. Damit hatten wir gerechnet. Man hat Ralf und mich für Stümper und Idioten gehalten. Wir sind entlassen worden. Aber niemand kam auf die Idee, dass wir es gewusst haben. Das heißt, unterstellt hat man es uns schon. Aber man konnte es nicht beweisen.«

»Warum hat die Hanse Media keine Anwälte mobilisiert, hat Sassnitz nicht verklagt, nachdem man den Bluff, den Betrug, wie auch immer, entdeckt hatte?«

Wesemann schaffte ein leises, fast spöttisches Lachen. »Es hat eine Weile gedauert, bis alles rauskam. Da war es zu spät, um etwas zu unternehmen. Eine Klage hätte bedeutet, dass alles an die Öffentlichkeit kommt. Zu dem Zeitpunkt hatte die Hanse Media schon eine große Werbekampagne gefahren, um Net Germany noch größer zu machen. Am Ende einigte sich der Vorstand darauf, das einzig Richtige zu tun – sie blufften einfach weiter.«

»Man hat den Betrug also vertuscht. Das gibt es doch nicht! Hundert Millionen einfach weg, aber niemand wird dafür wirklich zur Rechenschaft gezogen?« Claudia war fassungslos.

»Schein und Realität sind in der digitalen Welt nicht immer zu unterscheiden. Man hatte die Hoffnung, dass Network Germany in ein oder zwei Jahren wirklich die Größe erreichen könnte, die Sassnitz nur vorgetäuscht hatte. Um ehrlich zu sein, ich habe das auch geglaubt. Dann kam Facebook. Bis auf ein paar Nischen sind alle anderen Netzwerke eingegangen. Das ist die Geschichte.«

»Nicht ganz«, widersprach Claudia. »Sie und Liebherr haben weiterhin Jahr für Jahr Ihr Geld bekommen.«

»Von dem aber niemand etwas mitkriegen durfte. So ist es bis heute. Das Geld ist in Südamerika, in der Karibik, in Asien. Wir haben es nicht angerührt. Unser alter Arbeitgeber lässt uns sicher immer noch überwachen. Nicht mehr so engmaschig wie am Anfang, aber sie sind immer noch an uns dran. Ist nicht einfach. Sie besitzen Millionen, haben aber nichts davon. Ralf drohte immer wieder schwach zu werden. Er hat Dinge gekauft, die uns hätten verraten können. Er besitzt ein Haus in Belize und eine Yacht. Wir hatten ziemlichen Streit deswegen.«

»Was nützte das alles? Sie haben das Geld, können es aber nicht benutzen! Absurd.«

Wesemann lächelte erneut. »Zu wissen, dass es da ist, ist auch schon ganz gut. Außerdem hatten wir das Ziel ja vor Augen. In zehn Jahren wäre es so weit gewesen. Verjährt ist ja jetzt schon alles. Aber dann wäre wirklich Gras über die Sache gewachsen. Die Entscheider von damals wären im Ruhestand. Ralf und ich haben es uns oft genug ausgemalt. Wir wollten uns beide fernab von Deutschland niederlassen und es uns gutgehen lassen. Ich hätte endlich meiner Frau alles erzählen können …«

»Aber leider hat Sassnitz aufgehört zu zahlen. Er hat das Geld falsch investiert, und nun war er pleite.«

»Falsch investiert? Verzockt hat er es. Sassnitz war ein Idiot, schon immer. Das war eigentlich das Schmerzlichste an der ganzen Geschichte. Nach dem Net-Germany-Deal wurde er gefeiert. Ein genialer Internetunternehmer, ein deutscher Mark Zuckerberg, ein Genie … Es war alles Blödsinn.«

»Wie haben Sie reagiert, als Sie merkten, dass kein Geld mehr floss?«

Wesemann schenkte aus der Kaffeekanne nach. Claudia trank. Es tat gut. »Wir haben Sassnitz zur Rede gestellt. Er hat mit den Schultern gezuckt. Tut mir leid, Jungs, ich kann es nicht ändern. Seid doch zufrieden mit dem, was ihr schon bekommen habt. So ungefähr hat er mit uns geredet. Was sollten wir auch machen? Zur Polizei gehen? Ging ja schlecht.«

»Sie haben sich also damit abgefunden? Das soll ich Ihnen glauben?«

»Was mich angeht, schon. Sassnitz hatte ja recht. Ich habe in den zurückliegenden Jahren über zehn Millionen Euro bekommen. Durch die Zinsen und ein paar gute Investments ist es sogar noch mehr geworden. Was wollte ich noch mehr?«

»Und Ralf Liebherr?«

Wesemann ließ sich Zeit mit seiner Antwort. Er sah zum Haus hinüber, winkte seiner Frau zu, die hinter der Scheibe stand und zu ihnen herüberschaute.

»Sie wissen es doch. Darum sind Sie hier.«

Claudia schloss für eine Sekunde die Augen. »Er hat Markus Sassnitz getötet?«

Wesemann sah zu Claudia, nickte mit zusammengepressten Lippen. Dann sagte er: »Als ich in der Zeitung gelesen habe, was mit Sassnitz passiert ist, habe ich mit mir selbst eine Vereinbarung getroffen. Ich habe mir geschworen, dass ich, wenn die Polizei an meiner Tür klingelt, alles sagen werde. Auch wenn ich ins Gefängnis muss. Auch wenn ich meine Familie verliere, meine Kinder.«

»Wie viele Kinder haben Sie?«

»Zwei Töchter, zehn und elf. Die sind im Moment bei Freunden. Ich kann nur hoffen, dass mir meine Frau und die Mädchen glauben, dass ich es für sie getan habe.«

Claudia konnte sich ein verächtliches Schnauben nicht verkneifen. »Wenn Sie für Ihre Töchter etwas hätten tun wollen, hätten Sie Verantwortung zeigen können. Sie hätten sofort zur Polizei gehen sollen.«

»Ich laufe vor meinem Henker nicht davon. Aber ich werfe mich ihm auch nicht in die Arme.«

»Sagen Sie lieber Richter, nicht Henker. Es gibt hierzulande keine Todesstrafe. Aber lassen wir das. Sie meinten, dass Sie alles sagen, wenn die Polizei klingelt. Ich habe geklingelt. Also?«

»Beim letzten Gespräch mit Sassnitz hat Ralf ihm gedroht. Er glaubte nicht, dass er wirklich pleite sei. Wenn er nicht weiterzahle, würde er es bitter bereuen. Sassnitz hat gelacht und gemeint, dass es leider eine Tatsache sei, er habe nichts mehr. Selbst wenn er wollte, er könne nicht mehr zahlen.«

»Das deckt sich mit dem, was wir wissen.«

»Ralf hat's nicht geglaubt. Er hat ihm eine Frist gesetzt. Vierzehn Tage. Sassnitz hat nicht gezahlt. Für mich war die Sache erledigt. Ralf aber meinte, dass er Sassnitz nicht damit durchkommen lasse.«

»War Ihnen klar, was er damit meinte?«

»Ich habe es für Gerede gehalten. Ralf war wütend. Ich dachte, er beruhigt sich und sieht ein, dass es doch nichts ändern würde. Ich hätte niemals gedacht, dass er es wirklich tut.«

»Dass er was tut?« Claudia wollte es hören, klar und deutlich.

»Dass er Sassnitz etwas antut. Dass er ihn über den Haufen fährt. Aber er hat es getan.«

»Das wissen Sie genau?«

Wesemann drehte sich zu ihr und sah ihr in die Augen. »Ich habe ihn zur Rede gestellt. Er hat es zugegeben. Ohne jede Reue.«

Claudia nickte, zog dann ihr Handy aus der Tasche und wählte Takedas Nummer. Der Inspektor musste jetzt bei Liebherr sein, um ihn zu befragen. So hatten sie es vereinbart. Jeder einen.

In der Leitung war das Freizeichen zu hören. Einmal, zweimal, dreimal.

## 43.

Takeda musste an ein Spiel denken, das sein Vater früher als Kind oft mit ihm gespielt hatte. Das heißt, eigentlich war es gar kein Spiel, wie immer bei seinem *Oyaji*. Es war Teil seiner Ausbildung.

Sich einfach nur miteinander zu vergnügen, Käfer zu fangen oder auf der Straße *Kattchi-Bōru* zu spielen, wie die anderen Väter mit ihren Jungs, war für den alten Takeda unvorstellbar.

Sein Vater legte ein paar Dinge auf den Tisch, und Kenjiro musste so schnell wie möglich herausfinden, welcher Gegenstand nicht zu den übrigen passte. Vier schwarze Stäbchen und ein rotes – einfach. Vier *Imari*-Scherben und eine *Raku*-Scherbe – schon schwieriger. Vier Steine aus Granit und einer aus Tuff – kaum noch zu schaffen. Konzentrier dich, Kenjiro. Finde den Unterschied! Was passt nicht? Sieh hin!

Die Wohnung von Ralf Liebherr befand sich in Eimsbüttel, sehr zentral also. Es war ein mehrstöckiges Altbaugebäude, Liebherr wohnte in der obersten Etage.

Er begrüßte Takeda nicht unfreundlich, nachdem der Inspektor geklingelt und sich über die Gegensprechanlage vorgestellt hatte. Liebherr fragte: »Sind Sie wegen Sassnitz gekommen?«

»Das ist korrekt.«

»Kommen Sie hoch. Ich habe schon viel früher mit Ihnen gerechnet.«

Takeda stieg die fünf Treppen empor und dachte darüber nach, was Liebherrs Bemerkung bedeuten sollte.

Der Hausherr empfing ihn an der Tür und führte ihn durch einen dunklen, mit Regalen vollgestellten Flur in ein geschmackvoll eingerichtetes Wohnzimmer. In der Mitte des großen Raums standen sich zwei Sofas gegenüber, beide von Ikea, wie Takeda sofort erkannte. Die Chance, in einer deutschen Wohnung auf Ikea-Möbel zu stoßen, lag bei nahezu hundert Prozent. In Japan würde das vermutlich bald genauso sein, schließlich gab es die Möbelhäuser inzwischen auch dort, und sie erfreuten sich wachsender Beliebtheit. Auf dem Couchtisch lagen einige Zeitschriften, eine Fernbedienung, ein paar ungeöffnete Briefe. Daneben standen ein voller Aschenbecher und eine halbvolle Flasche Rotwein. Die eine Wand wurde durch eine altmodische Schrankwand eingenommen. An den übrigen Wänden hingen Poster, ein paar gerahmte Fotos, ein paar Bilder. Die Wohnung hatte etwas Studentisches und passte damit zum Hausherrn. Ralf Liebherr war, soweit Takeda wusste, Anfang vierzig, hatte aber eine fast jugendliche Ausstrahlung.

»Ich kannte Markus Sassnitz. Wir hatten geschäftlich miteinander zu tun. Aber das wissen Sie bestimmt, sonst wären Sie ja nicht hier«, sagte Liebherr.

»So ist es.« Takeda lächelte.

»Wollen Sie etwas trinken? Einen Tee? Oder Kaffee? Sie können auch Wein haben. Ist nichts Besonderes, aber trinkbar.«

»Ein Tee wäre nett«, sagte Takeda.

»Kein Alkohol im Dienst, was?«

Takeda lächelte erneut. »Ich hatte gestern nur ein paar Gläser zu viel. Ich warte lieber noch eine Weile.«

Liebherr lachte, sah Takeda mit Neugier und auch Sympathie an. »Woher kommen Sie, wenn ich fragen darf?«

»Aus Japan. Es ist ein Austausch mit der Polizei hier in Hamburg.«

»Jetzt erinnere ich mich. Ich habe etwas über Sie in der Zeitung gelesen. Ist ja eine Ehre, dass ausgerechnet Sie zu mir kommen. Der berühmte Inspektor aus Japan.«

»Nein, nein. Ich mache nur unwichtige Dinge. Kleine Befragungen am Rande, so etwas.«

Liebherr ging in die Küche, bereitete Tee zu. Takeda setzte sich auf eines der Sofas und blickte sich im Raum um. Und damit begann das Spiel.

Sein Blick glitt über die Wände. Die Poster und Bilder waren nicht ungewöhnlich. Drucke, Reproduktionen. Welcher Gegenstand passte nicht zu den anderen? In einer Zimmerecke hing ein Gemälde, das ein Ensemble aus Gebäuden und Menschen zeigte, altmodisch und modern zugleich, in auffällig grellen Farben gehalten. Takeda stand auf, betrachtete das Bild von nahem. Zweifellos ein Neo Rauch. Ein Original.

Unbezahlbar, jedenfalls für jemanden, der in einer bescheidenen Altbau-Dachwohnung lebte.

Der Wein gehörte ebenfalls zu den Dingen, die nicht passten.

Er war nämlich sehr wohl etwas Besonderes, wie Takeda auf dem Etikett sehen konnte. Nicht gerade ein Lafite-Rothschild. Aber immerhin ein Château Margaux.

Er hätte sich doch für den Wein entscheiden sollen. So eine Gelegenheit kam bestimmt so schnell nicht wieder.

Auf der Ablage im Flur hatte er schon beim Hereinkommen Fahrerhandschuhe gesehen, die nur jemand trug, der einen Sportwagen fuhr. Unter den Fotos entdeckte Takeda eine Aufnahme, die Liebherr auf einem Segelboot zeigte, neben ihm Frauen in Bademode, im Hintergrund ein Palmenstrand.

Liebherr kehrte mit dem Tee ins Wohnzimmer zurück, setzte sich Takeda gegenüber. Unaufgefordert sagte er: »Ich habe grünen Tee gemacht, den mögen Sie ja bestimmt ... Schreckliche Sache, das mit Sassnitz. Als ich noch als angestellter Journalist gearbeitet habe, hatten wir miteinander zu tun. Mein Verlagshaus expandierte damals in den Online-Bereich. Sassnitz war in der Szene ein großes Tier. Aber das ist Jahre her. Seitdem habe ich ihn nicht mehr gesehen. Ich bin mir darum nicht sicher, ob ich Ihnen wirklich helfen kann.«

Takeda trank einen Schluck Tee. Er schmeckte furchtbar. Wie die meisten Deutschen hatte ihn Liebherr mit zu heißem Wasser aufgeschüttet und viel zu lange ziehen lassen. Mit beiläufiger Stimme sagte er: »Ich mag Neo Rauch. Er ist irritierend, aber auch sehr klug.«

»Was? Ach so, das Bild. Ist leider nur eine Kopie. Aber gut gemacht, nicht wahr?«

Takeda winkte ab. »Sie arbeiten immer noch als Journalist. Ist das richtig?«

»Ja, das stimmt. Ich habe mich vor ein paar Jahren selbständig gemacht. Ich mache vor allem Reisethemen für Zeitschriften. Segelurlaub in der Karibik, Tauchen auf den Philippinen, so etwas. Dadurch komme ich viel herum. Ich verbinde das Angenehme mit dem Nützlichen.«

»Ich höre immer wieder, dass es sehr schwer geworden ist, als

Journalist zu arbeiten. Die Aufträge werden weniger, die Honorare sinken. Stimmt das?«

Liebherr war eine leichte Verunsicherung anzuhören. »Ja, das ist schon richtig. Die Verlage drücken die Tarife, wo es nur geht. Für viele Themen wird gar kein Geld mehr gezahlt. Die Zeitungen lassen sich die Artikel lieber von PR-Agenturen liefern. Das ist ganz schön beschissen, wenn ich es so deutlich sagen darf.«

»Sicher«, entgegnete Takeda lächelnd. »Hat das Internet mit dieser Entwicklung zu tun? Würden Sie das bestätigen?«

»Ja, natürlich. Nur ... Sie sind doch nicht hier, um mit mir über meinen Beruf zu sprechen, oder?«

»Doch, durchaus«, gab Takeda ungerührt zurück.

»Das Internet hat das Leserverhalten komplett umgekrempelt. Wer heute jünger als dreißig ist, ist nicht bereit, für journalistische Produkte Geld auszugeben. Im Netz ist ja alles umsonst. Und die Artikel schreibt der liebe Herrgott ... Man braucht nicht viel Phantasie, um sich auszurechnen, was das für Menschen wie mich bedeutet, die von journalistischer Arbeit leben.«

»Ach, Sie leben von journalistischer Arbeit?«

»Ja, natürlich. Was denn sonst?« Zu hart, zu aggressiv. Verunsichert.

»Was könnte man Ihrer Meinung nach ändern? Ich meine am Verhalten der jungen Menschen? An ihrer Bereitschaft zu bezahlen?«

Liebherr zuckte mit den Schultern. »Wenn ich das wüsste. Die Verlage versuchen, Bezahlschranken einzuführen. In erster Linie aber verschlechtern sie immer weiter die Arbeitsbedingungen für ihre Angestellten. Weniger Geld, weniger Personal, weniger Qualität. Und die, die überhaupt noch Jobs haben, arbeiten sich tot.«

»Ich kenne das aus Japan. Wir nennen es *karōshi* – Tod bei der Arbeit. Aber es gibt natürlich auch andere, unangenehme Arten zu sterben. Mord zum Beispiel.«

»Was wollen Sie von mir, Herr Takeda?«

»Das wissen Sie doch. Ich bin wegen Markus Sassnitz hier. Aber bitte, fahren Sie fort. Ihre Ausführungen über die Welt des Journalismus interessieren mich.«

Liebherr brauchte ein paar Sekunden, um den Faden wiederzufinden. »Früher fand man als Journalist durchaus Anerkennung. Es war ein spannender Beruf, bei dem man sich engagieren konnte. Heutzutage sind Sie nur noch der schlechtbezahlte Idiot, der den Raum zwischen den Anzeigen mit sogenanntem Content füllt. Es ist ekelhaft. Gleichzeitig machen die großen Verlagshäuser immer noch satte Gewinne. Sie scheffeln Milliarden und behandeln ihre Mitarbeiter wie Sklaven.«

»Das ist wirklich keine gute Entwicklung. Andererseits, wenn ich mich bei Ihnen umsehe, leben Sie nicht schlecht, Herr Liebherr.«

»Das täuscht.«

»Ja, das ist mir aufgefallen.«

Ein peinliches Schweigen entstand. Liebherr rutschte unruhig auf seinem Platz hin und her. Takeda trank von seinem Tee. Er hatte Zeit. Und viel Geduld.

»Was ist denn jetzt mit Sassnitz? Haben Sie schon etwas herausgefunden?«, fragte Ralf Liebherr.

»Ich bin gerade dabei, das zu tun.«

»Da war etwas mit Drogen, nicht wahr? Sassnitz soll gedealt haben, sogar in großem Stil. So stand es in der Zeitung.«

»Das war leider eine falsche Spur, ein bedauerliches Missverständnis.«

»Ich hätte es ihm zugetraut. Er war abgebrüht. Der würde alles tun, um an Geld zu kommen.«

»Ich befürchte, es gibt noch mehr Menschen, die sich so verhalten.«

Ihre Blicke trafen sich. Liebherr wusste, dass er verloren hatte. Aber Takeda ließ sich nichts anmerken. Der Versuch, einen schnellen Sieg zu erringen, führte oft zur Niederlage.

Die kurze Spannung löste sich auf. Takeda senkte den Blick

und lächelte. »Ihr Tee ist übrigens vorzüglich. Aber ich hätte einen Vorschlag, wie er noch besser werden könnte.«

»Ach ja?«

Takeda erklärte ihm, dass man den grünen Tee in die Kanne streuen musste, ihn dann mit nur so viel heißem Wasser übergoss, wie man anschließend in die Tassen ausschenkte. Und er durfte nicht allzu lange ziehen, vielleicht eine halbe Minute.

»Das ist interessant. Ich versuche es gleich mal. Wollen Sie noch eine Tasse?«

»Sehr gerne.«

Liebherr verschwand in der Küche. Im nächsten Moment klingelte Takedas Handy. Es war Claudia, die ihn über ihr Gespräch mit Thomas Wesemann informierte. Takeda hörte konzentriert zu, sagte schließlich: »Ich verstehe. Ja, ich habe es mir bereits gedacht. Selbstverständlich werde ich …« Er unterbrach seinen Satz, da Liebherr ins Zimmer kam. »Vielen Dank für die Information, Claudia. Ich muss jetzt auflegen.«

Er beendete das Gespräch und steckte das Handy weg.

Liebherr stand vor ihm. Er hatte nicht nur frischen Tee mitgebracht, sondern auch einen großen Teller, auf dem eine Art Kuchen lag, daneben ein großes Küchenmesser. »Das ist Tiramisu. Passt vielleicht nicht optimal zum Tee. Aber besser als nichts, nicht wahr? Es ist leider die tiefgefrorene Variante. Wenn wir ein paar Minuten warten, kann ich sie anschneiden.«

Takeda schlürfte von dem heißen Tee. »Ah, der ist deutlich besser.«

»Das freut mich.«

»Tiramisu erinnert mich an eine Redensart hier in Deutschland, die mir gut gefällt. Wenn jemand seinen Anteil von etwas verlangt, sagt man, dass er sein Stück vom Kuchen haben möchte.«

Liebherr nickte. »Es wird meistens im übertragenen Sinn gebraucht. Der Kuchen, das ist sozusagen der Reichtum einer Gruppe oder der Gesellschaft. Wenn jemand nicht bereit ist, nur zuzusehen, sondern etwas von diesem Reichtum abhaben möchte, dann benutzt man diese Redensart.«

»Können Sie den Wunsch nachvollziehen? Dass man sein Stück vom Kuchen abhaben möchte? Zum Beispiel von dem Reichtum, den die großen Verlagshäuser erwirtschaften? Ich für meinen Teil kann es.«

»Ja, natürlich, ich auch.«

Liebherr beugte sich nach vorne, nahm das Küchenmesser zur Hand und hielt es schwebend über das Tiramisu. »Sie wissen es, oder?«

Takeda nickte. »Ja.«

»Können Sie es beweisen?«

»Nun, wir wissen von den Konten in Südamerika. Wir wissen, dass Sassnitz aufgehört hatte zu zahlen. Und meine Kollegin hat mich soeben darüber informiert, dass Thomas Wesemann gegen Sie aussagen wird.«

»Und wenn schon! Der lügt, um seinen Kopf aus der Schlinge zu ziehen.«

»Das ist natürlich möglich. Wir haben aber auch das Tatfahrzeug in der Elbe gefunden. Und ich habe Ihr Smartphone, Herr Liebherr.«

»Was?«

»Es lag auf der Ablage neben der Wohnungstür, und ich habe es direkt, als ich hereinkam, an mich genommen. Ich bin mir sicher, dass wir darauf die manipulierte Software finden, mit der man einen Wagen von Drive-to-go freischalten kann. Sie werden sie sicherlich gelöscht haben. Aber unsere Techniker sind sehr gut darin, gelöschte Dateien wiederherzustellen.«

»Das wird in diesem Fall vergeblich sein.«

»Sie kennen sich natürlich auch sehr gut aus.«

»So ist es.«

»Es gibt Anhaftungen an der Leiche, durch die wir DNA-Material gewinnen konnten. Wir werden es mit einer Probe von Ihnen abgleichen.«

Liebherr lachte auf. Seine Stimme klang nun hysterisch, überschlug sich. »Wenn Sie das alles wissen, dann frage ich mich, warum Sie so dumm waren, alleine herzukommen?«

»Wäre es schlauer gewesen, ich hätte die bewaffneten Kollegen vom MEK mitgebracht? Meinen Sie das?«

Liebherr stand auf, hielt das Messer immer noch in der Hand. Er trat einen Schritt auf Takeda zu. »Genau das meine ich.«

## 44.

Claudia rief sich alles in Erinnerung, was sie von ihrem Karatetrainer im Polizeisportverein über den *Mae-Geri*, den geraden Tritt nach vorne, gelernt hatte.

Dann trat sie zu.

Beim zweiten Mal klappte es. Die Wohnungstür von Ralf Liebherr flog splitternd aus dem Schloss und gab den Weg frei.

Na also, geht doch.

Claudia zog ihre Dienstwaffe, lud durch, gab dann den zwei uniformierten Beamten, die hinter ihr standen, stumm die Aufforderung, ihr zu folgen.

Die Beamten hatten gerade eben noch versucht, Claudia davon abzuhalten, auf eigene Faust zu handeln. Da gebe es doch die Dienstvorschriften, zudem den Aspekt des Selbstschutzes, vielleicht sei es auch die falsche Wohnung, und außerdem müsse das MEK jeden Augenblick eintreffen …

Daraufhin erklärte Claudia mit atemloser Stimme, schließlich war sie wie eine Verrückte durch die halbe Stadt gefahren, war dann die Treppen hochgerannt: »Ihr könnt mich mal. Dann bleibt ihr halt hier draußen und wartet.«

Im Inneren der Wohnung hatte sie zuvor Kampfgeräusche gehört. Schreie, Schläge, zerbrechendes Mobiliar. Dazwischen Takedas erstaunlich ruhige Stimme, mit der er seinen Gegner aufforderte, ein Messer wegzulegen.

Da wartete sie doch nicht auf das MEK, das sie von unterwegs angefordert hatte.

Claudia hielt die Waffe im Anschlag, orientierte sich kurz. Die Geräusche kamen aus dem Zimmer am Ende des Flurs, erstarben aber kurz darauf. Eine seltsame, unheilvolle Stille entstand.

»Scheiße.«

Sie gab alle Vorsicht auf, rannte durch den Flur, riss dabei einen Stapel Bücher mit sich, der polternd zu Boden fiel. Mit ausgestrecktem Arm, die Waffe schussbereit, schnellte sie um die Ecke. »Keine Bewegung! Hände hoch!«

Takeda blickte ihr entgegen. »Claudia, schön, dass Sie da sind. Ob Sie mir wohl Ihre Handschellen borgen könnten? Ich habe meine wohl während meiner Auseinandersetzung mit Herrn Liebherr verloren.«

Takeda stand breitbeinig neben Liebherr, der vor ihm auf dem Fußboden lag. Direkt neben ihm blitzte die blutverschmierte Klinge eines Küchenmessers. Der Inspektor hielt Liebherrs rechten Arm fest und streckte ihn über seinen eigenen Oberschenkel, ein Hebelgriff. Sobald Liebherr sich rührte, verstärkte der Inspektor den Druck, so dass Liebherr aufstöhnte. »Er macht sehr guten Tee. Und Tiramisu ist auch noch da«, sagte Takeda.

Claudia schüttelte ungläubig den Kopf. »Ihre Nerven möchte ich haben.«

Liebherr schrie auf: »Lassen Sie mich los, verdammt noch mal. Sie tun mir weh. Ich werde Sie verklagen.«

Claudia beachtete ihn nicht. »Gebrochen? Sein Arm, meine ich?«

Takeda schüttelte den Kopf. »Nein, bisher nicht. Soll ich?«

»Die Entscheidung überlasse ich Ihnen.«

»Sie sind ja verrückt«, schrie Liebherr mit schmerzverzerrtem Gesicht.

»Halten Sie bitte die Klappe«, sagte Takeda, wandte sich dann an Claudia: »Sagt man das so?«

»Ja. Aber das *Bitte* können Sie weglassen.«

Takeda nickte, wiederholte seine Worte in Richtung Liebherr: »Klappe!«

»Sehr gut.« Claudia lächelte.

Die uniformierten Beamten traten nun auch ins Zimmer, übernahmen den Verdächtigen und legten ihm Handschellen an. Als sie ihn aus dem Raum führen wollten, hielt Claudia sie zurück. »Lassen Sie den mal schön da. Wir haben noch ein paar Fragen, die er uns beantworten soll. Und sagen Sie den Kollegen vom MEK, dass sie wieder umkehren können.«

Die Beamten nickten, platzierten Liebherr auf einem der Sofas.

Claudia ließ sich auf das Sofa gegenüber sinken. Erst jetzt blickte sie sich um und erstellte eine Art Schadensbilanz. Der Raum war verwüstet. Umgeworfene Möbel, Scherben auf dem Boden, heruntergerissene Vorhänge, ein zersplittertes Fenster.

»Haben Sie etwas abbekommen?«, fragte sie Takeda.

»Nur einen Kratzer. Er war ein sehr vorhersehbarer Gegner.«

Claudia sah, dass Takedas Anzugärmel zerschnitten war, sich der Stoff dunkel färbte. »Das nennen Sie einen Kratzer?«

»Es ist nichts Ernstes. Vielleicht könnten Sie dennoch ...«

Claudia fragte Liebherr: »Haben Sie einen Verbandskasten?«

»Im Bad könnten Mullbinden liegen. Tunken Sie sie vorher in Essig, das hat er verdient.«

»Schnauze! Oder ich trete dir in die Eier, du Arschloch!«

Takeda fragte verwundert: »Ach, das geht auch?«

»Klar.«

Claudia sah im Badezimmer nach und fand, was sie suchte. Sie verarztete Takeda. Der Schnitt am Oberarm war tatsächlich nicht tief. Da die Messerklinge einigermaßen sauber zu sein schien, bestand kein Bedarf, mehr zu unternehmen.

Takeda schenkte sich von dem Rotwein ein, trank einen Schluck und genoss ihn mit geschlossenen Augen. Als er Claudias Blick bemerkte, sagte er: »Sie sollten auch kosten. Ein Château Margaux von 2013. Wirklich vorzüglich.«

»Das dürfen Sie nicht. Das ist Diebstahl«, sagte Liebherr.

»Schnauze, Arschloch«, sagte Takeda.

»Jetzt haben Sie es«, sagte Claudia.

Sie genehmigte sich ebenfalls einen Schluck. Der Wein war so gut, dass es ihm nicht einmal schadete, dass sie Tiramisu dazu aß.

Claudia berichtete Takeda nun ausführlicher von ihrem Gespräch mit Thomas Wesemann. Dass Liebherr zuhörte, war Absicht. Schließlich wandte sie sich direkt an ihn und sagte: »Mit der Aussage von Ihrem Kompagnon sind Sie erledigt. Sie werden wegen Mordes verurteilt werden. Alles, was Sie jetzt noch tun können, ist auszupacken.«

Liebherr sah es ein.

Er schilderte seine letzten Gespräche mit Markus Sassnitz, dessen zynisches Eingeständnis, das ganze Geld, all die vielen Millionen, in sinnlosen, undurchdachten Investments in windigen Start-ups rund um den Globus verloren zu haben. Es sei aber gar nicht das verlorene Geld gewesen, das ihn, Liebherr, so wütend gemacht habe. Es sei Sassnitz' maßlose Arroganz gewesen, sein fehlendes Schuldgefühl, seine Verachtung. Er habe sich Luft verschaffen müssen, sonst wäre er an seiner Wut erstickt.

»Der Mord war also eine Art Atemübung? Ist es das, was Sie sagen wollen?«, fragte Claudia.

Liebherr zuckte mit den Schultern, erklärte, dass er es einfach nicht ausgehalten habe. Er musste sich an Sassnitz rächen. Also habe er das Elektroauto geknackt und sich auf die Lauer gelegt. Er habe Sassnitz in der Nacht angerufen und zu einem letzten Treffen überredet. Von Angesicht zu Angesicht, Sassnitz solle ihm noch einmal schwören, dass er wirklich bankrott sei und das Geld nicht in Wahrheit irgendwo versteckt habe. Er erklärte sich zu dem Treffen einverstanden. Als Sassnitz kurz darauf aus dem Haus kam und zu seinem Auto ging, habe Liebherr Gas gegeben.

»Ich hatte die Scheinwerfer ausgeschaltet, darum konnte er mich nicht sehen. Ich bin auf ihn zugerast. In den Sekunden habe ich fast gehofft, dass er wegrennen würde. Tat er aber nicht. Er hatte sich umgedreht und stand einfach da. Mitten auf der Straße. Ich habe die Augen zugemacht, als ich ihn umfuhr. Es gab einen lauten Knall, dann einen zweiten, als er aufs Dach aufschlug. Ich machte ein Vollbremsung. Er lag weit hinten auf der Straße, war viele Meter durch die Luft gewirbelt worden. Ich bin ausgestiegen und zu ihm gerannt. Ich hatte ein Messer und einen Plastiksack dabei, habe ihm die Klamotten vom Leib geschnitten. Das habe ich im Fernsehen gesehen, dass die Polizei über die Lacksplitter das Auto findet. Ich hab's dann sowieso in der Elbe versenkt, aber sicher ist sicher. Aber dann habe ich gemerkt, dass er noch lebte. War ziemlich beschissen.«

»Hat er sie erkannt?«

»Nein. Sein Auge war Matsch, und er war ziemlich weggetreten. Aber er hat geatmet und gewimmert. Hätte ich nach dem heftigen Zusammenstoß nicht gedacht, dass er überhaupt noch lebt. Irgendwie war es wie ein Gottesurteil, dachte ich. Wenn er das überlebt, wenn er durchkommt, soll es so sein. Ich habe seine Klamotten eingesackt und bin abgehauen.«

Claudia beugte sich zu Takeda, flüsternd tauschten sie ihre Eindrücke aus. Dann sagte Claudia: »Gottesurteil? Ich dachte, Sie wollten ehrlich sein und uns alles erzählen.«

»Tu ich doch!«

»Sie haben Sassnitz' Klamotten genommen und ihm aufs Gesicht gedrückt. Sie haben ihn erstickt. Erst als Sie ganz sicher waren, dass er tot ist, sind Sie losgefahren und haben den Wagen versenkt. Hören Sie also auf zu lügen.«

Liebherr sah sie kopfschüttelnd an. »Aber das stimmt nicht. Er hat noch geschrien, als ich abgehauen bin. Ich habe sogar überlegt, einen Krankenwagen zu holen. Meine Wut war weg. Das habe ich dann aber doch nicht getan. Ich bin weggefahren.«

»Mal angenommen, wir glauben Ihnen ... Dann würde mich

interessieren, ob da vielleicht noch jemand anderes war? Nachts, auf der Straße, meine ich. Haben Sie jemanden gesehen?«

Liebherr zog verächtlich die Mundwinkel herab. »Jetzt soll ich Ihnen noch einen Zeugen frei Haus liefern, oder was?«

»Antworten Sie doch einfach.«

Liebherr kratzte sich mit den aneinandergeketteten Händen an der Wange. Er schien nachzudenken. Schließlich sagte er: »Wenn ich aussage, setzen Sie sich dann für mich ein? Weil ich kooperiere?«

Claudia stöhnte auf. Sie hatte immer noch Kopfschmerzen, daran hatte sich den ganzen Tag nichts geändert. Dazu kam jetzt auch noch die dringende Lust, dem Typen doch noch den Arm zu brechen. »Wenn Sie irgendetwas wissen, dann reden Sie besser. Sie sind nicht in der Position, Bedingungen zu stellen.«

Takeda fügte mit ruhiger Stimme hinzu: »Selbstverständlich werden wir gegenüber dem Richter erwähnen, dass Sie bei den Ermittlungen behilflich waren.«

»Das wollte ich hören ... Sie haben recht. Da war wirklich jemand. Als ich gerade um die Ecke bog, um abzuhauen, sah ich im Rückspiegel, wie eine Frau aus dem Haus kam und auf die Straße trat.«

»Aus welchem Haus? Dem, in dem auch Sassnitz wohnte?«, fragte Takeda.

»Genau.«

»Sie haben sie wirklich gesehen? Irrtum ausgeschlossen?«

»Hundert Prozent. Ich hatte totalen Schiss, dass sie alles mitangesehen hat, dass sie auch mich gesehen hat. Aber gleichzeitig dachte ich, das ist jetzt wirklich das Gottesurteil. Sassnitz würde durchkommen. Ich war mir sicher, dass sie ihm hilft, dass sie einen Krankenwagen holt. Als ich dann am nächsten Tag hörte, dass er doch gestorben ist, wusste ich, dass es wohl zu spät gewesen war. Drei Tage lang habe ich damit gerechnet, dass ich verhaftet werde. Weil sie mich ja gesehen haben musste. Passierte aber nicht.«

Claudia räusperte sich. »Würden Sie die Frau wiedererkennen? Sie haben Sie ja wohl nur im Rückspiegel gesehen. Können Sie sie beschreiben?«

»Klar. Aber dann will ich es auch von Ihnen hören. Dass ich kooperiere und dass Sie es dem Staatsanwalt oder wem auch immer sagen. Versprechen Sie mir das?«

Claudia und Takeda wechselten einen stummen Blick. Sie sagte mit erschöpfter Stimme: »Ja, ich verspreche es.«

»Also, die Frau sah folgendermaßen aus …«

## 45.

Takeda kniete auf dem Boden. Susanne Sassnitz ihm gegenüber, vielleicht anderthalb Meter entfernt. Die Funakoshi-Figuren standen wie ein stummes Publikum um sie herum.

Der Inspektor griff nach dem *Mizusashi*, der Wasserkelle aus Bambus, und schöpfte heißes Wasser aus dem *Okama*, dem Wasserkessel. Er ließ das dampfende Wasser vorsichtig in die *Chawan*, die Teeschale, tropfen, und sofort entfaltete das grünsamtene *Matcha*-Pulver in der Schale sein erdig-bitteres Aroma.

Takeda schlug den Tee mit dem *Chasen*, dem Bambusbesen, schaumig. Dann drehte er die Teeschale – sie wies ein Muster in der *Oribe*-Tradition auf – um hundertachtzig Grad, beugte sich nach vorne und stellte die Schale vor Susanne.

Sie nahm die *Chawan* zur Hand, hob sie in die Höhe, deutete eine Verbeugung an und sagte leise: »*Chōdai itashimasu.*« Ich empfange den Tee. So hatte sie es seinerzeit in Japan gelernt, wo sie ein mehrtägiges Seminar in der Teezeremonie besucht hatte. Sie drehte die Schale um neunzig Grad, trank einen Schluck, sagte lächelnd: »*Kekkō na otemai de gozaimasu.*« Der Tee ist vortrefflich zubereitet.

Ihre Blicke trafen sich. Takeda sah, wie eine Träne über ihre Wange rollte. Susannes melancholische Schönheit berührte ihn tief. So wie eine *Raku*-Teeschale erst durch die Risse in ihrer Glasur wahre Vollkommenheit erlangte, so waren es die Wunden und die Bitterkeit, die Susanne strahlen ließen.

Er war hingerissen und hatte zugleich das Gefühl, sich selbst das Kostbarste zu nehmen, das er bisher in diesem Land gewonnen hatte.

Ihre Begegnung war bis zu diesem Zeitpunkt still, fast wortlos verlaufen. Susanne hatte ihn an der Tür begrüßt, und nur das leichte Zittern ihrer Lippen verriet, dass sie wusste, warum er gekommen war. Sie hatte ihn ins Wohnzimmer geführt. Er blickte sich um. Das Sofa vor dem Fenster, der Teppich vor dem Kamin, der Tisch. Kein Ort, an dem sie sich nicht geliebt hatten.

Im Hintergrund lief leise Musik. Jan Garbarek. Er schloss die Augen und lauschte dem leisen, sphärischen Jazz.

Susanne sagte: »Ich höre diese CD die ganze Zeit, von morgens bis abends. Auch nachts. Immer. Garbarek erinnert mich an dich, Kenjiro, und dann weiß ich, dass mein Schmerz nicht mehr schlimmer werden kann.«

Takeda ließ Momente des Schweigens verstreichen. »Darf ich Tee für dich zubereiten?«

Sie nickte, lachte kurz auf. »Ein letzter Tee. Und dann? Soll ich sterben, wie einst Meister Sen?«

Takeda schüttelte den Kopf. Sen no Rikyū, der Begründer der Teezeremonie, hatte sich das Leben nehmen müssen, nachdem er von seinem Fürsten verschiedener Vergehen angeklagt worden war. Aber er, Takeda, war nicht gekommen, um anzuklagen.

Er hatte die Utensilien für die Zeremonie gereinigt, wie es vorgeschrieben war, hatte sie zurechtgestellt und mit dem Ritual begonnen.

*Wa* – 和
*Kei* – 敬
*Sei* – 清
*Jaku* – 寂

Die Harmonie, der Respekt, die Reinheit und die Stille. So lauteten die vier großen Tugenden der Teezeremonie. Ob sie ihm und Susanne helfen konnten, über das hier hinwegzukommen?

Er konzentrierte sich auf den Tee, während Jan Garbarek leise, kaum hörbar im Hintergrund spielte.

Jazz und grüner Tee.

Die klugen Augen der Funakoshi-Figuren.

Die Liebe einer leidenschaftlichen Frau.

In diesem Raum hatte er alles gefunden, was er sich wünschte, was ihn ausmachte.

Es war perfekt gewesen.

Und doch nur eine Illusion.

Zwei Menschen, die sich im Schmerz aneinanderklammerten. Und die zugleich wussten, dass sie sich doch wieder loslassen mussten.

Ihr Zusammensein war wie eine fallende Kirschblüte gewesen. Schönheit in Perfektion und zugleich zur Vergänglichkeit verdammt.

Susanne, die sich in der Teezeremonie auskannte, bot ihm ein *Gojifuku* an, so dass nun Takeda auch für sich selbst einen Tee zubereiten durfte.

Er schöpfte erneut Wasser mit dem *Mizusashi*, schlug den Tee schaumig, verbeugte sich in ihre Richtung und trank mit geschlossenen Augen.

»Darf ich sprechen?«, fragte Susanne schließlich.

»Natürlich.«

»Ich habe dich belogen, Ken. Das weißt du inzwischen wohl.«

»Ja.«

»Ich möchte es dir erklären, und ich hoffe, dass du mir verzeihen kannst.«

Er nickte.

»Ich habe das ganze letzte Jahr gehofft, dass Markus zu mir zurückkehrt. Ich habe es mir gewünscht, ich habe darum gefleht.

Dann kam er an jenem Abend, der inzwischen fast einen Monat zurückliegt, wirklich hierher zu mir. Es ging ihm nicht gut. Er weinte in meinen Armen wie ein Kind und sagte mir alles. Er erzählte von Melanie, von ihrem Sex, von Pascal, von den Drogen. Er erzählte mir zum ersten Mal davon, dass er damals, als er seine Firma verkaufte, betrogen hatte. Und er sagte mir, dass er all das nun hinter sich lassen wolle, dass er zurück zu mir kommen wolle und wir noch einmal ganz von vorne anfangen könnten ... Mein sehnlichster Wunsch schien an diesem Abend in Erfüllung zu gehen. Wir würden wieder vereint sein. Doch je länger er sprach und je mehr er mir beichtete, desto mehr erkannte ich, dass ich mich getäuscht hatte. Es konnte kein Zurück mehr für uns geben. Der Mann, den ich im Arm hielt, war ein Fremder, war es an diesem Abend geworden. Ein Betrüger, ein Blender, ein Menschenschinder, ohne Mitleid, ohne Skrupel, süchtig, ausgebrannt. Ich wusste, dass seine Tränen schon am nächsten Tag versiegt sein würden und dass er wieder der sein würde, der er auch vorher war, stark und inspirierend, aber auch zynisch und brutal. Ich sagte es ihm. Es ist vorbei, Markus, du kannst nicht mehr zurückkommen. Nie mehr. Wir redeten die halbe Nacht, und ich überzeugte nicht nur ihn, sondern auch mich selbst von meinen Worten. Er ging mitten in der Nacht, und ich war traurig und erleichtert zugleich ... Eine gute Woche später sagte man mir, dass er tot war.«

Takeda ließ Momente der Stille vergehen. »Warum hast du uns all das nicht sofort gesagt? Die Sache mit Melanie, mit Pascal? Dass er Drogen nahm, aber mit der Mafia und dem Netzwerk von Lukjanenkow nichts zu tun hatte?«

»Kannst du dir das nicht denken?«

Takeda nickte. »Alles, was du noch für ihn tun konntest, war, sein Ansehen zu ehren.«

»So ist es. Markus war tot, und daran konntet auch ihr, die Polizei, nichts ändern. Ich hoffte nur, dass all das, was ich wusste, nicht in den Medien breitgetreten würde. Ein wenig habe ich auch befürchtet, dass es auf mich zurückfällt, dass man mir nicht glaubt, dass ich nichts gewusst habe.«

»Wir hätten den Mord sehr viel schneller klären können, wenn du uns alles gesagt hättest.«

»Ja, natürlich. Aber es ist heute genauso wie damals, als du zum ersten Mal in diesem Zimmer standest. Es ist mir egal, wer es getan hat. Die Tatsache, dass ich es nun weiß, macht es nicht besser und nicht schlimmer.«

Takeda hatte Susanne schon am Mittag telefonisch darüber informiert, dass Elja Baranova wegen des Mordes an Markus Sassnitz verhaftet worden war. Die Personenbeschreibung, die Liebherr gegeben hatte, war eindeutig gewesen. Die Spurensicherung hatte in ihrer Wohnung einen Schal sichergestellt, der zu den Faserproben aus Sassnitz' Mund passte. Zudem ließen sich genug Spuren in der Wohnung in der HafenCity abgleichen, die bewiesen, dass Elja Baranova in der Nacht des Mordes eben doch dort gewesen war. Sie war diejenige, die mit Sassnitz gebadet und Champagner getrunken und anschließend mit ihm geschlafen hatte. Mit den vielen Indizien konfrontiert, legte Elja Baranova ein Geständnis ab. Sie erklärte, wie sie in dieser Nacht vor Wut und Verzweiflung außer sich gewesen sei. Sassnitz hatte sie mit Melanie Rüthers betrogen und wollte sich nun von ihr trennen. Als sie ihn fragte, ob er zu seiner Frau zurückkehren würde, zuckte er mit den Schultern, erklärte ihr, dass er sich nichts sehnlicher wünsche als das, aber dass Susanne nicht dazu bereit sei. Aber bei ihr, bei Elja bleiben, wolle er auch nicht. Sie sei attraktiv, aber geliebt habe er sie nie. Sassnitz sagte Elja all das, unmittelbar nachdem sie miteinander geschlafen hatten. Als sie weinte, schlug er sie ins Gesicht. Er war eben durch und durch rücksichtslos. Sie hatte es dennoch akzeptiert – was hätte sie auch sonst tun sollen? Kurz darauf habe er einen Anruf bekommen und habe die Wohnung verlassen. Sie sei ebenfalls gegangen, habe schon vor der Tür gestanden und dann mitansehen müssen, wie Sassnitz überfahren wurde. Sie ging zu ihm. Er lag wimmernd am Boden, war schwer verletzt. Er erlangte das Bewusstsein zurück und bat sie um Hilfe – derselbe Mann, der keine halbe Stunde zuvor erst mit ihr geschlafen, sie dann geschlagen und verstoßen hatte. Ihre Wut überwältigte sie, und sie brachte ihn zum Schweigen.

Claudia, die die Vernehmung durchführte, war nach dem Geständnis niedergeschlagen. Sie mochte Elja Baranova. Oder nein, sie hätte sie gerne gemocht, so drückte sie es gegenüber Takeda aus. Aber die Frau ließ ihr keine Chance. Sie war eine Mörderin.

Susanne Sassnitz wiederum konnte, nachdem sie über das Geschehen informiert worden war, einige ihrer vermeintlichen Lügen erklären. Sie habe weder gewusst, dass ihr Mann vor dem Konkurs stand, noch dass er das Haus in Nienstedten verkaufen wollte. Der Anruf am Morgen nach dem Mord sei keinesfalls vorgeschoben gewesen. Gerade weil Markus unzuverlässig gewesen sei, oft mehrere Termine gleichzeitig abmachte, wollte sie ihn ja an ihre Verabredung erinnern.

Takeda reinigte die Tee-Utensilien und packte sie in das Holzkästchen, in dem sie sich sicher transportieren ließen. Es war Zeit für den Abschied.

»Ich möchte dir danken, Susanne.«

»Wofür?«

»Für alles. Für die Stunden mit dir.«

Sie schüttelte den Kopf. »Nein, ich möchte keinen Dank. Ich möchte, dass du bleibst.«

»Wir wissen beide, dass es nicht geht.«

Ihre Blicke trafen sich. Ja, sie wussten es beide.

An der Haustür umarmte sie ihn, drückte ihm einen letzten, vorsichtigen Kuss auf die Lippen.

Takeda ging die Stufen zur Straße hinunter, trat durch das Tor. Er blickte sich um.

Susanne stand an der Tür und hob die Hand zu einem letzten Abschiedsgruß. Sie würde mit den Funakoshi-Figuren leben. Einsam und schön und sehr verloren.

# 46.

Einige Tage später saß Inspektor Takeda am Tresen des Hotoke und nippte an einem Glas seines geliebten Yamazaki-Whiskys. Tetsuro Yamaguchi, der Wirt des Hotoke, stand ganz in der Nähe und bereitete eine *Yaki-Saba*, eine gegrillte Makrele, für Takeda zu.

»Warum so nachdenklich, Inspektor? Sie sollten gutgelaunt sein. Der Polizeipräsident hat Ihnen die Hand geschüttelt. Sie sind erneut ausgezeichnet worden. Ich hab's in der Zeitung gelesen!«

»Stimmt schon, Yamaguchi. Eigentlich ist es ein guter Tag.«

»Also, seien Sie stolz auf sich! Hier, eine kleine Aufmerksamkeit von mir.«

Er reichte dem Inspektor ein Tellerchen mit *Komochi Shishamo* über den Tresen, gegrillte, rogentragende Lodden. Takedas Mundwinkel hoben sich, als er in einen der kleinen Fische biss. Das salzig trockene Fleisch mischte sich im Mund so wunderbar mit der Feuchte des platzenden Rogens.

»Wussten Sie eigentlich, dass die Iwakura-Mission damals hier in Hamburg Station gemacht hat? Das war im Frühjahr 1873«, sagte der Inspektor.

»Sie meinen *die* Iwakura-Mission? Hirobumi Itō und so? Ich dachte, die hätten nur Berlin besucht«, sagte Yamaguchi, während er die Makrele wendete.

»Doch, doch, man kann es im Bericht der Mission nachlesen. Es hat unseren Landsleuten gut gefallen. Die schönen Häuser, die Alster und die Kanäle. Sie fanden Hamburg sauberer als Berlin. Kunitake Kume, der Chronist der Mission, hat sich viele Gedanken über die Prostituierten in St. Pauli gemacht. Die Tatsache, dass die Stadt ihre Tätigkeit offiziell erlaubte, hat ihn verwundert.«

Yamaguchi lachte auf. »Vermutlich haben unsere Landsleute von dieser Erlaubnis reichlich Gebrauch gemacht, meinen Sie nicht?«

Takeda aß die nächste *Shishamo*, schweifte in seinen Gedanken ab. Auch die Iwakura-Mission hatte damals Deutschland als ein gutes Vorbild für Japan betrachtet. Die Gelehrten und Politiker hatten es damals wohl kaum mit Drogendealern, Betrügern, Mördern, Mafiosi zu tun gehabt, auch nicht mit Müttern, die ihre Kinder töteten, Frauen, die ihre Geliebten ermordeten …

Aber da war ja auch noch vieles andere, Positives, Nachahmenswertes, Liebenswertes in diesem Land! Immer noch!

Es war Takeda klargeworden, als er an einem der zurückliegenden Tage noch einmal an den Osdorfer Born zurückgekehrt war, den Ort, an dem Melanie Rüthers ihren Sohn getötet hatte.

Er hatte das Auto abgestellt und war zu Fuß durch die unwirtlichen Häuserschluchten gelaufen. Spaß hatte es nicht gemacht. Kaum jemand sprach Deutsch, nicht einmal die Deutschen so richtig, die dort wohnten. Dazu die offensichtliche Armut, die Arbeitslosigkeit, die Verwahrlosung. Kein Ort, nach dem man sich sehnte.

Aber da war noch etwas anderes gewesen, etwas, das Takeda zunächst nicht benennen konnte. Allmählich aber war ihm klargeworden, was er spürte.

Er selbst kam aus einem Land, in dem die Fäden der Gesellschaft so dicht gewebt waren, dass sie ein festes, undurchdringliches Geflecht bildeten, ein Netz, das die Menschen behütete, ihnen einen Platz zuwies, in dem es sie aber auch gefangen hielt. Dort am Osdorfer Born war von einem solchen Netz nicht viel zu spüren, es hatte so grobe Maschen, dass es keinen Halt bot, keine Ordnung stiftete. Aber es konnte sich auch niemand darin verfangen.

Freiheit.

Das war es, was er gespürt hatte. Es gefiel ihm. Es beeindruckte ihn.

Yamaguchi riss ihn aus den Gedanken. »Was ist eigentlich mit Ihnen und den Frauen, Takeda? Besuchen Sie auch schon mal eines der Etablissements in St. Pauli? Mir können Sie es ruhig sagen.«

Takeda machte eine wedelnde Handbewegung. »Nein, nein, das ist nicht meine Art.«

»Ach ja, ich erinnere mich. Sie haben ja etwas mit dieser jungen Office-Lady angefangen. Wie hieß sie gleich?«

»Sie meinen Sachiko Morinaga? Das ist vorbei. Ich habe beschlossen, eine Zeitlang enthaltsam zu leben. Es wird eine Zeit der Klärung sein. Das ist bestimmt besser für mich.«

»Meinen Sie? Ich weiß nicht. Ein Mann braucht doch eine Frau an seiner Seite. Sonst kommt er auf dumme Gedanken, glauben Sie mir.«

»Sicher. Aber eine Pause kann nicht schaden.«

Yamaguchi nickte nachdenklich. »Natürlich, eine Pause kann nützlich sein. Die Dinge können zur Ruhe kommen.«

Gerade als der Wirt die fertig zubereitete Makrele, eine Schale Reis und sauer eingelegtes Gemüse vor Takeda gestellt hatte, ging die Tür des Lokals auf. Ein kalter Windzug streifte durch den an diesem Abend kaum besuchten Gastraum. Takeda blickte nur kurz hoch, widmete sich dann seinem Essen. Er hatte gerade einen ersten Bissen zu sich genommen, als er merkte, dass jemand hinter ihm stand.

»Hallo, Ken. Darf ich mich zu Ihnen setzen?«

Takeda drehte sich um, kaute, verschluckte sich, musste husten. »Claudia! Natürlich, bitte setzen Sie sich. Ich freue mich.«

»Ehrlich?«

»Aber ja.«

Claudia ließ sich neben Takeda am Tresen nieder, bestellte bei Yamaguchi ein Bier. Sie und Takeda waren schon einige Male hier gewesen. Sie mochte das Lokal und auch das alte Ehepaar Yamaguchi, das es betrieb.

Sie stießen miteinander an, und Claudia sagte: »Ich habe vorhin mit Heiner Cordes gesprochen. Er und die Kollegen vom OK haben Armin von Suttner und Pawel Kowaljow verhaftet. Verrückt, oder?«

Takeda war erstaunt. »Was ist der Grund dafür?«

»Alex Marbach lag hundertprozentig richtig mit seinen Vorwürfen. Und Sie mit Ihrer Theorie. Die Darknet-Seite und die geplante Drogen-App, es stimmte alles. Die *DMH* war dick in den Drogenhandel involviert, war die legale Fassade für das Netzwerk von Jegor Lukjanenkow. Nur war nicht Markus Sassnitz derjenige, der mit den Russen und den Letten zusammenarbeitete, sondern von Suttner. Sassnitz bekam seine Drogen frei Haus, damit er die Klappe hielt. Erinnern Sie sich daran, was von Suttner über den Flug zu den Sternen gesagt hat? Er wollte sein Ticket mit Drogengeldern bezahlen.«

Takeda schüttelte widerwillig den Kopf. »Es macht mich traurig, das zu hören.«

»Mich auch. Aber immerhin, wir haben den Typen das Handwerk gelegt.«

Takeda stimmte zu.

Claudia räusperte sich. »Ich wollte mich übrigens noch einmal bei Ihnen entschuldigen. Wegen der Teeschale, die ich kaputtgemacht habe. Ich war so wütend auf Sie ... aber es tut mir wirklich leid.«

Takeda winkte ab. »Sie müssen sich nicht entschuldigen. Ich habe die Schale repariert, und durch die Risse ist sie noch schöner geworden. Sie wird mich immer an Sie erinnern.«

»Wie viel ist sie wert? Ich würde Ihnen gerne das Geld geben.«

Yamaguchi, der das Gespräch von hinter dem Tresen mitanhörte, schrie auf und sagte auf Japanisch: »Sie hat Ihre *Raku-Chawan* kaputtgemacht, Inspektor? Die war doch von Meister Kōetsu!? Sie haben es mir selbst erzählt. Wie viel war sie wert? Zehntausend? Hunderttausend? Ach, sie ist unbezahlbar!«

Takeda winkte ab, wandte sich an Claudia: »Die Schale hat nur ideellen Wert, Claudia. Sie sind mir nichts schuldig.«

»Danke, Ken. Ich weiß das zu schätzen.«

Sie zogen an einen Tisch im hinteren Bereich des Lokals um. Da Claudia ebenfalls Hunger hatte, bestellte der Inspektor weitere japanische Köstlichkeiten. Es gab *Agedashi-Dōfu* und *Ikura Oroshi*, *Sashimi* und *Tempura*. Das *Ika-Nattō*, fermentierte Bohnen mit Tintenfisch-Streifen, hielt Claudia eher für eine japanische Selbstmord-Methode als einen kulinarischen Genuss. Und beim *Konowata*, eingelegter Seegurke, wurde ihr kurzfristig übel. Der Rest aber schmeckte vorzüglich.

Nach dem Essen und einigen Bieren, Sakes und Whiskys gingen sie ins Hinterzimmer des Hotoke und sangen Karaoke. Claudia gab ein Lied von Anastacia zum Besten. Sie konnte gut singen, und Takeda fand sie betörend und unglaublich sexy, wie sie dort auf der kleinen Bühne stand und zum Gesang tanzte. Er selbst trug erst Sinatras *Strangers in the night* vor, danach eine Schnulze von Hiroshi Itsuki. *Yokohama tasogare*. Obwohl Claudia den Text nicht verstand, war sie von der Melancholie des Stückes ergriffen.

Es war schon mitten in der Nacht, als sich die beiden auf eines der Sofas hinten im Hotoke sinken ließ. Eine japanische Bürobelegschaft eroberte die Bühne und sang Evergreens von Billy Joel und Paul Anka. Claudia und Takeda tranken gemeinsam die letzten Tropfen des Yamazaki. Sie legte ihren Kopf auf Takedas Schulter und schloss die Augen.

»Wir sind beide nicht gerade vorbildlich, oder? Vielleicht passen wir gerade deshalb so gut zusammen«, sagte sie.

»Ja, so ist es wohl«, gab der Inspektor zurück.

Er legte seinen Arm um Claudia und dachte an Nagayoshi Nagai, den Erfinder des Methamphetamins, des *Shabu*. Nagai hatte sich im neunzehnten Jahrhundert, als junger Wissenschaftler im Kaiserreich, in eine Deutsche verliebt und diese auch geheiratet. Therese Nagai, die ursprünglich Schumacher hieß, folgte ihrem

Ehemann nach Japan und leistete dort wichtige Arbeit bei der Frauenbildung. Ein Sohn des Paares, Alexander Nagai, kehrte wiederum nach Deutschland zurück und wirkte unter anderem als japanischer Generalkonsul in Hamburg.

Ein Kreis schien sich zu schließen, dachte Takeda und seufzte. Ob wohl auch er eine Frau mit sich nehmen würde, wenn er eines Tages nach Japan zurückkehrte?

»Wollen wir noch etwas singen, Claudia? Vielleicht etwas Zweistimmiges?«, schlug der Inspektor vor.

»Klar. Wir wäre es mit Sonny und Cher? *I got you, Babe*?«

»Warum nicht?«

Claudia und Takeda sahen sich an und mussten beide lachen.